LUÍS MIGUEL ROCHA

A
MENTIRA
SAGRADA

A Mentira Sagrada
Luís Miguel Rocha

Publicado por:
Porto Editora, Lda.
Divisão Editorial Literária – Porto
Email: delporto@portoeditora.pt

© 2011, Luís Miguel Rocha e Porto Editora, Lda.

Design da capa: Hyunhee Cho
Imagens da capa: © GettyImages e ShutterStock

1.ª edição: Abril de 2011
3.ª edição: Junho de 2011

 Porto
Editora

Rua da Restauração, 365
4099-023 Porto | Portugal

www.**portoeditora**.pt

Execução gráfica **Bloco Gráfico, Lda.**
Unidade Industrial da Maia.

DEP. LEGAL 329879/11
ISBN 978-972-0-04325-2

Este livro é dedicado a
Ioannes PP. XXIII
Angelo Giuseppe Roncalli
25.XI.1881 – 3.VI.1963

E também a
Ben Isaac[1]

---

[1] Nome fictício

1.ª Parte

AD MAIOREM DEI GLORIAM

Foi o acordo possível.
João XXIII, 20 de Novembro de 1960

Instruam todos os confidentes para que vo-lo apresentem na primeira
noite de cada eleição. Que a sua leitura seja o primeiro acto oficial de todos
os herdeiros de Pedro. É de importância vital que tomem agnição deste
segredo. Guardem-no em local esconso e não permitam que seja lido por
mais alguém. Qualquer quebra neste ritual, nos próximos séculos, poderá
significar o fim da nossa tão bem amada e estimada Igreja.
Clemente VII, 17 de Junho de 1530

1

VATICANO
19 de Abril de 2005

Foi por deliberação do Altíssimo, e não haja hesitações sobre isso, que
o filho de Maria mudou o nome de baptismo. Ela havia de gostar de o
ver coroado Imperador da Igreja Católica Apostólica Romana em que
tanto acreditava, descendente directo, num sentido simbólico, da linhagem de Cristo, ou talvez os defuntos saibam mais que os humanos vivos,
lá no Além para onde o pó vai.

O certo é que ficará gravada para todo o sempre – ou enquanto exis-
tam memórias – a canónica nomeação do cardeal Joseph Alois Ratzinger,
neste dia de Abril, terminando com a Sede Vacante que vigorava desde o
dia 5 do mesmo mês.

Assim que Sodano, o vice-decano do Colégio Cardinalício, perguntou
da sua aceitação para o lugar que Deus seleccionara, ao final da quarta
votação, não levou um segundo a pronunciar *Aceito*. E os cinco segundos
que levou a responder *Papa Bento* à pergunta *Por que nome deseja ser*
tratado? também evidenciaram preparação preambular. Não olvidemos
que Ratzinger era o decano do Colégio, ou seja, aquele que teria de fazer
estas mesmas perguntas ao eleito, não tivesse sido ele o escolhido.

Não deixava de ser curioso, num aparte tão-somente elucidativo, que noventa por cento dos memoráveis antecessores deste Bento, tenham preferido um nome divergente daquele que a mãe lhes deu.

Os fiéis conglomeravam-se na Praça de São Pedro na esperança que o fumo fosse branco, enfuscado pela pobre subsistência, ao invés do cinzento-escuro que era de facto. Poucos dos presentes lembravam o primeiro e segundo conclaves de 1978 em que também aconteceu idêntico problema. Nove milhões de euros para organizar um conclave e esqueciam-se sempre de limpar a maldita chaminé da Capela Sistina. Porém, após dez minutos de expectação e algumas desistências, os sinos da Basílica troaram com frenesim como num rebate louco por socorro, alastrando sorrisos, em vez de pavor, por toda a praça e arredores.

Tínhamos Papa.

Dentro da benta capela, os irmãos Gamarelli ajeitavam as vestes papais ao corpo do novo pontífice. Não houvera qualquer surpresa desta vez. Venceu o candidato provável. Era sempre mais fácil quando o Papa anterior deixava expressa a sua vontade. Já João XXIII o fizera quando nomeou, no seu leito de morte, o cardeal Giovanni Montini, para seu sucessor. No caso do polaco Wojtyla a decisão havia sido tomada com maior antecedência, alguns meses, ainda que este já o viesse anunciando, particularmente, há cerca de dois anos. Jamais se deixe de fazer a última vontade de um moribundo, ainda para mais tratando-se de alguém com uma relação tão próxima com o Criador. Quem deixava a decisão nas mãos do espírito santo sujeitava a Igreja a surpresas como as do Papa Luciani e do próprio Wojtyla, ainda que, muito provavelmente, o patriarca de Veneza tivesse grandes hipóteses de ser nomeado por Paulo VI se ele o tivesse feito.

Sodano não podia estar mais feliz. A sua amada Igreja permaneceria em segurança. Ratzinger, pois aos amigos dispensa-se o protocolo canónico, era o homem certo no lugar certo. Ninguém faria melhor trabalho.

O chileno Jorge Medina Estévez foi o primeiro a assomar à varanda perante o júbilo da multidão. O novo salvador estava prestes a ser anunciado à urbe e ao orbe extasiados, suspenso numa informação, num nome, num homem.

O décimo sexto Papa com o nome Bento foi apresentado à História. Ninguém jamais o poderia apagar, nem que reinasse um dia só.

Ratzinger rendeu-se totalmente a esta nova personalidade por si criada e cumpriu o papel com distinção. Já não era o prefeito da congregação para a doutrina da fé, já não era cardeal, era uma instituição com brasão próprio e segurança pessoal. Proferiu o curto discurso, elaborado de véspera, onde relembrou, inteligentemente, o Papa polaco, tão benquisto. Abençoou a cidade e o mundo, católico, bem entendido, dos outros que rezassem os homólogos, e retirou-se a fim de tomar posse de todas as propriedades.

A partir desta hora, respondia por um império valioso, incomensurável. Levaria meses a inteirar-se de todos os haveres, pelo menos daqueles dos quais lhe dariam conhecimento. Dos outros... nem mesmo o Sumo Pontífice poderia saber tudo aquilo de que era dono, nem convinha.

Enquanto o mundo rejubilava e retransmitia, vezes sem conta, a imagem deste Bento a surgir na varanda de Maderno da Basílica de São Pedro a saudar a multidão, em todos os televisores, carimbando, de vez, para a posteridade o histórico acontecimento, uma extensa comitiva, já noite cerrada, encabeçada pelo próprio Pastor dos Pastores, iniciara outro ritual mais privado. O camarlengo Somalo quebrou os selos que lacravam os apartamentos papais, no palácio apostólico, e abriu as duas imponentes portas, antes de recuar, reverentemente, para deixar passar o escolhido de Deus. Tinha de ser o elegido a entrar nos seus futuros aposentos antes de qualquer outro, numa afirmação de tomada de posse do que era seu. Assim que Bento deu o primeiro passo para o interior daquela que seria a sua última residência, foi seguido por um séquito de assistentes, religiosos e leigos, que teriam o privilégio de servir todos os pedidos do novo dono.

Depois de um dia tão cansativo era a hora do jantar tardio. Atendeu alguns telefonemas de felicitações dos chefes de Estado mais importantes que, mandava a diplomacia, mereciam um agradecimento pessoal. Aos outros bastava uma mensagem por escrito enviada aos dignitários das embaixadas. Ninguém queria deixar de felicitar o novo Papa, mas, se por algum acaso alguém o olvidasse, seria tratado reciprocamente, porque isso da humildade e do dar a outra face deixava-se para as ordens religiosas que, de facto, entendiam praticar tais benevolências, ou para Cristo. Em política não há lugar à piedade.

Entrou no gabinete papal depois do jantar ligeiro. Cherne grelhado com feijão verde, cenoura raspada, tudo regado com um pouco de azeite Riserva D'Oro. A última vez que ali estivera era um mero cardeal, com o perdão da má palavra, mas o que é um príncipe ao lado de um imperador? A sensação, agora, era completamente diferente. Passou a mão pela portentosa mesa. Ali assinaria os futuros decretos da *sua* Igreja. Via-a magnificente, condizente com as vestes que envergava, assente em pilares muito sólidos, escudada nas suas mãos fortes e sábias. As rédeas eram dele.

Sentou-se na confortável cadeira e saboreou o momento. Lembrou Wojtyla e as décadas em que, ele próprio, o observava sentar-se, pesadamente, naquela mesma cadeira, e decidir dos destinos da Igreja. Ali não era possível esquecer que fora escolhido para o ofício de uma vida até à morte. Sodano e Somalo observavam-no. Assim tomava posse um novo Papa.

Nesse momento entrou no gabinete um outro elemento. Trajava batina preta e ajoelhou-se, com dificuldade, a saudar Bento com um beijo na mão que ainda não tinha anel. Já muitos haviam beijado a mão dele neste dia, mas nenhum com esta franqueza. Era velho e até a respirar lhe custava.

– Não me recordo de o ter visto alguma vez – insinuou Ratzinger, sorrindo. Nada o indisporia neste dia.

– Peço desculpa pela intromissão, Santo Padre. O meu nome é Ambrosiano. Fui confessor do nosso amado Papa João Paulo depois da morte do padre Michalski – explicou-se arfante. – Mandam os cânones que Sua Santidade se confesse esta noite, por ser a primeira. Para que inicie um pontificado livre de pecados. – Desfez-se em desculpas. – Não quero dizer que os tenha, Santidade, por favor não me leve a mal. Depois poderá escolher o confessor que lhe aprouver.

– A Companhia de Jesus e as regras rígidas. O cardeal Dezza também confessou o Papa Wojtyla? – perguntou Ratzinger.

– Só nos primeiros anos, Santo Padre. Mas confessou o Papa Montini durante todo o pontificado e o Papa Luciani. Depois, o Papa Wojtyla nomeou-o superior-geral da Companhia, se bem se lembra.

– Claro, claro. Um grande servo da Igreja – disse contemplando o passado. – E agora o padre Ambrosiano quer-me confessar.

– São os cânones, Santo Padre – repetiu o clérigo.

– E os cânones são sempre para respeitar. E comigo sê-lo-ão sempre. Cuidarei para que isso aconteça – afirmou Ratzinger, brandindo o dedo como se estivesse a proferir um discurso.

O padre aproveitou para retirar um colar que trazia ao pescoço. Encontrava-se presa nele uma chave que utilizou para destrancar uma das gavetas da secretária. Dentro havia uma capa de couro com fechadura e um envelope com as armas pontifícias do antecessor. Retirou tudo da gaveta e colocou em cima da mesa, em frente a Bento.

– O Papa João Paulo deu-me instruções específicas para que Sua Santidade leia, com atenção, o conteúdo deste dossiê ainda hoje. Todas as informações estão contidas neste envelope que deixou, especificamente, para si – explicou, entregando-lhe o envelope lacrado. – Mais ninguém pode ler.

Bento fitou o padre e os cardeais e o envelope.

– Respeite-se a sua vontade – proferiu por fim.

Olhou os dois homens como a pedir que se retirassem e estes cumpriram o desejo sem delongas. Vontade de Papa era ordem.

– Deixá-lo-ei ler à vontade, Santo Padre – disse o padre jesuíta recuando. – Quando estiver pronto é só chamar.

Bento fechou os olhos e inclinou-se para trás. Milhares de pensamentos afluíram-lhe à mente. Iria compartir um segredo partilhado apenas por papas. Que extraordinária forma de começar o seu mandato. Alguns minutos depois quebrou o lacre do envelope que o polaco deixara. O papel cheirava a mofo.

Prezado Eleito

Congratulo-me com a tua eleição. A história prossegue o seu caminho glorioso, dois mil anos depois. Acabas de ocupar o cargo mais exigente do planeta. Prepara-te, pois será um caminho agreste e ingrato e, o pior de tudo, começa já.

Dentro da capa que te foi apresentada encontrarás informações lidas por muito poucos. Informações cruciais acerca da nossa Igreja. Não deves... não podes deixar de as ler e instruir os teus secretários a apresentá-las ao teu sucessor na noite da próxima eleição.

O ritual começou com Leão X e conheceu novos desenvolvimentos com Pio IX e João XXIII. Jamais deixou de ser cumprido, NEM PODE DEIXAR DE O SER. Infelizmente, em breve compreenderás a razão.

Deixo-te nas boas graças do Bom Deus. Que te ilumine e te dê forças para carregares o enorme fardo que subsistirá no final destas páginas. Da tua força depende o futuro da nossa Igreja.

João Paulo II P.P.
29 de Outubro de 1978

Uma curiosidade mórbida conquistou Bento após a leitura da missiva que Lolek escrevera há quase vinte e sete anos. Que informações tão devastadoras estariam dentro do dossiê?

O envelope guardava a pequena chave dourada que o abria. Tratou de o destrancar sem demoras e dedicou-se, afincadamente, à leitura das cerca de 100 páginas. Não havia imaginado uma primeira noite assim, a seguir instruções do antecessor. E cedo se notou, pelo esgar dos olhos mortiços, que não estava preparado para o que lia. Algumas passagens foram relidas para se certificar de que as lera correctamente, noutras acelerou o mais possível como que a fugir de algo inoportuno ou inconveniente.

Terminou a leitura depois da meia-noite. Estafado, voltou a trancar o dossiê com a chave e a guardá-lo na gaveta. Gotas de suor colavam-se à testa. As mãos tremiam. Deixou cair a cabeça na mesa e quedou assim até ganhar algum controlo sobre o corpo. Aos poucos acalmou. Quando se levantou, a custo, parecia mais velho e acabado.

– Deus nos valha – desabafou, fazendo o sinal da cruz.

Nesse momento, o padre Ambrosiano reentrou no gabinete papal. Parecia-lhe diferente. Uma dor que lhe vergastava a alma, a mesma que o castigava a ele. Um silêncio contido de algo demasiado grande para calar. O jesuíta sabia. Desta vez o jesuíta não se abaixou para beijar a mão do Papa. Ratzinger acercou-se, humildemente, dele e deixou-se cair aos seus pés. Soltou um lamento entrecortado pelas lágrimas que caíam em torrente.

– Perdoe-me, padre. Eu pequei – implorou o Papa, fechando os olhos.

Ambrosiano passou a mão bondosa pelo cabelo do Papa com uma carícia.

– Eu sei, meu filho… Eu sei.

2

O padre Ernesto Aragones sabia que chegara a sua hora. Seria uma questão de minutos. Mais cedo ou mais tarde ele acabaria por encontrá-lo ali dentro. A luz proporcionada pela chama das velas emprestava um ar amarelo-escuro ao local. As sombras pululavam nas paredes e no chão como fantasmas inebriados de outros tempos. Mas o padre não estava ali para se deixar amedrontar ou encantar pelos feitiços do local.

Não encontrara o guarda-chaves em lado algum. Era a sua última esperança. Aliás, não encontrara ninguém com boas intenções. O que acabava por ser natural àquela hora da noite. Há muito que os turistas tinham saído para se encantarem com outras visões, mais do corpo que da alma. O suor espalhava-se pelo rosto. Quem é que queria enganar? Estava nervoso, muito, mas o momento pedia lucidez. Sentia-se como um cruzado, em terra de infiéis, a quem era pedido um último acto heróico.

Avistara-o na abside, junto às grades da capela de Adão, encostada à Gólgota, e fugiu o mais depressa que pode. Os seus 80 anos já não permitiam certas veleidades. Abafou os passos descalçando-se. Encostou os sapatos, muito direitos, num dos topos da Pedra da Unção, onde, supostamente, se cobrira o corpo de Cristo, não nesta, que datava de 1810, mas neste local, ou assim se julgava pelos contos e ditos da história. Arquejava mas obrigou-se a prosseguir até à rotunda e a entrar no túmulo. Não havia lugar mais sagrado para os cristãos, ainda que a maioria o desconhecesse por completo. Para Ernesto era um imenso privilégio, apesar do receio. Entregar-se a Deus no local onde o corpo de Jesus Cristo foi depositado antes de ressuscitar ao terceiro dia. Que irónico. Mas tinha medo como sabia que teria. Poucos passariam por este momento incólumes e de peito feito.

Escutou passos na rotunda, lá fora. Era ele. Um par de passos pesado e firme. Buscou a memória fotográfica para relembrar a imagem dele junto às grades da capela de Adão. Era alto. Trajava fato, sem gravata, corte fino, camisa azul. Pormenores pouco importantes mas que o seu cérebro guardou. Não conseguia descortinar a cor do fato com precisão pois o local já era pobremente iluminado de dia quanto mais a coberto da noite.

Meu Pai protege este Teu servo – suplicou Ernesto ajoelhando-se sobre a laje de mármore. Fez o sinal da cruz, sem pressas, fechou os olhos e orou. Não havia mais nada a fazer.

As sombras acompanhavam o frémito dançando nas paredes num ritmo cada vez mais frenético, tal como o do seu coração. A certa altura agigantaram-se e, apesar dos olhos fechados e de aparentar um poço de calma, a pulsação de Ernesto acelerou dentro do peito para aquele que seria o seu último palpitar de vida. Sabia-o. Permaneceu ajoelhado sobre a laje de mármore que protegia a rocha que sustentou o peso de Cristo. Mas Ernesto não pensava nisso. Apenas que necessitava de alguma paz interior para completar os derradeiros instantes.

Sentiu o bafo da respiração dele a invadir-lhe o pescoço.

– Boa noite, senhor padre. – A voz do agressor sibilava em surdina, bem junto à orelha esquerda de Ernesto, como se não quisesse perturbar as almas que deambulavam pelo lugar sagrado. Uma frialdade desumana, quase sem vida. Não obteve resposta, obviamente. – Vou-lhe fazer uma pergunta – explicou o intruso. – Pode escolher responder... Ou não.

Deu alguns instantes para a instrução ser assimilada por Ernesto.

– Onde é que ele está?

Não era, de todo, a pergunta de que estava à espera. O terror invadiu-lhe as veias. *Ele sabe* – pensou sem pronunciar palavra. *Oh, meu Deus. Ele sabe. Como é possível?*

– Quem é você? – perguntou, tentando ganhar tempo. O suor traía-o gotejando pela testa, deixando-a completamente molhada.

A pancada atingiu-o na parte de trás do pescoço, empurrando-o alguns centímetros para a frente. Segurou-se na laje de granito a alguns centímetros do chão.

– Responder a uma pergunta com outra pergunta. Onde estão os seus modos, senhor padre? – A voz do homem alteou para um zumbido.

– Ele quem? Estão à procura de quem?

Nova pancada.

– Outra vez? O vosso repertório é muito limitado.

Vosso? Ele sabia da existência deles? Ernesto abriu os olhos nesse momento. Fizera tudo para o proteger mas falhara... Completamente.

Sentiu um objecto frio encostar-se à parte de trás do pescoço. Sem vida, sem vontade, o servo mais fiel.

– Tem dez segundos – deliberou. – Use-os bem, senhor padre.

Quem seria ele?

Nove. Como podia estar tão bem informado?

Oito. Alguém os traíra?

Sete. O *statu quo* fora quebrado. Seria cada um por si a partir daquele momento.

Seis.

Protege a nossa amada Igreja Católica Romana que tudo faz em Tua honra e glória.

Cinco. *Entrego-me a Ti, meu Pai.*

Quatro. *Teu servo em todas as horas.*

Três. Uma lágrima desceu pelo rosto.

Dois. *Morro em paz.*

Um. Debruçou-se com ambas as mãos suadas sobre a sacra laje e gritou:

– Perdoa-lhe, Senhor. Ele não sabe o que...

O metal que lhe perfurou a nuca roubou-lhe o resto das palavras. Viu sombras a dançar nas paredes ao som de tambores tribais antes de tombar pesadamente sobre a laje de mármore. Afinal, dançavam mesmo. Depois não viu nem ouviu mais nada.

3

Quanto menos se sabe mais se crê. Sempre assim foi e assim será até ao final dos tempos. Noutras épocas, o que hoje são fenómenos da Natureza comummmente conhecidos e explicados com a ajuda eficaz da ciência eram identificados como a ira de Deus, no caso das trovoadas e terramotos, e um prenúncio do fim do mundo se estivéssemos a falar de eclipses. Era ver os crentes ajoelhados em todos os altares, privados ou públicos, a apelar a Santa Bárbara, São Cristóvão e outros que tais para que intercedessem junto do Criador, Deus Nosso Senhor, Alá, Javé, cada um que escolhesse a oferta que melhor o servisse, para aplacar a ira Dele, quem quer que Ele fosse. E nos tempos anteriores a esses santos, quando eles ainda não eram santos, nem tinham nascido como os demais mortais, ou não eram ainda conhecidos como Deus ou Alá ou Javé, intercedia-se através de outros santos e outros deuses que se perderam nas areias do tempo e que ficaram esquecidos para sempre. E o mundo continuou sempre a rodar, sabe-se hoje, sobre si mesmo e sobre o sol, pouco interessado nas crenças de quem o habita.

O mundo tão-pouco se importava com este homem que descia vinte degraus, bem agarrado aos corrimões, de ambos os lados. A idade não lhe perdoou. As rugas impressas no rosto, vividas, como vergões de chicote que não deixavam esquecer as agruras dos dias que foram. O resto o corpo encarregava-se de lembrar. Uma perna presa que teimava em não corresponder às ordens do dono, olhos que enxergavam mal, mesmo com a ajuda dos óculos bastante graduados. Defeitos de uma máquina já muito usada e abusada que não teve cuidados quando devia.

Um passo de cada vez para descer ao subterrâneo que mandou construir nos idos de 1950 por cinco bons homens. Haviam feito um poço de elevador que permaneceu, justamente assim, até hoje, um simples poço, sem elevador. Considerou mais seguro apenas uma entrada, a mesma saída, vinte degraus para baixo, os mesmos para cima. Não ponderou a velhice e o tolher dos membros. Nem queria pensar nos vinte degraus que teria de subir, pois se ainda ia a meio de os descer. Não era um percurso que fizesse diariamente. Apenas uma vez por outra, uma vez por ano, sempre na mesma data, 8 de Novembro, símbolos da história de cada um que ninguém deve invadir. Questões de privacidade.

O subterrâneo ficava a cerca de 150 metros da casa grande, rodeado por árvores frondosas, que evidenciavam a crespidão do Outono. A entrada ficava dentro de uma barraca de madeira que, supostamente, os caseiros haviam usado para acolher os utensílios de trabalho em tempos idos. Parecia abandonada, de facto, cheia de pó e de teias de aranha, provavelmente habitada por outros bichos que não gostavam de aparecer a humanos de costas vergadas e arfantes.

Havia uma bancada no centro da barraca que disfarçava a entrada para o subterrâneo. Era menos pesada do que aparentava. Tanto que foi mais fácil para o idoso desviá-la do que descer as escadas. Depois de as descer o percurso era curto. Cerca de vinte metros até à porta do cofre, uma estrutura de metal com meio metro de espessura e trancas do tamanho das pernas de um homem. Há sessenta anos teria de enfiar uma chave em determinado local para activar o maquinismo de abertura. Foi assim durante algumas décadas, mas com os avanços tecnológicos implementara uma fechadura totalmente electrónica. Abeirou-se de um teclado alfanumérico e marcou um código de oito letras. O código pertencia a quem devia, dizia o visor da máquina.

Identidade Reconhecida
Ben Isaac
8 NOV 2010 21h13m04
Acesso Permitido

O mecanismo iniciou a operação de abertura que, apesar de se tratar de uma sequência lógica de soltura de fechos, soava a Ben Isaac somente como ruídos desconexos que provinham do interior da estrutura. As duas manivelas exteriores rodaram somente no fim do processo e a pesada porta abriu-se para fora com uma expiração de ar como se de um organismo vivo se tratasse. Nesse momento, também automaticamente, as luzes fluorescentes acenderam-se, uma a uma, iluminando o interior do cofre. Cem metros quadrados de paredes em pedra com 80 centíme-tros de espessura. O interior tinha um pé-direito de dois metros e meio de altura, o suficiente para albergar qualquer terráqueo na posição vertical.

As luzes emitiam um brilho branco uniforme por todo o espaço não deixando nada encoberto. Já bastava o lugar, em si, ser obscuro, algumas dezenas de metros acima, na barraca abandonada no meio das árvores frondosas, a 150 metros da casa grande.

As paredes mostravam a pedra granítica fria, dura, emprestando alguma frescura à sala fechada. O chão era de ladrilho alvacento, como as luzes, que, em conjunto, criavam um ambiente diáfano. Não havia nada encostado às paredes. Nuas. Apenas três móveis escuros no centro da sala. Mostruários. Encimados por três vidros que impediam o oxigé-nio de entrar para o interior. No canto inferior esquerdo de cada um dos mostradores, um visor indicava a temperatura de 20 ºC. Em cada um dos móveis um documento, dois num deles. Dois pergaminhos e dois ofícios mais recentes, da esquerda para a direita.

Ben Isaac dirigiu-se ao móvel mais à esquerda, que continha um per-gaminho e fitou-o. O tempo fora mais benevolente para aquele pedaço de informação do que para este pedaço de corpo velho... ou assim pen-sava Ben Isaac, amargurado. Que sabia ele da jornada daquele docu-mento? Por que mãos andara, por que buracos se enfiara, com que modos fora tratado ao longo dos anos, dos séculos, dos milénios até este dia 8 de Novembro, até ao dia 8 de Novembro de 1946 em que a sua expe-dição o encontrara, juntamente com outras tantas coisas em Qumran? Que sabia ele disso, a não ser que se encontrava na sua posse há mais de sessenta anos, cinquenta dos quais naquele preciso local? Datava do século I d. C., segundo os métodos científicos de datação mais avançados que o dinheiro podia comprar e, nesse departamento, Ben Isaac não se podia queixar. O seu dinheiro podia comprar tudo o que tivesse um preço. Era pequeno em relação aos outros documentos dos restantes mostradores. Estava comido dos lados e chamuscado no lado superior direito. Repousara perto do fogo em alguma noite gelada, ou alguém o abeirara do lume com intenções traiçoeiras. O certo é que, independentemente da razão, o brasido não chegou a prejudicar o texto que Ben Isaac conhecia de cor e citava algumas vezes para si próprio, na língua em que fora escrito, morta para quase todos, nas noites em que esperava pelo sono e que não eram poucas.

Roma, Ano Quarto da era de Cláudio, Yeshua Ben Joseph, imigrante da Galileia, anteriormente julgado e absolvido por Pôncio Pilatos, que se confirma ser o proprietário de uma parcela de terreno fora das muralhas da cidade.

Não conseguia deixar de se emocionar sempre que via aquele pedaço de pergaminho, com aquelas letras escritas pela mão de algum tabelião romano sobre um homem que mudara o curso da história de biliões e biliões de pessoas ao longo dos séculos. Jesus, o próprio, filho de José, neto de Jacob, herdeiro do grande David, do sábio Salomão, do patriarca Abraão, até onde registavam os epítomes históricos, os antigos e os modernos, e que mencionavam estas pessoas de estirpe.

Premiu um pequeno botão verde, abaixo do vidro, que emitiu um *bip* antes de deslizar e permitir que não houvesse entraves entre Ben Isaac e o documento. Pegou nele com muito cuidado, como se de um recém-nascido se tratasse, e chegou-o junto aos óculos. Que emoção. Tocar num objecto que o próprio Jesus poderia ter tocado, dois milénios antes. Não havia palavras. E, no entanto, Ben Isaac era um privilegiado. Podia fazê-lo sempre que o entendesse, assim fosse a sua vontade. Se o Papa tivesse conseguido meter as mãos naquele documento, qualquer Papa, depressa o rotularia de sacrílego. Bem quiseram. Não o permitiria. Jamais. Comprovara que era autêntico, sentia-o como verdadeiro.

Tornou a colocar o pergaminho no seu lugar e deu ordem ao vidro para deslizar de regresso ao seu posto de protecção. Passou ao mostrador do meio que revelava um pergaminho bastante maior que o anterior, degradado em algumas partes, de tal maneira que não deixava perceber os caracteres escritos. Mas o essencial conseguia ler-se, a mensagem principal que lembrava todos os dias com um arrepio frio na espinha e não tinha coragem de a proclamar em voz alta. A este não quis tocar, nunca quis. Era anterior ao outro pergaminho em alguns anos, mas mais importante. Não se tratava de uma simples autorização legal, mas de um evangelho que muito poucos conheciam a existência. Somente ele e uma mão-cheia de estudiosos que teve de contratar para interpretá-lo, sob um contrato rígido que incluía um pacto de silêncio. Nisso Ben Isaac era um falcão. Não facilitava um milímetro.

O último mostruário alojava dois documentos em papel timbrado, com armas pontifícias na parte superior da folha, a dominar o centro. Ambos os textos estavam em inglês e podiam ler-se facilmente.

Aos 8 de Novembro de 1960, na Cidade do Vaticano,

Delibero conceder a Ben Isaac, natural de Israel, residente na cidade de Londres, a concessão sobre os pergaminhos encontrados no Vale de Qumran por um período de 25 anos. Durante a vigência deste acordo nenhuma das partes tornará público os achados referidos. A Santa Sé não tentará, por via alguma, recuperar o espólio que considera seu por direito.

Findo o prazo definido caberá ao meu sucessor e aos sucessores de Ben Isaac alcançar novo acordo.

Que Deus nos acompanhe.
Johannes P.P. XXIII
Ben Isaac
(E mais três assinaturas ilegíveis)

O seguinte era parecido, com um brasão diferente e texto mais curto.

Aos 8 de Novembro de 1985, na Cidade do Vaticano,

Determino a prorrogação do acordo, celebrado aos 8 de Novembro de 1960, por período idêntico, findo o qual se definirão novos ajustamentos com os herdeiros.

Cumpra-se e assine-se.
Johanes Paulus P. P. II
Ben Isaac
(E mais cinco assinaturas ilegíveis)

Ben Isaac leu e releu os textos. Relembrou as negociações. Os cardeais, os prelados, os núncios apostólicos, os simples curas que durante dois anos iam e vinham com recomendações, oblatas, cominações, vitupérios... os Cinco Cavalheiros. Nunca conheceu João XXIII nem João Paulo II, apesar de todos assinarem o documento. Talvez esse tivesse sido o erro. Demasiados enviados especiais, quando teria sido mais simples sentarem-se à mesma mesa e conversado. Um núncio chegou a oferecer-lhe dez milhões de dólares pelos documentos, antes do primeiro acordo. Duvidava que João XXIII tivesse oferecido tal quantia. O certo é que depois do acordo assinado nunca mais foi incomodado. Tantos erros cometidos ao longo do tempo. Isto nada tinha a ver com religião. Pensou em Magda, o que lhe embargou os olhos de lágrimas, depois Myriam invadiu-lhe a mente. O passado, sempre ele, levara-o a encontrar coisas inimagináveis. Objectos que dinheiro algum podia comprar. Se o mundo soubesse. Talvez fosse necessário que soubesse em breve. Por Magda.

Deitando um último olhar aos pergaminhos, Ben Isaac suspirou. Olhou para o relógio. Estava na hora. Voltou-lhes as costas e saiu do cofre em direcção às escadas. Estava velho de mais para a guerra, mas não lhe voltaria as costas. A vida era uma guerra… nada mais.

O tempo terminou. O acordo acabou.

4

O velho arqueólogo tossiu e esperneou. A pancada não se fez esperar, firme e seca, sem remorso.

– Da próxima ponho-o a dormir – ciciou a voz ao seu ouvido, fria, aterradora.

O velho arqueólogo sabia que ele dizia verdade.

Apanhou-o da forma mais absurda que se possa imaginar. Um telefonema a meio da noite, inoportuno, mas não estranho. Acordou estremunhado e mal-humorado, mas o teor da conversa logo o despertou. Um pergaminho a precisar de tradução. Datava do século um, mas desconhecia-se a língua. A pessoa do outro lado da linha desfez-se em desculpas devido ao adiantado da hora, mas pagaria o que fosse preciso para que tão conceituado arqueólogo pudesse dar uma vista de olhos ao achado e dizer de sua justiça. Belas palavras que o seu ego raramente ouvia. O resto foi fácil. Um bilhete esperava-o no aeroporto na manhã seguinte que lhe dava acesso ao destino. *Idiota* – pensou. A mãe sempre lhe disse que ninguém dava nada a ninguém.

Quando chegou apanhou um táxi para a morada que o desconhecido lhe dera, enfrentou o caótico tráfego da hora de almoço que quase levou tanto tempo como o voo e, por fim, chegou à morada dada. Parecia um armazém-frigorífico abandonado. Um local estranho para um encontro destes.

O cordial cumprimento, entre desconhecidos, que esperava foi um bofetão forte no rosto e um empurrão que o fez cair com a cara no chão. O sujeito, um homem magro que trajava um fato de corte elegante, pousou o joelho sobre as suas costas e colou-lhe o rosto ao chão com uma mão pesada. Em seguida, revelando uma forma física invejável, baixou a cabeça sobre o ouvido do arqueólogo.

– As regras são simples. Eu pergunto e o senhor responde. Qualquer alteração a este princípio terá consequências, entendido?

O arqueólogo juraria que o homem se estava a babar como um cão raivoso enquanto ditava a ordem.

– Quem é você? – indagou aflito. Estava-lhe a custar a respirar.

A pancada colou-lhe ainda mais o rosto ao chão imundo.

– Eu é que faço as perguntas, entendido?

– O senhor deve-se ter enganado na pessoa. Sou um mero arqueólogo. – Valia a pena tentar esclarecer. Os agressores não são infalíveis como os pontífices.

– Yaman Zafer. É esse o seu nome?

– É, mas...

– Está a ver como não custa nada? Vamo-nos entender na perfeição – zombou o homem respirando bem em cima do ouvido de Zafer.

– Ouça, eu...

Nova pancada na nuca que o fez ver estrelas.

– Eu pergunto. O senhor responde. Não é uma relação perfeita?

Zafer calou-se. Não tinha muitas opções. O melhor era calar-se e ver no que aquilo daria. Não conseguia respirar em condições com o joelho a pressionar-lhe o abdómen contra o chão. Estava completamente dorido.

– Se colaborar deixo-o respirar – disse o agressor. Falava a sério.

– Está bem – aquiesceu. Não mandava nada ali. Por que não pediu mais informações antes de se meter no avião? Por que se deixou convencer tão facilmente? Foi tão ingénuo.

O agressor parecia ter ouvido os seus pensamentos.

– É tão fácil dizer o que as pessoas querem ouvir. Vamos ao assunto que nos trouxe aqui. – Humedeceu os lábios. – Já ouviu falar de um homem chamado Ben Isaac?

Zafer estremeceu, se é que era possível fazê-lo.

– Vou encarar isso como um sim – sibilou o agressor. – Quero que me conte tudo.

Aliviou um pouco o joelho e Zafer, aproveitando para sorver a maior quantidade de oxigénio que conseguiu, levou a mão ao bolso exterior do casaco, mas a indulgência durou pouco. Tornou a sentir a pressão incómoda sobre os pulmões. O agressor sabia o que fazia.

– Qual era o teor do projecto para que foi contratado em 1985? – Nova pergunta.

– Qual projecto?

Nova pancada na nuca, com força.

– Nunca fiz nenhum trabalho para Ben Isaac – explicou Zafer. Talvez o deixasse em paz.

– Se quer ir por aí – avisou o agressor – terei todo o prazer em fazer uma visita à Mónica e ao Matteo. Estou certo de que me irão adorar. – Sorriu com uma expressão escarninha.

Zafer sentiu um arrepio frio ao ouvir o nome dos filhos. Eles não. Não podia pôr em perigo a vida deles. Perdeu.

– Preciso de reformular a pergunta? – insistiu o agressor friamente.

– Não – disse Zafer a custo. Começava a custar-lhe falar devido à falta de ar. – Eu falo. Conto tudo o que quer saber.

O joelho implacável aliviou a pressão fornecendo ar a Zafer que o aproveitou como se de alimento se tratasse.

– Sou todo ouvidos.

Zafer sentiu-se envergonhado e humilhado. Sentia que não sobreviveria, mas tinha de o afastar dos filhos.

Perdoa-me, Ben.

5

Nada é para sempre.

Tudo está em imutável transmutação. A água do rio, do mar, do oceano, o vento, as nuvens, o atrofiar dos corpos, a corrupção dos cadáveres, os segundos, os dias, as noites, esta noite… nada é estático, nem mesmo uma cadeira, esta cadeira dentro desta sala encardida e pardacenta com uma lâmpada gordurosa de 40 *watts* a pender do tecto, mesmo por cima dela. A madeira que compõe a cadeira está já carunchosa. Um dia deixará de ser o que é para se tornar noutra coisa qualquer. A lâmpada acabará por não acender um dia ou uma noite e esta sala, no interior deste armazém abandonado, será demolida, juntamente com o armazém, para dar lugar a um condomínio de luxo que, mais tarde, se tornará noutra coisa qualquer.

Tudo muda… sempre.

A luz da lâmpada falhava a espaços mergulhando a sala nua numa escuridão dúbia e suspeitosa. Por vezes faiscava no interior do vidro como uma trovoada, antes de tornar a iluminar com a intensidade que lhe era consentida, reflectindo principalmente sobre a cadeira e deixando os cantos inundados de uma penumbra fantasmagórica.

A sala não tinha janelas. Uma porta de chapa branca era o único acesso. O tempo acabara por sujar a tinta original da porta e das paredes com nódoas de desmazelo.

Um baque violento empurrou a porta para trás. Alguém a abrira com um pontapé juntando mais essa amolgadela às mazelas incontáveis. A lâmpada deixou de iluminar nesse preciso momento como num protesto solidário.

– Raios – praguejou o agressor, ligando e desligando o interruptor, colado na parede ao lado da porta, com impaciência.

Às tantas, a caprichosa lâmpada condescendeu às intenções do homem.

– Estava a ver que não – rezingou.

Entrou na sala numa afirmação de pujança. Eu quero, posso e mando. Atitudes muito acertadas, pois desconhecia-se alguém que estivesse a controlar os passos dele.

Acercou-se da cadeira, pegou nas costas e ergueu-a uns centímetros. Depois deixou que as pernas da cadeira batessem no chão em uníssono. Aguentaria.

Ao lado da cadeira estava um pequeno saco negro para o qual o agressor se limitou a olhar. Tudo pronto.

Saiu durante alguns minutos e deixou a porta aberta. A lâmpada ameaçou extinguir-se mas quando o homem regressou iluminava a cadeira como era o seu dever. Arrastava alguém que parecia inanimado e sentou-o na cadeira. Era um homem de idade, bastante maltratado. A princípio foi difícil mantê-lo sentado, pois nem sequer tinha forças para se segurar e tendia a cair para a frente. O agressor segurava-o com uma mão na testa. Tinha tempo. À medida que o idoso recuperava a cons--ciência ia também conseguindo equilibrar-se melhor. Estava em muito mau estado.

Uma venda impedia-o de ver o local bem como o carrasco. Sangue seco pintava-lhe a comissura dos lábios, uma réstia de agressões recentes. Um hematoma marcava o pescoço e indiciava asfixiamento. Este velhote fora torturado metódica e barbaramente.

Tossiu um pouco para desobstruir as vias respiratórias mas até isso lhe custava. Estava dorido um pouco pelo corpo todo.

O agressor encarou a tosse como um regresso à consciência. Estava pronto. Debruçou-se sobre o saco e abriu-o.

– Quem está aí? – questionou o velho com uma voz alvoroçada. – Por que me estão a fazer isto?

Fora tão ingénuo. Atendera a um pedido de um amigo que conhecera alguém que precisava da tradução de um pergaminho. Na manhã seguinte enfiara-se num avião e, quando aterrou no local indicado, vira estrelas em vez de caracteres impressos num pergaminho antigo. Uma pancada forte na nuca que o deitou por terra. Nunca chegou a ver quem o atacou. Vendaram-no e continuaram a maltratá-lo. Não saberia dizer quantos eram os vândalos, podia até ser apenas um, nem qual o motivo. Oferecera dinheiro, o pouco que tinha, mas aparentemente não era dinheiro o que queriam. No meio do desespero tentou manter a serenidade. As faculdades mentais eram a única coisa que lhe restava, mas até isso perdeu momentaneamente com uma pancada mais forte. Acordou sentado na cadeira e pressentiu alguém a remexer em qualquer coisa junto aos seus pés.

– Eu não tenho nada que possa ser de interesse. Sou professor, levo uma vida honesta. Tenham dó.

O agressor levantou-se. Na mão trazia uma seringa e um frasco. Espetou a agulha no topo plástico do frasco e sugou o líquido incolor. Retirou o ar pressionando o manípulo até sair uma gota pela ponta da agulha. Deixou cair o frasco que se estilhaçou em mil pedaços de vidro. Fitou o velho vendado que se calou como que prenunciando o pior.

– As regras são simples. Eu pergunto e o senhor responde. Qualquer alteração a este princípio terá consequências, entendido? – bradou-lhe o agressor.

6

– Dois livros publicados? – perguntou-lhe Francesco, enrolado nos lençóis da cama da suite do oitavo andar do Grand Hotel Palatino, em Roma.

– É. Agora deixam qualquer um publicar livros – brincou ela retirando importância à pergunta.

– Como é que arranjaste informações tão importantes sobre o Vaticano? – questionou o italiano a olhar o tecto branco. – Tens de conhecer alguém com excelentes relações lá dentro.

Sarah pensou nos dois anos anteriores e em como haviam sido demasiado intensos. Descobrira coisas que nunca imaginara sobre assuntos que, até essa altura, não lhe despertavam o mínimo interesse. Podia considerar-se douta sobre assuntos do Vaticano, versada em João Paulo I e II, Albino Luciani e Karol Wojtyla, sem que tivesse levantado um dedo para que isso acontecesse. A vida revelava-se de estranhas maneiras, era certo. Estava no topo da lista das principais televisões e mesmo jornais concorrentes quando o assunto era a Santa Sé. A sua opinião era de tal forma respeitada que alguns até a apelidavam, nos bastidores, de amante do Papa, pois o que sabia só podia advir dele. Não deixava de ser irónico, uma mulher, o género mais aberrante dentro dos muros sagrados, ser a opinião mais respeitada fora deles.

Pensou em Rafael, no seu ar firme e robusto, no seu sentido de dever, na sua beleza e no que haviam passado juntos.

Há seis meses ela deixara-o a falar sozinho. Isto não era inteiramente verdade, uma vez que foi apenas Sarah quem falou. Rafael não pronunciou uma palavra.

Estavam em Londres, onde Sarah residia. Encontraram-se no *Walker's Wine and Ale Bar*. Ele chegou primeiro e pediu uma *Bud*. Mais tarde, quando ela chegou, pediu uma *Evian*, de bradar aos céus num bar de referência, mas nem esperou que a trouxessem. Entrou de rompante no assunto que a levara a marcar o encontro.

– O que há entre nós?

Rafael fitou-a como se não a tivesse entendido.

– O que há entre nós? – repetiu Sarah. – Eu sei que tu és padre… que tens uma relação com… – nesta parte sentiu-se confusa. Deus, Cristo, a Igreja? Todos ao mesmo tempo? – huh… mas também sei que não te sou indiferente. – Aqui Sarah olhou-o para captar alguma reacção. Rafael permanecia impávido a escutá-la. Conseguia ser um velhaco quando queria. Sarah sentia-se cada vez mais nervosa. – Sei que nos conhecemos em circunstâncias atípicas – prosseguiu de cabeça erguida, ou assim pensava. – Sei que passámos por muita coisa, tivemos as vidas em perigo e que, provavelmente, isso deu-me a oportunidade de te conhecer melhor do que ninguém, isso fez com que eu me apaixonasse por ti. – Quando deu por ela já estava dito. Tinha a noção que ainda dissera mais qualquer coisa, mas não se ouvira mais a si própria. Teria mesmo declarado, em alto e bom som, o que sentia? Olhava-o ainda mais intensamente a tentar descobrir qualquer reacção. Apenas via o mesmo Rafael de sempre, calculista, sereno… impermeável.

A certa altura ouviu-se um troar de vozes a clamar no interior do bar, em delírio. Os *blues* tinham acabado de marcar um golo em Stamford Bridge e alguns dos presentes haviam sido contagiados pelas imagens que repetiam nos ecrãs espalhados pelo bar.

Foi nesse instante que o empregado trouxe a água, há muito pedida. Ou pelo menos assim parecia a Sarah, horas, uma eternidade. É certo que haviam passado somente alguns minutos, poucos, mas a mão no fogo por pouco tempo que seja parece sempre muito.

– Não é uma situação normal, eu sei. Nada connosco é – avançou Sarah depois de humedecer os lábios. – Não te vou pedir para te divorciares de Deus. Jamais o faria, mas tinha de o dizer. Está dito. Sei que és inteligente o suficiente para já teres percebido. – Olhou-o novamente. – De qualquer forma, voltamos ao ponto inicial que me leva à pergunta o que há entre nós? Não te sou indiferente, pois não? – Nunca lhe havia passado pela cabeça que se podia ter precipitado até ao momento em que o disse. Rafael podia, simplesmente, não sentir nada por ela. E o facto de o ver dar mais um gole na cerveja, sem proferir uma palavra, fazia-a sentir cada vez mais pequena, como uma menina que confessara o seu amor e levara a primeira tampa. Não verbal, neste caso, o que ainda custava mais. Teria Sarah compreendido tudo mal? Teria, deliberadamente, deturpado os sinais? Nem pensar. Era inteligente, bem-sucedida, editora de política internacional do *The Times*, autora de dois livros conceituados. Teria sido iludida pelos sentimentos? Agora era tarde, não podia fazer nada. Revelara-se. Tinha de se manter firme. Até ao fim.

– Não dizes nada, Rafael?

Mais um gole de cerveja.

– Deixas-me dizer isto tudo e não dizes nada? Não me paras? Não me colocas no meu devido lugar?

Rafael bem queria falar, e falou, mas Sarah já não o ouviu. Saíra esbaforida depois de ter batido uma nota de dez libras em cima da mesa, para pagar a *Evian* que mal bebera.

– Ainda bem que tivemos esta conversa – declarou Sarah. – Agora posso prosseguir com a minha vida e arrumar o que ficou pendente. – E saiu a toda a velocidade, enfurecida. Estava no seu direito de se sentir exasperada.

Se tivesse aguardado mais alguns instantes, se não tivesse avançado para a porta tão ligeira, para longe do bar, para longe de Rafael, se, se, se... provavelmente, tê-lo-ia ouvido. Um tímido e sumido "Não posso".

A prestigiada editora de política internacional do *The Times* depressa encontrou razões para esquecer o padre Rafael Santini que regressara a Roma. E se, não raras vezes, relembrava aquela conversa de surdos que teve naquele bar em Whitehall enquanto o Chelsea jogava contra outra equipa qualquer, o mesmo Deus em que Rafael cria, ou outro qualquer, abriu-lhe uma janela, na forma de um Deus italiano. Mais um. Era achacada a italianos, pelos vistos. Correspondente do *Corriere della Sera* em Londres, com aparições regulares na *RAI*, os mesmos 32 anos de Sarah, um corpo que faria Eros atirar-se do pedestal roído de inveja, ou David automutilar-se em desespero. Só teve olhos para ela, a partir do primeiro milésimo de segundo em que a viu, num jantar para jornalistas, na Embaixada de Itália.

Em abono da verdade, deve dizer-se que este Adónis do Sul da Europa passou um pouco ao lado a Sarah. Porém, o italiano cedo lhe mostrou um interesse genuíno e uma conversa agradável que ia muito além do *playboy* que aparentava ser. Natural de Ascoli, na província de Marcas, junto ao Adriático, chamava-se Francesco. Não valia a pena mentir, a sua beleza escultórica fora a carta que mais pesara para Sarah concordar num encontro a dois. A oportunidade de Francesco mostrar o que valia e se valia a pena. Depois desse primeiro encontro veio o segundo, na semana seguinte, depois de uma semana doida na redacção de Sarah. No terceiro, ficou selado o compromisso com um aceso beijo à porta de casa dela, em Kensington, a que se seguiram muitos outros de maior intensidade na cama do quarto dela.

E depois as coisas foram acontecendo com a naturalidade dos dias que passam. Mais encontros, mais confabulações, mais beijos e outras coisas, de acordo com a agenda de cada um. Francesco parecia, cada vez mais, cativo da transparência de Sarah. Não havia capas ou papéis indefinidos. Era sempre ela, a Sarah, autêntica, ao telefone na redacção, a fazer o pedido ao empregado no restaurante, aos beijos no quarto. Não havia outra Sarah que não aquela, à frente dele, e ele adorava isso.

– Olha que não me pareceram nada maus. Percebe-se por que são tão badalados – proferiu Francesco, fazendo-a regressar à confortável *suite* do hotel romano.

– Andaste a lê-los? – perguntou enunciando um falso ar de escândalo. – Quem te autorizou?

– Precisava de saber se ia apresentar uma anticatólica à minha mãe – respondeu Francesco, sério. – Mas já fiquei descansado.

– São livros sobre homens e não sobre religião – explicou Sarah.

– Sim. Na verdade acho que a minha mãezinha concordará contigo em alguns pontos. Podíamos dar um salto a Ascoli quando despachares a promoção, que achas?

– Não te parece demasiado prematuro? – arguiu Sarah.

– A mim não. Leva o tempo que precisares com a promoção do teu livro. Não te incomodarei. Assim que estejas livre fazemos esse desvio pelo Nordeste.

– É só uma conferência na *La Feltrinelli* da Piazza della Torre Argentina – informou Sarah a pensar na proposta.

Francesco inclinou-se sobre ela.

– És uma herege muito apetecível.

– Queres ver se me levas para a cama, meu canalha? – gozou Sarah com lascívia.

– Deixas? – Francesco optou pelo ar de menino inocente.

– Deixo… – disse Sarah. – Não sei é se a tua *mãezinha* deixa – atirou.

– Oh. Queres guerra?

Iniciou-se uma batalha campal com almofadas e ameaças e beijos fogosos.

– Vais pagá-las – brincou o italiano.

– És muito caro? – provocou Sarah ainda mais.

Quando as hostilidades foram suspensas e se deitaram os dois arquejantes, de barriga para cima, suados, um sorriso invadia-lhes os lábios.

– Amo-te – disparou Francesco.

Semelhante a uma bala direccionada com precisão, atingiu Sarah com uma força tal que a fez arrepiar e desistir do sorriso. O que se fazia nestes casos? Não tinha resposta. Pelo menos não naquele momento. Mas Francesco não era apenas um palmo de cara bonita, oco por dentro. Via longe e mudou de assunto. Ou então não reparou no silêncio incómodo.

– Ainda não me contaste quem é o bispo ou cardeal que te anda a contar essas coisas todas – disse meio a gozar meio a sério.

– Uma mulher nunca conta – redarguiu pensativa. A mente levara-a novamente a Rafael a quem já não via ou ouvia há meses.

7

Ben Isaac estava a fazer tudo para salvar o seu casamento. Myriam não estava pelos ajustes e dera-lhe um ultimato. O banco ou ela. Fora por essa razão que acedera a fazer o cruzeiro quando o grupo financeiro que administrava enfrentava momentos tão delicados. O filho deles, com o nome do pai, tomou conta dos negócios da família durante um mês. Ben Júnior, de 27 anos, já há muito que desempenhava funções na administração das empresas, mas sempre sob o olhar atento e avalizador do pai. Desta vez era diferente. O pai estava enfiado num barco com a mãe a devanear pelo Mediterrâneo. O Ben Júnior fazia um resumo nocturno de tudo o que se passara durante o dia. A mãe tolerava essa conversa desde que não excedesse um quarto de hora. Ben aproveitava para aconselhar o filho com a experiência que acumulara ao longo dos anos. Não era bom marido, nem pai, mas na banca ninguém o derrotava. Pensava que com a idade os negócios pesariam cada vez menos na sua vida e as coisas modificar-se-iam, mas enganara-se. Os objectivos iam-se alterando. Primeiro, queria o melhor para si, depois o melhor para Myriam, depois… Magda, a seguir o melhor para o filho e, neste momento, queria simplesmente deixar um legado magnífico, à prova de intempéries ou más decisões.

Quando morreres deixas cá tudo – admoestara-o Myriam, alterada, numa das muitas discussões que tiveram – *não levas nem um* penny.

O cruzeiro não podia ter vindo em pior altura. As negociações com os compatriotas israelitas alcançavam o período crucial e teria de ser Ben Júnior a concluir o negócio, em Telavive. Era a prova de fogo do rapaz.

Enfiou-se no *MS Voyager of the Seas*, um paquete de enormes proporções com 15 *decks*, mais uns milhares de pessoas. Chamavam-no de *hotel flutuante* e não estavam errados. Tinha casino, spa, capela para casamentos, pista de gelo, cinema, teatro, centro comercial, tudo para fazer esquecer os viajantes que estavam no mar e não em terra. E conseguiam-no fazer com louvor. O irónico é que Ben Isaac podia comprar o seu próprio barco e tripulação e navegar ao seu gosto, mais confortavelmente. Porém, Myriam fora inflexível. Um cruzeiro como os dos casais normais. Discutir com Myriam não era opção. Comprou cinco quartos no *deck* 14 para ficar no do meio e não ser incomodado por vizinhos desagradáveis. Claro que optou por esquecer-se de informar Myriam desse pormenor. Ben Isaac era assim. Condescendia até certo ponto e, depois, arranjava forma de fazer as coisas à sua maneira. Tentava poupar Myriam a tudo. Problemas com o negócio, os acidentes do filho, a cura de desintoxicação do irmão dela, as amantes do pai, noutros tempos. Não permitia que nada a incomodasse, fechava-a numa redoma de estabilidade, embora isso originasse outros problemas, como a falta de atenção, as longas ausências e a carência de afectos. Myriam insurgia-se e Ben Isaac submetia-se à sua vontade, adaptando-se à nova realidade. O segredo do seu sucesso foi sempre esse.

Assim o encontramos a ler o jornal na mesa 205 do restaurante do *deck* 14. Myriam fora ao ginásio fazer um pouco de natação e juntar-se-lhe-ia em seguida. As manhãs eram sempre iguais desde que entrara no titânico paquete. E este israelita, desterrado em Londres desde a infância, onde fez fortuna, não se importava. Desde que Myriam estivesse feliz, ele estava feliz. Não importava ter notícias da empresa apenas à noite. Era o preço que tinha de pagar por inúmeras noites de ausência. Myriam merecia o seu sacrifício.

O empregado trouxe-lhe o café.

– Bom dia, doutor Isaac. Como se sente hoje? – Um sorriso genuíno a atravessar o rosto.

– Bom dia, Sigma. Muito bem, obrigado.

Sigma era das Filipinas e um excelente empregado de mesa, na opinião de Ben Isaac.

– Vai ficar-se apenas pelo café?

– Sim. Só café. Não consigo comer antes das dez.

– Com certeza, doutor Isaac. Se precisar de mais alguma coisa não hesite em chamar-me. Desejo-lhe um dia muito agradável.

– Obrigado, Sigma.

Ben Isaac continuou a ler o *The Financial Times*, por deformidade profissional. Nenhuma leitura lhe dava mais gozo. Analisar o mercado, ler nas entrelinhas, avaliar oportunidades de investimento. Só numa página conseguia idealizar milhões de libras em receita. Se fosse caso disso aconselharia Ben Júnior a investir ou a ter cuidado com determinado título.

Levantou a chávena de café e tragou um pouco. Preto, puro, sem açúcar. Que melhor forma de encarar o dia? Só ao pousar a chávena reparou num pequeno envelope na borda do pires. Que estranho. Sigma não o mencionara. Pousou o jornal sobre a mesa com a intenção de retomar a leitura e abriu o envelope. Dentro um pequeno papel em tom creme.

Meia-noite piscina statu quo.

Ben Isaac releu o papel três vezes. Olhou ao redor das mesas que o ladeavam. Poucas pessoas se haviam levantado. Uma família de cinco ao fundo, um casal a três mesas de distância. Ninguém suspeito, mas quem via caras não via corações, tão-pouco intenções.

Avistou Sigma que trazia uma bandeja e se dirigia à mesa da família de cinco, repleto de *croissants*, pão, queijo, fiambre.

– Sigma, por favor – chamou Ben Isaac. O filipino acercou-se dele. – Quem lhe deu este envelope? – perguntou, tentando encobrir a inquietação que o acometia.

– Qual envelope, doutor Isaac? Ninguém me deu nenhum envelope.

– Este... – mas desistiu. Aquilo estava muito acima da compreensão de Sigma. – Esqueça. Foi confusão minha. Obrigado.

– Precisa de mais alguma coisa, doutor Isaac?

O israelita levou alguns instantes a responder que não. Estava tudo bem.

Apesar do ambiente fresco, aclimatado pelo ar condicionado, Ben Isaac transpirava. Levou o guardanapo à testa para limpar um pouco da película que se formava. Aquilo incomodara-o. Levou a mão ao bolso dos calções que Myriam o obrigara a usar e tirou o telemóvel. Dedilhou a memória telefónica e deu luz verde para a chamada se efectuar. Pouco tempo depois soou o *bip* que indicava que o telefone destinatário estava a tocar, ou vibrar ou o que quer que os telefones fazem, hoje em dia.

Atende. Atende. Atende. Deu por si a suplicar, embora fosse sua intenção apenas pensar sem falar.

Nada. Não obteve resposta. Segundos depois atendeu o gravador de chamadas. *Ligou para Ben Isaac Júnior...*

Pousou o telemóvel em cima da mesa e consultou o relógio. Eram onze horas em Telavive. O pequeno Ben já estava a trabalhar. Talvez em alguma reunião devido ao importante negócio em que o sigilo era a alma do sucesso. Um aperto no coração dizia-lhe que não. Levantou-se. Precisava de arejar as ideias, tinha de pensar. Calma, Ben Isaac. Ele não tem nada a ver com isto. Eles não iam encostar um dedo no rapaz. Mas não conseguia deixar de relembrar a mensagem no papel creme. Não o horário nem o local, mas o resto. *Statu quo.* Fazia-o arrepiar.

O passado, sempre o passado a perseguir os passos dos justos. Os equívocos, as avidezes, a sobrançaria da juventude não lhe davam descanso nem o olvidavam. Tal como Myriam, o Ben Júnior e Magda, o passado acompanhava-o sempre e, desta vez, vinha cobrar, à meia-noite, na piscina.

8

O professor fitou os alunos sério com os braços cruzados sobre o peito. As mulheres consideravam-no fascinante, os homens sentiam respeito. Aparentava 40 anos, uma forma física invejável, vigoroso na opinião feminina. Nunca sorria nem alterava o tom de voz. Sempre seguro. Fazia-os pensar, desafiava os, pois essa era a sua função enquanto titular da cadeira de Filosofia da Pontifícia Universidade Gregoriana, em Roma. Dissipava as dúvidas com novas perguntas, outro ponto de vista. Não vendia fácil a solução. A reflexão, o raciocínio eram a melhor arma de sobrevivência no mundo actual. Não os livraria da morte mas levá-los-ia longe.

– A Igreja dá sempre a solução nas Sagradas Escrituras. Está lá tudo. Ninguém precisa de andar perdido. Sim, porque a Bíblia é também um livro filosófico – explicou.

Que desperdício – pensava a ala feminina. Material tão bom entregue nas mãos da Igreja, discípulo de Nosso Senhor Jesus Cristo, homem de Deus.

As más-línguas, entenda-se tal expressão como fontes de origem desconhecida, logo pouco credíveis, diziam que ele era próximo do Papa Ratzinger. Desconhecia-se a veridicidade de tal afirmação que apenas podia ser considerada um rumor, por enquanto.

– E erótico também. E pornográfico – ouviu-se uma voz masculina dizer vinda da porta que logo revelou um homem mais velho, com

barba, bigode e cabelo alvos. A idade transparecia, assim como um brilho de jovialidade que o acompanhava. Um sorriso de criança rebelde
que fizera uma patifaria.

– Jacopo, és sempre o mesmo – acusou o professor sem alterar o tom
de voz.

– Estou a dizer alguma mentira, Rafael? – Olhou para a turma de um
modo provocador. – A Bíblia é o primeiro livro histórico, fantástico, ficção científica, evangelho, *thriller*, romance de todos os tempos.

– Jacopo, precisas de alguma coisa? – perguntou Rafael com firmeza.
– Estou a meio de uma aula.

– E eu peço imensa desculpa por vir meter juízo nestas cabeças e não
o que vocês lhes metem... O que quer que seja – gozou o outro. – Sabem
que depois destes séculos e milénios tudo o que se lê na Bíblia continua a
não ter qualquer comprovação arqueológica? Nem uma. E muitas das
personagens – esboçou umas aspas no ar enquanto dizia a palavra – e
localidades que aparecem citadas nesse livro tão importante para tanta
gente não são citadas em mais lado nenhum? Apenas a Bíblia os menciona, mas como é a Bíblia... – Parou de falar e assumiu um tom sério. –
Preciso de te dar uma palavra.

– Não pode esperar?

– É óbvio que não. – E saiu para o exterior da sala.

Rafael pediu desculpa à turma e prometeu que seria apenas um
minuto.

– Que se passa? – questionou Rafael depois de sair e fechar a porta. –
O que é que não pode esperar?

– Yaman Zafer – disparou Jacopo.

Rafael arregalou os olhos. Agora tinha toda a sua atenção.

– Yaman Zafer?

– Sim – confirmou o mais velho.

Rafael virou-lhe as costas e suspirou. Jacopo não o viu cerrar os olhos.
Se pudesse chorava, mas já não sabia como. A vida, por vezes, seca os
olhos a alguns, fazendo com que chorem sangue por dentro em vez de
água por fora.

Jacopo não era o tipo de homem que pudesse ser apelidado de sensível às emoções humanas. Sessenta e um anos de vida haviam colocado
uma capa de racionalidade sobre os seus sentimentos, escudando-o das

emoções humanas... Ou assim gostava de pensar. Rafael não podia fazê-
-lo, era padre, ainda assim o cabrão mais frio que conhecia.

– Tens mais informações? – perguntou Rafael, novamente virado para ele, encarando-o com olhos sérios e maus.

– Alguém lhe ligou a meio da noite para falar de um pergaminho. Isto foi o que disse a Irene. Apanhou um voo de manhã e... – Deixou supor o resto.

– Onde? – quis saber o padre.

– Paris. Num antigo armazém-frigorífico, em Saint-Ouen.

Rafael continuou a olhá-lo friamente e depois deixou-o dirigindo-se para a saída.

– Paris será.

9

Shimon David era um vizinho zeloso ou pelo menos assim gostava de pensar. Os vizinhos não usavam a mesma expressão, trocavam-na por outra, menos elogiosa, mas que ele desconhecia e, por isso, não o afectava. Para eles Shimon era um velho curioso, sempre atento aos menores movimentos da rua e da vizinhança. Se alguém quisesse saber se determinada pessoa estava em casa ou se iria demorar a chegar, Shimon era o vizinho certo a quem perguntar. Até pelo que trajavam conseguia descortinar que destino levavam. O limite da sua sabedoria ia de uma ponta à outra da rua e nada mais lhe importava. Viúvo, aposentara-se havia mais de duas décadas. Toda a sua vida fora carteiro. Podia dizer-se muito de uma pessoa pela correspondência que recebia. Shimon sabia muita coisa dos seus vizinhos, mais do que alguma vez eles podiam suspeitar porque ninguém queria saber do carteiro.

A rua situava-se nos arredores da Cidade Santa. Ao longe, no meio de uma amálgama de edifícios e telhados, conseguia vislumbrar-se, quem soubesse o que queria ver, o reflexo dourado da cúpula da Rocha, bem lá no interior da muralha.

Da janela de onde controlava os vizinhos, no bom sentido da palavra, Shimon conseguia ver a sua amada cidade de Jerusalém, o centro do mundo.

Neste entardecer Shimon não apareceu à janela. Os vizinhos chegavam cansados do trabalho e nem deram por nada. Entraram nas suas residências como sempre o faziam sem olhar para trás, desejosos por algumas horas de paz e sossego, em alguns casos, ou guerra e confusão, noutros. Tanto se lhes fazia se Shimon estava à janela ou não.

Movimentos na casa da defunta Marian, uma velhota de 90 anos que morrera havia dois meses e não tinha herdeiros, chamara a atenção do zeloso judeu. Talvez alguém tivesse comprado a casa que ficava ao lado da sua. O certo é que não houve mudanças nem reparações. Os três homens que chegaram numa carrinha branca entraram na casa e instalaram-se como se vivessem ali desde sempre. A situação não inspirava confiança a Shimon, daí que, como zelador, auto-incumbido, da rua, tinha de saber mais. A informação era tudo.

Conhecia muito bem a casa de Marian. Entrara nela muitas vezes quando ela era viva, rezingona e muito mexeriqueira. Mas ele gostava de conversar com ela. Sempre tinha com quem falar. O primeiro erro de Shimon foi não bater à porta da frente e tentar uma abordagem furtiva. Contornou a casa, de rés-do-chão e primeiro andar, pé ante pé, tentando não fazer barulho. A primeira janela era da sala e não se atreveu a olhar. Era uma divisão demasiado comum para estar vazia e Shimon não quis arriscar. Não porque sentisse que estava a fazer algo de mal, mas por dever de zelar pelo património da vizinha que, ainda que não se importasse, deveria ser entregue em perfeitas condições aos próximos donos, que até podiam ser estes, desde que Shimon o soubesse. A segunda janela era do quarto de Marian. Transferiu-o do primeiro andar quando percebeu que morreria mais depressa se tivesse de subir as escadas todas as noites para dormir. Ficava extenuada devido ao esforço. Marian era uma mulher muito pragmática. Mas não era hora de pensar nela. A missão era saber quem eram os intrusos. Se é que o eram. Podiam não passar de três bons rapazes, sem interesse nenhum, a acrescentar à lista de novos vizinhos. Seria uma variação, já que os vizinhos vinham, cada vez mais, a diminuir, por motivos profissionais ou de falecimento.

Shimon deu mais um passo em direcção à janela do quarto de Marian que, coincidência, ficava de frente para o seu, separado por um muro que lhe dava pela anca. Assim que chegou à janela deparou-se com a cortina fechada. Raios. Assim não veria nada. Havia luz no interior, mas a cortina era opaca e não deixava ver nada. Virou a esquina das traseiras e avançou devagar. O sol escapulira-se para outras paragens. Já era noite cerrada. O coração acelerava-lhe no peito. Já não tinha idade para estas coisas. Ouviu um ruído abafado. Parecia alguém a arfar... E um estalo. O arfar podia ser seu, mas o estalo não. Deu meia volta à procura da origem do ruído e deu por si, novamente, na janela do quarto de Marian. As cortinas escondiam o interior, mas deixavam sair um pálido reflexo de luz nas extremidades. Não se viam sombras. Ouvia nitidamente o que se passava no interior do quarto. Alguém respirava muito depressa. Novo estalo.

– Não temos a noite toda, miúdo – ameaçou uma voz grossa, masculina.

– Já disse. Não sei de que estão a falar. Enganaram-se na pessoa. – Esta voz chorava. – Deixem-me ir embora, por favor.

Novo estalo com muita força, segundo a avaliação auditiva de Shimon. Arrastar de cadeiras e outros sons ininteligíveis.

– Não vou ser tão benevolente da próxima vez – ameaçou a mesma voz.

– Faz o que ele diz, miúdo. Isto não precisa de demorar muito tempo – aconselhou outra voz, mais cordial, ou assim parecia.

– Eu não sei nada. Vocês enganaram-se na pessoa – repetiu a voz lacrimosa.

– O teu nome é Ben Isaac Júnior? – interrogou o dono da voz mais amistosa. – Filho de Ben Isaac?

A voz chorosa não respondeu.

Ouviu-se uma pancada. Talvez na cabeça.

– Não ouviste? Responde. – Foi a vez da primeira voz entrar novamente em cena.

– Sou – respondeu Ben Isaac Júnior a medo. – Liguem para o meu pai. Ele paga o que vocês pedirem. – A aflição era notória.

A voz amistosa começou a rir-se.

– Isto não se trata de dinheiro. Ninguém está à procura de um resgate.

– Não? – perguntou Ben. Estava completamente desorientado.

– Não – confirmou a voz amistosa. – Mas queremos algo, obviamente. E tu vais ajudar-nos a obtê-lo, Ben. Estamos entendidos?

Shimon estava atónito, colado ao vidro da janela do quarto de Marian. Tinha de ir a casa ligar para a polícia. Alguém raptara Ben Isaac Júnior, quem quer que ele fosse. Tinha voz de catraio, filho de Ben Isaac pai que devia ter algo importante para mafiosos deste calibre. Por que haviam escolhido a casa de Marian, esse era outro mistério. Tudo a seu tempo. A polícia primeiro.

Dirigiu-se para a rua, ligeiro, a situação pedia presteza. Tão ligeiro quanto a idade e as forças que Javé lhe dera permitiam. Havia vidas humanas em risco. Quando a vizinhança soubesse disto ia ser um falatório. Shimon passou a janela da sala e... Quando tornou a acordar estava preso a uma cadeira naquele que fora o quarto de Marian e uma enorme dor latejante na nuca. Ao seu lado estava Ben Isaac Júnior que babava sangue e cuja cabeça pendia sobre o peito. Parecia adormecido. Dois homens miravam Shimon.

– Quem é você? – perguntou o da voz amistosa, notoriamente o líder do grupo. Era também o mais baixo.

– Eu? – proferiu Shimon a medo. A dor na parte de trás da cabeça não o deixava pensar.

– Sim, tu. Não ouviste?

Reconhecera aquela voz. Era o mais bruto.

– Eu... Eu... Sou o vizinho da casa ao lado. – Que haveria de dizer se não a verdade?

O da voz amistosa sorriu e aproximou-se dele, olhando-o nos olhos.

– Não. Sabes o que tu és? – perguntou sarcasticamente enquanto encostava um revólver à testa de Shimon que fechou os olhos e comprimiu os lábios em pânico, um arrepio frio a percorrer-lhe a espinha... O último. – Um dano colateral.

10

A intimação chegou à residência há 100 dias, mas Hans Schmidt já contava com ela há muito. A congregação cumpria, escrupulosamente, todos os preceitos burocráticos sem falhas, sem atrasos, sem fraquezas.

Viena vivia os primeiros dias de frio. Os aquecimentos ligavam-se para confortar os corações, tirava-se a roupa quente dos armários, compravam-se os novos agasalhos da moda. Hans gostava de dar os seus passeios diários pela Ringstrasse, alheio à chuva gelada e ao frio cortante, corrompendo o ar com baforadas de vapor quente. Fechava os olhos e sentia a respiração, durante alguns instantes. Deambulava sem destino certo, como a vida. Dizia-se que Freud também os dava e não lhe era difícil compreender a razão. A vida pululava indiferente. Os sorrisos, os gritos, alguém a chamar o nome de alguém, as lojas iluminadas e apelativas. Por vezes passava no Café Schwartzenberg para tomar um café quente e era obrigatório, a certa altura, ir folhear os livros à Thalia e os jornais, se ainda não os tivesse lido.

Não encontrou qualquer menção ao seu caso. Não era de admirar, a congregação não publicitava o seu trabalho. Já chegava toda a atenção de que era vítima nas aulas de História, por esse mundo fora, bem como os ataques cerrados de certos historiadores que, de tempos a tempos, se lembravam da chacina, como lhe chamavam, dos massacres dispensáveis, de uma limpeza muito bem planeada. Alguns até embandeiravam em arco, exigindo que se retirasse São Domingos da lista oficial dos santos católicos. Coitados. Não viam o bem que esse homem fez ao mundo, um benefício ainda sentido nos dias de hoje e nos que virão. Endemoninhar o homem que viu mais além e que não se coibiu de mais nada a não ser olhar pelo bem-estar da Santa Madre Igreja e repelir as ameaças. Bem falta fazia nos tempos que corriam.

Hans não era tão obtuso. *São Paulo, São Tomás de Aquino, Santo Agostinho deviam ser todos despromovidos, juntamente com São Domingos.* Cogitava, mas não dizia em voz alta, embora dissesse outras coisas.

Era por causa de pessoas assim, como São Domingos, que o padre Hans Schmidt iria ser julgado no Vaticano. Apesar de ter visto as suas funções suspensas, há quase um ano, padre ainda era o termo correcto. É certo que a ele não incomodava que o tratassem por senhor Schmidt em vez de padre Schmidt. A intimação trazia o seu nome completo, Hans Matthaus Schmidt, antecedido pela menção de ofício. A congregação não tinha por hábito eliminar os epítetos anteriores dos acusados. Inocentes até prova em contrário. Apesar de não oficialmente condenado, sentia-se como no purgatório onde ainda não sabia se lhe calharia o Céu ou o Inferno. No entanto, sabia que a congregação já escolhera. Nas palavras de alguns historiadores anódinos, em caso de dúvida mandava-se queimar. E hoje em dia havia muitas maneiras de queimar sem fogo.

Hans Schmidt fora avisado por familiares e amigos chegados. "Cuidado com o que dizes e escreves. Isso pode ter um preço."

Candidamente, foram-se afastando, aos poucos, com os seus conselhos, evitando a sua presença. *Persona non grata* talvez fosse um termo demasiado duro, mas o que dizer de alguém que deixou de ser convidado para os círculos sociais e familiares?

A mãe haveria de concordar com ele se fosse viva. Do pai não rezava a história, pelo menos no seu livro. Cresceu sem uma voz masculina permanente nos arredores da capital, em Essling, em plena Segunda Guerra Mundial. Havia desculpa para tudo nessa altura. Não se lembrava desses tempos, ainda bem, mas lembrava-se do Landtmann e de quando o viu com a esposa e os três filhos petizes, num dia em que regressava do seminário, já a guerra ia longe. Que pai dedicado. Não dispensou um único olhar a Hans ou não o conheceu. Limpava os lábios da menina mais nova com ternura, ignorando o mais velho, ali, a olhar para ele, fruto de uma outra vida. Já não se recordava como soube que era ele. A mãe haveria de concordar com o que Hans dizia e escrevia, ainda que fosse profundamente católica e devota do bom Papa João, que Deus o guardasse e guardava.

A Ringstrasse parecia-lhe diferente neste dia. Repleta de vidas, como sempre, mas com *nuances* diferentes. Ou então seria impressão sua. Passou na frente do Landtmann e deu por si a olhar para o interior como nesse dia longínquo em que viu o pai. Quiçá não estaria ali agora, decrépito, engelhado pelos anos? Nunca mais o viu desde esse regresso do seminário. Também não seria hoje. As mesas estavam quase todas ocupadas, mas ninguém preenchia o requisito. Porventura já dormiria em paz num qualquer cemitério de Viena. Freud haveria de gostar de Hans. Freud haveria de gostar de o analisar, ali, numa das mesas do Landtmann, que frequentava.

Não tomaria café quente desta vez, nem folhearia os livros na Thalia, tão-pouco os jornais. Limitar-se-ia a andar, a provar do novo frio que conquistava a cidade. O sol também já se rendera ao crepúsculo e chegara a vez de as pessoas se recolherem aos lares feitos e a desfazer-se, aos jantares, sorrisos, choros, aos convívios alegres e às solidões paranóicas, às surpresas e às depressões. Viena no final do dia, tão igual a qualquer cidade do mundo, no entanto, com um encanto tão peculiar. Hans quedar-se-ia mais um pouco a mirar a Ringstrasse, a olhar as montras e as janelas, as vidas que passavam, presas nelas próprias e em nada mais.

Esperava-o uma batalha difícil numa guerra perdida. Não tinha ilusões. A idade trouxera-lhe sabedoria e perspectiva. Não se sentia sozinho, apesar de não restar ninguém. Vivera bem e em paz, deu de si aos outros sem olhar a quem, não pediu nunca nada em troca, talvez por isso se sentisse com tanto. Nenhuma convocatória formal, enviada com mais de três meses de antecedência, escrita num tom intimidatório, o calaria.

Ao conhecimento do Reverendo Padre Hans Matthaus Schmidt
Que se registe a convocação para que o sujeito em epígrafe compareça na audiência ordinária a fim de esclarecer algumas dúvidas sobre os volumes da sua autoria "O homem que nunca existiu" e "Jesus é Vida", que, segundo um parecer preliminar da Congregação para a Doutrina da Fé, contêm proposições erróneas e perigosas.

Roma, na sede da Congregação para a Doutrina da Fé, a 29 de Junho de 2010, Dia dos mártires São Pedro e São Paulo.
Assina,
William Cardinal LEVADA
Prefeito

Luis F. Ladaria S. I.
Arcebispo titular de Thibica
Secretário

Teve muito tempo para ler e reler o texto apático nestes 100 dias. E o dia escolhido para enviarem a epístola também não lhe parecia, de todo, inocente. Dia de São Pedro e São Paulo, só o mais importante, a seguir ao Natal, dia de Nosso Senhor Jesus Cristo, Senhor do Universo. Poderia ser uma mensagem encriptada ou paranóia dele.

Hans retirou um envelope do bolso do casaco. Não se julgue, pela qualidade do papel, que se tratava da referida intimação. Essa já se encontrava na sua pasta, na residência, pronta para seguir viagem com ele. Esta tinha proveniência idêntica, da Santa Sé, mas em vez de um formal reconhecimento do expedidor, sem grandes parangonas, tinha um brasão com um fundo vermelho. Uma mitra de tríplice coroa, encimada por uma cruz em ouro, uma estola branca que descia do interior da coroa para se unir, abaixo, com duas chaves entrelaçadas, uma de prata e outra de ouro. As chaves que abriam o reino dos céus. Os versados nestas coisas de armas, brasões, símbolos, reconhecê-las-iam num piscar de olhos, pois eram as mais famosas a seguir às do próprio Sumo Pontífice. Tratava-se de um envelope da Secretaria de Estado da Santa Sé.

Hans retirou o papel e releu-o. Fazia-o muito nestes tempos. Não levou muito tempo, era pouco extenso e assim que terminou percebeu a razão por que a Ringstrasse lhe parecia diferente. Dali a algumas horas tomaria o avião para Roma. No dia seguinte não estaria ali a admirar o movimento, a vida, as luzes, não tomaria um café quente no Café Schwartzenberg, o mais antigo de Viena, nem iria folhear os livros à Thalia. Não sentiria este frio que deixaria de ser uma novidade e não corromperia aquele ar com baforadas de vapor quente.

Era uma despedida. Uma partida incógnita, indeterminada, da qual não conhecia o desfecho. E quem conhecia o quê de alguma coisa? Se o homem planeava, Deus sorria.

Sentia-se bem, plácido. E antes de virar as costas à Ringstrasse rasgou o envelope e o papel e deitou-os ao lixo.

– Que me custa ir mais cedo e ajudar um amigo? – mumurou enquanto se encaminhava para a residência. – Dar sem olhar a quem.

Quem tivesse olhado por cima do ombro de Hans Schmidt enquanto ele relia o texto, e ninguém o fez, poderia não perceber o garatujo, escrito à mão, em letra apressada, mas a assinatura tremida não enganava ninguém:

Tarcisio Bertone, S.D.B.

11

Nos passos lentos pesavam os anos. Podia considerar-se bastante bem conservado para a idade, mas não escondia de si próprio o vigor trôpego que tentava esconder a todo o custo. Os passos trouxeram-no longe, tão longe, a lugares que nunca almejou em jovem, imberbe idade em que se tem as vistas curtas que se julgam mais compridas do que são.

A pequena capela era para usufruto próprio, só seu ou de quem desejasse convidar. A estátua de um Cristo ao fundo, no altar, marcava contundentemente o espaço. Dois metros de granito de Carrara ao qual o escultor – atribuía-se a autoria a Miguel Ângelo – retirara o excesso de pedra para descobrir, por baixo, este imenso Cristo. A cabeça pendia para o lado direito num esgar de sofrimento que se perpetrava há 400 anos. A crueldade humana. Certamente que ele não via nenhuma estátua colocada a descoberto por algum escultor, mesmo o mais renomado do género artístico. Era o Cristo em pessoa, em toda a sua divina figura, quem via e a quem orava quando entrava na capela e se ajoelhava aos seus pés luzidios. Fazia-o impreterivelmente todas as manhãs e à noite, mas este final de dia em que se arrastava pelo corredor que a ela conduzia pedia uma oração especial. Um pedido de iluminação extraordinária, para que o auxiliasse na manobra das suas almas debaixo dessa luz.

Arquejava devido ao esforço e à preocupação. Não era um final de tarde como os outros. Nunca eram iguais, mas este trazia um peso adicional.

– Eminência – chamou Trevor, um dos assistentes mais jovens, enfiado na sua batina negra, à porta do gabinete.

Eminência levantou a mão num gesto ríspido e rude que pedia silêncio e paz e entrou pela porta da capela que ficava em frente. Ajoelhou-se aos pés do Cristo angélico, fez o sinal da cruz e baixou a cabeça mais em jeito de clemência do que reverência, a não ser que uma arrastasse a outra. Sibilou uma litania ininteligível durante alguns instantes até se aperceber que não estava sozinho. Não precisou de olhar para saber quem era.

– Não se pode rezar em paz? – protestou sem olhar para trás.

– Não é hora de rezar, Tarcisio – advertiu o outro que trajava de forma idêntica, o escarlate uniforme dos Príncipes da Igreja.

– Talvez não seja. Mas é, certamente, algo que fazemos de menos – argumentou Tarcisio.

– Não olhes para o que eu faço. Olha para o que eu digo – citou o outro em tom de conselho.

Tarcisio repetiu o devoto sinal da cruz e ergueu-se. Virou-se para aquele que lhe perturbou a oração para logo baixar o olhar.

– Isto vai ter consequências, William – disse.

– Temos que minimizá-las.

– A que preço, William? – alçou a voz abespinhado.

– Ao preço que for – proferiu o outro com solidez. – Temos de estar preparados para tudo, custe o que custar – alertou.

– Não sei se tenho forças – confessou Tarcisio.

– Deus dá o fardo, mas também a força para o suportar. Chegaste longe. Olha onde a tua força te trouxe. Olha onde Deus quis que o servisses. – A voz de William era de estímulo sincero. Acreditava nas capacidades de Tarcisio. Colocou-lhe uma mão terna sobre o ombro. – E o teu caminho está longe do fim. Ele quer muito mais de ti. Mais alto. Sabes muito bem disso.

Tarcisio tossiu incomodado.

– Não sabemos o que Ele quer depois. – Tapou o rosto com as mãos. – Nem sabemos o que Ele quer agora. – Tarcisio denotava desnorteamento, uma ovelha perdida no meio das outras tresmalhadas.

William colocou ambas as mãos sobre os ombros de Tarcisio e fitou-o com uma expressão dura.

– Olha para mim.

Tarcisio levou tempo a cumprir o pedido, não era uma ordem, pois Tarcisio era superior hierárquico de William.

– Olha para mim – repetiu com a mesma postura endurecida. A situação pedia acção. Tarcisio olhou por fim, com um ar abatido, derrotado. – Estás concentrado no problema quando devíamos pensar na solução. As coisas estão em andamento. Não as podemos travar agora. Mas necessito da tua aprovação. Eu próprio tratarei, pessoalmente, de me certificar que tudo resultará a nosso favor. – Trespassou ainda mais o olhar de Tarcisio. – Estamos a fazer o que é certo.

Tarcisio libertou-se de William e virou-lhe as costas. Precisava de pensar naquelas palavras. O momento exigia lucidez, conseguia reconhecer isso, mas estava com dificuldade em encontrá-la. *Ajuda-me Pai. Mostra-me o caminho. Guia-me no mar calmo dos teus braços* – pediu mentalmente. William tinha razão. Braços cruzados e cabeça enfiada na areia não resolviam nada. Era preciso mão firme e rédea muito curta. Pegou na mão de William.

– Obrigado, meu bom amigo. Trouxeste-me de volta.

William sorriu.

– Eu não. – Olhou para a estátua sofredora. – Ele.

– Eminência – tornou a chamar Trevor, com temor, à entrada da capela. Não se atrevia a entrar.

Tarcisio olhou para o assistente sem demonstrar exaltação.

– Que se passa, Trevor?

– Ah... Pediu para ser avisado quando o padre Schmidt chegasse – despejou à espera da reacção.

– Irei em seguida – limitou-se a dizer. – Podes voltar ao trabalho.

O assistente desapareceu quase instantaneamente da entrada da capela, não fosse o diabo, salvo seja, estar a olhar da esquina.

William transparecia constrangimento.

– O que lhe vais dizer?

– Nada. Está aqui como meu amigo e da Igreja. Não intercedi nem vou interceder – deliberou. Já era o Tarcisio de sempre que assumia o controlo e a responsabilidade. O secretário imponente.

– Parece-me sábio. – Tornou ao assunto em mãos. – Dás-me a tua aprovação oficial, então?

– Podes contar com ela.

Dirigiu-se para a porta da capela. Queria muito rever o austríaco. Jogava em duas equipas, neste momento, esperava estar a fazer o que era certo. Assim Cristo o ajudasse.

– Já temos pessoas no terreno – informou William acompanhando-o. – Vou dar as ordens finais e dou um salto à via Cavour.

– Tem cuidado. Tens a certeza que podemos confiar?

– Não temos outra opção.

– Atirar um inocente aos bichos – alegou Tarcisio pensativo. Reminiscências da consciência.

– Outros o fizeram. Não te preocupes. Estamos em guerra.

– Eu sei.

– É uma guerra santa, mas há danos que teremos de suportar. Tudo se resolverá rapidamente.

– Deus te ouça – pediu Tarcisio.

– Ouvirá – previu William com um sorriso.

– Conseguiste analisar o DVD? Algum indício? – questionou com acanhamento.

– Nada. Limpo. Agora vai.

Tarcisio saiu em direcção ao seu gabinete que ficava em frente, não sem antes flectir a perna direita e fazer o sinal da cruz, por respeito à figura pregada no madeiro do altar. William fez o mesmo e ambos saíram em direcção aos seus necessários afazeres. Apenas Cristo ficou, pregado na Cruz, a cabeça a descair para o lado direito e um trejeito de sofrimento que adivinhava os próximos tempos.

12

A conferência de imprensa na livraria *La Feltrinelli* fora muito mais calma do que Sarah imaginara. Francesco contribuíra para isso lançando perguntas, de vez em quando, que requeriam uma resposta mais bem-humorada, sem o peso institucional atreito a todos os assuntos ligados à Santa Sé. Ainda que parecesse uma intervenção indelével, contribuiu para atenuar a atmosfera de seriedade e quebrou o gelo que se formou na sala. Sarah sentia-se grata, ainda para mais porque não fora combinado, ela nem sabia que Francesco iria participar na conferência, caneta e bloco de apontamentos na mão, de pé, encostado à parede, com uma aparência calma e séria, chamando, sem querer, a atenção do quadrante feminino e algum masculino. O sector vaticanista não marcara presença, o que era normal e ajudara também a atenuar o ambiente. O livro em questão atacava certas pessoas que conviveram de perto com João Paulo II e responsabilizava-as pelo atentado de que o Santo Padre fora vítima, no dia 13 de Maio de 1981. Restavam os jornalistas mais prestigiados dos diários e semanários de maior tiragem, *La Repubblica*, *Corriere*, *Il Messagero*, que enviaram profissionais que estudavam e investigavam aquele caso, assim como outros ligados ao Vaticano há décadas e que fizeram perguntas pertinentes e inteligentes às quais Sarah respondeu com conhecimento de causa.

No quarto do Grand Hotel Palatino Sarah sentiu-se indisposta. Por várias vezes as náuseas subiram à boca, ocas, sem conteúdo. Puxava o vómito sentada no chão do quarto de banho com a cabeça no rebordo da sanita. Nada. Francesco assistia impotente.

– Queres que chame um médico? – perguntou preocupado.

– Não. Isto já passa – respondeu ela preparando-se para puxar novamente. Não lhe dissera que isto já não era de agora. Os sintomas já se vinham fazendo sentir desde Londres.

– Vou pedir um chá quente. Vai-te fazer bem. – Pegou no auscultador do telefone que tinha no interior do quarto de banho.

– Sim. Faz isso. Obrigada. – E puxou pelo vómito que não trazia nada. Uma aflição oca, um mal-estar vazio. – Ai. Que raio – lamentou-se.

Francesco fez o pedido e pousou o auscultador. Depois aninhou-se e abraçou Sarah.

– Queres ir para a cama? – inquiriu carinhosamente.

– Deixa só ver se isto já acalmou. – Sarah sabia que acalmava sempre. Durava alguns minutos e depois era como se nada tivesse acontecido.

Francesco fitou a namorada, debruçada sobre a sanita como alguém que se embriagara toda a noite. Não deixava de sentir um enternecimento, uma necessidade de a fazer sentir-se bem. Fitou-a seriamente.

– Sarah – disse a medo. – Sei que não é o momento propício, mas talvez fosse melhor irmos a uma farmácia – contemplou a reacção dela.

– Porquê? – O enjoo acalmara.

– Sabes muito bem porquê, querida. – Sorriu. – Não temos propriamente sido castos nos últimos tempos.

Sarah nem sequer queria pensar nisso. Uma gravidez não estava nos seus planos neste momento. Não que tivesse alguma coisa contra Francesco, nada disso, ele seria um pai exemplar, mas...

– Vou ao médico quando regressarmos – propôs ela.

– Tens a certeza? – Francesco mirava-a com um ar condescendente.

– Sim, tenho. Depois de amanhã resolvemos isso. Ajuda-me a levantar, por favor.

Francesco elevou-se puxando-a consigo e abraçou-a com força.

– Estou contigo para o que der e vier. Não te deixarei para ir comprar cigarros – pronunciou a sorrir.

Sarah comprimiu-se de encontro ao peito dele e fechou os olhos. Uma lágrima derramou-se na camisa de Francesco. Sentia-se perdida e, apesar do italiano lindo que lhe afiançava o amor, sentia-se sozinha, sem ninguém que a amparasse... Excepto Francesco, o deus italiano, de Ascoli que oferecera o seu coração à luso-britânica.

Nesse momento ouviu-se uma pancada leve na porta.

– Deve ser o serviço de quartos – disse Francesco. – Estás bem, querida? – Olhou para o rosto e limpou-lhe os olhos marejados. Beijou-a na testa.

Sarah olhou-se ao espelho, libertou-se do abraço de Francesco e colocou as duas mãos sobre o lavatório, fitando-se, as imperfeições, os olhos vermelhos, a lividez do rosto.

– Estou bem, Francesco. Atendes por favor? Vou só lavar o rosto – pediu continuando a avaliar-se ao espelho.

– Claro.

O deus italiano anuiu e foi abrir a porta onde alguém tornara a bater com um pouco mais de força.

– Já vai – gritou em italiano antes de sair do quarto de banho.

Sarah massajou os olhos com os dedos na esperança que quando os abrisse novamente visse outra mulher à sua frente. Outra cor. Nova disposição. Vontade de seguir em frente. Aquela vontade férrea que a acompanhava quando deixou Rafael no bar há seis meses e passou assim que a fúria e a raiva se esfumaram. Ele deixara-a seguir o seu caminho. Não tornara a ligar, nem a procurá-la. A protecção que Rafael lhe conferia dissolveu-se. Tinha saudades dele, mesmo dos silêncios prolongados. Quando olhava pela janela e não o via, mas sabia que ele andava por ali, como um anjo-da-guarda. Tudo isso terminara há seis meses, depois daquela conversa de um só sentido no *Walker's Wine and Ale Bar*. Estaria em Roma ou em alguma missão perigosa por esse mundo? Às vezes dava por si a pensar nisso. Apetecia-lhe ligar para ele. Saber como estava. Se estava tudo bem na paróquia dele, como corriam as aulas na universidade. E depois caía em si... E no ridículo da situação. *Olá Rafael. Queria saber se estás bem. E os meninos na tua paróquia? Os teus alunos? Olha, ainda te amo.*

Toda essa diarreia mental parou com a voz de Francesco que vinha do quarto.

– Ah! Acho melhor vires aqui, Sarah.

Sarah passou água pelo rosto e enxugou-o com uma toalha. Foi ao quarto e viu Francesco à porta.

– O que foi?

Acercou-se da porta e viu um prelado jovem, batina negra, tez negra, expressão circunspecta.

– É para ti – explicou Francesco.

– Boa noite – cumprimentou Sarah.

– Boa noite, menina Sarah. Pediram-me que viesse buscá-la.

– Pediram-lhe? Quem pediu?

Que coisa mais estranha.

– Não estou autorizado a revelar. Lamento – desculpou-se o jovem padre.

A curiosidade jornalística sobrepôs-se ao temor. Calçou-se e pegou no casaco.

– Já venho.

– Queres que vá contigo? – voluntariou-se o deus italiano.

Sarah fitou o jovem clérigo e analisou-o durante uns instantes.

– Não. Está tudo bem.

Desceram no elevador até ao piso da recepção. Já era noite. Olhou em redor e não viu ninguém. Nem na recepção, que costumava ter sempre alguém atrás do balcão pronto para atender ao hóspede mais incauto ou curioso, estava alguém. Parecia um hotel despido de vida. Como se o mundo tivesse parado durante alguns instantes e fosse desprovido de gente.

Sarah e o clérigo não trocaram uma palavra. Ela preferia assim e era um favor que fazia à sua escolta a quem o silêncio também agradava. Cumpria as ordens escrupulosamente e não desejava ser interrogado sobre coisas que não devia, ou não podia, mencionar. Saíram para o exterior. Estava frio, mas não desagradável. Tolerava-se. Pensava em Rafael. Seria ele quem a convocara? Não podia ser mais ninguém. Por essa razão estava tão despreocupada. Não era suficientemente importante para despertar o interesse de jovens clérigos mudos. O carro estava em frente ao hotel, ao fundo das escadas. Um Mercedes de vidros fumados.

O jovem padre abriu a porta do veículo e Sarah olhou para o interior. O queixo caiu-lhe. Dentro, confortavelmente sentado, a saborear um charuto, um homem de vestes escarlates, cruz de ouro a pender no peito, segurava no colo a calota cardinalícia.

– Boa noite, Sarah Monteiro – cumprimentou. – Vamos dar uma volta?

13

As conversas entre amigos são contínuas. Ainda que fiquem anos apartados retomam-nas sempre no ponto em que ficaram, empenhando a experiência adquirida no entretanto. As grandes amizades não carecem de comunicação constante e ininterrupta, podem mesmo não dizer nada um ao outro entre encontros que quando se tornam a ver a sensação é a de que se tinham visto no dia anterior. O dia anterior em certas amizades podia ter sido há três anos e meio. Hans Schmidt e Tarcisio fruíam desse género de amizade.

Um abraço apertado seguiu-se ao cumprimento entre as mãos direitas. Depois dois beijos. Tarcisio deixou os olhos encherem-se de lágrimas, mas nenhuma se atreveu a descer pelo rosto. Schmidt não chegou a tanto, mas isso não queria dizer que não tivesse saudades do amigo, simplesmente mostrava menos. Daí que sempre tenha sido chamado de *Austrian Eis*.

– Como estás, meu querido? – perguntou Tarcisio com um sorriso.

– Como Deus quer – respondeu o austríaco fitando o piemontês.

– Senta-te, senta-te – pediu Tarcisio, apontando para um sofá de couro castanho com décadas. – Deves estar cansado. Fizeste boa viagem?

– Muito agradável – disse Schmidt, acatando a oferta de Tarcisio e deixando o corpo repousar no sofá. Cruzou a perna. – Sem atrasos, sem percalços.

Tarcisio sentou-se ao seu lado. Estavam no seu gabinete, o que para Schmidt era uma novidade, nunca ali havia entrado. Muito espaçoso, uma grande secretária de carvalho junto a uma das amplas janelas que estavam fechadas a separá-los da noite romana.

O silêncio instalou-se constrangedor. Os cartuchos da conversa circunstancial estavam quase esgotados.

– Jantaste? Queres comer alguma coisa? – ofereceu Tarcisio.

– Estou bem, Tarcisio, obrigado.

Schmidt sempre fora muito frívolo. Raramente sentia fome, por vezes, nos tempos em que estava colocado em Roma, parecia-lhe há séculos, esquecia-se de comer. Chegou a desmaiar de fraqueza por causa disso. O austríaco era obstinado e dedicava-se com afinco à tarefa ou tarefas que lhe tivessem sido imputadas, fosse nos estudos ou, posteriormente, nas funções pastorais. Durante alguns anos esteve arredado dessas funções que lhe davam tanto prazer, auxiliando Tarcisio com deveres mais administrativos e episcopais que entendia serem necessários, mas não o preenchiam. Fosse como fosse, gostasse ou não, sempre as executou com muita proficiência. Tarcisio tinha um enorme apreço pelo homem e pelo clérigo e, um ainda maior, pelo amigo.

– Vamos falar do teu problema? – inquiriu Schmidt. A sua abordagem aos problemas era simples e directa, não os evitava, nem lhes virava as costas, se existiam tinham de ser solucionados imediatamente para não avassalarem sobre nós mais tarde. Deus protegia os audazes.

Tarcisio olhou para o chão à procura das palavras correctas que teimavam em fugir-lhe como água pelos dedos. Decidiu ser directo como o amigo. Schmidt não o permitiria de outra maneira.

– O *Statu Quo* foi quebrado – atirou, levantando o olhar para um ponto qualquer na parede que tinha um quadro grande do Sumo Pontífice numa expressão neutra. Aguardou a reacção do austríaco.

– Desenvolve – foi a única resposta, com o sotaque germânico a sobrepor-se ao italiano, normalmente correcto.

Tarcisio precisava mesmo da mente aguçada e lúcida do amigo. Nenhuma solução se apresenta sem que tenhamos todos os dados na nossa mão. Tarcisio optou novamente pelo relato conciso e frio dos elementos, por muito que lhe custasse.

– Mataram o Aragones, o Zafer, o Sigfried está desaparecido, assim como o Ben Isaac e o filho – disparou os nomes e os factos à queima-roupa como se mencioná-los o livrasse deles e os transferisse para Schmidt. Sentiu-se egoísta durante uns instantes, mas logo passou.

– Quando morreram? – questionou Schmidt não transmitindo qualquer emoção. Se os conhecia não transpareceu.

– Durante a semana. Aragones no Domingo, Zafer na terça, o Sigfried desapareceu na quarta. Desconhecemos há quanto tempo desapareceu o clã Isaac.

– Desapareceu a família inteira? – quis saber Schmidt.

– Sim. O casal e o herdeiro – completou Tarcisio.

– Quem tens a tratar disso?

– O nosso oficial de ligação com o SISMI e um enviado especial.

– Quem?

– O padre Rafael. Lembras-te dele?

– Claro que sim. Muito competente. Não precisas de mim – argumentou o austríaco. – O assunto está em boas mãos.

Tarcisio não parecia tão convencido. Aliás, antes pelo contrário. Estava alvoroçado e agitado. Batia com um pé no chão como se estivesse ligado à corrente.

– Se isto nos explode na cara...

– A Igreja sempre sobreviveu a tudo e a todos – proferiu Schmidt. – Não vejo razões para que não sobreviva agora.

– Não vês? Andam atrás de documentos importantes. Documentos que comprovam que...

– Que não comprovam nada – contrapôs o austríaco. – Não se sabe quem os escreveu nem por que motivos. São apenas palavras.

– A ordem das palavras fere e mata – atalhou Tarcisio.

– As palavras têm a força que lhes dermos – discordou Schmidt sem alterar o tom de voz.

– É isso que defendes agora?

– Nada precisa da minha defesa. Muito menos a Igreja.

Tarcisio levantou-se irritado e começou a andar de um lado para o outro com as mãos atrás das costas.

– Estamos em guerra, Hans.

– Estamos em guerra há 2000 anos. Sempre ouvi falar nessa guerra e, no entanto, nem sequer temos exército – ironizou Schmidt.

– Não consegues ver o que acontecerá se mãos alheias conseguirem os documentos?

– Se bem recordo, o Papa Roncalli acautelou esse cenário. O acordo...

– O acordo acabou – interrompeu Tarcisio, levantando as mãos ao céu. – Previa uma duração de 50 anos. Terminou há dias.

– Eu sei, Tarcisio. Mesmo assim não acredito que Ben Isaac se aproveitasse dos docu...

– Por que não? O acordo acabou.

Pela primeira vez o padre austríaco olhou-o apreensivo.

– Porque eu conheci-o aquando da renovação do acordo. Ben Isaac poderá ser vítima, nunca vilão – afirmou o austríaco peremptório.

– Isso foi há 25 anos. Viste-o duas ou três vezes. Não esqueçamos que ele é... judeu – disse-o como se se tratasse de uma falha profunda.

– Nós rezamos a um judeu, Tarcisio.

– Não é a mesma coisa – desculpou-se o cardeal.

– Não vejo como possa ser diferente. Ele nunca conheceu outra religião.

– Jesus fundou a Igreja Católica.

– Tarcisio, por favor. És o cardeal mais influente da Igreja Católica Apostólica Romana, actualmente. Jesus nunca conheceu a Igreja Católica ou qualquer outra herdeira do nome Dele. Nunca a fundou e, muito menos, pediu que a construíssemos.

O assunto desconfortava Tarcisio. Era um ponto de afastamento entre os dois homens. Exasperava-o este pensamento demasiado livre de Schmidt, só lhe arranjara problemas. Relembrara justamente que essa era a principal razão para que o amigo se encontrasse em Roma nesta noite. Tornou a sentar-se e deixou que o silêncio se espraiasse pelo gabinete. Hans permanecia imóvel, de perna cruzada, o *Austrian Eis*, imperturbável.

– Estás preparado para amanhã? – acabou por perguntar Tarcisio.

– Ver-se-á quando o amanhã vier.

– Não te vou poder ajudar perante a congregação, Hans. Lamento – avisou o outro desajeitadamente. Lamentava genuinamente.

– Não te pedi ajuda, Tarcisio. Nem a aceitava. Não lamentes, nem te preocupes com isso. A congregação tomará a decisão que entender. Se considerar que as minhas opiniões se coadunam com as da Igreja tudo bem, se considerar que não tudo bem na mesma. Qualquer cenário me serve e nenhum me afectará.

A segurança com que Schmidt proferiu aquelas palavras impressionou Tarcisio. Vinham do fundo dele mesmo, sentidas, sinceras, sem qualquer presunção ou perfídia. Schmidt mudara muito nos últimos anos.

– Espero que corra pelo melhor. Assim Nosso Senhor o queira – desejou o piemontês.

– Nosso Senhor não tem nada a ver com isto – concluiu Schmidt.

– Achas mesmo que Ben Isaac não tem nada a ver com isto? – tornou ao assunto anterior que ainda faltava encerrar.

– Sugiro que tentes encontrá-lo, se não for demasiado tarde.

– Como assim?

– Pensa um pouco, Tarcisio. Mataram o Zafer e o Aragones. Podemos, muito bem, recear pelo destino do Sigfried e do clã Isaac.

– Mas quem estará por detrás disto tudo? – inquiriu Tarcisio. – Com que intenção?

– Isso não sei dizer. Quem quer que seja está a revelar que não olha a meios – depois parou de falar e deixou o cérebro fazer as contas. – Hum. Interessante.

– O quê?

– Os intervenientes do *Statu Quo* estão todos a ser eliminados disse ainda com uma expressão pensativa.

– E?

– Faltam dois.

14

A história tende a escrever-se com cinzeladas profundas que acabam por se esbater com o tempo que passa, dissolvem-se nos minutos corrosivos, nos dias ácidos da chuva do esquecimento. Os insignificantes jamais terão direito a descerramento de placas que registam o nascimento, local onde viveram, feitos de relevância para a história da comunidade, quedar-se-ão nas memórias de quem privou com eles até que também dessas se esvaiam e terminem apenas numa esquecida placa de cemitério, sobre uma laje de mármore, com data de proveniência e de partida.

Ninguém lembraria os feitos de Yaman Zafer, não que os não tivesse feito, mas porque se preocupou sempre em ocultá-los o melhor que podia. As últimas horas de vida haviam provado que o melhor que podia não fora suficiente.

Rafael debruçou-se sobre o chão nojento, gorduroso, repleto de manchas escuras. Observou apenas, em silêncio, como se esperasse que o local falasse por si. Doía. Conhecia Zafer e os filhos há mais de 20 anos. Não se podia dizer que o via amiúde, na realidade passavam anos sem se verem, meses sem dizerem uma palavra um ao outro, mas sabiam-se juntos em todos os momentos. Isso extinguira-se.

– Ainda não percebi o que esperas encontrar aqui – resmungou Jacopo, de pé, observando o padre.

– Ainda não percebi o que estás aqui a fazer – retrucou o outro.

– Sabes perfeitamente por que estou aqui.

Tinham chegado a Paris quase à meia-noite. O voo decorrera sem problemas, palmilhando milhas na escuridão nocturna. Jacopo aproveitou para discorrer a sua teoria sobre a falta de provas das histórias que estão escritas na Bíblia. Rafael escutava sem prestar atenção.

– Até ao final do século XIX a veracidade da Bíblia nunca foi posta em causa. São evangelhos divinos ou inspirados por Deus. A verdade é que, enquanto pôde, a Igreja não deixou os próprios fiéis lerem o seu livro sagrado na sua língua materna. Era crime. Punido com pena de morte, sabes disso muito bem. – Os seus gestos teatrais não impressionavam Rafael. – Foi o Papa Paulo V, no século XVII, quem disse: *Não sabeis que ler muito a Bíblia prejudica a Igreja Católica?* – citou com sarcasmo. – Agora pensa um bocadinho. Que Igreja, ainda para mais uma das chamadas Religiões do Livro, que baseia os seus dogmas no *Livro* proíbe os crentes de lerem o *Livro* sagrado que dá crédito a tudo o que pregam?

Fez um silêncio teatral.

– No século XIX iniciou-se uma febre arqueológica que tinha por objectivo obter provas sobre os *factos* – não se coibiu de desenhar umas aspas no ar quando disse esta palavra – narrados na Bíblia. Escavaram em tudo o que era sítio. Na Palestina, no Egipto, na Mesopotâmia, em variadíssimos locais do Próximo e do Médio Oriente. Queriam encontrar o Templo, erigido por Salomão, ou vestígios da Arca de Noé, qualquer coisa que comprovasse um só facto da Bíblia. Paul Émile Botta, consul francês em Mossul, deu início à corrida, Austen Henry Layard, diplomata inglês, foi o seguinte, depois outro inglês, também Henry, embarcou na demanda.

Rafael olhou para ele pela primeira vez. Dispensava a aula de História. Conhecia aquele argumento há décadas.

– Pagam-te para ensinar isso? – provocou com menosprezo.

– Depois de décadas de escavações, de sorrisos, de ilusões, de ansiedade, o que é que eles encontraram? – deixou a pergunta no ar, ignorando a ironia de Rafael. Jacopo fez um círculo com o indicador e o polegar. – Zero – proclamou triunfante. – Nada.

– Nada? – questionou Rafael.

– Nada de nada – reiterou Jacopo. – Não encontraram ab-so-lu-ta--men-te nada que comprovasse um só facto narrado no Antigo e no Novo Testamento. E chegaram a outra conclusão: aparecem nomes de personagens e de locais na Bíblia de que nem gregos nem romanos alguma vez ouviram falar. Só são mencionados naquele livro e em mais lado nenhum.

– 4 de Janeiro de 2003 – disse Rafael. – Descoberta de um bloco de pedra calcária com inscrições em fenício antigo com um plano pormenorizado para a recuperação do primeiro templo judeu, o do rei Salomão. Foi encontrada no Monte do Templo, na cidade velha de Jerusalém.

– Ou Haram al Sharif, como lhe chamam os muçulmanos – acrescentou Jacopo visivelmente agradado.

– O fragmento datava da época do rei bíblico Joás, que reinou há mais de 2500 anos. Se és tão versado na Bíblia então deves recordar-te do capítulo 12, dos versículos 4, 5 e 6, mais especificamente, do Segundo Livro dos Reis, onde se relata que Joás, rei de Judá, ordenou que juntassem todo o dinheiro recolhido no templo para ser utilizado na sua reparação.

– Alegadamente – proferiu Jacopo com um sorriso. – Nunca me deixaram ver tal descoberta. Nem houve mais notícias.

– 1961 – prosseguiu Rafael. – A escavação de um anfiteatro antigo, mandado erigir por Herodes, o Grande, em Cesareia, no ano 30 antes de Cristo Nosso Senhor, revela um bloco de calcário, aceite como autêntico. Nele encontra-se uma inscrição parcial.

Jacopo e Rafael citam-na ao mesmo tempo.

– DIS AUGUSTIS TIBERIEUM
PONTIUS PILATUS
PRAEFECTUS IUDAEAE
FECIT DEDICAVIT.

Jacopo aplaude a sorrir.

– A Pedra de Pilatos. Um aplauso, caro senhor. Só comprova a existência de Tibério e Pilatos, que nunca esteve em dúvida, e confirma que o posto de Pôncio Pilatos era de prefeito, ou seja, governador e não procurador – argumentou Jacopo. – Tens mais?

– É um trabalho em evolução. Não esqueças que estamos a falar de milénios de história em cima de história em curso. Mas nunca se sabe quando poderão aparecer novos elementos e tu, melhor que ninguém, sabes como é um trabalho moroso.

Jacopo levantou os braços e abriu as mãos.

– Voltem sofistas. Estão perdoados.

Uma chuva miudinha acolheu-os assim que puseram o pé no exterior do terminal, limpando-lhes o rosto e agarrando-se à roupa.

– Que raio de tempo – protestou Jacopo.

A *Sûreté* enviara um carro para os levar ao local onde Zafer fora encontrado por um drogado que procurava um local privado para subir às alturas. Em vez disso encontrou um velho estendido no chão, inerte, de barriga para baixo, sem vida.

O armazém ficava a norte da cidade, longe do bulício turista, das luzes que lhe davam o epíteto. Um conjunto de projectores, alimentados por um gerador que fazia um ruído monumental, iluminava o exterior e interior do armazém. O cadáver já tinha sido recolhido durante a tarde. A perícia recolhera todos os elementos que pudessem revelar mais sobre o criminoso, porque o resto fora bastante claro. Zafer fora atraído ao local de livre e espontânea vontade, levara uma tareia e, por fim, uma injecção de prussiato acabara com o seu sofrimento.

Algumas pessoas, vestidas à civil, vagueavam pelo local em algum afazer descontextualizado para quem estava de fora. Outras apenas conversavam sobre o jogo da selecção gaulesa, antevendo o final do longo dia de trabalho.

– Rafael Santini? – chamou um homem de gabardina creme e cigarrilha na boca.

Rafael foi retirado do mundo de probabilidades e especulações onde estava e levantou-se.

– O próprio. O senhor é o inspector Gavache?

– Efectivamente. – Estendeu a mão a selar o conhecimento entre dois desconhecidos.

– Jacopo Sebastiani – intrometeu-se o outro.

– Qual é a sua função? – questionou Gavache a Jacopo, cumprimentando-o com renitência.

– Somos amigos da vítima – adiantou-se Rafael antes que Jacopo respondesse.

Gavache fitou os dois com displicência. Não queria disfarçar que os estava a avaliar.

– Diga-me – disse por fim para Rafael, era óbvio quem era o líder –, quem é Yaman Zafer? – Meteu a cigarrilha à boca e puxou um pouco mais de tabaco. As noites eram o pior do dia.

– Não há qualquer interesse do Vaticano. Estamos aqui em nome pessoal, como amigos do falecido.

Gavache tornou a fitá-los. Ora um, ora outro, fazendo jus à sua função de inspector.

– Pois – acabou por dizer. O fumo da cigarrilha formava uma nuvem sobre os três homens. – A amizade é uma coisa bonita. Conheciam-no há muito tempo?

– Há 20 anos. Era um conceituado arqueólogo na Universidade de Londres. Talvez conheça algumas das suas publicações – informou Rafael. Precisava de lhe dar alguma coisa. Gavache não era idiota.

– Não gosto de ler – respondeu o inspector francês de rajada. – A vida já é um livro demasiado grande para andar a perder tempo com isso. Ele *arqueologou* alguma coisa para o Vaticano?

– Fez alguns trabalhos sob patrocínio do Santo Padre, sim – confirmou Rafael. – Algumas escavações em Roma e Orvieto. – Não podia contar tudo. – Podemos ajudar em alguma coisa? – ofereceu-se Rafael. Sentia que estava a perdê-lo.

– Não. Se quer que lhe diga, os amigos só atrapalham nestes casos – confidenciou com desdém. – Jean Paul – gritou para alguém que se apresentou por detrás dele, a menos de um metro. Franzino e alto, com as veias do pescoço a sobressaírem. Quem o não conhecesse diria que passava fome.

– Aqui, inspector.

– Escolta estes senhores à cidade. Não precisamos deles. *Merci beaucoup.* – E virou-lhes as costas, levando novamente a cigarrilha à boca.

– Sigam-me, *s'il vous plait* – pediu o tal Jean Paul.

Naquele momento Rafael olhou para Gavache que brandia umas fotografias que algum técnico lhe havia passado para a mão.

– Era este o teu plano? – reclamou Jacopo que enfiara as mãos no bolso para combater o frio. – Perda de tempo.

– O demónio está nos pormenores – limitou-se a dizer Rafael que continuava a fitar Gavache.

Entretanto, saíram para o exterior, em direcção à viatura de Jean Paul.

– Já têm os resultados da autópsia, inspector? – perguntou Rafael. Precisava de informações.

– Sim e não. Sim, temos, não, não sou inspector. Levou uma grande tareia o seu amigo e injectaram-no com cianeto. Morte rápida. Antes assim.

Desceram umas escadas de ferro. Os sapatos pesados faziam-no tilintar a cada passo.

– Algum suspeito?

– Não, nenhum. Tudo limpo. Nem um fio de cabelo. Quer dizer, o que há mais ali é merda. Quem fez isto escolheu bem o sítio.

– Não vão encontrar nada – disse Rafael.

– Padre Rafael – ouviu-se uma voz chamar. Era uma mulher à porta do armazém.

Rafael olhou.

– O inspector Gavache quer dar-lhe uma palavra, se não se importa.

Rafael galgou três degraus de cada vez e tornou a entrar no espaço que, outrora, seria o escritório do armazém.

Gavache estava empenhado a discutir com dois dos seus homens. A voz roufenha a sobressair perante todos os outros. Avistou o italiano.

– Ah, senhor padre. Importa-se que o trate assim?

– De todo – respondeu Rafael aproximando-se.

Passou-lhe umas fotografias para a mão.

– Conhece? – perguntou o francês com um tom inquisitivo.

Rafael olhou as fotografias. Eram três. Em todas um corpo masculino caído num chão que não era aquele. Era mais escuro, sujo também. Uma cadeira de madeira caída ao seu lado. Não conseguia ver o rosto.

– Este não é o Zafer – proferiu com certeza.

– Até aí estamos de acordo.

Deu-lhe outra foto. O corpo já estava em cima da maca, dentro do saco mortuário. Rafael viu o rosto e reconheceu.

– Não tinha qualquer identificação com ele. Que nome lhe vamos dar? – perquiriu Gavache na expectativa.

Rafael desconhecia como é que o francês relacionou ambos os crimes, mas não ia omitir. Precisava dele para ter acesso ao caso... aos casos.

– Sigfried Hammal. Professor de Teologia. Isto foi quando?

– Hoje.

– Aqui em Paris?

Gavache negou com a cabeça.

– Em Marselha.

Olhou para os subordinados. Não necessitou dizer uma palavra para eles dispersarem e deixarem-nos a sós. O francês fitava o italiano com um olhar perscrutador.

– O que é que se está a passar aqui? – perguntou de rompante. – Um arqueólogo, um teólogo. Duas pessoas ligadas à Igreja mortas da mesma maneira, no mesmo país.

– Não faço ideia – respondeu Rafael. Não podia baixar o olhar, caso contrário denotaria fraqueza.

– Tretas. Também era amigo do alemão?

– Vi-o apenas uma vez.

– Por que motivo?

– Já não me recordo. Foi há muito tempo.

– Há quanto?

– Talvez há 20 anos.

– E o arqueólogo era inglês?

– Turco, mas vivia em Londres quase desde que nasceu.

– Não considera curioso que você conheça os dois?

– O que quer dizer com isso?

– Duas mortes seguidas de duas pessoas que conhecia.

– Está a dizer-me que sou suspeito?

– Claro. Todos somos. Só eles – apontou para as fotos – é que não são suspeitos de rigorosamente nada.

A morte livrava de toda a culpa e sofrimento. Era a verdadeira salvação.

– Acredita na vida para além da morte? – perguntou o francês.

– Desculpe? – Que raio de pergunta era aquela?

– Mera curiosidade – acrescentou.

Deixou-o sem palavras. Ou melhor, teria de responder com cuidado para não ser mal interpretado.

– Acredito que há um mundo para além da morte onde estaremos em comunhão com Deus e...

– O Céu?

– Sim.

– E o Inferno?

– Para quem não salvou a alma – explicou Rafael. Não estava a ver onde aquilo ia dar.

– Acha que o turco e o alemão foram para o Céu ou para o Inferno?

Gavache tinha o dom de o deixar sem palavras.

– Huh... diria que para o Céu. – Que homem tão estranho.

77

– Então acredita que levaram uma vida digna que lhes abriu as portas do Céu? – insistiu Gavache.

– Sem dúvida.

– Então, a seu ver, o que é que eles terão feito para que alguém tivesse planeado tão meticulosamente as suas mortes? O que fizeram... Ou o que sabiam? – Gavache deixou a pergunta no ar.

Rafael percebeu onde o inspector queria chegar. Não havia dúvidas por que ocupava aquele posto. Era arguto.

– E há ainda outra coisa – prosseguiu Gavache.

Rafael aguardou.

– Disse-me que veio por razões pessoais e não em nome do Papa, confirma?

– Correcto – afirmou Rafael apreensivo.

– Mas estes crimes não foram ainda tornados públicos, senhor padre. Não há um jornalista que tenha conhecimento disto. Informámos a Santa Sé por razões muito especiais, o que torna a sua presença aqui muito estranha, concorda? – Gavache não esperou pela resposta. Olhou-o directamente. – Compreendo que seja amigo de uma das vítimas, mas terá de me responder por que razão apanhou o último avião do dia para vir, em nome pessoal, ajudar na investigação de um crime que ninguém sabe que aconteceu. O corpo do seu amigo ainda nem esfriou. – Feita a pergunta e a observação virou-lhe as costas. Devia ser hábito fazê-lo. – Leve o seu tempo a preparar a resposta.

Porra – foi o primeiro pensamento que lhe assomou à mente. Também o segundo e o terceiro. O quarto já foi uma variação menos lesiva. *Grande merda.*

Jacopo acercou-se dele nesse momento, como se nada fosse.

– Então? O que queria o gajo?

Rafael agarrou-o pelos colarinhos e ergueu-o alguns centímetros no ar à falta de parede onde encostá-lo.

– Meu grande cabrão – praguejou.

Jacopo agarrava as mãos de Rafael na ânsia de se libertar mas eram como garras possantes cravadas.

– Que foi? – conseguiu perguntar.

– Quem te deu a informação da morte do Zafer? – Ainda não conseguia ligar aquele nome ao grupo dos mortos. Parecia irreal. – Quem?

– A Secretaria de Estado – respondeu a custo o outro.

Rafael pousou-o. Digerira tudo mal desde o início. Não era o que se esperava dele. Os olhos abertos raiavam sangue. Estava furioso consigo mesmo.

– Tu disseste que tinha sido a Irene.

– Que me tinha dito que ele apanhara o avião para Paris para ir ver um pergaminho. Não disse que foi a Irene quem me deu a notícia – completou Jacopo. – O que é que se passa? – quis saber compondo-se.

– Quem te mandou dar-me a informação? – Estava de costas voltadas a pensar.

– O Trevor, a pedido do secretário – explicou Jacopo. – As ordens eram para virmos para Paris no primeiro voo. Não foi por isso que vieste?

Rafael não respondeu.

– És completamente doido – acusou Jacopo. – Eu não quero estar aqui. Vim porque me pagam para isso. Estava muito bem em Roma a moer o juízo à minha mulher.

Rafael permaneceu calado, imóvel.

– Tu vieste mesmo por amizade, não foi? Pensaste que te fui dar a notícia e que a Irene te pediu para vires ver o que se passava? Eles não estavam juntos há anos. Pensaste que eu estava aqui por gostar da tua companhia?

Rafael tornou a olhar para as fotografias do corpo de Sigfried. Gavache chegou nesse preciso momento.

– Chegámos a alguma conclusão? – inquiriu roufenhamente.

– O inspector disse que informou o Vaticano por razões muito especiais. Quais são?

– Seja bem-vindo, padre Rafael – saudou Gavache com um meio sorriso. Abriu uma cigarreira em tons prata e tirou outra cigarrilha do interior. Levou-a à boca e procurou o isqueiro para incendiar o prazer. Apalpou os bolsos.

– Jean Paul – gritou.

– Aqui, senhor inspector – proferiu o assistente, estendendo a mão e acendendo o isqueiro junto à ponta da cigarrilha.

Depois entregou um telemóvel a Rafael.

– Por isto – limitou-se a dizer.

Rafael pegou no telemóvel e olhou para ele, depois desviou o olhar para Gavache com uma expressão inquisitiva.

– O seu amigo teve uma grande presença de espírito, diga-se. Conseguiu ligar o gravador do telemóvel e gravou uma parte do que aconteceu. Talvez porque o aparelho tem um botão dedicado. O seu amigo usava-o recorrentemente para registar ideias e pensamentos. A parte que nos interessa não se percebe muito bem, mas o laboratório já está a trabalhar na gravação. De qualquer forma, há algo aqui bastante explícito. Tirou o aparelho das mãos de Rafael e procurou a gravação que pretendia.

O som invadiu a sala.

Qual é o código que (ruído estático) *te deu?* – perguntava uma voz. – *Sei que o Vaticano mandou dar os códigos.*

HT – respondeu aquele que Rafael reconheceu como o amigo.

Em que ordem?

Não faço ideia. Zafer aparentava estar em grande sofrimento.

Isso já vai passar. Foi de grande ajuda, Yaman Zafer. Que o Senhor tenha piedade de ti. O Papa rezará pela tua alma – disse o outro.

O resto foram sons desconexos, que podia ser qualquer coisa, mas Rafael sabia. Era Zafer a morrer. Sentia o estertor da morte que acontecera naquele mesmo local. Por fim silêncio. Ouviram-se uns passos e uma frase de despedida. *Ad maiorem Dei gloriam.*

Gavache desligou o aparelho e encarou Rafael.

– Esta merda diz-lhe alguma coisa?

Rafael mirou-o com frieza e uma expressão mortífera. O demónio está nos pormenores.

– O assassino é jesuíta.

15

Diz-se que a noite é sempre boa conselheira, mas é também a coberto dela que se perpetram crimes, que se contam segredos, que se perpetuam mistérios.

Jantaram na mesa número 205 do *deck* 14. Myriam quis que fossem ver a peça que estava em cartaz. Na verdade era mais do que uma, pois chamava-se *Musicais da Broadway*, um resumo das principais cenas e músicas de *Cats*, *West Side Story*, *O Fantasma da Ópera* e outros clássicos renomados, da batuta de Andrew Lloyd Webber. Não era obra que ficasse na retina, mas foi agradável. Uma espécie de *pastiche* de digestão fácil porque afinal em férias não há porque se desgastar com dramas ou obras de profundidade dramática excessiva.

Recolheram ao quarto já passava das onze da noite. Myriam estava feliz e era esse o objectivo.

– Estás bem, meu querido? – perguntou-lhe. – Pareces muito desligado hoje. Andas bem?

– Estou bem, Myr. Não te preocupes.

– Falaste com o Ben esta noite?

– Falei – mentiu. – Vou-lhe ligar novamente à meia-noite, se não te importas. Hoje foi um dia importante para ele.

– Tão tarde? E ainda mais em Jerusalém – censurou franzindo o cenho.

– É. Ele pediu.

– Está bem. Mas não fiques uma hora ao telefone. Já sabes que tenho frio de noite.

– Está descansada, querida. Será rápido. – A voz sumia-se cada vez mais.

Não conseguira falar com o Ben Júnior. O telefone estivera sempre desligado. O assistente não conseguira localizá-lo em lado nenhum. Não estava na propriedade que os Isaac possuíam em Telavive, tão-pouco apareceu na sede da empresa. Temia que o bilhete que recebera ao pequeno-almoço estivesse relacionado com o desaparecimento do filho. Não fazia ideia de quem o enviara, nem quem poderia estar ao corrente do *Statu Quo*. Fosse como fosse em breve o saberia.

Passou o dia a desconfiar de tudo e de todos. Dos empregados sorridentes, dos restantes turistas, independentemente do género; só Myriam escapava à suspeita. Perguntou-se centenas de vezes se o emissor da mensagem estaria no barco, se estaria a observá-lo, se, se, se. Isto num homem que sempre evitou os ses. No dia anterior aportaram em Livorno e visitaram Florença e poderia muito bem ter sido aí que o interlocutor entrara, muito a tempo de sair no dia seguinte, em Nápoles, aproveitando o corre-corre do navio, de porto em porto na costa ocidental italiana. Era uma agulha num palheiro no meio de três mil pessoas.

Beijou Myriam carinhosamente na testa e saiu para a piscina.

– Não demores – advertiu Myriam antes de ele bater gentilmente a porta.

Não sabia que outra resposta dar se não um *Será rápido,* mas a verdade é que não sabia para o que ia. A agenda mental normalmente assinalava sempre qualquer coisa, uma reunião, um telefonema, um almoço, comprar um presente, uma flor para Myriam, mas, neste ponto, a nove minutos da meia-noite, estava em branco.

Caminhou pelo corredor do *deck* 14 em direcção ao elevador. Subiria um lanço e dali à piscina não levaria mais de dois ou três minutos no seu passo lento e nervoso. As pernas tremiam-lhe como se pressentissem um abismo. Passou por alguns turistas que cambaleavam à procura do equilíbrio no regresso ao quarto que não lembravam onde ficava. Os empregados arrumavam a desordem do dia, o lixo que os impudicos lançavam ao chão sem culpa, beatas de cigarro, copos de plástico, pedaços de comida.

Perto da piscina o movimento era menor, estranhamente, ou talvez não. Ben Isaac deu por si ofegante. Não fora grande caminhada, nem havia subidas ou descidas íngremes. Não estava ninguém. A água ondulava ao sabor do gigantesco navio. Iluminação submersa pintalgava a água de um azul-vivo, cujo movimento ondeante a transformava num organismo com vida. Não viu vivalma. Estranho. Mas nada naquele dia fora normal. Consultou o relógio. Onze e cinquenta e sete. Os segundos matutavam na cabeça dele ou seria o coração a latejar nas veias que marcava o ritmo da inquietação. Os três minutos pareceram seis e depois doze, até que chegou a meia-noite e... nada aconteceu. Verdade que era apenas a hora do seu relógio, talvez ainda não fosse meia-noite no relógio do outro interveniente, fosse ele ou ela quem fosse.

Olhou ao seu redor e não sentiu qualquer movimento. A noite estava fria, desagradável. O navio deslizava lentamente para sul, abrindo caminho pelas águas do Tirreno. Dois minutos depois da hora, segundo o seu relógio, ouviu um disparo oco. Não saberia apontar a proveniência dele mas é certo que o que quer que fosse não passou nem perto de si. De qualquer forma sentia-se demasiado exposto.

Momentos após o disparo e as dúvidas viu algo a descer no céu, lentamente. Estava a cerca de 50 metros de altura e descia em direcção à piscina. Ao princípio não conseguiu descortinar o que era. Um objecto voador não identificado. Aos trinta metros conseguiu dar um nome ao objecto. Chamava-se pára-quedas. Imune à observação atenta de Ben Isaac, o pára-quedas manteve a sua descida serena. Tinha cerca de meio metro e segurava um outro objecto, negro, na ponta das cordas. Segundos depois caía na piscina em silêncio e ficara a boiar.

Ben Isaac ficou a olhar para o pára-quedas que agora se parecia mais com um pequeno lençol no meio da piscina.

E agora? – cuidou o israelita. Bem, não havia grande solução para um homem pragmático. Procurou a escada mais próxima, descalçou-se, tirou as meias e o casaco e desceu para a água. A temperatura estava agradável, mas não era algo que lhe agradasse fazer, especialmente àquela hora da noite. Deu algumas braçadas e logo alcançou o pára--quedas. Arrastou-o consigo até à escada e sentou-se na beira da piscina. Trazia um embrulho, envolto em plástico. Rasgou-o freneticamente. Dentro encontrou uma caixa e dentro da caixa um aparelho electrónico.

Era um visor do tamanho de um livro de capa dura. Tentou descobrir onde aquilo se ligava. Só tinha um botão *on/off*. Pressionou-o com o coração a bater como um martelo dentro do peito. O visor ligou-se. Apareceu um sinal de *play* a meio do ecrã que, pelos vistos, era táctil. Ben Isaac respirou fundo e pressionou-o.

Não sabe precisar o tempo que levou a chegar ao quarto, nem se foi a correr ou a andar, se desceu no elevador ou pelas escadas, o certo é que em menos de nada estava em frente à porta do seu quarto. Agarrava o aparelho junto ao peito com as duas mãos como se de uma obra sacra se tratasse. Estava todo molhado e deixava um rasto de água por onde passava. Se alguém o viu ele não viu ninguém. Entrou no quarto e olhou para Myriam que dormia como um anjo, de barriga para baixo, o rosto virado para Ben Isaac. O israelita tropeçou numa cadeira e quase caíra, o suficiente para acordar o seu anjo.

– Querido, estás bem?

Não percebeu ao primeiro olhar ensonado que ele estava ensopado de água e de sentimentos contraditórios. Não era o mesmo Ben Isaac que conhecera, mas um velho caduco e desnorteado. Andava de um lado para outro, molhado, agarrado a algo. Agora sim, Myriam via. Acendeu a luz, piscou os olhos à diferença e encarou o marido.

– O que se passa, Ben? Conta-me imediatamente.

Ben Isaac tinha a cabeça baixa, não se atrevia a olhá-la directamente.

– O nosso filho, Myr. O nosso filho. – E começou a chorar.

16

A História nunca mente. Os livros que a registam podem dizer o que entenderem, verdades, mentiras, meias-verdades que serão o equivalente a uma mentira inteira, especulações, bajulações, actos heróicos que nunca existiram, mas perduram nos autos da glória porque alguém teve o soldo para os encomendar. Não existirá melhor exemplo do que Roma, a Cidade Eterna, maior glória de Deus na Terra, que a escolheria para poiso se decidisse cá morar, não haja qualquer dúvida sobre isso.

Entraram num dos milhares de *palazzos* que habitam a cidade de Rómulo e Remo e que, neste caso concreto, pertencera à abastada família dos Médicis. Dois primos célebres ali viveram antes de se mudarem para outros palácios, mais sumptuosos, Giovanni e Giuliano, que se tornaram Leão X e Clemente VII, respectivamente, os homens mais poderosos do mundo, à época, ou assim pensavam. Alojou também a célebre Catarina, sobrinha de Clemente antes de esta casar com Henrique, filho do rei Francisco I de França. Curiosamente, nenhum deles deixou o seu nome ao *palazzo*, nem mesmo o da família, o que não deixava de ser notícia numa época em que quem podia, entenda-se como tal o Pontífice máximo ou um cardeal influente, cinzelava o seu nome em tudo o que mandava erigir, reconstruir ou deitava a mão, para a posteridade. Assim, foi a Madama Margarida da Áustria quem *baptizou* o *palazzo* que, ainda hoje se chama *Palazzo Madama*, em honra dessa senhora. Os Médicis há muito que se finaram, Margarida também, pelo que o dito *palazzo* alberga agora o Senado da República Italiana.

O Mercedes entrou por uma porta lateral e rodeou o enorme edifício até às traseiras. Aí pararam. O padre negro que procurara Sarah no quarto de hotel foi o primeiro a sair do banco de passageiro da frente. Abriu a porta traseira ao seu amo, o cardeal, e, seguidamente, abriria a porta a Sarah se esta não o tivesse feito já, por *motu* próprio.

Haviam-se cumprimentado educadamente durante a rápida viagem, conversa circunstancial. *Está a gostar da estadia? O tempo está magnífico para esta altura do ano. O famoso Outono quente romano.* Observações sem importância que serviam apenas para preencher um silêncio que seria, seguramente, constrangedor. Contudo, o cardeal, como bom orador a que o ofício o habituou desde os tempos idos do seminário, não deixou que um só momento de embaraço se instalasse no banco traseiro onde seguiam sentados confortavelmente. Estranhamente, ou não, Sarah estava muito calma. A situação pedia que se mantivesse alerta e desconfiada, afinal, estava no carro de um cardeal da Igreja Católica Romana, completamente à mercê da sua vontade, fosse ela qual fosse, sendo que o seu historial com a Igreja que ele representava não era muito famoso e em nenhum momento se preocupou com isso.

Convidaram-na a entrar no palácio pelo que devia ser o *hall* das traseiras, uma área ampla e grande com uma escadaria que levava aos andares superiores. Não havia dúvidas, os romanos da Renascença sabiam construir palácios, este era mais uma prova disso. Subiram dois andares.

– Não sabia que este palácio pertencia à Santa Sé – disse Sarah para não ficar calada. A voz saiu-lhe ofegante. As faltas ao ginásio revelavam-se ali.

– E não pertence – respondeu o cardeal amistosamente. – Actualmente, é do Senado italiano. No futuro se verá.

– Então por que estamos aqui?

Alcançaram o segundo andar que revelou um átrio de grandes dimensões e uma enorme porta de madeira, com duas folhas, fechada.

– Que melhor local para uma conversa do que uma exposição privada? – revelou o cardeal.

O padre abriu as portas que recuaram silenciosamente perante eles, permitindo a entrada no interior da sala.

– Por favor – indicou o cardeal dando a primazia a Sarah.

Sarah acedeu e deu o primeiro passo, decidido.

– Outrora isto era a biblioteca do palácio.

A sala tinha um pé-direito alto, como tudo naquele palácio. Sarah conseguiu imaginá-la pejada de móveis trabalhados, de cima a baixo, cobrindo as paredes e albergando os livros. Agora as paredes estavam pejadas de quadros de autores que desconhecia com variadíssimos motivos, religiosos, pagãos, eróticos, à escolha de quem via, pois quem os fez guardou as razões para si. Dois bustos sobrepunham-se em duas paredes, virados um para o outro. Eram dois homens, dois Médicis, dois Papas, Leão e Clemente. Na parede ao fundo dominava o quadro de uma mulher, sem nome, com um olhar férreo, decidido. Não era difícil perceber de quem se tratava.

Havia, de facto, traços de modernidade, uns expositores móveis que se espalhavam pela sala e que suportavam pinturas, pergaminhos e fotografias que deviam fazer parte da tal exposição.

Sarah deu tempo a si própria para se ambientar ao espaço e depois olhou para o cardeal.

– O que é que o prefeito da congregação para a doutrina da fé quer conversar comigo?

– Reconheceu-me? Sinto-me lisonjeado – brincou o Príncipe da Igreja.

Caminhavam lado a lado. O cardeal olhou para o padre que o assistia. Este acenou com a cabeça em jeito de entendimento, recuou sem nunca virar as costas e fechou as portas. A exposição privada tornava-se também numa conversa privada.

Sarah fitou o prefeito da congregação para a doutrina da fé com uma expressão inquisitiva. Ainda aguardava uma resposta.

– Foi boa a conferência de imprensa? – perguntou o prefeito desviando o assunto. Um sorriso simpático espelhava-se nos lábios.

– Diga-me Sua Eminência – provocou Sarah.

– Trate-me por William.

Se estivesse vestido como um homem normal, fato, camisa, talvez uma gravata a condizer com a camisa, poderia aceder a tal pedido, mas não naquelas circunstâncias. Não a um homem de batina negra com uma nota a escarlate a dominar o peito, uma cruz de ouro berrante a cair do pescoço e um solidéu no alto da cabeça a manifestar santidade espiritual.

– Que eu saiba não é normal que homens tão destacados da Igreja vão buscar mulheres aos seus hotéis, as transportem no seu carro e as tragam para um palácio. Teremos de falar sobre isso, eventualmente, cardeal William. – Ficar-se-ia pelo meio-termo.

O cardeal mirou Sarah e sorriu. Depois avançou e olhou para o primeiro expositor que mostrava um cartaz com a imagem de Jesus Cristo, comum, reconhecida em todo o mundo por qualquer pessoa, independentemente do credo. Por baixo o título da exposição, em letras garrafais. Sarah considerou-o curioso: AS CARAS DE CRISTO.

E em subtítulo: As representações artísticas de Cristo ao longo dos séculos.

Uma gravura que datava do século I d. C. surgia ao lado do póster informativo. A imagem do Nazareno num esboço algo pobre mas que se mantinha fiel à ideia que se tinha Dele.

Curioso – deu por si a pensar Sarah.

– Interessante, não é? – questionou William.

– Muito – concordou Sarah, continuando a olhar para as diversas representações artísticas.

– Temos uma imagem tão vincada Dele que nem nos apercebemos que tudo saiu da mente de um artista e depois de outros e assim sucessivamente, ao longo dos séculos – explicou William. – Veja esta. – Apontou para um quadro no terceiro expositor que revelava um homem possante com barba rala e a mão sobre a cabeça de um outro que se ajoelhava.

– É Ele? – inquiriu Sarah curiosa. – Não parece nada.

– Mas é. Uma visão de um artista.

Sarah não esperaria um serão como aquele, deambulando pela sala de um palácio, lado a lado com um dos cardeais mais influentes do colégio.

– Por que me trouxe aqui? – tornou a perguntar. Uma variação da pergunta que fizera anteriormente como um artista que cria algo diferente de um mesmo pressuposto.

William apontou para as várias imagens dos expositores.

– Por Ele.

Sarah olhou para as diversas reproduções confusa. Porventura William não se explicara bem.

– Por Ele quem?

– Por Ieshua Ben Joseph – proclamou. – Jesus filho de José.

A resposta esclareceu-a, mas continuava a não entender. Afinal, estava ali a fazer o quê? Esperou que William prosseguisse.

– A Sarah tem um dom especial. Raro nos jornalistas, diga-se. A discrição – enalteceu.

Sarah optou por permanecer calada. Não sabia o que responder à observação.

– Não é só no jornalismo que falta discrição. Há muitas outras áreas a precisar dela e também de seriedade.

– A Igreja é discreta e séria? – questionou Sarah.

– Houve tempos em que não o foi, confesso. Outros tempos que não gostamos de relembrar, mas hoje orgulho-me de pertencer a uma instituição que prima por essas duas qualidades.

Sarah não duvidava que William sentia o que dizia, mas duvidava da pretensa probidade que ele defendia

– Segundo o Santo Padre a Sarah também prima por essas qualidades.

O Papa falara das qualidades dela? Esta constatação deixou-a perplexa, interiormente, pois exteriormente continuava impassível. Aprendera a não manifestar sentimentos com o... *Esquece.*

– O Santo Padre? – sorriu Sarah. – De certeza que ele tem mais com que se preocupar do que com as minhas qualidades e defeitos.

– De todo, Sarah. O Papa Bento é um homem que se preocupa com todas as ovelhas do seu rebanho.

– Por favor, cardeal William. Lamento, mas não sou uma ovelha do rebanho do Papa.

– Tem dois livros que o comprovam. Que demonstram que quer saber dos problemas, que quer que sejam resolvidos, que se preocupa – argumentou o prefeito.

– Dois livros que, provavelmente, a congregação a que preside censuraria se pudesse, se ainda existisse o *Index Librorum Prohibitorum*, a Inquisição – retrucou Sarah. Nunca pensara em falar de igual para igual com um cardeal.

– A Santíssima Inquisição continua a existir, minha cara. E é importantíssimo que assim seja. Mas em relação ao seu reparo deixe-me que lhe diga que em nenhum momento a Igreja Católica Apostólica Romana se insurgiu contra os seus livros. Não ouviu uma crítica desfavorável, um sermão irascível ou enraivecido. Nada.

Sarah não estava minimamente convencida.

– Por vezes o silêncio é o melhor remédio. A Igreja é mestre em deixar que o tempo esqueça o que não lhe convém lembrar.

– Não vou sequer recordar-lhe que está viva por causa dessa Igreja que reprova e desse Papa que critica.

Sarah acatou a crítica. Era verdade. Duas vezes verdade. Conveio à Igreja interceder a seu favor, era certo, mas tinha-o feito.

– Chegou a hora de cobrar? – indagou Sarah com o sobrolho franzido. *Seria?*

William não respondeu. Optou por continuar a caminhar admirando as caras de Cristo. Algumas eram muito idênticas, outras acrescentavam algo mais, um porte atlético, um detalhe físico, um cabelo diferente, ora loiro, ora castanho, mais curto, mais comprido, ora magro, ora bonacheirão, a sorrir, a sofrer, contemplativo, milagreiro, enigmático, irado, amedrontado. Eram inúmeras representações da mesma pessoa, todas diferentes e, no entanto, todas iguais, se tal era possível.

– A Igreja precisa de si, Sarah – acabou por dizer William. – Estamos numa guerra e sob um ataque cerrado. Não é uma cobrança, é uma urgência.

A jornalista ficou ainda mais confundida. Que serventia poderia ela ter para a Igreja que fizesse com que um cardeal a fosse buscar ao hotel pessoalmente? Chegara, finalmente, o momento de saber?

– Em 1947, um beduíno de nome Muhammed ehd-Dhib encontrou, por acaso, uns pergaminhos dentro de umas vasilhas enquanto procurava uma ovelha perdida – começou William.

– Qumran. Os pergaminhos do Mar Morto. Conheço essa história – rematou Sarah.

– Pois, mas essa história é completamente falsa.

Isto sim era uma novidade.

– Quem estava por detrás da expedição era um israelita que se chamava Ben Isaac. Já ouviu falar?

Sarah procurou o nome nas memórias mas não encontrou nada similar.

– Não creio.

– Mora na sua cidade há mais anos do que os que a Sarah tem – disse com um sorriso triste. Não era uma história que gostasse de contar. – Arquitectou toda a história do beduíno para poder investigar com mais precisão o que a sua equipa encontrara. Foi engenhoso, reconheço. Em última análise foi providencial. Começou a caça aos pergaminhos. Vendiam-se no mercado negro pergaminhos inteiros ou parciais por milhões de dólares. Um autêntico logro na maior parte dos casos.

William prosseguiu o discurso detalhado. Tinham os seus próprios *agentes* infiltrados em todos os mercados do Próximo e do Médio Oriente em busca de documentos que se pudessem revelar relevantes para a Igreja ou para a História do Ocidente. Sarah imaginou Rafael como um desses infiltrados, de turbante e adaga, ou sabre, e uma túnica branca a negociar nas areias quentes de Damasco, Amã, Jerusalém. Claro que não teria idade para isso, se é que era nascido na altura.

De vez em quando, começava o falatório, a nível particular primeiro. Um cochicho dissimulado só para interessados, de algum fragmento que aparecia ou dizia-se ter aparecido em algum local e estar na posse do sujeito a, b ou c. Começavam a chover ofertas vindas de todo o lado, sempre debaixo da tenda e nunca à torreira do sol, e a Igreja conseguiu adquirir alguns desses fragmentos da História em troca de uma quantia em dinheiro. Traduziam, autenticavam e alguns começaram a ser validados. Os pergaminhos do Mar Morto existiam, de facto. Durante algum tempo não se voltava a pôr a vista em cima de nenhum para depois aparecerem dois ou três de uma vez. Ben Isaac libertava aqueles que considerava suficientemente provocadores, mas anódinos no seu potencial.

– E como é que descobriram o plano dele?

– Foi Deus.

Podiam nunca ter descoberto. Ben Isaac era e é um homem inteligente, com uma mente acutilante e discreta. Um dos arqueólogos que fazia parte da equipa do israelita incompatibilizou-se com o supervisor e resolveu abandonar o projecto. Apesar do dever de sigilo enviou uma denúncia anónima para a Secretaria de Estado. Era o pontificado do bom Papa João que tratou de verificar se aquela informação era verdadeira. Confirmou-se.

William calou-se durante alguns instantes para deixar assentar tudo em Sarah que escutava atentamente.

– Mas a história do beduíno prevalece ainda hoje – confrontou Sarah.

– No princípio optámos por não desfazer publicamente a patranha, se assim lhe quiser chamar, até percebermos o que se estava a passar. Revelou-se acertado. Foi vantajoso para os dois lados.

– Para os dois lados?

– Para a Igreja e para Ben Isaac.

– Ele entregou-vos o que descobriu? – Sarah estava arrebatada.

– Uma parte. No fundo defendíamos os mesmos propósitos e tínhamos os mesmos objectivos.

– Quais?

– Preservar a História – proferiu William.

Sarah não concordava com essa perspectiva. Olhava para a Igreja como uma instituição que preservava a História que lhe dava mais jeito e não *toda* a História.

– Então qual era o plano de Ben Isaac?

– Queria manter as descobertas secretas a todo o custo. Não apenas da Igreja mas de todos.

– Não buscava a glória como todos os aventureiros?

– Não. Ele nasceu em berço de ouro. Estudou em Londres, apaixonou-se, casou e trabalhou muito. Depois empreendeu esta demanda de encontrar vestígios da Bíblia. Outros o fizeram antes dele sem sucesso. O local onde foram encontrados os pergaminhos era a rota de passagem dos judeus. Até Jesus pode ter passado por ali. Ele sabia o que estava a fazer e muniu-se de historiadores e arqueólogos muito competentes. Dinheiro não era problema, por isso, tudo se conjugou para que o resultado final fosse positivo.

– Sim, mas que eu saiba encontraram os evangelhos de Filipe e Madalena que a Igreja considera apócrifos e não credíveis e outros tantos irrelevantes. Isto foi o que li ou vi ou qualquer coisa.

– Está bem informada. Foi apenas o que se tornou público – hesitou antes de decidir prosseguir. – O resto está protegido por um acordo.

Interessante – pensou Sarah. A Igreja e os seus segredos.

– Um acordo entre… – insistiu ela.

– Entre a Santa Sé e Ben Isaac. Chama-se *Statu Quo*.

Sarah sorriu ao lembrar a banda com o mesmo nome.

– Significa o estado actual de algo. Foi assinado por João XXIII e Ben Isaac e, posteriormente, por João Paulo II e Ben Isaac e a sua equipa de historiadores e arqueólogos e teólogos, obviamente. Era importante manter sigilo absoluto.

– Devia ser novo quando assinou o primeiro acordo – observou Sarah.

– Tinha pouco mais de 30 anos.

– É obra – proferiu Sarah com admiração.

– De facto – concordou William.

– Ainda não percebi o que estou aqui a fazer! – exclamou Sarah. A curiosidade era cada vez maior em relação a este assunto.

– Já lá iremos, Sarah. Tenha um pouco mais de paciência.

Nesse momento abriu-se uma das portas para deixar entrar o resoluto assistente de William que lhe segredou qualquer coisa ao ouvido.

– Iremos em seguida – murmurou William.

O padre saiu e o cardeal revelou-se novamente disponível. Chegara a hora da pergunta que um bom jornalista faria se isto fosse uma entrevista.

– E que documentos estão abrangidos por esse acordo?

William não respondeu logo. Acercou-se de Sarah, deixou de olhar para as caras de Cristo e centrou-se na dela. Nunca a tinha olhado tão intensamente naquela noite como naquele momento. Sentiu-se incomodada, até enrubesceu.

– Dois documentos do século I – informou por fim.

– Importantes? – questionou Sarah com desconforto.

– Muito. Um deles é o Evangelho de Jesus.

17

Quando a ordem vem de Deus não há que duvidar. É sabido que escreve sempre certo, ainda que por vezes não se endireite na linha, mas nunca questionável quer em termos de vontade ou mesmo legalidade. A vontade Dele é lei sempre e, mesmo que ainda não esteja escrita, passará a estar dali em diante. E se para protegê-Lo tiver de se renegar certos mandamentos que Ele mesmo escreveu e entregou a Moisés para que no-los transmitisse, pois seja feita a Sua vontade, assim na Terra como no Céu.

Havia um desses dez mandamentos que ele renegava constantemente, o *não matarás*, mas dormia como um anjo todas as noites pois sabia da grandeza da sua tarefa na espantosa Criação.

O correio era entregue em mão todas as semanas, sem remetente, sem destinatário impresso, ainda que só pudesse ser para ele, pois não morava ali mais ninguém a não ser ele... e ela.

Ela acordava sempre antes dele e nunca se deitava antes a não ser que tal fosse solicitado ou ele não estivesse em casa, o que, graças a Deus, acontecia com frequência, o que fazia com que se deitasse quando entendesse. Raramente falava a não ser que ele lhe fizesse alguma pergunta ou com ela própria quando estivesse sozinha. Todos os dias tinha uma passagem aleatória da Bíblia para ler, ou pelo menos assim pensava, ao acordar e ao deitar como se de um medicamento se tratasse.

Esta noite ele regressou sem aviso prévio e ela ainda não dormia, às 9 horas da noite. Lia um qualquer romance que ele desconhecia. O lábio rebentou do estalo seco que levou e espalhou sangue pela almofada.

– O sol já se pôs – disse a voz serena com uma expressão de que a explicação devia ser considerada um acto de indulgência.

– Perdão – murmurou ela com os olhos marejados de dor.

Levantou-se e correu para o quarto.

– Alto – ordenou ele e acercou-se ameaçadoramente. Retirou-lhe o livro bruscamente. – Isto está confiscado. Vai para o teu quarto.

Tudo tinha hora, regra e disciplina. A falta, qualquer que ela fosse, implicava punição e um estalo seco no rosto a estalar o lábio não era, de todo, um castigo, mas um aviso.

Estes repentes podiam ser evitados, assim ela cumprisse as regras. Conhecia-as de trás para a frente e da frente para trás, não tinha porque faltar ao determinado.

Olhou para o livro e leu o título. *O Homem que nunca existiu*, de um tal Hans Schmidt. Uma heresia de 200 páginas que pretendia demonstrar o caminho da salvação. Não conseguia compreender. Ele mostrara-lhe esse caminho, por que andava ela à procura de outros? Fora demasiado misericordioso. Há almas que precisam de aprender a manter-se no trilho Dele da pior maneira.

Atirou o livro à lareira que ardia num fogo brando e abriu a pasta de trabalho. Retirou o último envelope que recebera. No interior um sobrescrito com vértices arredondados, de gramagem alta. Na parte superior lia-se *AD MAIOREM DEI GLORIAM*. Na linha seguinte *Deus Vocat* e seguia-se o nome do escolhido. Normalmente era um nome, raramente dois. Naquele liam-se dois: Yaman Zafer e Sigfried Hammal.

Atirou o envelope e o sobrescrito à lareira para serem consumidos pelo fogo sagrado do Criador.

Levantou-se e foi vê-la. Estava ajoelhada junto à cama a orar. O poder da oração. Não a interrompeu pois nada era mais sagrado do que a ligação directa a Deus através da prece. Pedir perdão, uma graça, uma ideia, uma sugestão, este era o canal privilegiado e sacrossanto, jamais se deveria interromper. Aguardou de braços cruzados contemplando-a. Assim que ela fez o sinal da cruz a indicar o fim da interlocução ergueu-se e deitou-se na cama. Ele dirigiu-se à cómoda que estava aos pés da cama e abriu um estojo. Estava de costas para ela, daí que não tenha visto os olhos dela encherem-se de lágrimas para logo secarem como se nada fosse. As tremuras também as reduziu ao mínimo. Logo parariam, a bem ou a mal. Ele virou-se para ela e aproximou-se. Munia-se de uma seringa que continha um líquido dourado.

– Dá-me o braço – Era uma ordem.

Ela não deu. Ele puxou o que estava na borda da cama e espetou a agulha. Esvaziou a seringa lentamente e aguardou. Olhou o relógio. Dois minutos depois ela dormia como um anjo. Respirava serena e silenciosamente. Seria um sono sem sonhos. Um repouso santo. Ele despiu-se. Dobrava e colocava em cima de uma cadeira cada peça de roupa que tirava. Subiu para cima da cama, para cima dela, elevou a camisa de dormir que ela trajava, abriu as pernas dormentes e possuiu-a com lascívia. Entrava e saía com frenesim sem que ela sequer abrisse os olhos ou bosquejasse um gemido. Poucos minutos depois terminou com algumas gotas de suor a enfeitar-lhe a testa. Ela permanecia adormecida, intocada, a mesma respiração serena e silente.

Ele deixou-a dormir e foi ver o correio. Uma caixa na porta com ranhura exterior e que podia ser aberto pelo interior somente com a chave que ele possuía. Lá estava o envelope como ele suspeitava. Um sorriso frio, se assim se podia chamar àquilo, invadiu-lhe o rosto. Abriu o lacre e retirou o sobrescrito. Os mesmos dizeres dominavam a parte superior e depois os escolhidos de Deus para se Lhe juntar onde Ele entendesse. Não tinha tempo a perder. Desta vez eram três nomes.

18

– Explique-me essa história direito – pediu Gavache enquanto se voltava para trás no banco do passageiro da frente.

Jean Paul conduzia o inspector mais os dois italianos para o centro da cidade.

– Santo Inácio de Loyola foi o primeiro a usar esse epíteto na Companhia de Jesus de que foi o fundador. *Ad maiorem Dei gloriam.* Para a maior glória de Deus – explicou Rafael.

– Santo – escarneceu Jacopo.

– Está a dizer-me que os jesuítas andam a matar pessoas?

– Não. Estou a dizer que *um* jesuíta matou *duas* pessoas.

– Três – deixou escapar Jacopo em jeito de correcção.

Os olhos de Gavache quase saltaram das órbitas. Rafael fitou Jacopo com uma expressão de desaprovação e exasperação.

– Três? A conta já vai em três? Estás a ouvir isto, Jean Paul? – Continuava a olhar para Rafael com ar inquisitivo.

– Sim, inspector. Alguém anda a esconder informação – disse Jean Paul a ajudar à festa.

– É justamente isso que penso, Jean Paul. Alguém anda a querer gozar com a nossa cara. Por outro lado, o que é que se pode esperar daqueles que pregam a moral? Só prega a moral quem já foi imoral, não é? Mas quem é que andará a gozar com a nossa cara, Jean Paul? – Olhou em redor do habitáculo e fixou-se nos passageiros de trás.

Jean Paul não respondeu ao quesito retórico de Gavache que, como se via, sabia montar um teatro quando era preciso.

– Peço desculpa, inspector. Não me lembrei desse pormenor – começou Rafael, incomodado. Odiava pedir desculpas e estar numa posição de negociação. Difícil para quem normalmente punha e dispunha... em nome de Deus. Jacopo tinha de aprender a manter a boca calada, mas isso ficaria para mais tarde. – O terceiro homicídio, que em termos temporais foi o primeiro, foi o de um padre católico na Igreja do Santo Sepulcro, em Jerusalém.

– Quando? – inquiriu Gavache bruscamente.

– Há três dias.

– Nome?

– Ernesto Aragones. Era o administrador da ala católica – esclareceu Rafael. Ainda trilhava um terreno pantanoso.

– Por que diz ala católica?

– Porque a Igreja do Santo Sepulcro é administrada por seis Igrejas distintas.

– Estás a ouvir isto, Jean Paul?

– Uma balbúrdia, senhor inspector – apoiou Jean Paul com os olhos concentrados na estrada.

A chuva miúda continuava a cair obstruindo o pára-brisas irritantemente. As escovas que a apartavam sujavam mais que limpavam o que fazia com que Jean Paul tivesse que ir com atenção redobrada.

– Como é que seis igrejas cabem numa? – Virou-se para a frente. Estar tanto tempo virado para trás provocara-lhe uma dor no pescoço.

– Conhece a importância dessa igreja?

Gavache não respondeu logo como se estivesse a pensar no que dizer, mas Rafael percebeu que estava apenas a mexer com os nervos nele.

– É a mais importante.

– Exactamente. Marca o local onde Jesus foi crucificado e sepultado.

– Supostamente – advertiu Jacopo como se tal palavra fizesse toda a diferença.

– Olhe que esse seu amigo não é lá muito católico – proferiu Gavache que se divertia com aquilo, sem sorrir.

– Nada católico – acrescentou Jacopo. – Nem uma pinga de sangue.

– E por que veio?

Jacopo não soube o que responder. Ensaiara uma resposta para qualquer eventualidade, mas, entretanto, esquecera-se.

– Jacopo é um eminente historiador da Universidade de Roma La Sapienza – adiantou-se Rafael. – Veio porque era amigo de Yaman Zafer – acrescentou.

– E de Sigfried Hammal?

– Julgo que nos conhecemos num congresso em 85, mas não foi importante o suficiente para recordar – avançou Jacopo com voz tremida.

– E esse tal Ernesto Aragones? – insistiu Gavache.

– Nunca tinha ouvido falar.

Gavache manteve-se em silêncio por alguns momentos. Apenas se ouvia o movimento do carro e da rua.

– Onde é que íamos? – perguntou ao fim de algum tempo.

– Como é que seis Igrejas cabem numa? – relembrou Jean Paul como se não fosse nada com ele.

– Exactamente. Como é que seis Igrejas cabem numa? – repetiu Gavache.

Rafael tornou a usar da palavra.

– Como já percebeu, essa Igreja é a mais importante para todas as Igrejas antigas por razões históricas. – Cravou os olhos em Jacopo neste último ponto. – Um acordo lavrado com os otomanos em 1852 dividiu a custódia da igreja e residências adjacentes entre os católicos, ortodoxos gregos, arménios, coptas, sírios e etíopes. Nomearam um guarda-chaves neutro.

– Guarda-chaves? – inquiriu Gavache.

– A pessoa que abre e fecha a igreja – explicou Rafael. – Nomearam um guarda-chaves muçulmano.

– Que mundo feliz este em que as religiões convivem pacificamente – ironizou Gavache.

Rafael ignorou a ironia.

– Esse acordo é conhecido como o *Statu Quo* – concluiu.

Gavache absorveu a informação histórica e humedeceu os lábios.

– Agora a pergunta dos dez milhões. – Permitiu uns segundos de antecipação e virou-se para trás. Massajou o pescoço para atenuar a dor. Queria ver as caras deles nesta resposta. – Ernesto Aragones, Yaman Zafer, Sigfried Hammal conheciam-se?

Os dois passageiros de trás olharam um para o outro.

– Não faço ideia – respondeu Rafael.

– Não lhe sei dizer – foi a resposta de Jacopo.

– Hum... Achas que dariam estas respostas se estivessem em salas separadas, Jean Paul?

– Não faço ideia, inspector. Não lhe sei dizer – retrucou o subordinado.

Gavache era um falcão. Sobrevoava as presas várias vezes antes de lhes fincar as garras.

– E os crimes estarão relacionados? Como é que o outro morreu?

– Um tiro na nuca.

Gavache suspirou.

– Isso é uma prática jesuíta? – O sarcasmo ao melhor nível. – Um padre, um arqueólogo, um teólogo. – Falava mais para si do que para os outros. – O arqueólogo e o teólogo sabemos que estão relacionados. O padre varia no *modus operandi*. Aqui tenho um padre e um historiador que guardam o melhor para eles e me vão dando rebuçados. Achas que são de confiança, Jean Paul?

– Não lhe sei dizer, inspector. É guloso?

– Sou guloso, Jean Paul. Claro que sou guloso. Mas gosto de ter o saco dos rebuçados na mão e não que me dêem um de vez em quando ou que tenha de pedinchar muito para mo darem.

– Então tem aí a sua resposta, inspector.

Aqueles diálogos irritavam Rafael e deixavam Jacopo apreensivo.

– Inspector Gavache, estou a dar-lhe tudo o que tenho – argumentou Rafael na tentativa de se desculpar. – Não mencionei o crime em Jerusalém porque não os relacionei. Como o senhor mesmo confirma, o *modus operandi* é diferente. Pode ter sido o mesmo assassino ou não estar relacionado de todo. Não foi por mal, nem uma tentativa de o ludibriar. Espero que compreenda isso. Tem sido uma semana terrível para nós.

– Eu tenho dois mortos relacionados, em território francês, em menos de 24 horas, na capital e no Sul. Acha isso fácil? – contrapôs Gavache.

– Não é isso que quero dizer – advogou Rafael. Não era fácil argumentar com Gavache. Na realidade era impossível. Jamais venceria uma disputa daquelas. Decidiu deixar as coisas como estavam.

O silêncio assentou novamente. Jean Paul conduzia agora em pleno centro de Paris. Talvez devido ao adiantado da madrugada não havia muito trânsito e era fácil manobrar. Passaram-se alguns minutos que podiam ser contados por um tiquetaque assoberbado que o silêncio ensurdecedor provocava. Tiquetaque, tiquetaque, tiquetaque.

Rafael reconhecia o caminho. Boulevard du Temple, seguiu-se a Boulevard des Filles du Calvaire, mais à frente entrariam na Rue de Saint--Antoine.

– Por que é que pediu a ajuda do Vaticano? – perguntou Rafael.

Gavache não respondeu logo. Olhava para a frente como Jean Paul, matutando em tudo o que fora dito, a bem ou a mal.

– O Vaticano foi mencionado na gravação do seu amigo – acabou por dizer. – Mas algo me intrigou ainda mais.

Rafael encostou-se ao banco da frente. Estava muito atento.

– O quê?

– O homicida disse que o Papa rezaria por ele. Pode parecer uma afirmação inocente, que para mim significa que o seu jesuíta fez o que fez a mando dele.

– Está louco? – proferiu Rafael. – Isso não tem cabimento.

– Ei, eu sou apenas o leigo. Se tiver uma explicação melhor sou todo ouvidos – ironizou Gavache.

– Parece-lhe correcto que o Santo Padre envie o homicida e depois aceda a auxiliar nas investigações de um crime que ele próprio ordenou?

– Sabe tão bem como eu que os criminosos por vezes são testemunhas dos crimes que eles próprios perpetraram. Não seria único – contrariou Gavache.

– O que temos aqui é um jesuíta descontrolado... com agenda própria – contemporizou Rafael.

– A quem respondem os jesuítas? – perguntou Gavache.

– Ao superior-geral da Companhia – explicou o padre.

– E a quem responde o superior-geral?

Rafael demorou mais tempo a responder do que desejava.

– Ao Papa – adiantou-se Jacopo.

Ninguém disse mais nada a não ser Jean Paul com uma travagem brusca.

– Chegámos.

Gavache saiu do carro e olhou. Todos os outros se lhe juntaram.

– Outra igreja, Jean Paul.

– Outra igreja, senhor inspector – repetiu Jean Paul.

– Espero que tenha razão – advertiu Gavache para Rafael.

– Também eu.

E subiram as escadas em direcção à entrada.

19

O helicóptero agitava-se enquanto enfrentava o vento lateral que insistia em retirá-lo da rota. O piloto estava habituado àquelas condições pelo que optara por uma rota mais a norte, não necessitando assim de lutar contra o vento. O pedido proveio de um cruzeiro que navegava ao largo da costa, entre o Tirreno e a Córsega, o *Voyager of the Seas*.

Às vezes acontecia. Alguém que adoecia mais gravemente para quem a clínica não tinha resposta ou desacatos que necessitavam de ser resolvidos pela polícia. Neste caso tratava-se de um casal que necessitava de ir para Ciampino com urgência. Estavam alarmados, mas falavam numa língua que ele desconhecia. Parecia árabe, mas não saberia dizer. O hebraico não é fácil para ninguém. Não lhe explicaram qual a urgência, nem tinham de o fazer. Presumivelmente algum milionário que precisava de fechar um negócio e que estragara as férias à esposa ou à amante que parecia mais nova do que ele.

Ben Isaac segurava-se o melhor que podia. Myriam agarrava o aparelho e olhava o monitor vezes sem conta. Nenhum pai devia ver uma coisa daquelas. O filho, Ben Júnior, amarrado, ensanguentado, com um adesivo na boca e uma venda a cobrir os olhos. Segurava uma cartolina branca com caracteres hebraicos escritos a negro:

O Statu Quo terminou.
Aguarde instruções.

Mas Myriam não queria saber da cartolina nem do que dizia. Somente do menino que ela parira que sofria, desamparado, sem ninguém, sem protecção, sem mãe. Tinha lágrimas de preocupação no rosto e não se cansava de olhar para a imagem do seu menino.

– O que é que eles querem, Ben?

– Não sei, Myr – respondeu Ben Isaac com a voz embargada.

– É dinheiro? Paga-lhes Ben. Paga o que eles pedirem.

– Eu sei, Myr – disse abraçando-a. – Vou dar tudo o que eles quiserem.

Ao fundo começavam a ver-se as luzes das povoações costeiras. Aproximavam-se da península.

Ben Isaac olhou pela janela enquanto uma chuva ténue se começou a atirar contra o vidro. Nem nos seus pesadelos mais recônditos imaginou tamanho cenário. Raptarem o pequeno Ben para o chantagearem? Sabia perfeitamente o que eles queriam, mas quem seriam? Como alcançaram aquela informação? Só uma fuga podia ter originado tudo aquilo e não havia muito por onde verter quando os envolvidos eram escassos. Muitas perguntas e um aperto no coração sufocavam a mente e o peito. Falhara no ponto mais importante da sua existência: proteger a família de todas as intempéries. Assim como falhara com Magda noutra vida, lá longe, nos confins do passado esquecido.

O piloto anunciou a sua posição à torre de controlo e seguiu as instruções de aterragem. Alguns minutos depois pousavam no local indicado. Uma carrinha aguardava os passageiros para os transportar ao avião que Ben Isaac solicitara quando ainda estava no navio.

Assim que se instalou na carrinha o seu telemóvel tocou. Exibia o número do filho. Ben ficou ansioso e virou o visor para a esposa que lhe arrancou o aparelho de supetão e atendeu.

– Ben? Ben? – chamou desesperada com as lágrimas a correr. Escutou durante uns instantes e fechou os olhos. Momentos depois estendeu o telemóvel a Ben Isaac. – É para ti.

O marido pegou no aparelho e levou-o, relutantemente, ao ouvido.

– Ben Isaac – apresentou-se. E não disse mais nada. Limitou-se a escutar. Provavelmente assim lhe fora ordenado.

Myriam olhava para ele em suspenso. Nenhuma reacção, nenhuma interjeição. Nada. Mutismo total. A conversa, unilateral, demorou poucos segundos. Ben Isaac desligou e Myriam em vez de o encher de perguntas fez apenas uma observação:

– Não me escondas nada, Ben.

A carrinha parou junto ao Learjet 60XR que estava pronto a acolhê--los. Uma hospedeira aguardava junto às escadas e ajudou Myriam e Ben a subir para a aeronave.

– Sejam bem-vindos – cumprimentou com um sorriso de esmalte brilhante.

O interior era um luxo a que já estavam habituados, mas mesmo que não estivessem nem dariam por nada. Ficaram especados a olhar para o cardeal e para a jovem mulher que o acompanhava e que estavam, confortavelmente, sentados nos bancos estofados.

– O senhor é um homem difícil de encontrar, Ben Isaac – observou o cardeal.

– Não estava escondido.

– Sentem-se – convidou William, estendendo a mão para os bancos estofados. – Estejam à vontade.

20

O nome do padre era Günter e fê-los esperar algum tempo. Ainda bem que um acólito os acolhera no interior da imensa Igreja de São Paulo – São Luís, abrigando-os da chuva que, entretanto, engrossara.

Gavache fumava novamente apesar das proibições inúteis do acólito que não tinha como ordenar uma autoridade a apagar ou guardar o objecto abjecto e criminoso naquela enguia castanha que largava um odor atraente. Quem manda cumprir a lei está sempre acima dela.

Jacopo exibia um sorriso escarninho que todos consideravam idiota mas ninguém o disse.

Um Delacroix olhava por cima deles em silêncio, *Cristo no Jardim das Oliveiras*. Uma escultura, *La Vierge del Douleur*, de um proeminente escultor francês também podia ser admirada ali. Rafael sentia-se dentro de um *puzzle* ao qual faltavam peças, perdido. Estava habituado a andar um passo à frente e não atrás. Não era uma posição confortável.

Jacopo deambulava pelas capelas laterais apreciando as obras de arte sacra. Era o seu mundo. A iluminação era fraca, o que emprestava um tom misterioso adensado pela chuva que se ouvia cair lá fora.

– Interessante – balbuciou Jacopo com os olhos num altar repleto de relíquias.

– O que é que é interessante? – intrometeu-se Gavache com a cigarrilha presa nos lábios.

– Esta igreja. É totalmente baseada na Igreja de Jesus, em Roma. Até a fachada lá fora. Os jesuítas são, de facto, exemplares.

– É uma igreja jesuíta, portanto – proferiu Gavache olhando para Rafael. – Acha que eles se entregam uns aos outros?

– Veremos – afirmou Rafael que aproveitou para se sentar num dos bancos ao lado de Jean Paul. – Não é bem essa a ideia.

– E o que é que os jesuítas têm de especial? – inquiriu Gavache a Jacopo.

– São extremamente inteligentes. Sabem pensar a Igreja. Diria que são especialistas em marketing religioso.

Rafael sorriu. Que afirmação absurda.

– Sempre se viraram para a pregação. Enquanto os beneditinos, por exemplo, vivem em comunidade e cumprem rituais diários em conjunto mas em privado, os jesuítas pensam mais em sociedade. Converter através da pregação, espalhar a Palavra do Senhor pelo mundo. Loyola pensou isto muito bem. – Jacopo nutria verdadeira admiração pelo tema.

– Falam muito nesse Loyola – comprovou Gavache.

– É natural. Santo Inácio de Loyola foi o fundador da Companhia de Jesus. Esta igreja, como muitas outras, deve-se à obra que ele empreendeu. É a maior ordem religiosa católica do mundo. E tudo começou aqui em Paris.

– Aula de História agora não – pediu Rafael saturado. Sabia o que ele ia dizer de trás para a frente.

– Desculpe, Rafael, mas o assunto interessa-me – contrapôs Gavache que logo fitou Jacopo. – Continue, por favor.

Jacopo sentiu-se importante por um inspector francês se interessar tanto pelo que tinha para ensinar sobre os jesuítas.

– Bom. Reconhecerá sempre uma igreja jesuíta pelo seu símbolo. Estamos a falar do século XVI e eles já tinham uma noção de marca – apontou para o altar e para as siglas que se encontravam acima da imagem de Cristo. – IHS. Na fachada também encontrará aquelas letras. Todas as igrejas jesuítas reconhecem-se por essa sigla.

– IHS?

– Sim. Significa Jesus em grego, composto pelos caracteres *Iota, eta, sigma*. O *iota* e o *eta* têm a mesma aparência em grego e em latim. O *sigma* foi transliterado pelo S e, em alguns casos pelo C, porque têm a mesma sonoridade. Também se interpreta a sigla em latim como *Iesus Hominum Salvator* que significa Jesus Salvador de Homens. Se até ao Concílio de Trento os beneditinos punham e dispunham da actividade ritual, depois dele os jesuítas revolucionaram tudo. Vê aquele púlpito? – Apontou para uma espécie de varanda em mármore encimada por uma espécie de chapéu trabalhado colado à coluna de onde ambos saíam.

– Estou a ver.

– Os jesuítas eram adeptos da pregação em vez de virarem as costas ao povo. Não esqueça que falamos dos séculos XVI, XVII. As missas celebravam-se em latim. Os padres jesuítas faziam questão de pregar virados para os fiéis, bem próximos deles e de forma que eles percebessem.

Jacopo calou-se durante alguns instantes. Vários padres haviam pregado os seus sermões daqueles púlpitos. Para não falar na missa inaugural presidida por não outro que o próprio cardeal de Richelieu. Um dos mais eminentes pregadores jesuítas fora Louis Bourdaloue, que lançara de um daqueles púlpitos palavras inflamadas, que encantavam, que faziam pensar. A marquesa de Sevigné fora uma espectadora atenta a essas pregações. O pregador estava sepultado na cripta desta igreja.

– É, para mim, uma das invenções mais geniais da Igreja, da autoria deles, a confissão – acrescentou o historiador.

– A confissão? Como assim? – Gavache olhava para Jacopo perplexo.

– Foram os jesuítas que inventaram a confissão. Eu sei que crescemos a pensar que as coisas existem desde sempre, mas não é verdade. Tudo tem um início.

Gavache ficou a pensar naquilo.

– O casamento… – prosseguiu Jacopo.

– Não me diga que também foi uma invenção deles? – atalhou Gavache.

– Não. O casamento é anterior, mas o ritual como o conhecemos provém do século XII. Digo-lhe isto para ilustrar que as coisas não são como nós pensamos. Alguém as idealizou, alguém as criou… Homens, não Deus.

Jacopo deixou a ideia assentar em Gavache. Era uma teoria que fazia as pessoas, mesmo o comum dos leigos, pensar.

– És um sensacionalista, Jacopo – acusou Rafael.

– Estou a dizer alguma mentira?

– Pões as coisas de uma maneira muito simples. Como se tivessem andado a pensar em maneiras de dar a volta aos fiéis – argumentou o padre sentado ao lado de Jean Paul. Günter estava a demorar imenso.

– E não andaram? A confissão foi o quê?

– Diz-me tu.

– Que maneira mais genial de criar a omnipresença de Deus – rematou Jacopo ruborizado. O tema apegava-se ao seu coração.

– Por favor, Jacopo. Isso é um absurdo.

– Nem por isso – intrometeu-se Gavache.

– Vês? – aproveitou o historiador italiano. – Qualquer pessoa com bom senso pensa o mesmo. A confissão foi um processo genial para ficar a saber da vida de todos em todo o lado. Ainda hoje é um padre jesuíta quem confessa o Papa todas as sextas-feiras. Tiro-lhes o chapéu. Foi engenhoso.

– A confissão está obrigada ao segredo por parte do confessor – advogou Rafael farto daquela conversa.

– E que importa isso? Desde que me transmitas um segredo teu, ainda que em confissão, passo a ter ascendência sobre ti porque sei algo que mais ninguém sabe. Além disso, o superior podia obrigar o confessor a divulgar o teor da confissão, sabes disso muito bem. Não é à toa que se chama ao superior-geral da Companhia de *Papa Negro*.

– Papa Negro? – quis saber Gavache.

– Sim, porque o traje dos jesuítas é negro – explicou Jacopo um pouco intimidado com o que ia dizer. – Há quem defenda que o Papa Negro tem mais poder que o próprio Papa.

– Interessante – proferiu Gavache visivelmente interessado.

– Apesar de uma das divisas da Companhia scr scrvir o Sumo Pontífice onde ele o deseje, sem nunca fazer perguntas, cumprindo a vontade dele, sempre, diz-se que quem se mete com a Companhia compra uma guerra que pode acabar muito mal, mesmo para um Papa. Existem rumores de que alguns Papas morreram pelas mãos da Companhia.

– Isso é um ultraje – ouviu-se uma voz retumbante dizer. Era Günter que percorria a nave desde o altar em passos seguros. – Os jesuítas respondem apenas ao Papa e executam o que Sua Santidade desejar e onde desejar, sem perguntas. Pregamos a Palavra do Senhor em todo o mundo, os bons sentimentos, o amor, a compreensão, a tolerância, ajudamos a sociedade a progredir no bom caminho. Jamais colocaríamos uma vida humana em risco – acrescentou. – Desculpem tê-los feito esperar. O meu nome é Günter – apresentou-se estendendo a mão a Gavache. Quando chegou a vez de Rafael deu-lhe um abraço. Dois amigos apartados pela distância. Não cumprimentou Jacopo.

Günter era um homem com os seus 40 anos que aparentava estar em grande forma. Emanava energia por todos os poros.

– A que se deve esta visita a uma hora tão inoportuna para os servos de Deus? – inquiriu Günter.

– Lamento o adiantado da hora, padre Günter, mas há servos que foram assassinados e outros que precisam da sua ajuda – disse Gavache com a sua voz roufenha, sem se importar em parecer sarcástico ou irónico. Gavache a ser Gavache, quem o podia censurar?

– Não sei se o estou a perceber.

– Precisamos da tua ajuda, Günter. Mostre-lhe a gravação, inspector – pediu Rafael.

Seria mais fácil se Günter fosse colocado a par dos acontecimentos o mais rápido possível. Explicaram-lhe tudo, ou quase tudo, e mostraram--lhe a gravação. Günter ficou pensativo. A frase proferida matutava na cabeça. *Ad maiorem Dei gloriam.* Santo Inácio pronunciara aquelas mesmas palavras no século XVI, naquela mesma cidade, em Montmartre, onde fundara a Companhia com Pedro Fabro, Francisco Xavier, Alfonso Salmeron, Diego Laynez, Nicolau Bobedilla e Simão Rodrigues, a 15 de Agosto de 1534. Era uma das regras pela qual a Companhia se regia. Para a maior glória de Deus. No fundo, para Loyola era isso que mais importava. Günter escutou e viu tudo em silêncio e depois quedou-se pensativo.

– Conhecia o arqueólogo e o teólogo? – perguntou Gavache. Havia que começar a unir as peças do *puzzle*.

– Não creio.

– Jean Paul, mostra as fotografias das vítimas ao senhor padre – ordenou o inspector.

Jean Paul fê-lo prontamente estendendo os retratos que trazia consigo. Günter analisou os rostos mas não reconheceu nenhum deles nos armários da memória.

– Não reconheço nenhum. Lamento, inspector.

– Acha que pode ter sido obra de um padre jesuíta? – continuou Gavache.

– Não me parece credível que os padres, jesuítas ou não, andem por aí a matar pessoas. Nós pregamos o amor, o caminho do Senhor, a bondade. Dito isto, tudo é possível.

– Suponhamos que estes senhores – Gavache apontou para as fotografias que exibiam as imagens de Yaman Zafer e Sigfried Hammal – eram inimigos da Igreja. Não importa a razão. Imagine que tinham um segredo que acabaria com a Igreja. Seriam vocês as pessoas a procurar para resolver o problema?

Günter deu uma gargalhada.

– Por amor de Deus, inspector. A Igreja não faz essas coisas e os jesuítas muito menos.

– Tretas – balbuciou Jacopo.

Günter não retrucou.

– Resumindo, não viemos aqui fazer nada, Jean Paul – resmoneou Gavache virando as costas à conversa.

– Pois não, inspector.

– Paris não tem nada, Marselha nada tem. Não temos nada. – Gavache passeava-se pensativo e falador. – Vamos começar por onde, Jean Paul?

– Pelo princípio, inspector. Sempre pelo princípio.

Rafael aproveitou para se aproximar de Günter de modo que mais ninguém os ouvisse.

– Tens alguma coisa para mim? Podes enganar o inspector, mas eu sei que foi um padre jesuíta. Quero saber quem foi e quem deu a ordem.

– Tu és doido? – sussurrou o alemão. – Trazes um polícia contigo? Onde está o teu bom senso?

– O meu bom senso acabou quando o Zafer morreu às mãos de um padre jesuíta – advogou Rafael num tom frio e seco.

– Não te posso ajudar, Rafael.

– Esse Loyola – mencionou Gavache ainda com uma expressão inquisitiva.

– Quem? – perguntaram Günter e Rafael simultaneamente.

– O Loyola de que o historiador falou há pouco.

– Santo Inácio – explicou Jacopo.

– Que tem? – perguntou Günter.

– O que é que ele pretendia?

Rafael e Günter entreolharam-se.

– Não estou a percebê-lo – proferiu o bávaro confuso.

– Qual era a dele? Por que fundou a Companhia de Jesus? Com que objectivo? Tem de se fazer algum curso especial para ingressar na sociedade? Basta conhecer alguém? Ninguém faz nada de graça, pois não, Jean Paul?

– Ninguém, inspector.

– Qual era dele? – insistiu Gavache.

Günter não sabia o que responder. Era uma pergunta estranhíssima.

– Santo Inácio era espanhol e... – começou Jacopo disposto a dar uma aula de História.

– Por favor, senhor Jacopo – interrompeu Gavache, acendendo outra cigarrilha e atirando fumo para o ar sacro da igreja. – Temos aqui um jesuíta. Prefiro informação interna, se não se importa.

Em jeito resumido, segundo o padre Günter, Inácio Loyola nasceu em 1491 na localidade de Loyola, perto de San Sebastian, no País Basco. Tornou-se militar e foi gravemente ferido na Batalha de Pamplona, que ocorreu durante a Guerra Italiana que opôs Francisco I de França a Carlos I de Espanha, quando se digladiavam pelo Sacro Império Romano-Germânico. Isto foi em 1521. Passou meses inválido e começou a ler livros sobre Jesus, sobre santos, sobre o caminho do Senhor. Essas leituras influenciaram-no bastante.

– Os livros sempre foram uma má influência – censurou Gavache lançando uma nuvem de fumo para o ar.

Quando recuperou a saúde, saiu em segredo da casa do pai e dedicou a vida a Deus. Primeiro no Mosteiro de Montserrat onde se confessou durante três dias. Depois abandonou os trajes garbosos e optou por levar uma vida mendicante no Mosteiro de Manresa. Não era monge, apenas ocupava uma das celas como convidado. Vivia de esmolas, não comia carne nem bebia vinho, visitava o hospital, levava comida aos doentes. Passou por diversas provações da alma, visões, experiências espirituais. Em 1523 decidiu pedir autorização ao Papa para se deslocar à Terra Santa para converter os infiéis. Obteve o passaporte pontifício e, uma vez em Veneza, embarcou para Jerusalém. Decidiu ficar a viver na Terra Santa conforme planeara mas os franciscanos não o permitiram, pelo que regressou à Europa, a Barcelona.

– Quando foi isso? – perguntou Gavache.

– Em 1524.

– Para quem era tão decidido, pediu um passaporte ao Papa e queria fazer vida na Terra Santa, deixou-se convencer a regressar demasiado rápido.

– O que quer dizer com isso?

– O que disse. Decidir passar uma vida num local e ficar apenas meses, simplesmente porque uns pategos não o quiseram lá... – deixou a observação pairar sobre eles. – Uma história mal contada.

– É a sua opinião.

– Por que é que os franciscanos não o quiseram lá?

– Não sabemos.

– Pois.

Entrou na Universidade de Alcalá, nos arredores de Madrid, fundada pelo cardeal Cisneros, no século XVI e que hoje é conhecida como Complutense de Madrid. Estudou Latim, mas as suas pregações e o seu modo de vida mendicante chamaram a atenção da Santa Inquisição.

Gavache sorriu à menção de *Santa* Inquisição.

Esteve preso durante um mês e meio e não lhe encontraram qualquer mal nos seus escritos nem no que pregava. Libertaram-no, mas ficou proibido de pregar e tinha de vestir-se melhor. Foi queixar-se ao arcebispo de Toledo que manteve a proibição, mas fê-lo ingressar na Universidade de Salamanca. Foi novamente preso pela Inquisição. Decidiu partir para Paris onde também entrou na Universidade, actual Sorbonne, isto em 1528. Estudou teologia, literatura, tornando-se docente em 1533. Em 1534, fundou a Companhia com seis seguidores. A ideia era ir para Jerusalém, mas antes precisavam da aprovação do Papa. Paulo III aprovou a viagem e assentiu a que fossem ordenados padres. A guerra que se despoletara entre os estados Papais, Veneza e os turcos não aconselhava a viagem à Terra Santa pelo que Inácio ficou por Roma. Paulo III que necessitava de missionários nas Américas e no Oriente aprovou a nova ordem verbalmente a 3 de Setembro de 1539 e um ano depois confirmou a ordem através da Bula *Regimini militantis Ecclesiae*, que continha os estatutos da Companhia de Jesus. Assim nasceu oficialmente.

– E o que aconteceu ao santo?

Foi nomeado primeiro superior-geral da Companhia de Jesus. A sua obra perdura. Criou o Colégio Romano, apenas com doações, pretendia que fosse um local de ensino gratuito. Paulo IV dificultou-lhe um pouco a vida e viram-se a braços com problemas económicos, mas Gregório XIII, 25 anos depois da morte de Loyola manteve e sustentou o projecto, daí que hoje se chame ao antigo Colégio Romano de Pontífica Universidade Gregoriana. Inácio faleceu em Roma no dia 31 de Julho de 1556. Deixou 1000 jesuítas em 110 locais, tinha 35 colégios. Foi canonizado em 1622 por Gregório XV.

Günter parecia um aluno a citar a matéria nervosamente com medo de errar. Gavache permaneceu em silêncio olhando o chão.

– Essa é a história oficial. E os podres? – acabou por perguntar o inspector francês.

– Perdão?

– Os podres. As histórias que não contam a ninguém, que compartilham secretamente?

– Asseguro-lhe que esta é a história de Santo Inácio. Não há segredos e estamos a falar de um santo do século XVI. Não foi ele a cometer os crimes de Zafer e de Hammal – brincou Günter, embora soasse a sério.

Gavache não acusou o sarcasmo. Na verdade ignorou-o completamente.

– Já são nacionalidades a mais.

Günter encolheu os ombros. Que quereria o francês dizer com aquilo?

– Alguém matou um turco, um alemão e, sabe-se lá, se um espanhol. O Vaticano envia-me dois italianos que me trazem a um alemão em território francês para perceber se o assassino pertence à sociedade de outro espanhol que viveu no século XVI. Que grande merda.

– Se me permite, inspector – interpôs Günter –, não me parece que tenhamos nada a ver com isso.

Gavache deu uma baforada para o ar.

– Faltam muitas peças neste *puzzle*. É preciso apurar se Zafer e Hammal se conheciam. Se trabalharam juntos. Se nunca viram as trombas um do outro. – Virou-se para Rafael. – Preciso de si nesse departamento.

Rafael anuiu. Havia qualquer coisa em Gavache que o fazia querer ajudá-lo. Talvez a vontade férrea de querer apanhar o assassino do amigo.

Naquele momento ouviu-se o toque de um telemóvel. Era o de Gavache que se afastou um pouco para atender. Escutou e disse umas quantas frases rápidas em francês com a sua voz roufenha e firme. Quando desligou olhou para todos com os olhos bem abertos.

– O laboratório conseguiu decifrar uma parte da gravação. É um nome. – Atentou em todos ao mesmo tempo como se quisesse captar as reacções simultaneamente. – Ben Isaac diz-vos alguma coisa?

Günter prostrou-se no soalho da igreja. Rafael não emitiu qualquer reacção. Jacopo olhava para Gavache boquiaberto.

– Valha-nos Deus – proferiu o historiador sentando-se no banco mais próximo.

– Nunca é tarde para começar a acreditar – proferiu Gavache ironicamente.

21

Ainda que se possa fazer todos os filmes mentais possíveis e impossíveis, sempre em número ilimitado porque na mente de cada um manda o próprio, ou assim se julga, raramente, para não se dizer nunca, o filme acontece na realidade. A única sala de cinema onde passa é dentro da cabeça do visado e em mais lado nenhum.

Enquanto Francesco rebobinava o disco mental e voltava a passar o filme ideal, em nenhuma ocasião imaginou aquela viagem a dois apenas com um e, para melindrar ainda mais a cena, não saber dela. Iriam para Ascoli no dia seguinte para apresentá-la à mãe. Era importante.

– Nem um telefonema para dizeres que estás bem? – suspirou para si mesmo apoquentado. Será que lhe acontecera alguma coisa?

O ombro pressionava o telefone do hotel de encontro à orelha, enquanto na outra encostava o auricular do telemóvel que segurava na mão. Alguém haveria de saber alguma coisa.

– Sarah, diz-me qualquer coisa mal ouças esta mensagem. Estou a ficar muito preocupado.

Não a devia ter deixado sair sem saber para onde a iam levar. Olhou pela janela e viu-a entrar no imponente Mercedes. Subiram a Via Cavour e perdeu-os de vista. Dali podiam ter ido para qualquer lugar. Não foi coagida. Entrou de livre vontade. Ainda tentou ver a matrícula, mas estava demasiado alto para a descortinar.

Isto fora há cinco horas. Cinco horas era muito tempo. Dava para atravessar o continente inteiro. Pousou o telemóvel e tirou o auricular do ouvido. Levou a mão ao outro telefone para dar uma trégua ao ombro e continuou a aguardar.

Pensa, Francesco, pensa. Mas não sabia o que havia de fazer, excepto o que já estava a fazer.

A operadora colocara-o em espera há tempo demasiado, mas não ia dar-lhe o gosto de desligar. Não podia desistir. Por fim alguém voltou a falar do outro lado da linha. Nenhuma notícia. Não podiam ajudá-lo. Um esgar de fúria, misturada com apreensão, apoderou-se de Francesco.

– Escute bem. Eu sei que ela foi chamada por alguém do Vaticano – mentiu. – Vi o padre que a veio buscar. Tem uma hora – frisou levantando um dedo –, uma hora para me dar notícias, caso contrário a cara dela vai abrir todos os serviços noticiosos internacionais e vou acusá-los do rapto de uma cidadã inglesa, entendeu? Ponho o mundo inteiro com os olhos postos em vocês. Uma hora. – Francesco estava farto.

A operadora manteve a mesma voz serena e maquinal e disse que iria comunicar a mensagem dele a quem de direito, desejou-lhe as boas noites e desligou.

As lágrimas marejaram-lhe os olhos, mas não arriscaram sair das órbitas. Tapou o rosto com as mãos e inspirou fundo. Estava cansado. Olhou para o relógio que se apertava no seu pulso. Marcava as duas e meia da manhã. Levantou-se e foi à janela. Afastou a cortina e olhou para baixo. Não havia sinal do Mercedes nem de Sarah. O pavimento estava molhado e os carros estacionados ao longo da rua também exibiam pingas de água, mas não chovia. Do outro lado da rua mirou as escadas que levavam à faculdade de Engenharia e à Igreja de *San Pietro in Vincoli* onde se podiam encontrar as correntes que haviam aprisionado São Pedro aquando da sua fatídica passagem por Roma e a monumental estátua de Moisés esculpida por Miguel Ângelo. As escadas passavam por baixo do palácio dos Bórgia, de Rodrigo e César e da bela Lucrécia que, noutros tempos, deambulavam por estes lados, senhores de toda a Roma, mas Francesco nem pensava nisso. O mais certo era que ignorasse a quem pertencera o edifício que se plantava do outro lado da rua e aonde iam dar as escadas que subiam por baixo dele e penetravam num túnel estreito.

– Onde estás, Sarah? – perguntou para o ar.

Apetecia-lhe acordar toda a gente, pôr tudo em polvorosa, mas corria o risco de Sarah entrar pelo quarto dentro, a qualquer momento, sem mácula, serena, com a compostura de sempre, a chamá-lo tonto por ter feito filmes idiotas. Relembrou as náuseas e os vómitos ocos e apertou-se-lhe o peito.

Lá fora o movimento era escasso. Um carro ou outro que subia em direcção à Piazza del Esquilino, um autocarro que descia para a Via dei Fori Imperiali. Roma dormia o sono eterno das noites, as camadas de tempo sobrepunham-se, umas sobre as outras, desorganizadas. As ruas, as praças, os becos, as vielas, as avenidas, todos os caminhos iam dar a Roma e, nesta cidade milenar, nenhum caminho terminava num beco sem saída. Não havia melhor cidade para desaparecer. Tudo estava ligado a tudo como artérias num corpo humano.

O toque estridente do telemóvel, em cima da cama, assustou tanto Francesco que deu um salto. Alcançou-o em menos de nada e olhou para o visor. Número desconhecido. Aquela noite não estava a ser nada fácil para ele. Inspirou fundo e atendeu.

22

De todas as profissões que, diariamente, são exercidas com, mais ou menos, competência na crosta que se agarra ao Globo terrestre, nenhuma era tão peculiar como a de Ursino.

Há quarenta anos que desempenhava tão ilustre ofício, de segunda a sexta-feira, por vezes aos sábados, mas nunca no dia de descanso de Nosso Senhor, pois se até Ele descansou ao sétimo dia, quem era Ursino para fazer diferente?

Agradecia ao Papa Montini, que ficou registado nos compêndios históricos como Paulo VI, por o ter designado para tão prestigiada e pitoresca função.

Tinha o privilégio de trabalhar no palácio apostólico, no rés-do-chão, numa sala a que chamavam das relíquias. Nela encontravam-se milhares de ossos dos santos aceites e celebrados pela Santa Madre Igreja e que eram enviados para as novas igrejas que eram construídas anualmente por todo o mundo. Essas relíquias, que Ursino expedia com diligência em partes pequenas, eram o que dava santidade ao novo lugar que sem o osso, sem o mistério ou algo usado ou tocado pelo santo mais não seria que um espaço sem serventia divina, um templo no qual não se poderia suplicar ao nome do Senhor, pelo menos não o da Igreja Católica Apostólica Romana, pois se o invocassem fá-lo-iam em vão.

Sempre que lhe era possível, Ursino tinha o cuidado de enviar uma relíquia do santo que o novo local de culto celebrava. Um pedaço da tíbia de santo André se a igreja fosse dedicada a ele e se existisse nas milhares de gavetas de arquivo que enchiam armários gigantes tal ou tais relíquias. Era certo que de Santo André somente existira naquele arquivo sacratíssimo um dedo, parte do crânio e pedaços da cruz onde fora supliciado, mas tudo isso fora enviado para Patras, onde ele é patrono, há muitas décadas.

Apesar de diligente, o milanês Ursino tinha mau feitio. Não era muito sociável, talvez em virtude de passar muito tempo sozinho a cuidar das relíquias, das solicitações, dos novos ossos sagrados que cada vez vinham com menos frequência por haver cada vez menos santos. O protocolo tornou-se de tal maneira exigente que, hoje em dia, era extremamente difícil passar do nível de pecador no jogo das santidades.

Ainda que negasse se tal lhe fosse perguntado, a não ser que a dita pergunta proviesse de um superior hierárquico, as solicitações de relíquias eram cada vez menos regulares de ano para ano. Há quarenta anos não tinha mãos a medir e tinha de expedir mais de uma relíquia por dia, um pedaço do rádio de São Jerónimo, uma migalha da rótula de Santa Margarida, o metatarso do São Nicolau – no tempo em que fora santo, pois deixou de o ser ainda com Paulo VI. Se um Sumo Pontífice fazia o santo, também tinha o poder de o desfazer e torná-lo, com um simples estalar de dedos, num simples mortal. Nos dias que corriam Ursino passava semanas em que apenas organizava o, já de si, imaculado arquivo das relíquias, de forma a saber aquilo que já sabia de cor na imensidão dos armários que resguardavam tão sagrado conteúdo.

Nos primeiros dias o horário de expediente era curto para a quantidade de trabalho que tinha. Foi necessária muita disciplina, regra e organização para conseguir acudir a todos os pedidos e santificar milhares de templos católicos no mundo inteiro. Agora podia dar-se ao luxo de olhar para as estantes, para as poucas paredes que conseguia ver, e inventar coisas para ocupar o tempo sem que o tédio o conquistasse.

O retrato do Papa Bento XVI dominava a parede onde se encostava a secretária de carvalho escuro. Trabalhar de frente para a parede fazia com que o olhar fosse lá parar amiúde. Era uma figura austera, infeliz, sem alegria, sem carisma, mas um bom homem. Privara com ele algumas vezes ao longo dos últimos vinte anos e sabia reconhecer que o Santo Padre era um homem educadíssimo, inteligente, que desejava apenas o melhor para a Igreja.

– Não é demasiado tarde para um velho rabugento? – ouviu-se uma voz amistosa dizer por detrás de Ursino.

O milanês não se virou e continuou a enfiar alguns elos da coluna de Santa Efigénia, contemporânea de Jesus, o Cristo, nuns pequenos sacos de linho.

– O mesmo pergunto eu. O *Austrian Eis* veio ver-me?

– Tive um encontro que entrou pela noite dentro e ia agora descansar – explicou Hans Schmidt.

Ursino levantou-se, acercou-se do austríaco e deu-lhe um abraço.

– Há quanto tempo, meu pateta. – Mostrou-lhe o saco de linho. – Estou à espera de um telefonema.

– Tardio, pelos vistos.

Ursino puxou de um banco e indicou a Schmidt que se sentasse.

– Ainda andas com ideias tontas nessa cabeça?

– A que chamas ideia tonta? – perguntou Schmidt.

– Eu li os teus escritos. Um pouco *avant-garde* para mim. A ideia do observador sob o pensador mexe-me com os nervos.

Ursino sentou-se na sua cadeira e suspirou.

– São ideias – limitou-se a dizer Hans sem mais acrescentos.

O milanês fungou e meteu o dedo no nariz a escarafunchar o que lá havia. Modos perdoáveis de quem coabitava na solidão há décadas e decerto não seria pecado algum aos olhos de Deus Nosso Senhor.

– A ideia de que o meu pensamento não é meu ultrapassa-me. Não consigo conceber.

Hans sorriu.

– Já fizeste alguma coisa contra a vontade da tua voz interior?

Ursino pensou durante alguns instantes em dúvida e acariciou a barriga anafada.

– Já.

– A tua voz interior é o pensador. Aquele que não cumpriu a vontade da voz é o observador, ou seja... tu.

– Um já me dá água pela barba e estás a dizer-me que eu sou dois? – gozou Ursino com maus modos e um sorriso rouco.

– Não, Ursino. Nós somos apenas o observador, mas julgamos que somos o pensador e somos prisioneiros dos nossos pensamentos quando a finalidade do pensamento é simplesmente o raciocínio e ajudar-nos do ponto de vista prático – explicou o austríaco.

– Tu controlas o tal pensador?

– Totalmente.

Não falaram durante alguns momentos. Ursino remoía naquilo que o amigo dissera enquanto roía as unhas.

– Não falemos mais sobre isso senão amanhã sou convidado a fazer-te companhia na audição.

A intenção era brincar mas não conseguiu sorrir. Quando a última palavra lhe saiu pela boca considerou que fora uma observação de mau gosto.

– Estás preparado?

– Para quê? – perguntou Hans.

– Para a audição de amanhã.

– Amanhã é só amanhã. Agora estou simplesmente aqui contigo. – Olhava o milanês nos olhos, muito atento, com uma calma profunda.

Ursino fungou novamente e suspirou.

– Põe-te a andar que não quero que me contagies com essas ideias.

– Gostei de te ver – disse Schmidt levantando-se.

O telefone soou estridente nesse preciso momento. Ursino levantou o auscultador e atendeu.

– *Pronto*, Ursino.

O que quer que tenha sido dito do outro lado da linha transtornou Ursino de tal maneira que ficou afogueado e indisposto. Quando pousou o auscultador levou a mão ao peito a sentir as palpitações que queriam arrancar o coração dali.

Hans olhava-o apreensivo, tentou ampará-lo.

– Que se passa, amigo?

Ursino sentia-se desfalecer, custava-lhe respirar, uma amálgama de sensações perpassavam pela espinha, arrepiando-o.

– Que se passa, Ursino? – A voz de Schmidt tornou-se mais firme.

– Eles sabem dos ossos – balbuciou Ursino.

– Quais ossos?

Ursino parou de repente, como se tivesse ficado curado milagrosamente. Já não arfava, nem sentia palpitações. Começou a andar de um lado para o outro, cismático.

– Chama o secretário de estado, por favor – pediu o curador das relíquias.

Schmidt, afoito, pegou no auscultador e discou a extensão que ainda sabia de cor. Trevor levou algum tempo a atender e foi informado da urgência em chamar Tarcisio. A voz ensonada do assistente assegurou que fá-lo-ia em seguida.

– Já foram acordar o Tarcisio. Vais dizer-me o que se passa? Quem são eles? Sabem de que ossos?

Ursino continuava a pensar, a pensar, a pensar, até que parou e olhou muito seriamente para Hans Schmidt.

– Os ossos de Cristo.

23

A náusea revolvia o estômago que expelia o vómito em golfadas de nada. Sarah bem que fazia um esforço para expulsar o mal-estar que sentia na barriga mas acabava sempre num repuxo oco, vazio de conteúdo. Debruçava-se sobre si mesma no acanhado espaço da *toilet* do Learjet. Começou a sentir-se mal assim que a aeronave descolou de Ciampino. A falta de chão provocou-lhe uma tontura aflitiva que a fez encostar-se às costas da cadeira. Procurou a posição mais horizontal possível, que, mesmo assim, era demasiado vertical e a náusea começou a antever-se. Ainda o avião não tinha atingido a altitude de cruzeiro já Sarah abrira o cinto de segurança e correra para a *toilet*.

Deve ter levado uma boa meia hora a recompor-se. Da mesma forma súbita como a tontura e a náusea apareceram assim desvaneceram.

Saiu para a cabina, lívida, afogueada, com o corpo dorido. Uma mesa em frente à sua cadeira exibia um tabuleiro com um bule, chávena e pires e uns biscoitos.

– Sente-se, querida – disse a voz melodiosa de Myriam com bonomia. – Pedi que vos fizessem um chá de tília. Beba que vai-vos fazer bem – acrescentou com um sorriso cúmplice.

Aquele plural transtornou Sarah, ainda que se tenha esforçado em escondê-lo. *Pedi que vos fizessem...* A frase bateu-lhe em cheio na cabeça e espalhou-se pelo resto do corpo. Será? Poderia ser? Transportaria alguém consigo no seu ventre? Estaria grávida?

A sensação de alegria que pensou ser apanágio de todas as futuras mães, assim que sabem da notícia, não existia. Podia dizer-se, à falta de melhor palavra, que a sensação que Sarah experimentava era de pânico e nenhuma felicidade. Seria normal? Lembrou-se de Francesco, naquele momento, e de como ele devia estar aflito sem saber notícias dela, mas logo o imaginou ao seu lado e a ela com uma barriga enorme, quase no fim do tempo, prontos para embarcar no desconhecido mundo parental. Queria forçar-se a sorrir, a sentir um bocadinho, uma minúscula porção de alegria, de felicidade, qualquer coisa positiva, nem que fosse somente bem-estar, mas não conseguia. Pior, não queria que aquilo fosse verdade. Gostava de Francesco, estimava-o, admirava-o, mas não queria ter um filho dele. A imagem de Rafael invadiu os seus pensamentos impulsivos. Gostava de Francesco, estimava-o... Queria gostar... Queria estimar. Devia querer ter um filho dele. Qualquer mulher quereria. Francesco era um homem maravilhoso, seria um pai dedicado e um marido amoroso... Mas a imagem de Rafael não lhe saía do projector mental.

– Não me diga que não sabia – interrompeu Myriam, ainda que desconhecesse que estava a interromper alguma coisa.

Sarah negou com a cabeça.

Myriam colocou a sua mão sobre a dela.

– Não tem com que se preocupar, querida. É um estado divino. – A voz embargara-se e foi a vez de Sarah dar o seu ombro amigo.

– Não tenha medo, Myriam. Vai correr tudo bem. – Assim desejava. – Vamos chegar a tempo e resolver tudo.

Myriam esvaiu-se em lágrimas e Sarah abraçou-a. A dor era contagiosa, mas alguém tinha de ser forte.

– Não é justo, Sarah. Nenhum pai devia perder o filho. – E carpia copiosamente.

– Isso não vai acontecer – apaziguou a jornalista. – Vamos buscá-lo. Tudo vai correr bem. – Que mais podia dizer?

– Não fales do meu filho como se estivesse morto, Myr – repreendeu Ben Isaac, sentado no seu lugar, sem olhar para as mulheres. – O Ben Júnior está vivo. Eles não lhe farão nada.

Sarah pediu um copo de água com açúcar à hospedeira. O avião seguia para noroeste, mas para Ben era como se não saíssem do sítio. Falara com o comandante para apressar as coisas, mas já estavam à altura e velocidade máxima toleradas pela aeronave. *Quanto mais depressa, mais devagar*, pensou Ben Isaac com o coração empancado. Mas não daria parte fraca em frente à mulher desconhecida.

Ben pensava no cardeal que os surpreendera quando entraram no avião e na breve conversa que tiveram ainda com a aeronave no solo. O cardeal não seguira viagem com eles.

– É um homem difícil de encontrar, Ben Isaac – reclamara William.

– Não ando a esconder-me de ninguém – disse o judeu.

– Deixe-me apresentar-lhe a Sarah Monteiro.

– Receio que não tenha tempo para grandes conversas – desculpou-se educadamente. Queria partir o quanto antes.

– Sabemos do seu filho – atalhou William de rompante. – Recebemos o DVD. Lamento muito.

Myriam baixou a cabeça e conteve-se. Parecia uma declaração de óbito. O peito inflamou criando uma torrente de lágrimas que se esforçou por não soltar à frente do cardeal e da tal Sarah que permanecia calada.

– Receberam o DVD? Então sabe que estou com pressa – proclamou Ben Isaac. Estava a perder a paciência e não tinha tempo para regras de etiqueta e bons costumes.

– Com certeza. Estou de saída – escusou-se William. – A Sarah já está ao corrente de tudo e vai acompanhá-los.

A situação era peculiar, estranha, mas Ben Isaac não reclamou. Ali estava o cardeal-prefeito da Congregação para a doutrina da Fé a dizer que estava ao corrente de tudo, sabia do rapto do filho e impingia-lhe uma mulher. Estavam no mesmo barco ou, neste caso, no mesmo avião. Depois da partida e de a mulher regressar do *toilet* onde se demorou algum tempo, chegara, no entender de Ben Isaac, a hora de colocar as cartas em cima da mesa.

– Qual é o seu papel no meio disto tudo? – quis saber o israelita.

– Se quer que lhe diga francamente nem sei bem – respondeu Sarah timidamente.

– Viu o DVD?

Sarah anuiu.

– No caminho para o aeroporto.

– O que é que eles lhe disseram?

– Falaram do *Statu Quo* – proferiu Sarah.

Ben olhou para a mulher com outros olhos. Contaram-lhe tudo. Que tinha ela de tão especial?

A hospedeira chegou com o copo de água com açúcar que deu a Myriam.

– Fale-me de si – pediu o israelita abrandando o ar sisudo.

Sarah não gostava de falar dela, mas compreendeu-o.

– Sou jornalista, editora de política internacional do *Times*, moro em Londres, pai português, mãe inglesa.

– Acho que já li algo escrito por si.

– É provável. Publiquei dois livros sobre o Vaticano, em especial os dois papados anteriores a este.

– A Igreja confia em si?

– Digamos que confia desconfiando – disse Sarah com sinceridade. Não iria esconder nada de Ben Isaac. – Sabe perfeitamente como são estas coisas. Os inimigos de hoje são os aliados de amanhã. Nunca se sabe que volta vai dar o mundo, só se sabe que dará.

– O que é que você tem que eles tanto querem?

O judeu sabia que perguntas fazer.

– É complicado – argumentou Sarah.

– Não me considero muito imbecil – advogou o outro fazendo um meio sorriso, o primeiro desde que se conheceram. Emanava mágoa, uma vida de trabalho e de pé atrás.

– Já ouviu falar em JC?

Ben rebuscou nos confins da memória pelo diminutivo.

– Jesus Cristo?

Sarah sorriu. Por momentos quis dar-lhe razão e dizer que estava certo. JC por vezes parecia sobrenatural, não no que tocava à piedade ou ao amor, mas à omnipresença. Ele sabia tudo, a toda a hora.

– Podia ser, mas não – proferiu a inglesa. – JC foi um mercenário. Responsável material pela morte de João Paulo I.

– Não me diga que ele foi mesmo assassinado? – perguntou Ben Isaac, verdadeiramente espantado.

– Lembro-me muito bem desse dia – intrometeu-se Myriam. – Chorei o dia inteiro. Aquilo nunca foi muito bem explicado. Houve suspeitas desde sempre.

O dia 29 de Setembro de 1978, de má memória, acordou com a morte de Albino Luciani, o Papa do Sorriso, 33 dias apenas depois de eleito pelo Colégio de Cardeais. Oficialmente, a morte deveu-se a um ataque cardíaco fulminante. Mas muita coisa estranha veio a público, ainda que a versão oficial nunca tenha sido desmentida ou alterada.

– Foi – confirmou Sarah. – JC é um homem muito poderoso.

– Nunca ouvi falar dele – disse Ben Isaac tentando relembrar alguma situação que envolvesse tal personagem.

– Poucas pessoas o conhecem. Eu conheci-o sem querer, por acaso.

– A vida é um acaso.

– Pois é – concordou Sarah. – Seja como for, o Vaticano precisa dele e eu sou o único contacto.

– Por que precisa dele? – Ben Isaac não estava a perceber.

– Não sei. Mas parece que ele é importante para resolver tudo o que está acontecer.

– Não estou a ver o que é que esse JC tem a ver com o rapto do meu filho.

– Não tem. Tem a ver com a morte de três dos Cinco Cavalheiros.

Ben Isaac ficou lívido. Sarah e Myriam ficaram tão assustadas que pensaram que ele ia ter qualquer ataque.

– Que tens, Ben? – perguntou Myriam aflita. Que noite aquela. – Diz-me.

Tiraram-lhe o casaco e desapertaram-lhe os botões da camisa. Parecia estar com dificuldade em respirar. Tossiu algumas vezes com pouco vigor. Myriam enfiou-lhe o resto da água com açúcar pela goela abaixo. Alguns minutos depois Ben acalmou, recuperando o controlo, acalmando a respiração.

Myriam colocou-se à frente dele, ao nível dos olhos e mirou-o directamente.

– Ben Isaac desembucha tudo o que tens aí dentro. Não escondas nada nem de mim nem da Sarah. – Estreitou ainda mais o olhar. – É uma ordem.

Ben Isaac humedeceu os lábios e baixou os olhos. Sentia-se destroçado.

– Sabe os nomes deles? – perguntou a Sarah.

– De quem?

– Dos que morreram.

Sarah retirou o bloco de notas do bolso do casaco. Não ocupava a memória com informação secundária.

– Huh... Yaman Zafer, Sigfried Hammal e Ernesto Aragones.

Cada nome pronunciado era como uma flecha disparada ao peito de Ben Isaac. Uma lágrima ousou esvair-se e deslizar pelo rosto. Doía.

– Os Cinco Cavalheiros são... Eram investigadores que validaram as descobertas de 1946 no vale de Qumran. No princípio eram só três. Depois recrutámos mais dois. Assinaram um voto de silêncio que nunca foi quebrado – explicou o israelita. – Esse silêncio era fundamental para preservar as descobertas e para... – hesitou.

– Para quê, Ben? – insistiu Myriam, séria.

– Para manter o *Statu Quo* – confessou.

– O que é que isso quer dizer? – Myriam denotava irritação na voz.

– O *Statu Quo*. As coisas como estão.

– Por que é que esses documentos ficaram sempre em seu poder? – perguntou Sarah.

Ben Isaac não respondeu logo. Matutou nas palavras certas. Não queria proferir imprecisões. Olhou para Myriam a medo.

– Porque foram as minhas equipas que os encontraram. Quem encontra é dono.

– Eu sei que cedeu alguns à Igreja e a outras instituições. Vendeu outros. – Sarah não estava convencida.

– Porque tinham menos importância. – As palavras de Ben Isaac saíram irritadas. Havia ali mais qualquer coisa.

– Parece estranho a Igreja não insistir. Ainda por cima um é o Evangelho de Jesus. – Sarah achou melhor mostrar que sabia do que falavam.

– O Evange... O quê? – Myriam não queria acreditar. – Não pode ser.

Ben parecia um miúdo traquina a quem haviam descoberto as traquinices. Cabeça baixa, expressão apreensiva. Absorto.

– Foi escrito mesmo por Jesus? – quis saber Myriam, com medo.

Ben anuiu em silêncio.

– E o outro documento? – lembrou Sarah.

Ben hesitou.

– Há mais? – Myriam estava intimidada e intrigada ao mesmo tempo.

Ben tornou a anuir em silêncio. Levou algum tempo a falar. Quando o fez a voz saiu-lhe rouca.

– O outro coloca Ieshua Ben Joseph em Roma, na era de Cláudio.

Sarah e Myriam não consideraram aquilo muito estranho, mas o certo é que não eram propriamente o que se chamava *experts* em História.

– E qual é o problema? Quem é o Ieshua Ben Joseph? – perguntou Myriam.

– Jesus, filho de José – explicou o israelita.

– Está bem. Jesus esteve em Roma. Qual é o problema? – Myriam continuava a não perceber.

– Jesus estava em Roma no quarto ano da era de Cláudio – a voz de Ben Isaac fez-se soar mais firme.

As mulheres continuavam a não perceber qual era o busílis daquilo. Qual era o mal de Jesus ter estado em Roma nessa tal era?

Ben Isaac suspirou. Elas ainda não compreendiam.

– O quarto ano da era de Cláudio é o ano 45 d. C.

As duas mulheres entreolharam-se. Aquilo, sim, era uma revelação surpreendente. Jesus em Roma no ano 45? Isso era tremendo.

– Então e a Crucificação? – perguntou Sarah com o coração acelerado. Não tinha a certeza de querer saber a resposta.

Ben olhou para ela desta vez.

– Não aconteceu – disse como se estivesse a largar um bomba.

Sarah nem reparou que se benzeu quando Ben Isaac disse aquilo.

– O quê?

Ele olhou para a jornalista com um olhar piedoso e uma expressão que parecia querer pedir desculpa, que não queria que ela o soubesse daquela maneira.

Sarah não conseguiu dizer mais nada. Aquilo era tremendo.

– Isso é muito grave – disse Myriam por fim. – Gravíssimo.

– Eu sei. Não queria, de maneira alguma, que ninguém soubesse. Guardámos este segredo durante mais de 50 anos e queria continuar a fazê-lo – explicou Ben Isaac envergonhado.

– É por isso que raptaram o meu Ben?

Ben anuiu com a cabeça.

– Quem é essa gente? – perguntou ela enraivecida.

– Não sei, Myr. Não faço ideia. – Virou-se para Sarah que ainda parecia meio aluada. – Tem como contactar esse JC?

Sarah nunca o contactara. Fora, desde o início, uma relação unilateral. Ele contactava-a a ela. Desconfiava que o lugar de editora no jornal tinha o dedo dele, mas também já pensara que podia ter sido Rafael. Nos momentos de sucesso que nos dois anos em que desempenhava aquela função eram já consideráveis preferia pensar que o mérito era todo dela.

E, no fundo, era. De vez em quando recebia um dossiê na caixa do correio sobre algum assunto que merecia atenção. Normalmente eram casos bombásticos, nem todos sobre o Vaticano, daí que a comunidade jornalística de Londres a apelidasse de infiltrada para além de amante do Papa. Sabia que JC a escutava, vigiava, neste ponto preferia pensar que só até certo ponto e que estava sempre atento. Contava com isso para chamar a atenção dele.

– Tenho. – Sarah não gostava de mentir. De qualquer forma sabia que não teria de o contactar.

– O que é que os raptores disseram? – perguntou Myriam relembrando o telefonema que Ben Isaac recebera no aeroporto de Ciampino.

Nesse preciso momento os reactores do Learjet abrandaram bastante e o avião começou a descer. A hospedeira acercou-se deles.

– Estamos a descer para Gatwick, doutor. Agradecia que apertassem os cintos.

Ben Isaac apertou prontamente o cinto, enquanto Myriam continuava a fitá-lo à espera de resposta.

– Disseram que esperássemos em casa.

24

– Vomitem tudo cá para fora – ordenou Gavache. – Comecemos pelo recém-convertido historiador. Quem é Ben Isaac?

– Uma lenda, um mito – respondeu Jacopo incrédulo.

A chuva que caía lá fora ouvia-se ainda com mais força. Um dilúvio que inundava a Cidade das Luzes livrando-a do mal, ámen.

– Parece-me bem vivo – contrariou Gavache ironicamente. – Daqui a pouco terei a ficha dele. Continue, senhor Jacopo.

– Segundo se sabe, isto em circuitos muito restritos, foi ele quem esteve por detrás da descoberta dos Manuscritos do Mar Morto. Aquilo que a Santa Sé designa por evangelhos apócrifos.

– Ou seja?

– Evangelhos não canónicos, não aprovados para figurar nas Sagradas Escrituras, por outras palavras, escritos que não se consideram inspirados por Deus.

– Porquê? Os outros consideram-se?

– Segundo a Igreja, sim – confirmou Jacopo.

– E como é que eles sabiam o que era inspirado ou não? – questionou Gavache. Que raio de ideia.

– Não sabiam. Era uma questão política.

– Absurdo – criticou Günter. – Claro que sabiam.

Gavache aproximou-se de Günter com um ar ameaçador.

– Deixe o corporativismo de lado, senhor padre. Não lhe assenta bem – indicou a Jacopo que continuasse a explicação.

– Os teólogos da Igreja é que decidiram o que havia de integrar o livro sagrado e o que ficaria de fora. Há cinco Bíblias: a judaica, a hebraica, a católica, a protestante e a ortodoxa. As mais importantes são a judaica e a católica, a segunda porque tem o maior número de fiéis, a primeira por razões históricas. Todos se baseiam na Bíblia judaica. Como deve saber, os judeus e os católicos partilham alguns livros da Bíblia. São aqueles a que chamam de Antigo Testamento, mas os judeus não o reconhecem como Antigo porque não aceitam o Novo, pois para eles Jesus não é o Messias. São duas das três que compõem as chamadas religiões do Livro. A Bíblia judaica é composta por 24 livros. Era a que Jesus lia e citava regularmente. A católica tem 73, sete dos quais são considerados apócrifos pelos judeus. Não esqueçamos que o Novo Testamento não consta na Bíblia judaica, nada de Actos dos Apóstolos, nem Evangelhos, nem Cartas, nem o Apocalipse. E, obviamente, é muito posterior a Jesus Cristo, portanto, Ele nunca o leu.

– Portanto, está a dizer-me que as Sagradas Escrituras têm muito pouco de sagrado.

– Isso é a sua opinião – defendeu-se Jacopo. – Cada um tem a sua. Mas concordo consigo. Além disso, na Septuaginta e, posteriormente, na Vulgata ficaram imensas coisas pelo caminho.

– Septuaginta?

– Sim. A Bíblia foi traduzida do hebraico e do aramaico para o grego, por causa dos judeus que viviam fora da Palestina e já não falavam essas línguas. O grego tornou-se mesmo na segunda língua da Palestina. Até Jesus a falava, segundo os Evangelhos. Foi traduzida por setenta judeus eruditos de Alexandria, daí que se chame Bíblia dos Setenta ou Septuaginta. Não deixa até de ser curioso que os quatro evangelistas do Novo Testamento citem textos bíblicos dessa tradução grega e não do texto original. Do grego para o latim foi traduzida por São Jerónimo e chama-se Vulgata. Todos os dias, em todas as celebrações litúrgicas católicas do mundo, se lê uma passagem do Antigo e outra do Novo Testamento da Vulgata.

Gavache escutava com atenção a lição de História. Qualquer pormenor podia ser importante, mas não tinha ilusões, aquela gente não estava ali para o ajudar a apanhar o assassino, mas para ajudar a Igreja deles, mesmo Jacopo.

– E o que tem isso tudo a ver com Ben Isaac?

Jacopo retomou o fio da meada, pois já ia lançado nas considerações históricas da Bíblia.

– Bom, segundo se diz nesses círculos restritos, Ben Isaac descobriu alguns documentos importantes que deitam muito daquilo que se narra na Bíblia por terra.

– Isso chama-se motivo – declarou Gavache.

– Desculpe?

Jacopo não percebeu. Günter também aparentava não compreender.

– Aí está uma razão para matar – explicou Gavache. – O que teria Zafer a ver com esse Ben Isaac? O assassino perguntou por ele, portanto, sabia que eles se conheciam.

Ninguém disse nada durante alguns momentos. Apenas a chuva impertinente mergulhava o silêncio com pingos contínuos.

– Sugestões? Especulações? – inquiriu Gavache.

Ninguém respondeu.

– Senhor Jacopo, alguma ideia? – insistiu o inspector francês.

– Talvez… começou Jacopo timidamente. – Talvez o turco fizesse parte dos Cinco Cavalheiros. Se calhar o Hammal também – sugeriu.

– Absurdo – insurgiu-se Günter. – Ficções de historiador. Isso nunca existiu.

Gavache estava interessado em saber mais sobre esses Cinco Cavalheiros. A história adensava-se e cada vez apareciam mais elementos, muitas perguntas e poucas respostas. Estava a ver que teria de investigar a fundo a família de Cristo e seus discípulos. Sorriu mentalmente com a ideia.

– Os Cinco Cavalheiros eram os elementos que formavam equipa com Ben Isaac. Juraram silêncio sobre todas as descobertas, segundo se diz.

– Segundo se diz, está a dizer-se muita coisa... – acrescentou Gavache. – Cada vez mais.

Günter levantou-se.

– Já vi que a noite vai ser longa. Aceitam um café, um chá, para aquecer o corpo? – ofereceu o padre jesuíta.

Gavache pediu um café, Jean Paul também, Jacopo e Rafael aceitaram o chá.

– Maurice – chamou Günter que logo viu o acólito que os acolhera entrar na nave e transmitiu o pedido. – Leva para a sacristia. Depois avisa quando estiver tudo pronto.

– Com certeza – proferiu Maurice subserviente e saiu para preparar as bebidas quentes.

– Os Cinco Cavalheiros. Que achas disto, Jean Paul? – perguntou Gavache. A expressão dele revelava que estava a interligar tudo o que Jacopo dissera.

– Uma balbúrdia, inspector.

– Uma balbúrdia – concordou o superior. Virou-se para Günter. – Vejo-o a contrariar tudo o que o prestigiado historiador diz, mas reconheceu o nome Ben Isaac quando eu o proferi. – Era uma afirmação e não uma pergunta.

Günter engoliu em seco. Não passava nada ao lado do inspector.

– Quem é Ben Isaac, padre Günter? – insistiu Gavache com cara de poucos amigos.

Günter adoptou uma pose arrogante e levantou-se do banco que o acoitava.

– Não estou em território francês. Não tenho de responder às suas perguntas.

– Estás a ver isto, Jean Paul?

– Uma pouca-vergonha, inspector.

Rafael aproximou-se do alemão.

– Colabora, Günter. Conta tudo o que sabes. Pode ajudar a apanhar o assassino.

O padre jesuíta manteve-se irredutível. Os direitos eram para ser usufruídos. Gavache acercou-se dele, ficou a tão poucos centímetros que os dois homens se conseguiam farejar.

– O silêncio é um direito seu, senhor padre. É verdade que não estamos em território francês.

– Esta igreja pertence à Companhia de Jesus, à Igreja Católica Apostólica Romana, ao Papa – argumentou Günter friamente. Não podia contar o que sabia... Nunca.

Gavache aproximou-se ainda mais, se tal era possível.

– Escute-me bem, senhor padre. – O tom era ameaçador. – Pode perfeitamente escudar-se na Concordata para manter um criminoso em liberdade. A sua consciência é a sua consciência. Mas, eventualmente, vai ter que meter um pé, ou os dois, fora desta Igreja, para ir às compras, dar uma extrema-unção, meter-se na cama de alguma puta... Isso é lá consigo. Garanto-lhe que quando o fizer eu vou estar à espera e quando isso acontecer não haverá Igreja que o safe nem santo que o ajude. Nem mesmo o seu amigo Loyola, que Deus o tenha lá onde ele guarda esses maricas todos. – O bafo de Gavache batia no rosto de Günter. Um aroma adocicado a cigarrilha que, mesmo assim, o repugnava. Mais as palavras que o odor. – Mas se me chatear muito eu arranjo um mandado em nome do cidadão Günter e não do padre Günter e dou-lhe uma carga de porrada antes de lhe fazer a primeira pergunta. E, se quer saber, talvez me esqueça de a fazer durante um mês ou dois enquanto espera no chilindró pela minha assinatura para poder ser recambiado para a Alemanha, porque, por mais que os padrecos gostem de si, os franceses não e, acredite, não o irei deixar voltar para aqui. – Deixou o silêncio assentar por uns segundos para que o efeito pretendido se estabelecesse. Virou-lhe as costas. – Pense bem.

Rafael tentou aconselhar o amigo. Sabia que a situação não era fácil. A laicidade dos Estados levava a situações complicadas. Já ninguém respeitava a privacidade nem os segredos da Igreja. O Estado estava acima de tudo. Da Igreja, da fé, da salvação. O Estado era a religião dos novos tempos. Daí que a Igreja tivesse de agir sempre por vias travessas, ambíguas, nem sempre usando a verdade, manipulando a opinião pública ou privada, criando jogos de diversão para distrair os visados do verdadeiro interesse. Rafael conhecia isso tudo, era um agente ao serviço dessas mesmas diversões e manipulações. Preferia guardar e esconder, aguardar, revelar pouco, estar sempre no controlo da situação, um passo à frente dos outros... Mas este não era um caso normal.

– Conta o que puderes, Günter. Quem é Ben Isaac? – pressionou. – Que documentos são esses? – Depois baixou o tom. – Não precisas de ser específico nem de dar pormenores. Conta na generalidade.

Günter mantinha uma expressão pensativa, mas a sobranceria enfatuada aliviara as rugas da testa. Acataria o conselho do amigo italiano. A resposta branda aplaca o furor, já dizia um dos provérbios desse sábio Salomão.

– Inspector Gavache – chamou o jesuíta.

O inspector fumava outra cigarrilha enquanto olhava para o Delacroix. Não desviou a atenção, mas não se percebia se admirava a obra ou não.

– Decidiu enveredar pelo trilho da bondade e do amor preconizada pelo primeiro superior-geral da Companhia? – ironizou o francês. Queria mostrar que nada do que diziam caía em saco roto.

– Vou contar-lhe tudo o que sei sobre Ben Isaac – declarou ignorando a pequena provocação de Gavache. Provavelmente a arrogância inicial fez por merecê-la.

Gavache aproximou-se de Günter e sentou-se junto dele. Convidou-o a fazer o mesmo. O alemão fê-lo atabalhoadamente. Estava nervoso. O inspector leu a reacção como alguém que ia contar algo que não devia.

– A história de Ben Isaac é verd...

De início não se percebeu bem o motivo da interrupção. Só quando Günter, de olhar vítreo, babou sangue antes de cair pesadamente no chão da Igreja de São Paulo – São Luís os presentes compreenderam que alguém alvejara o jesuíta. As costas exibiam um furo na batina. O resto foi tudo muito rápido. Jacopo, Rafael e Gavache ainda olhavam incrédulos para Günter quando ouviram a voz de Jean Paul gritar de arma em punho:

– Larga a arma, rapaz.

O acólito Maurice empunhava uma arma com silenciador que segurava tremulamente.

– Larga a arma, rapaz. Não vamos ferir mais ninguém – repetiu Jean Paul.

Gavache fez-lhe companhia apontando também a sua arma a Maurice que estava fora de si. Lágrimas escorriam-lhe pelo rosto. Arfava.

Rafael debruçou-se sobre Günter que sufocava com a dor que lhe invadia o corpo.

– Günter – chamou como se isso adiantasse alguma coisa. – Chamem uma ambulância – gritou.

O jesuíta esvaía-se em sangue e gemia. Jean Paul tirou uma das mãos da arma e pegou no telemóvel para atender ao pedido de Rafael.

– Des... Des... Desculpe – balbuciou Maurice. – Des... Desculpe.

– Tem calma, rapaz – pediu Gavache aproximando-se a passos pequenos. Falava como um sussurro. – Tudo se resolve. Larga a arma. Vamos conversar.

Maurice fitou-o com os olhos cheios de raiva. Ainda apontava a arma para todos e para ninguém.

– Não há nada para conversar. Cale-se. Ele não podia. Não podia. – A fúria misturava-se com o desgosto e resultava num jovem transtornado.

– Tem calma. Não queiras piorar ainda mais a situação.

Jean Paul desligou o telemóvel e guardou-o no bolso do casaco.

– A ambulância vem a caminho.

Rafael continuava junto de Günter que estava cada vez mais fraco.

– Rafael – murmurou.

– Não fales, Günter. Não te esforces. A ambulância está a caminho.

Num último esforço levou uma mão à cabeça de Rafael e puxou-a para baixo.

– Piazza... Piazza – sussurrou.

Rafael atentou nas palavras que se ouviam cada vez mais longe. Günter definhava a cada segundo.

– Santo Ignazio. – E suspirou antes de se entregar a Deus Pai. A dor terminara, estava em paz.

Rafael fechou os olhos sem vida do amigo e benzeu-se. Juntou as mãos e murmurou uma litania para que Deus o acolhesse junto Dele.

– Paz à sua alma.

Gavache continuava a tentar acalmar o acólito que cada vez tremia mais.

– Não faças mais nenhuma asneira.

Rafael levantou-se e fitou o acólito com um olhar frio.

– Mataste um homem de bem.

Aquela frase transtornou ainda mais o jovem.

– Teve de ser. Tinha de ser. Ele não podia. Não podia.

As sirenes da ambulância aproximavam-se da igreja. Levariam um defunto e não um ferido.

– Larga a arma – ordenou Gavache – Não volto a avisar. – E destrancou a *Glock*. Jean Paul fez o mesmo.

Maurice levou uma mão à cabeça e fechou os olhos. Benzeu-se e beijou um crucifixo que trazia ao peito.

– *Ad maiorem Dei gloriam* – murmurou o acólito antes de colocar o bocal da arma debaixo do queixo.

– Não faças isso – gritou Gavache em jeito de súplica.

A bala fez mais barulho a sair pela cabeça do que a ser projectada pela arma. Maurice caiu desamparado, sem vida.

Durante alguns momentos apenas se ouviu a sirene da ambulância e nada mais, nem a chuva, nem as respirações, nem os corações. Nada. Não era um cenário comum no interior de uma igreja. Os mortos eram comuns, sim, numa vertente ritual, fúnebre, mas não matarem-se uns aos outros dentro de solo sagrado.

As portas abriram-se e os paramédicos entraram.

Rafael e Jacopo observavam em silêncio. Gavache acercou-se deles e mirou-os com frieza.

– Que raio se está aqui a passar? – vociferou.

25

O secretário arrastava a perna esquerda à medida que andava o mais depressa que podia. A luz era escassa àquela hora da noite e ele pedira para que não acendessem mais nada. Não havia que levantar questiúnculas entre o pessoal do palácio apostólico. As intrigas do dia-a-dia bastavam. Trevor seguia ao seu lado em silêncio, submisso, respeitoso. Tarcisio sabia que era mais temor que respeito.

A perna doía-lhe, mas incomodava-o menos que o motivo pelo qual Trevor o acordara. Isso sim consumia-o por dentro.

– Alertaste o William? – perguntou com a voz sumida do esforço.

– Sim, Eminência.

Era importante que o cardeal William soubesse daquilo. Os dados ainda não eram muitos, mas Ursino fora contundente. Estavam em guerra aberta com um inimigo desconhecido e que tinha vantagem sobre eles. Possuíam informação confidencial, o que indicava, para mal dos pecados do secretário, que alguém no seio da sua Igreja a estava a fornecer. Já Cristo teve de separar o trigo do joio, há mais de dois mil anos. Também o Santo Padre e ele tinham de o fazer, assim como todos os que lhes precederam. A luta era constante, a guerra permanente, as batalhas apenas mudavam os generais de tempos a tempos.

Entrou com uma pose dominadora, própria de um general, estratega brilhante, na sala das relíquias onde encontrou Ursino e Hans Schmidt.

O milanês pediu-lhe a bênção e beijou o anel de rubis que Tarcisio exibia.

– Peço desculpa por ter perturbado o seu sono, Eminência.

Tarcisio levantou-o com presteza.

– Conta-me tudo, Ursino. Quem eram eles?

Ursino explicou. A voz que falou com ele ao telefone era masculina. Ligara durante a tarde, a meio do expediente e informara que voltaria a ligar mais tarde, depois da meia-noite e que seria do interesse dele estar presente para atender. Usou sempre um tom amigável, conciliador. Ursino quis saber por que haveria de aguardar um telefonema a tão altas horas da noite. Ainda para mais ele estava habituado a deitar-se com as galinhas, mal o sol se punha, ainda que não tenha dado essa informação que pertencia à esfera privada e ninguém tinha nada a ver com isso. O interlocutor disse que era sobre Yaman Zafer e importante.

– Zafer? – interrompeu Tarcisio. – Tens a certeza?

– Tenho, Eminência. Estes ouvidos que Deus há-de levar funcionam na perfeição. Ele disse Zafer.

– Parecia-te uma pessoa nova ou mais velha? – quis saber Schmidt.

– Pareceu-me alguém com alguma idade, mas não sei dizer. Sabe como é, as vozes confundem.

– Claro, claro. Continua – pediu Tarcisio que levou o indicador aos lábios. Escutava com toda a atenção. Queria saber tudo.

– Confesso que a curiosidade foi mais forte – prosseguiu Ursino, tentando ser o mais preciso possível. O passado misturava-se com os pensamentos, os desejos, os sonhos, tudo na mesma salganhada que é a mente e tinha de se saber separar o que foi do que podia ter sido, o real da ficção.

Depois da meia-noite regressou à sala das relíquias e aguardou pelo telefonema. Entretanto, o padre Schmidt apareceu, sem aviso, por coincidência e fez-lhe companhia. Foi então que recebeu o telefonema. A mesma voz, outro tom. Arrogante, sarcástico, cruel, vingativo. Disse que Zafer estava morto e que em breve o mundo saberia dos Ossos de Cristo.

– Santo Deus – exclamou Tarcisio, levando uma mão à testa que suava. – Os Ossos de Cristo.

– Poderá ser *bluff* – contrapôs Schmidt mantendo uma entonação serena que acalmava o ambiente na medida do possível.

– Não me pareceu – disse Ursino. – Ele mencionou Ben Isaac.

Tarcisio prostrou-se na cadeira de Ursino, fatigado. Ouvira aquele nome vezes de mais nas últimas horas. Nunca era bom sinal ouvir o nome de Ben Isaac.

– O acordo acabou – disse por fim o secretário. – Deixou de haver qualquer ligação entre a Santa Sé e Ben Isaac. – De novo o nome agora na sua boca.

– A questão é se Ben Isaac terá condições para proteger os documentos, agora que o acordo acabou. – Quem falara fora William que acabava de entrar. – E que eles lhe raptaram o filho.

Schmidt fez menção de sair.

– É aqui que eu saio.

– Por favor, padre Schmidt, se é por minha causa deixe-se estar – afirmou William caminhando para junto da secretária dominada pela imagem de Bento XVI.

– Não me parece correcto que nos encontremos antes da reunião da comissão... – desculpou-se o austríaco.

– Disparate – soltou William. – Não estamos a falar desse assunto, pois não? Trata-se da Igreja e de defendê-la e nisso estamos todos juntos. Fique, por favor.

Schmidt acedeu após rápida consideração. Aquilo não tinha, de facto, nada a ver com a situação dele que era bem mais fácil que a da Igreja, neste momento.

– Isso preocupa-me imenso também – declarou Tarcisio. – Por outro lado, ele guardou os documentos, competentemente, durante mais de 50 anos. Mas um filho é um filho e muda tudo.

– Zafer, Hammal, Aragones – numerou Schmidt. – O Ben Isaac Júnior. Aparentemente eles sabem de mais e nós de menos. Nem sabemos quem eles são.

William caminhava, nervosamente, de um lado para o outro a pensar.

– Acho que não devemos confiar em Ben Isaac. Não está em causa a sua competência, tão-pouco a sua honestidade, mas dada a delicadeza da situação parece-me melhor que tomemos a posse dos documentos o mais rápido possível.

Tarcisio acenou negativamente.

– Não vai ser fácil. O Papa Roncalli teve que fazer o acordo com ele porque não conseguiu apoderar-se dos documentos. Não creio que ele os vá dar de graça.

– Pagamos – atalhou William.

147

– E achas que já não oferecemos dinheiro? Ben Isaac é multimilionário. Qualquer oferta são trocos e ainda se ri na nossa cara. Prefere pagar-nos para ficar com eles. O primeiro acordo foi tão difícil que o Papa Wojtyla limitou-se a prorrogar o prazo sem sequer discutir termos.

– Por que é que ele se agarra tanto aos documentos? Não os utiliza, não ganha nada com isso. Que saibamos nunca comentou com ninguém a existência deles. Pelo contrário, mantém um secretismo enorme que, felizmente, nos interessa. Ninguém se pode aproximar a 200 metros dos papiros sem que tenha de assinar uma cláusula de silêncio completamente estanque. Não percebo esta fixação – declarou William.

Ninguém percebia. Talvez só Ben Isaac o pudesse explicar, se é que havia explicação. Às vezes não há motivos para as atitudes humanas, são assim porque sim.

Ninguém disse nada nos segundos seguintes. Os inimigos queriam-se bem perto, debaixo de olho. O pior inimigo era o que se desconhecia, aquele cujos movimentos não se podiam prever, aquele que nem se sabia quem era.

Tarcisio levantou-se a custo. A noite já ia longa. No dia seguinte teria um conjunto de audiências importantes com dignitários estrangeiros e não podia comparecer com ar pouco repousado. Era certo que a maquilhagem, nos dias que corriam, fazia um sapo parecer um príncipe, mas era apenas fachada. As reuniões da Secretaria de Estado requeriam inteligência e preparação e não rostos bonitos.

– Bom, amanhã tenho um dia cheio, não é, Trevor?

– Sim, Eminência. De manhã os embaixadores do Paquistão e Brasil.

– À tarde é com o Adolfo, não é?

– Correcto, Eminência.

– Ui, isso vai levar a tarde toda – zombou William.

Tarcisio virou-se para William.

– Os nossos enviados já deram notícias?

– Temos um com o Ben Isaac neste preciso momento. O Rafael ainda não deu notícias.

– Acho que é melhor recuperarmos os documentos. Estarão melhor connosco – deliberou Tarcisio.

– Vou dar ordens para que os recuperem – acatou William. – E se Ben Isaac não os der?

Tarcisio reflectiu durante alguns instantes, depois dirigiu-se para a saída da sala das relíquias onde os santos ossos repousavam.

– Usem os meios que forem necessários.

26

A madrugada estava fria, mas não chovia, ainda que o pavimento estivesse molhado. Seguiu a pé, descendo a Via Cavour, em direcção à Via dei Fori Imperiali. Aí virou à direita e seguiu a larga rua rumo a Piazza Venezia, virando as costas ao Coliseu. Francesco tremia, mas não se podia dizer que estivesse muito frio ou sequer um frio que fizesse tremer. Um nervoso miudinho invadiu-lhe a espinha e fê-lo arrepiar-se. Suores frios antecipavam o momento da verdade, umas centenas de metros à frente. Estava ansioso. O homem dissera-lhe que Sarah precisava dele. Estava tudo bem, não havia problema, que não se preocupasse, mas era necessário que ele se fosse encontrar com ela na Piazza del Gesù que ficava logo a seguir à Piazza Venezia, do lado esquerdo. Bastava seguir uns metros pela Via del Plebiscito. De ambos os lados da Via dei Fori Imperiali espraiavam-se vestígios do que outrora fora o grande Império Romano. A História não mentia e estava ali à vista. Ao fundo, do lado esquerdo, via-se o Vittoriano comummente conhecido como Altar da Pátria, a excêntrica obra de Giuseppe Sacconi que homenageia Vittorio Emanuele II, o pai da Pátria, o primeiro rei da Itália unificada. O edifício era apelidado jocosamente pelos romanos de *Bolo de Noiva* ou *Máquina de Escrever*.

Francesco ignorava tudo isso, pensava somente em Sarah e no que o esperava na Piazza del Gesù. O homem falara-lhe num italiano com sotaque toscano o que, por si só, não significava nada. Sarah era um verdadeiro mistério. Como conseguira chegar até contactos tão influentes no seio da Igreja e da política era uma incógnita. Só ela poderia explicar, mas nunca o fez. Era bastante reservada em certos aspectos e o sangue quente de Francesco, apesar de fervilhar, sempre respeitou a vontade e o espaço dela. Mais depressa seria expulso da vida de Sarah se ela o sentisse invadi-la.

Na Piazza Venezia atravessou para o lado esquerdo e caminhou ao lado do palazzo Venezia que, outrora, serviu de embaixada da Sereníssima. Dobrou a esquina e caminhou ao longo da Via del Plebiscito ladeando o palazzo.

Ao fundo, a pequena Piazza del Gesù dominada pela Igreja del Gesù.

Dois mendigos dormiam junto à porta da igreja enrolados em cobertores imundos que os cobriam até à cabeça. À excepção daquelas duas almas esquecidas por Deus não via mais ninguém. De quando em quando passava um carro ou uma lambreta, um autocarro nocturno vazio ou com poucos passageiros, alguém que saía do trabalho ou ia a caminho dele, pois nestes tempos, ditos modernos, pegar de manhã e sair a meio da tarde já não era a regra, mas a excepção.

Onde estaria Sarah? E o homem que lhe ligou? Estaria em perigo? Afastou esse pensamento. Absurdo. Sarah saíra com um padre. Que perigo poderia advir daí? Era certo que havia muitos exemplos de actos execráveis por parte da Igreja, mas não teriam a coragem de fazer mal a uma jornalista, ou a dois se contasse consigo.

Tentou não pensar durante algum tempo. A mente tentava sempre arranjar padrões, rotular as situações, bom, mau, frio, quente, conforto, desconforto, sossego, desassossego. Naquele momento estava nervoso porque deixava que a mente elaborasse inúmeras teses e tratados sobre o que estaria prestes a acontecer. Nenhum verdadeiro, pois o futuro era sempre uma incógnita... Sempre.

O seu telemóvel apitou indicando que recebera uma mensagem de texto. Tirou-o do bolso das calças e leu a informação que o visor espelhava:

Siga na direcção do Largo di Torre Argentina.

O emissor era incógnito. Tinham marcado para aquele local e agora mudavam? Que significava aquilo? Tinha pedido para falar com Sarah, aquando do telefonema, mas o homem disse que ela estava ocupada, mas que queria que ele viesse. Depois havia o facto de terem ligado para o telemóvel dele, que queria dizer que conheciam o número. Podia ter sido Sarah a fornecê-lo. Claro que quem quer que fosse o responsável por aquilo podia ter meios para conseguir o seu número. A curiosidade era mais forte que o medo, pelo que deu o primeiro passo em direcção ao Largo di Torre Argentina que ficava bem perto. Segundo se dizia, fora naquelas ruínas romanas do Teatro de Pompeu que havia no largo, protegidas por um muro, que vários conspiradores, incluindo Décimo Júnio Bruto Albino, esfaquearam Júlio César por 18 vezes. Nenhum local era mais oportuno para um encontro.

A luz pública amarelada dos candeeiros emprestava uma atmosfera misteriosa. Um grupo de noctívagos embriagados passou por ele entoando cantorias desafinadas em decibéis impróprios para a hora. Finalmente alcançou o destino, depois de percorrer uns metros do corso Vittorio Emanuele II. Alguns grupos de pessoas deambulavam por ali provenientes de algum bar ou à procura de um para afoguearem os medos no álcool e abrirem o espírito à aventura do desconhecido.

– Tens lume? – perguntou um homem completamente embriagado que assustou Francesco.

– Desculpe. Não fumo – escusou-se.

O homem resmungou um qualquer impropério ininteligível por Francesco não poder satisfazer o seu vício e seguiu em direcção à Via del Cestari, a coxear, por onde desapareceu.

Os pequenos grupos iam e vinham mas nunca ficavam. Aquele era um lugar de passagem e não de permanência.

– Tens lume? – tornou a perguntar o embriagado que ressurgira de repente.

– Já lhe disse que não fumo – repetiu Francesco irritado.

– És um filho da puta – insultou o homem retornando à Via del Cestari. – Não és homem para ela, cabrão – murmurou antes de desaparecer.

O que é que ele disse? Será que disse o que disse? Sem pensar Francesco seguiu no encalço do bêbedo que caminhava aos esses, a mancar da perna esquerda. Não se apercebeu da presença de Francesco que ganhava terreno a cada passo. O idiota estaria a falar de Sarah ou mandara petardos sem nexo para o ar? O estado dele não era dos melhores, bebera muito para além da conta, mesmo muito. A certa altura quase perdeu o equilíbrio e não caiu por sorte. Deu uma gargalhada forte de si mesmo e da sua figura.

Aquele indivíduo não podia saber nada sobre Sarah. Assim pensou Francesco. Deixara-se levar pelo nervosismo e pela ansiedade. O melhor era voltar ao largo. Afinal de contas fora esse o local especificado na mensagem que recebera. Deu meia volta e suspirou. *Ah! Onde andarás, Sarah?* – perguntou a si mesmo, mas esta resposta não a tinha, infelizmente.

– Tens lume? – ouviu perguntar atrás de si o embriagado que deve ter dado pela presença de Francesco.

O jornalista apressou o passo e não respondeu.

– Tens lume, palerma?

Francesco ignorou-o. Era o álcool a falar. Não se devia prestar ouvidos a pessoas nesse estado. Foi um erro segui-lo.

– Não és homem para ela – tornou a dizer.

Francesco parou e olhou para o homem.

– O que é que disseste?

Francesco perdeu as estribeiras e agarrou o homem embriagado, mas quando deu por si era ele próprio que estava a ser encostado à parede pelo outro que cravava uma mão possante no pescoço dele. Tentou libertar-se mas não conseguiu.

– Já não pareces tão valente, pois não? – A voz já não estava entaramelada. Era firme e seca, os movimentos precisos. Estava mais sóbrio que Francesco.

– O que... O que quer de mim? – perguntou o jornalista a medo, com a voz sumida da mão que lhe apertava o pescoço.

– Eu, nada – respondeu o homem junto ao seu rosto com um sotaque toscano.

Francesco conseguia sentir-lhe o bafo.

– Mas a Sarah quer – acrescentou.

– O... O quê? – Francesco estava confuso. O que queria ele dizer? – A Sarah?

O homem abrandou o aperto.

– A Sarah é importante para ti?

– O quê?

– Não sabes dizer mais nada? – gozou o homem. – A Sarah é importante para ti? – Tornou a apertar o pescoço.

– É – respondeu com esforço.

– Morrerias por ela?

– Sim.

O homem libertou-o por completo. Despiu o casaco imundo que deitou ao chão e revelou um fato Armani de corte impecável. Ajeitou o casaco, sacudiu o pó e envergou uma expressão fria e contrariada.

– Óptimo. Vamos ver se ela fará o mesmo por ti.

2.ª Parte

PERINDE AC CADAVER

Que esta advertência seja anexa à do nosso irmão Clemente VII para que sejam sabedores dos novos desenvolvimentos que quase nos postergaram. Suplico aos meus sucessores que não afrouxem o cânone. Se puderem tornem-no mais rígido. Os traidores têm de ser emudecidos.

Pio IX, 13 de Agosto de 1863

27

David Barry gostava de acordar cedo. Ainda o sol não despontava ou sequer fazia menção de aparecer e já era possível vê-lo a fazer o seu *jogging* matinal em Hyde Park. Uma hora completa ao longo do The Serpentine em compasso acelerado, fizesse chuva ou sol, ou este misto híbrido que não se sabia muito bem o que era. Um nevoeiro cerrado segregava-lhe o campo de visão mas não o coibia de correr à velocidade de sempre. Confiava nos reflexos para contornar qualquer obstáculo que aparecesse à frente, algum corredor mais lento ou, simplesmente, um caminhante que viera fazer manutenção madrugadora. Mesmo nos dias bons era raro ver muita gente. O parque começava a encher quando David dava por concluída a sua hora de esforço.

No manual de hábitos que acompanhava David Barry seguia-se um duche bem quente para limpar as impurezas, suores, e tudo o mais que estivesse inquinado pelo ralo abaixo, barbeava-se com máquina, vestia calças de *tweed* azuis em ponto tafetá, camisa azul, *blazer* e nunca gravata. Tomava um pequeno-almoço frugal, café e pão, somente. Não havia filhos para levar à escola, nem esposa para beijar antes de sair, esses estavam a cinco mil e novecentos quilómetros de distância, do outro lado do Atlântico, em Washington DC, e ainda se deviam encontrar no primeiro sono.

De casa ao trabalho levava cerca de dez minutos de carro, conforme o trânsito. Habituar-se a conduzir do lado errado da estrada não fora tão problemático como pensara. Ao fim de três dias era como se nunca o tivesse feito de outra maneira. Na verdade até começou a pensar que os ingleses é que estavam correctos. Entrou no edifício faltavam dez minutos para as oito da manhã. O *concierge* deu-lhe os bons dias que ele retribuiu gentilmente e chamou o elevador. Entrou na cabina e carregou num botão ao acaso, depois passou o seu cartão de identificação num leitor digital que indicava ao computador que controlava a caixa elevatória um andar que não aparecia em nenhum botão. Segundos depois as portas abriram-se para um piso fervilhante de movimento.

A estação da Central Intelligence Agency para a plataforma europeia.

– Bom dia, David – cumprimentou um homem que vestia calças de ganga e *T-shirt*.

– Bom dia, Staughton. Noite boa?

– Estranha – comentou Staughton antes de desaparecer para uma sala cheia de monitores.

E não são todas? – cogitou David enquanto se dirigia ao seu gabinete.

A azáfama, àquela hora da manhã, era impressionante. Criaturas que gritavam ao telefone, criaturas que gritavam a criaturas, criaturas que gritavam para microfones e monitores, criaturas que andavam de um lado para o outro com outras criaturas ou solitárias com papéis na mão ou dossiês ou copos de cartão da Starbucks ou bandejas com copos de cartão da Starbucks ou bandejas com sanduíches ou bandejas vazias ou cabos, câmaras, *Fuck, Fuck off, Fucking work, Go fuck yourself, Fucking Iraqis, Fucking Afegans, Fucking Russians, Fucking Israeli, Fucking Muslims, Fucking Osama, Let's fuck them all, We make the United States of America safe.*

Todos os dias a mesma coisa. Daí que não fosse um trabalho para qualquer um... Só para os melhores dos melhores, para homens como David Barry que aos 40 anos fora requisitado ao prestigiado sexto piso de Langley para substituir Geoffrey Barnes, o antigo director da estação, que morrera em serviço. Deus o guardasse na Sua glória por ter protegido os cidadãos norte-americanos além-mar, por ter estado na linha da frente ao serviço da liberdade do novo mundo.

O director mal teve tempo de entrar no gabinete e pousar o casaco no cabide.

– David – chamou uma mulher afogueada.

– Bom dia para ti também, Samantha – cumprimentou ele com ar de gozo.

– Bom dia, David. Desculpa. – Samantha estava com o cabelo em desalinho mas David optou por ignorar. – Temos uma situação.

– Temos sempre – desarmou ele. Em seguida enfeitou a cara com um sorriso. – Conta-me.

– Esta noite morreram dois padres numa igreja de Paris – informou ela.

David aproveitou para se sentar e fez um gesto com a mão para que Samantha fizesse o mesmo.

– Dois padres em Paris – limitou-se a dizer como que se estivesse a gravar a informação na mente.

– Mas há mais.

Há sempre.

– Segundo as nossas fontes isto aconteceu quando estavam a ser interrogados por inspectores da *Suretê Nationale*.

David franziu o cenho.

– A *Police Française*? E estavam a interrogá-los por que... – deu a deixa.

– Por causa de dois outros homicídios ocorridos antes.

– Que complicação – bocejou David. – Vamos por partes. Quem matou os padres?

– Ainda não sabemos.

– Trata de saber. Quem eram as outras vítimas?

– Ainda não sabemos.

– Não sabemos grande coisa, pois não? – disse com alguma sensaboria. – Não podemos gastar recursos em assuntos sem importância, Sam – suspirou e tornou a envergar o seu ar condescendente com outro sorriso. Gostava de ver o seu pessoal bem-disposto. – Mais alguma coisa?

Samantha estava com algum receio em dizer o resto e David lia muito bem os rostos dos outros.

– Desembucha.

– O... O Jack Payne estava entre eles – acabou por dizer.

David arregalou os olhos.

– O Rafael?

Samantha aquiesceu e baixou a cabeça.

– Foi uma das vítimas?

– Ainda não...

– Sabemos – completou arreliado. Levantou-se. – Chama o Aris, por favor.

Samantha levantou-se também e saiu do gabinete para cumprir a ordem. Barry respirou fundo.

Jack Payne ou Rafael Santini, uma lenda na história recente da CIA. Um grande filho da puta, era o que era, pois na verdade revelou-se um agente duplo ao serviço do Vaticano... Um padreco, um papa-hóstias. David Barry privara com ele, fora amigo dele, sentiu-se atraiçoado quando soube do caso em 2006, sentiu-se magoado e não foi o único... E ainda não lhe passara.

Dois minutos depois entrou um gigante gordo que trajava um fato que lhe assentava bem.

– David – cumprimentou.

– Aris.

Os dois homens apertaram as mãos num cumprimento firme e leal.

– Conta-me tudo o que sabes – pediu o director. – Alguma novidade do Rafael? – Aquele nome ainda lhe revolvia a garganta.

– A minha equipa está no terreno, mas os sacanas dos franceses não se estão a abrir connosco. – Sacou de um cigarro e acendeu-o. – Mas sabemos que a *Suretê* estava lá na altura da ocorrência. E também sabemos que o interrogatório tinha a ver com dois outros homicídios ocorridos em Paris e Marselha.

– E os jornais que dizem sobre o assunto?

– Isso também é interessante. Não dizem nada porque não sabem de nada.

– Os franceses são lixados – praguejou David meditabundo. – Não temos imprensa, portanto.

– Ainda não – atestou Aris que depois deu mais uma passa no cigarro antes de o esmagar no cinzeiro da secretária de David.

– Sabemos quem são as outras vítimas?

– Daqui a uma hora devo ter essa informação – avisou Aris.

– E sabemos se Rafael está entre as vítimas da Igreja? – Não queria mostrar consumição em relação a um judas.

Aris abanou a cabeça em jeito de negação. Não sabia.

– Mas há uma maneira simples de saber.

Barry esperou pela sugestão.

– Liga-lhe – verbalizou Aris com desafectação.

– Quem?

– Tu.

Barry tornou a sentar-se na cadeira. Que raio de sugestão. No entanto era o mais lógico a fazer. Aris era inteligente e pragmático. Analisava o jogo, as opções e apresentava soluções.

– Isso pode afugentar a caça – alegou Barry.

– E por outro lado ficaremos a saber se ele foi uma das vítimas e se anda a esconder alguma coisa – acrescentou Aris. – Saímos sempre a ganhar.

Barry pensou durante uns instantes. Que estaria Rafael a fazer em Paris com a *Police Nationale*? Estaria a ser interrogado por eles? Morrera? Quando deu por si já tinha pegado no telemóvel pessoal e procurava a letra R na lista de contactos. Não encontrou nenhum Rafael na lista. Estranho. Sabia que tinha o número dele e que não o apagara. Um homem da CIA nunca apagava nada, pois ninguém conhecia o futuro, jamais se sabia o que podia fazer falta. Enfim lembrou-se. Pressionou o J e lá apareceu a seguir a vários Jacks Jack Payne. Memorizara-o com o primeiro nome que lhe conheceu. Cabrão.

Após uns segundos de hesitação pressionou a tecla verde e levou o auricular ao ouvido. Começara a chamar do outro lado. Um toque. Dois toques. Três toques. *Atende* – deu por si a pensar. *Vá lá. Atende.* Quatro toques. Cinco toques. Seis toques... E alguém atendeu no destino.

– Rafael? – perguntou com a voz firme. Dentro de si congratulou-se por ele ter atendido. Era ele. – Bom dia. É o David.

Rafael disse alguma coisa que David escutou com atenção.

– Pois. Já não falámos há muito tempo. – Mais algumas palavras do outro lado que nem Aris nem Samantha ouviram, pois Barry não colocara o aparelho em alta voz.

– Estou em Roma – mentiu – e lembrei-me de ti. Estás disponível para um café?

Alguns segundos depois Barry desligava a chamada com um *Perfeito. Vemo-nos lá,* e fitou Samantha e Aris.

– Está vivo – atestou o óbvio. – E está a mentir.

– O que é que ele disse? – quis saber Aris. A curiosidade era deformidade profissional.

– Que estava a fazer confissões até às seis da tarde, mas que podíamos jantar às 8.

Examinou a assistência, depois saiu do gabinete. Os outros seguiram-no.

– Sam, quero que vejas todos os voos que saem de Paris para Roma até às cinco da tarde e se o Rafael está em algum deles.

– É para já – acedeu Samantha desligando-se do grupo.

– Temos a certeza que o Rafael estava em Paris esta madrugada? – indagou Barry.

– Absoluta. Está no manifesto da Alitalia e os franceses confirmaram – redarguiu Aris. – Usou o seu próprio passaporte.

Entraram numa sala lotada de monitores e operacionais a olhar para eles. As imagens eram variadas, todas de satélite ou videovigilância ou circuitos internos de televisão, sobre diversos pontos do Globo, mais ou menos aproximadas. Barry avistou Staughton que manobrava um *joystick* enquanto olhava também para um ecrã.

– Jeronimo Staughton – chamou Barry.

– Olá, David. A que devo a honra?

– Estás ocupado com alguma coisa prioritária?

A imagem mostrava uma mulher a falar ao telemóvel numa rua movimentada. Carregava dois sacos de compras da Burberry. Estava a ser filmada de cima, de um satélite a seiscentos quilómetros de altura. Staughton afastou o *zoom* rapidamente, centenas de vezes, e deixou que no monitor figurasse a ilha britânica.

– Nada que não possa esperar – rematou.

– Preciso da localização do detentor deste número – pediu Barry mostrando-lhe o visor do seu telemóvel.

Staughton puxou para si um teclado que se sustinha num tabuleiro articulado, dedilhou com rapidez algumas teclas e introduziu o número. Em seguida continuou a ditar ordens para o teclado a uma velocidade impressionante.

– Estás a brincar? – perguntou Staughton quando leu a informação que apareceu num outro monitor, juntamente com a fotografia de Rafael, *aka* Jack Payne.

– Conheces? – perguntou Aris.

Staughton anuiu.

– Toda a gente conhece. Já me deu muito trabalho. – Não quis dizer que algumas nódoas negras também. – Quando o Barnes morreu ele também estava lá. É um sacana duro de roer.

Barry conhecia o processo. Rafael não tivera nada a ver com a morte de Geoffrey Barnes, o seu predecessor.

– Preciso que me digas onde é que ele está agora.

Instantes depois um sinal vermelho intermitente apareceu num dos ecrãs, sobre um mapa.

– Está em movimento – informou Staughton continuando a bater com os dedos nas teclas do computador.

– Onde?

– Em França. A norte de Paris e a deslocar-se a grande velocidade.

No ecrã via-se o sinal vermelho a deslocar-se para norte no mapa. De cada vez que piscava tornava a aparecer mais a norte.

– Está onde? Num carro? – perguntou Aris.

– Não. Desloca-se demasiado depressa.

– Num avião? – sugeriu Barry.

– Não conseguimos localizar sinais de telemóvel em aviões. Aguarda um instante – pediu Staughton concentrado nas tarefas. Alguns segundos depois afastou o teclado e pegou no *joystick,* a imagem que pairava sobre a ilha britânica aproximou-se ainda mais e deslocou-se para sul, até se focar num objecto comprido e estreito que se deslocava muito depressa.

– O que é aquilo? – perguntou Aris que não estava a conseguir ver bem.

– O Eurostar – disseram Barry e Staughton em uníssono.

28

Os querubins conferiam solenidade à sala. Havia-os para todos os gostos artísticos, provavelmente encomendados ao mesmo escultor, mas talhados por pupilos diferentes. Os janotas, repletos de minúcia e floreados, com um brilho luminoso, os quezilentos que não tentavam sequer disfarçar a má disposição ou, numa análise mais apurada, irritação com alguém, os neutros que estavam ali como podiam estar noutro sítio qualquer, tanto lhes fazia. Alguns que não se sabia muito bem para onde olhavam, outros que encaravam quem quer os olhasse com uma expressão austera e aquele que Hans Schmidt reconhecera ser o mais engraçado, dado o contexto em que se inseria. Um querubim pequeno, que pairava mesmo por cima do cadeirão do prefeito, que lhe piscava o olho e colocava um dedo sobre os lábios a pedir silêncio ou, como Schmidt preferia pensar, a recomendar que não dissesse nada que o inculpasse. Tomou uma nota mental para ver quem fora o autor daquela façanha.

Hans Schmidt estava tranquilo, apesar da noite mal dormida devido aos acontecimentos que atormentavam Tarcisio, o mesmo quer dizer a Igreja, e que não seriam aludidos naquela audição. O assunto ali era outro, delicado também, mas numa esfera mais particular, entre a Igreja Católica Apostólica Romana e o padre Hans Schmidt, mas não tão arrebatador que pudesse colocar o futuro do mundo católico em cheque perante os crédulos e os não crédulos ao ponto de poder fazer desmoronar aquele pequeno Estado como um castelo de cartas. Não. Ali o único que poderia ser prejudicado, se assim o desejassem, seria o *Austrian Eis*, ainda que ele não aparentasse nada mais a não ser impassibilidade.

Schmidt levantou-se quando o prefeito da Congregação, na pessoa do cardeal William, entrou na sala de audições acompanhado pela sua própria corte de jurados, ainda que tal nome não fosse nunca usado. O secretário Ladaria seguia-o com mais cinco conselheiros, era este o termo preferido, que Schmidt conhecia. Todos traziam consigo dossiês com uma pilha de papéis. O austríaco sabia muito bem que aqueles homens sisudos e circunspectos haviam lido os seus escritos linha por linha e analisado palavra por palavra dos seus livros exausta e intensivamente para não deixar escapar nada. A Congregação empenhava-se muitíssimo nos seus desígnios.

Assim que o prefeito da Congregação se sentou todos os outros lhe seguiram o exemplo, assim como Schmidt que, antes de o fazer, deitou um último olhar cúmplice ao anjo que pairava sobre o cadeirão de William.

– Vamos dar início à audiência de aclaração requerida pelo prefeito desta Congregação em nome do Santo Padre, Bento XVI, ao Reverendo Padre Hans Matthaus Schmidt, estando em causa duas publicações da sua autoria intituladas *Jesus é vida* e *O Homem que nunca existiu* – proclamou o secretário Ladaria, também cardeal, com uma voz solene à qual faltava firmeza.

– É importante que tenha conhecimento que se trata apenas de uma audição. Nenhuma acusação foi pronunciada até ao momento – esclareceu William. – A Congregação tem dúvidas sobre alguns dos seus escritos e quer somente ser elucidada sobre elas, compreende?

– Perfeitamente, Reverendíssimo Prefeito.

– Peço-lhe que, por gentileza, responda às nossas questões o melhor que lhe for possível. Após esta audição a Congregação decidirá se é matéria injuriosa para a Igreja ou não.

Entendidas as regras e os pressupostos passou-se a palavra ao monsenhor Scicluna, um homem cujo rosto, enrugado pelo tempo, aparentava cerca de um século de existência. Obviamente, teria menos vinte anos ou mais, ou não obedecessem estes lugares consagrados por Sua Santidade ao limite da idade de 75 anos, hora em que, ainda que não perdendo as honras e regalias se aposentavam. Também a velhice e a senilidade, entre outras coisas, atacavam os homens de Deus Pai Todo-Poderoso. Todos eram iguais aos olhos Dele, sem excepção, graças a Deus. Quem saberia explicar por que uns aparentavam ter mais idade do que realmente tinham, enquanto a outros nem se dava pelo andar do tempo, também era matéria que só Ele poderia explicar... Para já.

– Reverendo Padre Hans Matthaus Schmidt – começou o monsenhor Scicluna com uma voz sumida. – Tendo lido, atentamente, as suas obras, confesso que me detive, primeiramente, nos títulos, certamente peculiares. Se intitula o primeiro de *Jesus é Vida*, com o qual concordo plenamente, devo dizer, ainda que lhe vá pedir que me explique certas noções que nele defende, intitula o segundo de *O Homem que nunca existiu*, sendo que, num e noutro, falamos da mesma pessoa. – Bebeu um pouco de água para amansar o protesto áspero da castigada garganta. – Portanto, a minha primeira pergunta terá de ser, obviamente, como é que Jesus é vida se, por outro lado, e isto são palavras suas, nunca existiu?

Schmidt adivinhara que este seria o primeiro quesito. Não que tivesse ensaiado respostas a hipotéticas perguntas, mas porque se adivinhava como algo lógico. Se os papéis se invertessem ele ver-se-ia a fazer aquela mesma pergunta.

Endireitou as costas na cadeira, mas não tanto que pudesse manifestar nervosidade ou inquietação, apenas porque lhe apeteceu, depois levou o seu tempo a abrir a garrafa de água de plástico que estava pousada na secretária à sua frente e despejou alguma no copo. Humedeceu a boca, pousou o copo e sorriu.

– Bom dia, Reverendíssimo Prefeito, senhor secretário e restantes conselheiros. Compreendo perfeitamente a sua dúvida, meu caro monsenhor Scicluna. Por um lado, Jesus é vida, por outro não existiu. Que ideia mais estapafúrdia... À primeira vista. – A sua voz reverberava na sala. Todos o escutavam com muita atenção e o querubim parecia ter fechado os olhos como se não o quisesse ouvir. – A mensagem que pretendo transmitir com esses dois livros é que se pode viver das duas formas. Não há uma maneira correcta, com Jesus e outra errada, sem Ele, ou, se quiserem, com outra divindade qualquer. – Schmidt reparou em alguns enrubescimentos e uma profunda irritação que crescia no rosto do monsenhor Scicluna que formulara a pergunta. Ele não estava ali para ser simpático. Entrara com muita força. – O que se pretende com *Jesus é a vida* é prover ensinamentos de como viver o dia-a-dia em Jesus, como é possível retirar a essência de todas as Suas palavras. Por outro lado, em *O homem que nunca existiu* promove-se exactamente a mesma coisa, sem Jesus, porque é possível viver em Jesus ou sem Ele, em Deus ou sem Ele. Qualquer Deus, entenda-se.

– Que diz? – insurgiu-se o monsenhor Scicluna, levantando-se e apoiando as mãos na grande secretária onde a comissão se sentava.

– Cheguei à conclusão que todas as formas são verdadeiras. A Bíblia judaica é verdadeira, a católica também e todas as outras. A Tora é verdadeira, assim como o Talmude e o Corão. Somos seres neurodivinais.

Um burburinho instalou-se entre os conselheiros, o prefeito e o secretário.

– Todas as formas de fé são verdadeiras, mesmo quem não acredita em nada está correcto – concluiu Schmidt com o mesmo tom cordato.

– Isso é uma heresia – denunciou o monsenhor Scicluna com as veias do pescoço tensas de fúria.

– E, no entanto – retrucou Schmidt –, aquilo que nesta sala é uma heresia, também o será numa qualquer sinagoga ou mesquita, mas não o é para quem verdadeiramente importa... Para mim.

William tapou o rosto com as mãos. Schmidt era um mentecapto. Sabia muito bem o que podia e não podia dizer naquela sala. Escolheu a segunda via... A mais difícil.

– Está a dizer que a Palavra e o Mistério são secundários e pouco importantes? – insistiu o monsenhor.

Schmidt negou com a cabeça.

– Não. Nada disso. Estou a dizer que a Palavra e o Mistério têm a importância que o fiel lhes quiser dar. – Deixou a ideia assentar. – Muita importância. – Uma pausa teatral – Ou nenhuma.

– O senhor colocou-se numa posição extremamente delicada – admoestou o monsenhor Scicluna com uma voz gélida e seca.

Schmidt levantou-se e encarou todos os presentes numa atitude que alguns poderiam considerar desrespeitosa.

– E, no entanto, todos os presentes sabem que eu tenho razão, não é verdade?

29

Não será decerto bom sinal quando um ritual se altera, especialmente se é coerentemente repetido, como um acto sacrossanto, sem variações de conteúdo e sentimento. O propósito dos ritos é reverenciar e evocar, venerar e honrar acontecimentos de relevância, sejam eles históricos, políticos, religiosos ou mesmo divinos e, por fim, não menos importante, pessoais.

O ano de 2010 ficaria registado no cofre de Ben Isaac, a 150 metros da casa grande, por baixo da barraca da ferramenta, como aquele em que se abriu por duas vezes, facto insólito em mais de cinco décadas.

Inseriu o código no teclado e deixou que o computador o reconhecesse como dono. Outra alteração ao ritual era a de que, desta vez, não descia os vinte degraus sozinho, mas com mais duas pessoas. As luzes fluorescentes acendiam à medida que avançavam e apagavam-se logo atrás deles, o que dava uma sensação de incessante escuridade na frente e atrás, o incógnito, o secreto.

– Não acredito que tiveste sempre isto aqui e nunca soube, Ben Isaac – reclamou Myriam afoita, atenta a todos os sons, os olhos bem abertos.

– Não podia, Myr. Quanto menos soubesses melhor – argumentou o israelita. Nunca era bom sinal quando Myriam o tratava pelo primeiro e último nome.

– Sou tua esposa, uma parte de ti. Não podes guardar segredos de ti mesmo.

Myriam estava visivelmente zangada e desiludida com ele. Ben, no fundo, dava-lhe razão, mas era assim que funcionava, prezava o que era seu, só seu, custava-lhe imenso levá-las ali.

O mecanismo abriu a pesada porta com um bafo e, durante alguns momentos, limitaram-se a olhar para o interior, imóveis. Myriam deu o primeiro passo, decidido, arrojado. Sarah seguiu-a e Ben foi o último a penetrar na sala que guardava os segredos.

Sarah não imaginara um espaço tão despido. Apenas três mostruá-rios, nada mais, paredes nuas, frias. Pensava que encontraria estantes com outros bens singulares, de menor significado, era certo, mas um mundo de relíquias sagradas com muitas histórias para contar. Nunca pensou que aquela sala grande apenas albergasse três mostruários. Juntou-se a Myriam que analisava os pergaminhos expostos no interior dos vidros. Não conseguiu perceber uma única palavra do que estava escrito. Letras rebuscadas, escritas de uma forma quase artística, imper-ceptíveis para ela.

– Consegue entender alguma coisa, Myriam? – atreveu-se a perguntar como se tivesse dado um estalo no silêncio constrangedor que se estabe-lecera.

Myriam olhava para o pequeno documento no primeiro mostruário e negou com a cabeça.

– Não. – Olhou para Ben Isaac. – É latim?

O marido anuiu.

– Não estudei latim, mas bem que me pareceu – proferiu Myriam com os olhos fixados no pergaminho. – Yeshua Ben Yoseph. É o que fala de Jesus em Roma – recordou mais para si própria que para os outros.

Deslocou-se para o segundo e encrespou o cenho. Sarah fitou-a sem saber se Myriam entendia o que estava lá escrito ou não. Para a jornalista era impossível destrinçar o que quer que fosse. Não era alfabeto romano como o anterior, mas um conjunto de caracteres estranhos.

– O que é isto? Hebraico antigo? – quis saber Myriam. A voz dela denotava preocupação.

– Aramaico – respondeu Ben Isaac que durante todo este tempo se manteve recuado a observar a esposa.

– Aramaico, claro. – Estudou o pergaminho com outros olhos. – De qualquer forma não percebo nada.

– O aramaico é parecido com o hebraico antigo. Muito pouca gente sabe falá-lo ou sequer lê-lo – explicou ele.

– É este o Evangelho? – inquiriu Myriam com a voz embargada.

Ben não respondeu. Quem calava consentia.

– Anda para a minha beira – pediu Myriam, ainda que parecesse uma exigência e não um pedido.

Ben aproximou-se, pé ante pé, lentamente, timidamente, como se pisasse chão instável até chegar junto de Myriam, que continuava a olhar atentamente para o Evangelho. Durante alguns instantes ninguém disse nada.

– Lê-mo – ordenou Myriam por fim.

– Myriam – suspirou Ben como se lê-lo fosse uma experiência espinhosa.

Myriam fitou-o com um olhar duro e dorido.

– Lê-mo.

Ben hesitou por alguns momentos. Sentia-se incomodado por revelar aquilo que somente ele e poucos mais tinham conhecimento. Myriam precisava de saber o que dizia o texto. Se aquele pedaço de pele de carneiro ou ovelha ou cabra ou cordeiro era mais valioso que uma vida humana, a do seu filho, do seu Ben que deixava o seu coração choroso numa mágoa tão cavada.

– Ah... – começou Ben.

Fosse intervenção divina ou coincidência do destino, estivesse este escrito ou não, o certo é que um toque providencial de telemóvel interrompeu a leitura. Era o de Ben Isaac.

– Desculpa, querida – desculpou-se Ben, afastando-se um pouco.

Sarah abraçou Myriam.

– Tenha calma. Tudo se vai resolver.

Ben Isaac pegou no telemóvel cujo toque anunciara uma mensagem. Alguma instrução dos raptores. Coitado do Ben Júnior. Lembrou a imagem do filho preso à cadeira, torturado, ensanguentado. Um arrepio percorreu-lhe a espinha. Olhou para o visor do telemóvel e abriu a mensagem. Não estava à espera de ler aquilo. Ficou tão transtornado que o coração acelerou subitamente. *Como é possível? Quem é esta gente?*

Leu novamente a mensagem na esperança que tivesse lido mal, mas não. O texto era o mesmo, tal e qual.

Se quer voltar a ver o seu filho com vida livre-se da jornalista.

30

Circunstâncias.

Toda a vida é um empilhar de factores desconhecidos e imponderáveis, não controláveis, totalmente imprevisíveis que se resumem a essa simples e poderosa palavra. Circunstâncias.

Raramente se pensa nelas ou sequer se lhes atribui algum valor, mas o facto de se virar à esquerda em detrimento da direita, de agendar uma viagem para determinada data e não outra, de decidir tirar um curso em vez de outro, tudo isso, e muito mais, mudará, por completo, as circunstâncias de todos e de cada um.

Rafael não era muito dado a pensar nas circunstâncias. Avaliava-as, sempre que tal se justificava, mas não perdia tempo a pensar no porquê de estar em determinado local em determinada hora sob determinadas interferências. Sempre que entrava num local estudava imediatamente todas as saídas possíveis. Deformidade profissional que não se podia chamar defeito, derivada de anos de entrega e empenho a missões perigosas e mergulhos no desconhecido, em nome de Deus. Minuto a minuto, hora a hora, o mundo pulava e avançava apagando o que fora e lançando uma névoa densa sobre o que estaria por vir.

Daí que não fosse, de todo, natural que Rafael ainda estivesse a cismar com Günter e em como este poderia estar vivo se ele não se lembrasse de lhe ir pedir ajuda no esclarecimento de certos indícios do crime que levara Yaman Zafer para junto do Criador. As desditosas circunstâncias.

Talvez o tempo o estivesse a embrandecer. Os anos passavam e as pessoas iam desaparecendo, restando apenas na memória e nos retratos. Se não tivesse ido à Igreja São Paulo – São Luís, Günter ainda viveria, assim como Maurice. Se não tivesse escutado aquelas palavras que o Santo Inácio, em pessoa, pronunciara há mais de quatrocentos e cinquenta anos. *Ad maiorem Dei Gloriam*. Se, se, se... O se não costumava fazer parte da equação, tão-pouco a especulação, o que podia ter sido. Rafael era um homem de acção e de reacção, não de reflexão e conjectura. Teria de fechar a página de Günter de uma vez por todas. Porventura tal só aconteceria quando resolvesse a situação. Tinha de desatar aquele embrulho.

– Gavache tem um grande problema entre mãos – disse Jacopo interrompendo os pensamentos do padre.

O comboio avançava a mais de trezentos quilómetros hora em direcção à estação de St. Pancras International, em pleno coração de Londres. Seguiam já em terras de Sua Majestade, a poucos minutos do destino.

– Gavache? E nós? – contestou Rafael.

Jacopo deixou-se ficar a remoer a resposta do clérigo durante uns instantes, enquanto olhava para o ecrã do computador portátil.

– Que tragédia – lamentou o historiador. – Por que será que o acólito fez aquilo?

– Não sei – respondeu Rafael. – Ninguém mata e se mata por nada. Algo de muito grave se está a passar.

– O rapaz parecia desesperado – comentou Jacopo, rememorando a cena que ainda estava vívida na sua mente. – Vamos ajudar o Gavache?

– Só na medida que lhe permita resolver os homicídios – deliberou Rafael. – Isto está tudo muito embrulhado.

– Pois está. E esta deslocação a Londres é estranhíssima – apontou. Teclou um endereço no teclado do computador. – O William podia ter sido mais explícito.

– Por vezes é melhor saber pouco – proferiu Rafael. – E é Cardeal William para ti.

Jacopo não acusou a censura. Continuava imbuído numa pesquisa documental à procura de indícios sobre o misterioso Ben Isaac.

A carruagem ia cheia de pessoas. Executivos a ultimar gráficos e tabelas para usar numa qualquer reunião importante, como as eram todas, muçulmanos que falavam ao telefone como se fossem os donos do mundo, turistas, casais, solitários à descoberta, bandidos, criminosos, que se pareciam com executivos, turistas e solitários à descoberta, mulheres bonitas, homens lindos, uns que liam livros eruditos de um qualquer filósofo francês com um título deslumbrante ou monótono, outros que liam o *bestseller* do momento que falava de mentiras sagradas e segredos do Vaticano, Sumos Pontífices e escolhidos de Deus, crimes por resolver e ditongos antigos de histórias mal contadas.

– Temos um problema com os jesuítas – acabou por dizer Rafael.

– Só agora é que sabes? – O sarcasmo de Jacopo era evidente.

– Não estou a falar de uma suspeita sem fundamento, nem de uma acusação sem provas – argumentou Rafael. – Vimos esta noite que há algum segredo que eles guardam... Com a vida.

Jacopo compreendeu o que Rafael queria dizer.

– Mas achas que é um *segredo* conhecido por todos os membros?

– Não sei – limitou-se a dizer, mas fora Maurice quem premira o gatilho, o que significava que, pelo menos, ali, as esferas mais baixas sabiam de alguma coisa. – Não sei – tornou a repetir.

– O Tarcisio vai reunir-se hoje com o Papa Negro. Talvez deva mencionar esse assunto – atalhou Jacopo.

– Só existe um Papa – refutou Rafael, denotando uma ligeira exaltação. – Não existe nenhum Papa Negro. Nunca existiu.

Jacopo mencionara a designação popular do superior-geral da Companhia de Jesus. O negro derivava do facto de os membros da Companhia trajarem dessa cor e também devido a um certo poder sombrio da Companhia. Dizia-se que o Papa Negro tinha mais poder que o próprio Papa e que o que habitava o Palácio Apostólico do Vaticano necessitava prestar vassalagem ao da Curia Generalizia, na Via dei Penitenzieri, a escassos metros um do outro, se queria ter um pontificado tranquilo. Lendas e mitos que careciam de legitimação avalizada.

– Chama-lhe superior-geral ou prepósito, se quiseres, mas o certo é que, neste momento, ele parece saber mais do que o Papa.

Rafael não quis admitir mas Jacopo tinha razão. Algo de tenebroso se passava na Companhia. Günter, Maurice, Zafer, Sigfried e Aragones eram a prova disso. Ben Isaac era a resposta para todo este *puzzle*, assim esperava o padre italiano.

Pensou nas últimas palavras de William quando este lhe telefonara com as novas instruções. *A sua amiga já está com eles.* Não esperava aquele desenvolvimento. A jornalista parecia estar sempre a meter-se à sua frente. Sem querer, era certo, mas sempre no caminho dele. Talvez isso quisesse dizer alguma coisa.

Aproveitou para informar o cardeal da tragédia que ocorrera na Igreja de São Paulo – São Luís. O prelado nada disse. Absorveu a informação e não quis saber mais detalhes. *Siga as instruções que lhe dei. Sem falhas. E não deixe que ninguém mate ninguém ou se suicide, desta vez.* Foi a última frase, sem um adeus ou até logo.

Depois, já em viagem, o David ligara. Estava em Roma e gostaria de jantar com ele. Habituado a analisar as situações em milésimos de segundo, pois só assim se garantiria a sobrevivência em certas alturas, aceitou jantar com ele nessa mesma noite. Teria de fazer com que tudo desse certo. Além do mais, era imperativo aterrar em Roma no final do dia. Não classificou a chamada de David. Fora um amigo de outra vida que já não existia. Pensou em não aceitar o convite, mas o americano poder-lhe-ia vir a ser útil no jogo da vida que decorria.

Os seus pensamentos foram interrompidos por uma campainha electrónica e uma voz feminina sensual.

Senhores passageiros, dentro de momentos chegaremos à estação de St. Pancras International. Certifiquem-se de que levam todos os vossos pertences convosco. Esperamos que esta viagem lhes tenha agradado e será um prazer reencontrá-los numa próxima vez a bordo do Eurostar.

– OK. Finalmente – rezingou Jacopo espreguiçando-se. Fechou a tampa do portátil e arrumou-o na mala.

O telemóvel de Rafael tocou no preciso instante em que o comboio abrandava significativamente para se fazer à plataforma que lhe correspondia. Atendeu e escutou durante uns segundos. Em seguida desligou sem pronunciar palavra.

– Tudo certo? – perguntou Jacopo, visivelmente fatigado.

Rafael anuiu com a cabeça. Ainda o comboio não se tinha imobilizado e já uma fila infinda se dirigia para a porta. Uma pressa imensa de sair, o afazer mais importante que qualquer outro. Rafael permaneceu sentado, assim como Jacopo, mais por deferência ao padre do que por vontade própria.

Assim que as pessoas começaram a sair para a plataforma exterior, Rafael olhou para Jacopo com uma expressão séria.

– Assim que pusermos o pé fora do comboio vamos fazer as coisas à minha maneira.

Jacopo anuiu e engoliu em seco.

31

– Concentração total, não tirem os olhos de cima deles – pediu David Barry, concentrando o olhar num grande monitor que apresentava várias imagens do interior da estação de St. Pancras International e algumas até de dentro do comboio.

Não havia melhor cidade que Londres para este género de vigilância. As milhares de câmaras que se espalhavam por toda a cidade propicia- vam uma vasta visão de tudo e todos em, praticamente, todos os locais públicos e com a proliferação das *webcams* caseiras e dos telemóveis não havia sítio que não pudesse ser vigiado. E, claro, a cereja em cima do bolo, as câmaras de alta definição dos satélites furtivos que velavam a terra, a seiscentos quilómetros de altura, e que tinham a capacidade de capturar a beata de um cigarro com maior pormenor que uma câmara convencional a um metro.

Barry parecia o comandante da Enterprise em plena batalha contra os Klingons. Estava no centro da sala, atento a todos os movimentos, pronto para ditar as ordens à medida que os acontecimentos se desenro- lassem.

– Quero ver e ouvir, malta.

– O comboio parou. *It´s showtime* – alertou Staughton, manobrando o *joystick* que controlava as câmaras de alta definição do satélite.

– Alguma coisa de Sugar Grove? – inquiriu Barry.

– Interceptamos duas comunicações da polícia francesa – comunicou Aris. – Já temos os nomes das vítimas. São quatro. Três em Paris e um em Marselha. – Estendeu uns papéis para Barry que olhou para os nomes.

– OK. Quero saber quem era esta gente. Todas as qualidades e defeitos, com quem se davam, que vida levavam, segredos, mentiras, actos heróicos, desde o tamanho dos sapatos até à raiz dos cabelos.

– É para já – acatou Samantha, tirando os papéis da mão de Barry.

– É para ontem – proferiu Barry meio a brincar, meio a sério.

As imagens mostravam vários ângulos das pessoas a sair do Eurostar, apressadas, metidas nas suas vidas, totalmente absortas da intrusiva invasão de privacidade, em nome da lei, que é a raiz de todas as probidades.

– Estão na plataforma – avisou Staughton.

– OK. Muita atenção. Não podemos perdê-los. Quem tem as câmaras da estação?

– Davis – respondeu o técnico com o mesmo nome.

– Olhos de lince, Davis.

– Pode deixar – afiançou ele. – Não vão a lado nenhum sem me levarem com eles – acrescentou confiante.

Na imagem apareceu Rafael, seguido de um outro homem, que se encaminhava para a saída da ampla estação.

– Quem é que está com ele? – perguntou Barry. – Quero saber quem é, minha gente. Nome, estado civil, número de contribuinte, em quem vota – ordenou com uma voz firme e resoluta. Era uma maneira floreada de dizer que queria saber tudo sobre o sujeito que acompanhava Rafael.

– Os agentes no átrio da estação estão em posição – avisou Aris.

Barry fitou Aris muito sério.

– Que agentes?

– Temos uma equipa no terreno.

Barry apontou para o monitor.

– Temos câmaras. São elas os nossos agentes no terreno. Tira-me essa gente de lá antes que ele os tope – ordenou irritado.

– Mas… – ia contestar Aris.

– Mas nada. É uma ordem. Tu não conheces o Rafael. Ele topa-os em três tempos. – Abeirou-se de Aris e falou pausadamente. – Tira-me a equipa de lá imediatamente.

– Stand-by, Travis – chamou Aris para um auricular, visivelmente desagradado.

Travis disse qualquer coisa através da estática.

– Abortar operação. Repito: abortar operação.

– *Roger*. Operação abortada – disse Travis.

Diversas câmaras continuavam a seguir um Rafael sério e compenetrado. Uma mão-cheia de técnicos controlava várias áreas para não deixar escapar nada. Os dois homens estavam na fila do serviço de fronteiras onde teriam de apresentar identificação para poder pisar solo britânico.

– Quem tem as câmaras do exterior da estação? – quis saber Barry, sempre um passo à frente do acontecimento.

– Davis – tornou a dizer o mesmo técnico.

– Para onde é que eles podem ir? Saídas?

– A estação tem cinco saídas. Uma para o metro, duas para St. Pancras Road e duas para Midland Road. Na rua podem escolher o autocarro, o táxi ou um carro alugado. Em último caso podem ir a pé – informou Staughton.

– Ou apanhar outro comboio para outro destino nacional – argumentou Aris.

Barry fez um gesto negativo com a cabeça.

– O que quer que eles tenham vindo fazer será em Londres – alteou a voz. – Atenção a todas as saídas da estação. Estamos a lidar com um profissional que nos mete a todos num bolso.

Alguns técnicos fitaram Barry admirados. Seria? Logo depois tornaram a concentrar-se nas imagens. Não podiam, de maneira alguma, perder o alvo.

– O suspeito está no átrio – informou Staughton. – Dirige-se à saída Norte de Midlands Road. É onde fica a praça de táxis.

Barry não perdia um pormenor do que se estava a passar. Rafael. Há quanto tempo não o via? Talvez mais algum cabelo branco, mas na soma de todos os factores aparentava estar em forma, como sempre. Olhos frios, calculistas, avaliavam o ambiente. Computara todas as saídas possíveis, mas o seu plano apenas ele, e só ele, o conhecia. Por muito que se fizessem filmes sobre o assunto, a Central ainda não conseguia ler mentes.

– Confirma-se saída pela Midland Road – comunicou Staughton. – A praça de táxis fica perto da First Capital Connect.

– Controla a saída, Davis – pediu Barry.

Viram Rafael sair com o sujeito ainda não identificado e aguardarem junto à fila de táxis. O padre levou a mão ao bolso e tirou o telefone. Alguém lhe ligara.

– Quero ouvir aquela chamada, minha gente – reclamou Barry. – Preciso de ouvir aquela chamada – pressionou.

– Directamente de Sugar Grove… – disse Staughton.

A voz de Rafael fez-se ouvir em toda a sala. Falava em italiano. *Acabamos de chegar. Seguiremos directamente para o local como combinado. Aguardamos o táxi.*

Deus te proteja – disse o interlocutor que depois desligou.

Depois viu-se a imagem de Rafael arrumar o telemóvel no bolso.

– Quem falou com ele? – questionou Barry agitado.

– Só um segundo – disse uma voz.

– Não temos um segundo – resmungou Barry.

– Alguém do Vaticano – respondeu Staughton.

– Merda – blasfemou Barry. – Merda, merda, merda.

– Porquê? – perguntou Aris.

– Não vamos conseguir saber quem lhe ligou – explicou o director.

– Quando as chamadas são efectuadas de e para o Vaticano, praticamente só conseguimos saber isso – acrescentou Staughton.

– Mas por que razão? – insistiu Aris.

– Porque é o Estado com mais telefones *per capita* – elucidou o técnico.

– Têm mais telefones que pessoas – acrescentou Barry.

Aris sorriu.

– Não é brincadeira – advertiu Barry com os olhos presos no enorme monitor. Rafael e o acompanhante eram os próximos da fila. Só faltava chegar o táxi que, entretanto, estava em falta. Era natural que com o aumento do fluxo de pessoas os táxis escasseassem por alguns minutos.

– OK, aí vem o táxi – disse Staughton.

Na imagem via-se um dos famosos veículos londrinos a entrar na via de entrada de passageiros.

– Atenção à morada – preveniu Barry. – Ouvidos à escuta.

Great Russel Street. ouviu-se Rafael dizer ao taxista.

– Great Russel Street. O que é que fica em Great Russel Street? – Barry com toda a genica controlava as operações. – Rápido, malta.

– Ah… – Staughton introduzia as informações no computador a toda a brida. – Bem me parecia. O British Museum.

– O British Museum. – Irritou-se. – Por que é que ele não se limitou a dizer British Museum? Temos acesso às câmaras do British Museum?

– Main Entrance, Great Court e algumas salas do rés-de-chão. Nem todas têm câmaras – disse Davis, o negro que controlava as câmaras de terra.

– OK. Quero uma planta do local e coloca-me agentes de prevenção – ordenou o director.

– OK– acatou Aris que, por sua vez, transmitiu as ordens via rádio.

– O táxi tem câmaras?

– Não – respondeu Davis prontamente. – Já verifiquei, senhor director.

– Trata-me por David, Davis.

Na imagem via-se o acompanhante a entrar para o veículo seguido de Rafael que antes de o fazer olhou para cima, para o céu, durante uns segundos.

– O que é que ele está a fazer? – questionou Barry curioso.

– A olhar para alguém. Há edifícios à volta? – observou Aris.

– Ele está a olhar para cima, Aris – contrapôs Staughton. – Talvez esteja a orar? – sugeriu.

Entretanto Rafael entrou no táxi que iniciou a marcha em direcção ao destino.

Barry suspirou e levou uma mão ao queixo.

– Está atento ao táxi, Davis. – Virou-se para Staughton. – Recupera a imagem e aproxima-a.

Staughton carregou numas teclas do teclado e em segundos recuperou a imagem de Rafael a olhar para cima. Assim que aproximou parecia que os olhos estavam a olhar directamente para a câmara do satélite.

– Sacana – praguejou Barry.

– Mas para onde é que ele está a olhar? – perguntou Aris concentrado na imagem.

Barry esboçou um sorriso retraído.

– Para nós.

32

Sarah sentira um arrepio gélido percorrer-lhe a espinha. Suores frios empapavam-lhe a testa e o medo apoderou-se dela. Fechou os olhos mas nem isso apagava a sensação de perigo eminente. O cano frio da arma encostou-se à nuca dela e o medo deu lugar ao pânico. Conseguia sentir o fim.

– Não faça isso. Por favor – conseguiu articular.

– A Sarah sabe de mais e, neste momento, é um empecilho para nós – disse a voz masculina. – A sua sepultura está cavada há muito tempo.

Como podia ser aquele o fim? Ao mesmo tempo tão lento e tão célere, imprevisível, desconhecido. O local era escuro, não se conseguia descortinar se era exterior ou interior. Apenas se via Sarah, de olhos fechados, a fazer uma força imensa para não os abrir, e o cano da arma encostado à nuca.

– Adeus, Sarah – disse a voz em jeito de veredicto.

Os membros de Sarah ficaram tensos, mas o pânico passou. Conformara-se.

– Francesco. – Foi a última coisa que disse antes de o rosto explodir num mar de sangue e tecido.

– Hora de acordar – ouviu-se uma voz masculina dizer ao que se seguiram dois estalos secos na cara.

Francesco acordou assarapantado. Estava deitado numa cama de casal. Foi acordado pelo mesmo homem que o abordara na Via del Cestari.

Trajava um fato Armani, de corte elegante, e mancava da perna esquerda. Francesco não saberia dizer se seria o mesmo fato ou outro, mas também não teve muito tempo para observar. O homem atirou toalhas e roupa na sua direcção.

– O quarto de banho é ali – informou apontando. – Tome um banho e vista-se. Tem cinco minutos.

– Onde estamos? – perguntou Francesco meio deitado, meio sentado.

– Algures – respondeu o outro secamente. – O tempo está a contar.

O homem virou-lhe as costas e saiu do quarto.

Francesco tentou lembrar-se dos estranhos acontecimentos da noite anterior, da saída de Sarah com o padre negro, da espera, do telefonema a pedir-lhe para ir à Piazza del Gesù e depois ao largo di Torre Argentina onde lhe apareceu o bêbado. Não conseguia lembrar o que acontecera depois. Só concebia ter sido drogado. Não podia crer que adormecera tão facilmente sem dar por nada, ainda para mais sem saber onde estava Sarah. E onde estaria ele? Ainda em Roma? Estava notoriamente num luxuoso quarto de hotel, mas não era o Palatino. Levantou-se e foi à janela. Abriu a cortina e deparou-se com uma amálgama de prédios que se espraiavam a perder de vista. Era de manhã. Em baixo o trânsito acumulava-se num frenesim buliçoso. Não reconhecia nenhum edifício em particular. Tinha uma certeza, porém, não estava em Roma.

Olhou para o relógio de pulso mas este desaparecera. *Que raio!* Procurou o telemóvel mas também não o encontrou. Na verdade todos os seus pertences haviam desaparecido. As roupas que o outro atirara eram novas. Sentou-se na beira da cama e levou uma mão a afagar a parte de trás do pescoço. Sentia-se cansado e desnorteado. Alguém tinha de ter respostas. Só não sabia se estava preparado para as conhecer.

Levantou-se e foi tomar um banho rápido antes que o homem manco regressasse ao quarto. Usou o champô e gel de banho do hotel, que era, sem dúvida, um cinco estrelas. Os caracteres que estavam impressos nos frascos eram imperceptíveis ao seu entendimento. Onde quer que estivesse não usavam o alfabeto romano. Lavou-se com água bem quente mas continuou a sentir-se imundo, uma sujidade peganhenta que lhe dava a impressão de se colar ao corpo assim que este secava. Estava abalado. Queria saber de Sarah. O coração apertava-se de ansiedade e exasperação. Faltava-lhe a única sensação que dava bem-estar ao ser humano:

controlo. Sem ele estava total e completamente perdido e não pensava somente em geografia.

O homem do fato Armani tornou a entrar no quarto quando Francesco apertava os sapatos. Olhou para o jornalista com uma expressão de menosprezo. Segurava a porta.

– Vamos. – Era uma ordem e não um pedido.

Francesco saiu, hesitante, não sabia que direcção tomar ou se devia ir à frente.

– Em frente – disse o outro.

– Vai dizer-me onde estamos? – perguntou Francesco.

– Não perca tempo a fazer-me perguntas – admoestou o outro. – À esquerda.

Francesco virou na direcção indicada. Era um corredor imenso com inúmeras portas, mas não entraram em nenhuma. Chegaram a um *hall* com elevadores.

– Carregue no botão – disse o homem do fato Armani.

Francesco obedeceu. Um casal de idade avançada saiu de um dos quartos e esperou com eles. A senhora cumprimentou-os em inglês.

– Bom dia.

– Bom dia – responderam ambos.

Francesco estava apreensivo.

– Não entre no próximo elevador – ciciou o desconhecido.

Uma campainha soou a avisar que o elevador chegara ao piso. Os dois homens deixaram o casal entrar no elevador e aguardaram. Assim que as portas se fecharam Francesco tornou a carregar no botão. Esperaram alguns minutos em silêncio até a campainha tornar a soar a anunciar a chegada. Francesco foi o primeiro a entrar. O homem do fato Armani carregou num botão que Francesco não conseguiu ver. As portas fecharam-se e a caixa elevatória começou a subir.

Foram poucos instantes mas a Francesco pareceu uma eternidade, com o perdão do exagero. À medida que subiam em direcção ao desconhecido ficava mais alvoroçado e aflito. Um pensamento invadiu-o com a suspeita de que o desconhecido iria atirá-lo do último andar e imaginou-se a cair, aos berros, desesperado, impotente, até ser travado pelo chão, em baixo. Por outro lado não parecia muito credível que, quem quer que estivesse por detrás daquilo, tecesse um ardil tão complicado para tão simples fim. Podiam-no ter matado em qualquer ocasião com muita facilidade.

Pára de pensar – ordenou a si mesmo. *O que for será.*

As portas do elevador abriram-se para outro corredor repleto de quartos. Francesco foi o primeiro a sair, ignorando completamente a luxuosa decoração.

– À esquerda – disse o outro que lhe seguia no encalço. – Sempre em frente.

Francesco cumpriu o ordenado. Avançou em passo prudente, nem depressa nem devagar, sempre à espera do pior, o que quer que isso significasse.

– É aqui – disse o outro que lhe tomou a dianteira. Era a porta de um quarto. Deu duas pancadas leves.

Ouviu-se um *Entra* provindo do interior.

O homem do fato Armani, sempre com cara de poucos amigos, abriu a porta e deixou Francesco entrar. Depois fechou-a deixando o jornalista com quem quer que estava no interior do quarto.

Francesco encontrou-se dentro de uma suite enorme. Quem quer que tenha dito para entrar não estava ao alcance da vista.

– *Buon Giorno* – ouviu um homem dizer. – Aproxime-se.

A voz provinha de uma divisão à direita. Francesco avançou, pé ante pé, e encontrou um homem muito velho, sentado numa cadeira, a olhar por uma grande janela. Vestia um roupão branco. Falara num italiano impecável, sem sotaque.

– Aproxime-se, Francesco – insistiu o velho.

Francesco avançou cautelosamente, não perdendo o idoso de vista. Quem seria?

– Quem é o senhor? – ganhou coragem para perguntar.

– Quem eu sou não é importante – limitou-se a responder.

Levantou-se a custo com a ajuda de uma bengala com uma cabeça de leão dourada no topo e acercou-se da janela. Francesco colocou-se ao lado dele e olhou para a cidade que se exibia à frente deles. Desta vez Francesco reconheceu-a. Nunca a tinha visitado. Reconheceu a cúpula dourada dos noticiários. À frente deles estendia-se a Cidade Santa de Jerusalém.

– Onde está a Sarah? – Era a pergunta mais importante.

– Ao serviço de Deus.

Que quereria dizer com aquilo?

– E o senhor também? – perguntou vagarosamente.

– Eu? – Sorriu. – Não. Eu não tenho dono. Trate-me por JC.

– JC? Isso quer dizer o quê?

– JC – repetiu o velho.

Francesco apontou para a cidade.

– O que estamos aqui a fazer? – Não conseguia disfarçar a irritação.

JC não respondeu logo. Contemplou a cidade durante alguns instantes e respirou fundo, depois, quando finalmente falou, fê-lo com a frieza de um icebergue.

– Jerusalém. Foi aqui que tudo começou... Será aqui que tudo vai acabar.

33

A Bíblia.

O mais prodigioso livro alguma vez escrito. Pudera, a maioria das palavras foram inspiradas por Deus e as que não sofreram essa inspiração divina foram escritas pela mão do próprio.

Levava a sempre consigo, numa edição de bolso gasta de tanta leitura. Dava especial atenção aos evangelhos sinópticos e ao de João, assim como aos Actos, mas o que realmente lhe preenchia a alma era o Apocalipse. Escolhera especialmente para este dia o *Disse-lhe Jesus: Eu sou o caminho e a verdade e a vida. Ninguém vem ao Pai senão por mim*, do Evangelho de João. Leu-o e releu-o até já não precisar de o ler e reler de tão entranhado que estava na memória. Passou os olhos para outro papel, aqueles que Deus chamava para junto de si e que ele teria todo o gosto em despachar. Três nomes, três pessoas a quem chegara o Dia do Juízo. Deus trataria deles e faria com eles o que bem entendesse, na Sua imensa glória.

Não nutria uma grande admiração pelo Antigo Testamento, embora também o tivesse lido várias vezes, com o maior dos respeitos. Contudo, vibrava com certas passagens, especialmente a de Abraão que, em certa medida e mal comparado, tinha alguma coisa a ver com ele, pois também cumpria a vontade de Deus sem olhar a quem. Não tinha dúvidas que mataria pai, mãe, filhos, se os tivesse, e se tal lhe fosse pedido. A fuga do

Egipto, liderada por Moisés, incluía-se entre as preferidas, encontrava grandes ensinamentos no Livro dos Provérbios, escrito pelo grande Salomão, filho do não menor David. O Livro de Job, as profecias de Jeremias e Ezequiel, Jonas no ventre da baleia, Noé, Absalão, Jacob, José, Jesus e muitos outros, a história de um povo que merecia todos os sofrimentos por que passaram e passavam. Afinal de contas, fora por culpa de Anás e do genro Caifás que o filho de Deus fora enviado para a morte. A ele via--se como um vingador, melhor, um anjo, um salvador que livrava do mal o mundo Dele. E, graças a Ele, fazia-o com extrema competência.

Cultivara um hábito com Ele que utilizava amiúde. Fechava o livro sagrado e pensava num acontecimento importante, que estivesse iminente na sua vida, e, em seguida, abria-o ao acaso e colocava o dedo sobre um versículo. Deus dir-lhe-ia o que entendesse através dessa frase aleatória, sancionando a ocorrência que proviria e nunca falhava, ou não fosse Ele omnipotente.

Fez o mesmo enquanto olhava o primeiro nome na lista de três que estavam por baixo da sentença *Deus Vocat*. Fechou o livro e abriu-o à sorte. Colocou o dedo sobre um versículo e leu-o. Um sorriso comedido inundou os seus lábios. *Bem sei eu que tu podes e nenhum dos teus pensamentos pode ser impedido,* do Livro de Job.

Deus sentenciara.

Uma travagem brusca anunciara que chegara ao destino. Olhou o relógio e desapertou o cinto. À hora certa.

34

– Tens a certeza que vai dar certo? – interpelou Jacopo.

– Não – respondeu Rafael.

Jacopo suspirou. A fria manhã londrina penetrava-lhe nos ossos. Desde o dia anterior que não paravam. Precisava de repousar. Tentou dormir no comboio, mas sem sucesso. Não estava acostumado a ver pessoas morrer à sua frente. Günter e Maurice foram os primeiros e não foi aprazível. Admirava a presença de Rafael. Ajudou Gavache com as diligências, deu todas as informações que lhe pediram de uma forma sucinta como se não tivesse assistido a uma tragédia, como se não tivesse perdido um amigo. Provavelmente já perdera tantos e de tão diversas maneiras que se tornara em mais um. A vida vacinava contra tudo. Um arrepio frio perpassou-lhe a espinha, a imagem de um tiro a rebentar-lhe os seus próprios miolos. Não queria ser o próximo amigo de Rafael a morrer... Mais um.

– Se me vejo em Roma até digo que é mentira – confessou Jacopo.

– Esta noite já dormes com a Norma – asseverou Rafael.

– Assim espero – almejou Jacopo, lembrando-se da esposa que, por norma, não tinha paciência para aturar. A sua voz esganiçada a pedir-lhe dinheiro para as compras já não lhe parecia tão desafinada.

– Lembras-te de tudo? – quis certificar-se Rafael.

– Sou um historiador. Claro que me lembro de tudo – brincou o outro para aligeirar o ambiente.

– Um historiador tende a lembrar-se das coisas de uma maneira muito própria.

– Achas que vamos conseguir? – Uma pergunta séria.

Rafael não respondeu.

– Lidar com Ben Isaac é lidar com Jesus Cristo – asseverou o historiador. – Não vai ser nada fácil.

– Se fosse fácil não estarias aqui – reiterou Rafael.

Isso Jacopo tinha de reconhecer. O Santo Padre não o enviava para qualquer lugar. Na verdade o mais certo era que o Santo Padre nem tivesse conhecimento que o enviara para lado algum. Era demasiado insignificante para que ele sequer soubesse o seu nome. O secretário era quem dava as cartas, o mediador entre a terra e o deus que descansava no palácio apostólico, depois de uma temporada em Castel Gandolfo que terminara em Outubro. Apesar de não crente, Jacopo era em quem Tarcisio mais cria para desempenhar o ofício para o qual fora solicitado. Avaliador de obras de arte e documentos antigos. E esta função que desempenhava havia largos anos fora a principal responsável pela perda da fé. Milhares de pergaminhos, papiros, ossários, potes e moedas lhe passaram pelas mãos. Se um documento apontava numa direcção logo apareceria outro a desdizer o primeiro. Havia uma noção errada acerca das pessoas que viveram na Antiguidade. A maioria das pessoas imaginavam-nos como uns selvagens, pouco higiénicos, que viviam pouco, se matavam uns aos outros e andavam sempre em guerra. Essa noção não podia estar mais errada. Eram pessoas tão inteligentes como o Homem moderno, somente com limitações ao nível das vias de comunicação. No restante, tudo que o mundo era hoje a eles se devia, para o bem e para o mal.

– Great Russel Street – avisou o taxista.

– OK – disse Rafael que logo se virou para Jacopo. – É agora.

– Estou pronto.

– É bom que estejas. Não te esqueças que nem tudo é aquilo que parece.

– A quem o dizes – disse Jacopo com um ar sôfrego. – Espero que o Robin colabore. Não deixes que o matem nem que se mate.

– Isso já não depende de mim – asseverou Rafael. – Cumpre a tua parte e deixa-o ser ele a decidir como quer cumprir a dele.

– É assim que fazes?

– É assim que se sobrevive.

35

Nem tudo é aquilo que parece. Quem diria que um simples táxi londrino, mais um a juntar aos milhares que palmilham a capital britânica diariamente, poderia ser alvo de um olhar mais atento das autoridades secretas norte-americanas?

David Barry mantinha-se no posto de comando atento a todos os pormenores transmitidos pelos ecrãs e, simultaneamente, prognosticando situações e precavendo-se para elas.

– Great Russel Street – avisou Staughton.

– A equipa está no terreno? – perguntou Barry.

– Afirmativo – assegurou Aris. – Preparados e à espera.

– Lembrem-se, estamos apenas a observar. Qualquer alteração a esta disposição terá de partir de mim e só de mim. Não quero nenhuma atitude extemporânea, entendido?

Aris, Staughton, Davis e outros técnicos inominados anuíram com um OK individual para que não restassem dúvidas.

Samantha entrou na sala de controlo nesse preciso momento. Barry olhou para ela.

– Que tens para mim?

Samantha fez um relatório breve sobre cada uma das vítimas e principais factores profissionais e pessoais. Barry escutou atentamente enquanto mantinha o olhar nos monitores.

– Jesuítas? – proferiu Barry quando Samantha terminou o relato. – Denominador comum?

– Todos trabalharam para o Vaticano, mas a tempos diferentes – informou Sam.

– Só? – Barry não queria que nada escapasse.

– Aparentemente, sim. Estou ainda a apurar que trabalhos fizeram para a Santa Sé. Ainda que em tempos diferentes podem ter trabalhado no mesmo projecto – aventou Sam.

– Bem visto – alteou a voz. – Temos as câmaras do museu?

– Estão comigo – disse Davis.

– Staughton, mãos no satélite. Vamos depender dele nos primeiros metros.

– Está seguro. Não vai a lado nenhum – assegurou o técnico.

– *Stand-by*, minha gente – alertou Barry.

O táxi entrou na Gower St. e logo a seguir virou à esquerda para a Great Russel St., a rua do museu, cujo gradeamento ficava à direita. Estacionou. Durante uns instantes nada aconteceu, mas depois os dois passageiros que haviam entrado em St. Pancras International saíram para enfrentar o tempo frio.

– Staughton, estão contigo.

O técnico, tão habituado a estas situações, manobrava o *joystick* com calma. Aproximou a imagem até se ver os dois homens atravessarem a rua e entrarem nas portas gradeadas do museu que, àquela hora, já tinha milhares de visitantes. Era o grande museu da história humana, ali podiam ver-se milhões de peças dos cinco continentes, dos lugares mais remotos às civilizações mais antigas, toda a história do Homem, de fio a pavio.

As colunas coríntias perfilavam-se imponentes marcando a separação entre os dois mundos, o frenético moderno e o passado defunto.

Os dois homens percorreram as poucas dezenas de metros que separavam o perímetro gradeado das gigantes portas do edifício.

– Atenção aos agentes no terreno – avisou Barry.

Aris comunicou com os seus homens.

– Não facilitem. Não quero que ele os detecte – advertiu o director.

– Vão entrar no edifício – disse Staughton. – Agora é contigo, Davis.

As câmaras do Great Court do museu, um átrio enorme abrigado por uma cobertura de vidro tecelado, passaram a ser os olhos da sala de controlo. Os vários ângulos do Great Court apareceram no monitor central.

– Cá estão eles – disse Davis.

– Para onde é que eles podem ir? – perguntou Barry.

Staughton fez sobressair uma planta do edifício no seu monitor. Aproximou o local especificado e enumerou as possíveis saídas.

– Há algumas possibilidades – mencionou Staughton. – Podem entrar na Reading Room, a biblioteca circular no meio do Great Court que só tem uma entrada e uma saída. À direita do Great Court podem sair para a King's Library, à esquerda para o Ancient Egipt Room ou em frente para a The Wellcome Trust Gallery. Qualquer dos locais tem ligações a outras salas do museu.

– Temos o Great Court bem coberto com câmaras, portanto é melhor colocar os agentes nessas saídas. Não podemos perdê-los – ordenou Barry. – O que é que eles estão aqui a fazer? – perguntou mais para si do que para os seus colaboradores. – Qual é o teu plano Rafael?

– É um bom local para um encontro – sugeriu Aris. – Temos de admiti-lo.

Barry não disse nada mas concordou mentalmente.

Nas imagens continuava a ver-se os dois homens em vários ângulos, a preto e branco.

– Aproxima mais a imagem, Davis – pediu o director.

– Está no máximo.

O máximo não era muito e, a acrescentar a isso, faltava-lhe a resolução da imagem de satélite. Não eram câmaras feitas para vigiar, mas apenas para fiscalizar e dissuadir.

– Avançam em direcção ao café – avisou uma voz via rádio. – Estão a passar por mim.

– OK, Travis – disse Aris. – Mantém-te afastado.

Havia dois cafés encostados à extremidade norte do Great Court. Serviam bebidas quentes e frias, salgados e doces, sanduíches com recheios variados, para carnívoros e vegetarianos, judeus, árabes e fiéis de outros credos aos quais também a sua Igreja tivesse mão naquilo que podiam comer. Ninguém ficava de fora. Os dois alvos escolheram o da direita que tinha uma fila com cerca de cinco pessoas.

Barry estava impaciente. Demasiado *suspense* e pouca informação. Tinha de haver mais do que aquilo.

– Vão comer? – duvidou.

– Tudo indica que sim – confirmou Staughton.

Barry olhou para o técnico com uma expressão de quem tivera uma epifania.

– Consegues ver pela vidraça do grande átrio?

Staughton endireitou-se na cadeira e voltou a pegar no *joystick*.

– Se não estiver a reflectir demasiado sol...

A imagem que pairava no exterior do edifício avançou sobre ele até encontrar a vidraça. O reflexo na parte leste era imenso e ofuscava qualquer imagem, apenas um brilho branco muito forte, mas quando passou a Reading Room já aparecia nítida e captava o movimento abaixo.

– Boa – exclamou Barry. – Vai para junto deles e aproxima a imagem.

Staughton cumpriu o pedido com rapidez e, em segundos, a imagem estava sobre eles. Jacopo à frente na fila do Court Café, Rafael atrás.

Alguma coisa não estava bem neste cenário. Barry sentia o cheiro do bizarro no ar e abanava a cabeça em negação.

– Que se passa? – perguntou Aris que dera pelo gesto.

– Alguma coisa não bate certo – limitou-se a dizer.

Aris olhou para a imagem, assim como todos os outros. Sentiam-se como se estivessem a perder algum pormenor que o director detectara. Seria? Tantas câmaras e agentes e o director vira mais do que eles.

– Que se passa, David? – insistiu Aris.

Jacopo e Rafael continuavam na fila. Estavam duas pessoas à frente deles para serem atendidas.

– Que grande sacana – praguejou Barry.

Os outros continuavam na ignorância. Barry pegou no telemóvel pessoal e marcou um número, em seguida colocou em alta voz para toda a sala ouvir. Um *bip* indicava que começara a chamar no número de destino. Os colaboradores continuavam a não perceber.

– O que é que está errado nesta cena? – perguntou Barry.

Ninguém respondeu. Olhavam para o director e para a imagem sem perceber.

– Alguém sabe? – questionou Barry.

Aris foi o primeiro a perceber.

– Não está a tocar ali.

– Manda avançar os homens, Aris. Detenham-nos, *sem dar espectáculo* – frisou o director.

Aris deu as ordens aos homens via rádio. Nas várias câmaras internas do museu conseguia ver-se os agentes a dirigirem-se ao café do lado direito.

– Sem dar espectáculo – repetiu Barry.

– Que se passa, David? – insistiu Staughton.

Barry levantou a mão a pedir silêncio. Não descolava os olhos do monitor central.

Os dois homens avistaram os seis agentes que vinham de lados diferentes com os olhos postos neles. Não demoraram muito a sair da fila e começar a correr em debandada.

– Lá se foi o *sem dar espectáculo* – censurou Barry, que depois se virou para Staughton. – O táxi. Consegues apanhá-lo?

Staughton mirou-o sem perceber.

Jacopo e Rafael foram apanhados rapidamente e levados para o exterior do edifício.

– Identifiquem-nos – ordenou Barry. – Rápido.

Nas imagens via-se um dos agentes a revistar os homens.

– Temos aqui um Jacopo Sebastiani, italiano e um... Steve Foster, inglês... taxista.

Staughton entendeu enfim o pedido de Barry.

– Vai levar tempo a encontrá-lo – disse em jeito de desculpa.

– Que filho da... – tornou a praguejar Barry.

– Ah! – interrompeu Travis, via rádio. – O italiano pediu para transmitir ao director uma informação.

– Qual é? – perguntou Aris.

– Às 8 da noite no Osteria de Memmo I Santori, Via dei Soldati, número 22. Não se atrase para o jantar.

Barry estava encolerizado, mas tentou não o dar a entender à equipa. Rafael fizera deles idiotas chapados.

Nem tudo era aquilo que parecia.

36

– Essa história parece a de um romance barato escrito por um escritor chanfrado.

– Antes fosse – atalhou Ursino. – É a mais pura das verdades, Jonas.

O cenário não podia ser outro senão o da sala das relíquias que Ursino superintendia religiosamente todos os dias úteis.

Jonas estava confortavelmente sentado no cadeirão, de perna cruzada. Trajava um fato preto com camisa a condizer e sapatos no mesmo tom enquanto escutava da boca do amigo os acontecimentos da noite anterior. Não havia segredos entre eles, a amizade não escolhia idades, apesar da de Jonas ser metade da de Ursino.

– Então mataram um padre em Jerusalém e raptaram o filho do tal Ben Isaac? – resumiu Jonas com as mãos atrás da cabeça numa pose descansada.

Ursino deu-lhe uma sapatada na perna que estava por cima com um ar reprovador.

– Tu só guardas as coisas pela metade, rapaz. E mais o turco e o alemão, em França. – Depois levou uma mão silenciadora aos lábios. – Isto não é para repetir em lado nenhum.

Foi a vez de Jonas exibir um ar ofendido.

– Quando é que alguma vez repeti o que aqui foi dito? E olha que tu falas muito.

Ursino tinha de concordar com o amigo. Jonas visitava-o de tempos a tempos. Haviam-se conhecido no ano do jubileu, num jantar de angaria-ção de fundos para as crianças esfomeadas do Magrebe, ainda que o título oficial do evento fosse mais faustoso, e a sintonia foi total. Quem os apresentou foi outro amigo, o padre Hans Schmidt. E graças a Deus que o fez. Conversaram a noite toda e muitas outras depois dessa. Jonas era missionário, andava sempre em viagem, mas nas visitas regulares que fazia à Santa Sé não deixou de ir ver o amigo à sala das relíquias. Depois voltava às selvas, aos mosquitos, à fome, aos iliteratos, às guerras, à into-lerância, à ignorância e à enfermidade. Certa altura, não fazia muito tempo, Jonas ficara sete meses sem dar notícias. Quando Ursino já temia o pior e ia pedir ao secretário que, por amor a Deus, o descobrisse e lhe trouxesse novas do seu bom amigo, boas ou más, as que fossem, Jonas deu sinais de vida, enfermado, mas com o mesmo espírito de missão que se lhe conhecia. Uma febre atirara-o para uma cama dentro de uma palhota, no meio de Angola, durante meses e só Deus o conseguiu salvar, já que não houve ablução ou untura capaz de o fazer. Ursino gostava de Jonas, provavelmente, mais do que de qualquer outra pessoa, provavel-mente, porque não havia mais ninguém para gostar, a não ser o Santo Padre e o secretário e Deus, mas com esses não podia dar uma boa gar-galhada nem dizer palavrões, e passavam muitos meses sem lhes pôr a vista em cima. Talvez por isso falasse de mais com Jonas, ainda que este já tivesse dado provas que era da máxima confiança.

– Mas quem quer que seja está muito bem informado – retomou Ursino enquanto transportava, cuidadosamente, um resquício da patela de São Tomás de Aquino para enviar para a igreja com o mesmo nome que fora construída em Campinas, no Brasil.

– Então, porquê? – perguntou Jonas, mexendo sorrateiramente numas migalhas que estavam em cima de um pano de linho na secretária.

Ursino pousou a patela com menos cuidado do que gostaria e deu uma lambada na mão do outro.

– Deixa o escafóide de Santa Teresa em paz.

– Isso é o escafóide?

– O que resta dele – explicou Ursino enquanto envolvia as *migalhas* que haviam sido o escafóide de Santa Teresa no pano de linho para protegê-las da curiosidade de Jonas.

– Então porquê? – repetiu a pergunta o missionário.

– Porque sabem dos ossos de Cristo.

– O quê? – Jonas ficou tão assarapantado que se levantou. – Como podiam eles saber disso?

– Não me perguntes. Menos de dez pessoas tinham conhecimento, pensava eu. Três estão mortos. Os outros são eu, o secretário, o Papa, o Adolfo... – Estava a fazer contas de cabeça. – E é só.

– E eu – acrescentou Jonas.

– Tu não contas.

– Três dos Cinco Cavalheiros estão mortos. Faltam dois – vaticinou o missionário.

– Como é que sabes dos Cinco Cavalheiros? – inquiriu Ursino verdadeiramente admirado.

– Tu é que me falaste neles no ano passado, velho bacoco.

– Os outros dois não são fáceis de apanhar – aventou Ursino.

– Por que não?

– Estão bem protegidos pelo muros do Vaticano.

Deixaram o silêncio espraiar-se pelos armários repletos de história humana, um verdadeiro hino à sua existência. Ursino sentou-se num pequeno banco para descansar os ossos. Jonas batia um pé frenético no chão, num ritmo que só ele conhecia.

– Pode-se fumar? – perguntou Jonas.

– Lá fora – apontou Ursino. – Esse vício ainda te vai matar.

– O médico já me desenganou – argumentou o outro calmamente.

– Ai sim?

– Sim. Tenho uma esperança de vida de 70, 80 anos – galhofou.

– Sacana – bufou Ursino. – Quanto tempo vais ficar desta vez? – mudou de assunto.

– Só esta noite.

Tão pouco tempo – lamentou Ursino sem verbalizar. Gostava de ter o amigo com ele. Normalmente entrava mudo e saía calado. Passavam-se dias sem que pronunciasse uma palavra. Ao fim de algum tempo dava por si a grunhir como um homem das cavernas. Às vezes gritava para dar trabalho à laringe despeitada. Um telefonema fazia com que ficasse sorridente o resto do dia. O dia anterior e esta manhã eram a excepção que toda a regra tinha.

– Para onde vais a seguir? – quis saber Ursino.

– Conheces um padre chamado Rafael Santini? – perguntou Jonas por sua vez, negligenciando a pergunta do amigo.

Ursino estranhou a pergunta.

– Conheço. Porquê?

– Precisava encontrá-lo. Sabes do paradeiro dele?

– Conhece-lo donde? – inquiriu Ursino apreensivo.

– Não o conheço. Por isso te pergunto como posso encontrá-lo.

– Não podes – respondeu abruptamente. Em parte sentia ciúmes por Jonas querer conhecer Rafael, mas não era por essa razão que respondia dessa forma bruta. – Quem te falou dele?

– Está aqui nesta lista – disse o outro atirando um papel para cima da secretária.

Ursino pegou no pequeno papel e leu-o. Encontrou o nome de Rafael a seguir ao seu próprio.

– O que é que o meu nome está aqui a fazer? – Não estava a perceber nada. – E o que quer dizer isto em cima? – Referia-se ao título que dominava a parte superior central com letras garrafais. Dizia *Deus Vocat*.

– Deus chama – disse o outro.

– Sim, isso percebi. Sei latim.

Jonas acercou-se dele e acendeu um cigarro.

– Não ouviste o que eu te disse sobre fumar aqui dentro? – vociferou Ursino levantando-se também.

Jonas enfiou um pedaço da fíbula de um santo inominado pelo olho do amigo adentro. A santa relíquia também servia de arma nas mãos erradas. O milanês deu um grito breve e caiu sobre os joelhos pesadamente, sempre com Jonas a empurrar o osso mais para dentro.

– Jonas! – sibilou Ursino num esgar doloroso.

– Os mortos não falam – deliberou o outro, arrancando subitamente o osso e desviando-se do jorro de sangue que brotou do lugar onde outrora havia um olho. Ursino, ou o corpo que fora dele, quedou ajoelhado durante algum tempo antes de tombar para trás flectindo as pernas que ficaram por debaixo dele. – *Ad maiorem Dei Gloriam* – murmurou Jonas. – O teu Jonas morreu hoje contigo.

O homem fitou o cadáver como se o estivesse a ver pela primeira vez.

– *Bem sei eu que tu podes e nenhum dos teus pensamentos pode ser impedido.*

Benzeu-se antes de pegar no papel e abandonar a sacra sala das relíquias onde repousavam as testemunhas silenciosas da História.

37

Não deixava de ser peculiar como figuras decorativas, estáticas e imutáveis parecessem mudar de estado de espírito conforme a cena que estivessem a testemunhar. O mesmo querubim rebelde e traquina que colocava o dedo sobre os lábios a pedir contenção ao reverendo padre Hans Schmidt parecia agora de olhos arregalados num clamor silencioso por juízo.

– A sua teoria é de que a mente é nossa inimiga – citou o cardeal Ricard, outro dos conselheiros, com um sorriso sarcástico.

– Deixámos que ela nos possuísse – acrescentou Schmidt com serenidade.

– Importa-se de explicar? Desenvolva, por favor.

– Com certeza. A nossa mente, a voz que temos na nossa cabeça que nos diz para fazer isto ou aquilo, que julga, que reage às situações, foi criada com uma determinada finalidade. Ajudar-nos do ponto de vista prático. Assim como o nosso sistema imunitário memoriza as características do agressor para debelar os constantes ataques, a principal finalidade da nossa mente é essa. Nunca colocamos a mão no fogo porque sabemos que ele queima. Como sabemos isso? Armazenamos essa informação. Serve também para raciocinarmos. Infelizmente, adulterámos todo o objectivo da criação da mente deixando que ela nos possuísse.

Todos os presentes olhavam para Schmidt com visível interesse. Um ou outro abanava a cabeça em jeito de desaprovação, mas ouviam com a maior atenção.

– Não somos aquele que pensa? – contrapôs o mesmo cardeal.

– Não, Eminência. Somos aquele que tem a noção que pensa, o que é muito diferente. Se conseguimos ouvir os nossos pensamentos então somos aquele que ouve.

– Está a dizer que alguém pensa por nós? – interpôs um outro conselheiro.

– Não – sorriu. – Estou a dizer que damos demasiado valor ao pensamento. O pensamento existe para efeitos práticos, não para conjecturas ou previsões. O pensamento existe para me dizer que está frio lá fora e por isso tenho de me agasalhar e não para me dizer *Ó diabo, está frio lá fora. Raios partam o tempo.* Isso já é um condicionalismo totalmente escusado que vai ter consequências, neste caso, no meu humor. Por que hei-de ficar irritado por estar frio? O clima é o clima.

– Mas é através do pensamento que sei quem sou, quem fui, que tenho a noção da minha história – argumentou o primeiro cardeal.

– Uma falsa noção do eu. Uma falsa noção da sua própria história. O eu é a raiz do problema.

– Que diz? Falsa porquê?

– Porque está tudo misturado aqui – apontou com um dedo para a cabeça. – O real, o irreal, a imaginação, o passado, os desejos, os sonhos.

– E não seremos capazes de discernir o real do sonho?

Schmidt parou por momentos e esboçou um sorriso.

– Vou dar-lhe um exemplo. Recorde a última viagem que fez – disse para o cardeal.

– Muito bem – acatou a Eminência.

– Pode dizer-nos onde foi?

– Certamente. À Croácia. Estive em Zagreb alguns dias.

– Recorde um local de Zagreb onde tenha estado.

– Estou a fazê-lo.

– Onde é?

– Na Catedral de Zagreb.

– Agora coloque-me lá ao seu lado. Consegue ver-nos a tomar café numa esplanada na Jelacic Square?

O cardeal nada disse e o sorriso sarcástico apagou-se dos lábios.

– Nós não conseguimos discernir o que aconteceu do que gostaríamos que tivesse acontecido ou de uma sugestão do que possa ter acontecido – explicou Schmidt com paixão. – O passado não serve para nada.

Não é para recordar nem para reviver mentalmente. Foi como foi e não há nada que se possa fazer para alterá-lo. Não vale certamente a pena chorar por ele, não vale a pena julgarmo-nos e aos outros pelas atitudes tomadas. – Uma pausa breve. – A salvação está e sempre esteve no presente. Só podemos fazer a diferença na nossa vida Agora. Nem ontem, nem amanhã, só Agora.

A sala olhava-o estática. Prefeito, secretário, cardeais conselheiros mexiam desconfortavelmente em papéis ou nas cadeiras, impacientes, constrangidos, tosses secas, excesso de catarro.

– Pergunto-me – começou o secretário – se tem a noção das barbaridades que tem dito a esta congregação. Será que está consciente de que está a conspurcar este espaço sagrado com um monte de heresias?

Ouviu-se um burburinho concordante e viram-se meneios de cabeça da extensa mesa.

– A salvação está sempre em Nosso Senhor Jesus Cristo – acrescentou o secretário, procurando a anuência do prefeito.

– Concordo com Sua Eminência – afirmou Schmidt.

– Mas não na totalidade – acrescentou o cardeal Ricard.

– Não é importante a extensão da minha consonância. Como disse anteriormente, crer ou não crer está sempre correcto.

O cardeal levantou-se indignado.

– Só há uma crença – vociferou. – Em Nosso Senhor Jesus Cristo. Foi ele quem disse que o reino de Deus está próximo. – Levantou um dedo no ar como se tal sancionasse o que dissera.

Schmidt deu uma gargalhada.

– Jesus quando disse essa frase não estava a falar de tempo.

– Estava a falar de quê então? – perguntou o secretário Ladaria.

O *Austrian Eis* fitou a plateia que o olhava de cima com um sorriso genuíno. Aquilo divertia-o imenso.

– De distância.

– De distância? Explique isso, por favor. – Foi a vez do prefeito William perguntar. Estivera calado durante toda a sessão.

– Jesus queria dizer que o reino de Deus, a salvação, estava próxima, ou seja, estava perto, estava ao alcance de qualquer um. Mas Ele não se referia a um lugar... – Deixou as palavras assentarem em todos antes de prosseguir. – Referia-se a um estado.

– A um estado – repetiu o secretário como se despertasse de um transe. – E que estado era esse?

– O estado iluminado.

Toda a congregação aguardava uma explicação.

– Jesus viveu quase sempre nesse estado – explicou Schmidt. – É o que acontece quando se vive sem o permanente controlo da mente. A mente julga, classifica, rotula tudo o que a rodeia. É quente, é frio, é mau, é bom, é um idiota, é um ladrão, é tudo uma conspiração contra nós... Tudo o que nos passa pelos olhos sofre uma classificação instantânea, sempre 100% fidedigna naquilo que nos diz respeito. Acontece-nos muito conhecermos uma pessoa e em cinco minutos ficamos com uma opinião vincada. Ou gostamos ou não, segundo a *nossa* classificação mental. Nada é mais errado.

A indignação crescia perante os conselheiros. O prefeito era o único a não exibir qualquer reacção.

– Jesus não julgava nem classificava as coisas. Estava num permanente estado de iluminação. Sempre ligado à energia vital e universal. Não julgava, não fazia previsões, não pensava em problemas que nunca sabia se haviam de acontecer, nem nunca tentava imaginar como correriam as coisas, porque as coisas nunca acontecem como se imagina. Jesus não vivia no passado nem no futuro, apenas no único estado em que se podia e pode viver, o presente. *Olhai como crescem os lírios do campo. Não trabalham nem fiam,* dizia Ele. Não há outra maneira de viver. Não se pode fazê-lo a pensar no que há-de ser daqui a cinco minutos ou dez ou uma hora, um dia ou um ano, só podemos fazer a diferença Agora. E Jesus fez toda a diferença vivendo dessa forma.

Ninguém voltou a pronunciar palavra durante algum tempo. Não se saberia dizer quanto, mas fora bastante. Os conselheiros tentavam assimilar as palavras ultrajantes que o reverendo padre austríaco havia pronunciado com um fervor apaixonado. Toda aquela sessão fora uma horrenda profanação do sagrado, um sacrilégio. Numa atitude que Schmidt poderia ter considerado desrespeitadora se fosse um homem dado a classificações e rótulos, os conselheiros começaram a cochichar entre si. William ficou arredado da conversa no início, mas logo foi chamado a intervir no murmúrio que se tornou num burburinho e depois numa altercação acalorada.

– Senhores – irrompeu a voz de Schmidt de quem já ninguém se lembrava. – Reverendíssimo prefeito, senhor secretário e eminências, compreendo perfeitamente que não concordem comigo. Quero transmitir-lhes que o meu primeiro dever e prioridade é para com a Igreja que sirvo e acatarei, qualquer que seja, a pena com humildade e abnegação. – Nesta última parte baixou a cabeça em jeito de submissão e inclinou-se até mostrar o pescoço nu para evidenciar que estava à mercê.

O prefeito da Congregação para a Doutrina da Fé levantou-se da sua cadeira, adoptou a pose altiva própria da função ocupada e olhou para o reverendo padre Hans Matthaus Schmidt com um ar austero.

– Bem. Esta sessão foi sem dúvida... intensa – hesitou antes de adjectivar, o dito rótulo, o que ali se passou. – A prefeitura e os conselheiros irão deliberar e...

A abertura abrupta das portas da sala de audições interrompeu o discurso do prefeito. Quatro guardas suíços, trajados a rigor, entraram e colocaram-se em sentido à porta, em seguida entraram outros quatro à paisana.

– Que se passa? – quis saber o prefeito.

Um dos guardas à paisana, nitidamente o mais velho, avançou até ao centro da sala.

– Esta sala está selada até novas ordens.

– Que disparate – insurgiu-se o secretário. – Deve-nos respeito, Daniel.

– Lamento, Eminências, mas há uma falha de segurança. Neste momento sou o responsável máximo do Vaticano. Rogo-vos a vossa compreensão.

– Falha de segurança? O que se passou? – perguntou o prefeito.

Daniel hesitou. Não sabia se havia de dizer.

– Não guarde segredo, Daniel. O que aconteceu? – insistiu William.

– Um homicídio, dentro dos muros do Vaticano – explicou o comandante da guarda suíça pontifícia.

– Minha Nossa Senhora – deixou sair o prefeito sentando-se na cadeira com um ar exausto.

– Mas quem? – inquiriu o secretário.

– Não estou autorizado a dizer. Lamento informá-los mas ninguém entra ou sai até nova ordem. – Virou as costas e fitou o padre austríaco.

– Padre Hans Schmidt?

Schmidt confirmou com um meneio e logo os outros três guardas à paisana o rodearam.

– Tenho de lhe pedir que faça a gentileza de nos acompanhar.

Schmidt levantou-se, ligeiramente enrubescido.

– Para onde o levam? – perguntou o secretário.

– Para os apartamentos papais. São ordens do Santo Padre.

38

A igreja não se via da rua. Mantinha-se escondida debaixo de um viaduto escuro e sebento. Por cima o constante estrupido dos vagões do comboio faziam vibrar as fundações que a suportavam, naquele mesmo lugar, havia muito mais tempo que a existência do comboio e do viaduto. Noutros tempos a igreja não ficava naquela espécie de submundo subtérreo, mas bem à vista da comunidade e os ladrilhos sujos tremeluziam ao incoerente e pouco inclemente sol britânico. As pessoas frequentavam o pequeno templo católico nas celebrações litúrgicas da manhã, especialmente ao domingo. Actualmente, era apenas um edifício esquecido e pardacento debaixo de um viaduto, o mesmo que abrigava Rafael da chuva miúda que começara a molhar Londres havia poucos minutos.

Abandonara o táxi a cerca de oitocentos metros do British Museum, percorreu a pé outros tantos metros até Tottenham Court Road e chamou outro táxi que o deixou a meros oitocentos metros da igreja. Galgou rapidamente a distância até à Igreja de St. Andrews e encontrou a porta, esvaecida de pintura pelo passar do tempo e pela corrosão do clima, aberta. Entrou sem fazer barulho. Não estava ninguém. Uma vela ardia num candelabro alto junto do altar. A lotação da igreja não devia ultrapassar as cinquenta pessoas, ainda que raramente as visse nos tempos que corriam. Talvez uma mão-cheia de fiéis ainda a frequentasse, mais por temor a Deus e respeito ao pároco do que por outra razão qualquer.

As paredes, outrora alvas, estavam escurecidas pelo óleo dos automóveis e dos comboios. A luz era escassa. Para além da vela, uma ou duas lâmpadas de voltagem fraca.

Rafael ajoelhou-se junto ao altar, benzeu-se e fez uma pequena oração.

– Bom dia – ouviu-se alguém dizer.

Rafael levantou-se e olhou para um homem com o cabelo totalmente branco.

– Olá, Donald – saudou.

– Ó foda-se – invectivou o outro.

Rafael sorriu

– Sempre foste pródigo a receber os outros.

– O que estás aqui a fazer, caralho? – O tal Donald não estava, nitidamente, a gostar da visita.

– Ver um amigo.

– Deves ter-te enganado na porta. Aqui ninguém é teu amigo.

Rafael não reagiu a qualquer dos insultos nem sequer esboçou um ténue trejeito de ultraje, tão-só porque conhecia Donald havia tanto tempo que não lhe conhecia outra maneira de cumprimentar os amigos.

– Meteste-te em alhadas, Santini?

– E alguma vez me viste fora delas? – respondeu Rafael com uma pergunta e um olhar inquiridor.

Donald não disse nada durante alguns momentos. Continuava a fitar Rafael com desdém, depois olhou ao redor do minúsculo espaço e virou-lhe as costas.

– Anda... Ou põe-te a andar. Tanto me faz.

A sacristia ficava do lado esquerdo do altar, do ponto de vista de quem o olhasse de frente, preferentemente de cabeça descoberta e baixa, a orar pedidos sinceros a seguir à genuflexão e ao sinal da cruz, obviamente.

Quando Rafael entrou na sacristia já Donald despejava o líquido dourado de uma garrafa de uísque em dois copos. Abriu uma caixa de madeira do qual tirou tabaco e encheu o fornilho do cachimbo. Acendeu um fósforo e colocou-o sobre o tabaco, puxou vigorosamente o ar através do tubo aspirador e, em menos de um ai, estava refastelado numa cadeira a saborear a bebida e o tabaco. Rafael também se sentou, sem que Donald o tivesse convidado a fazê-lo e pegou no segundo copo que continha a bebida de malte. Não era costume beber de manhã, mas estava a precisar. Fora uma longa noite. Haveria quem o bebesse por menores razões que a dele.

– Como estão as coisas em Roma? – perguntou Donald por fim, quebrando o silêncio.

Rafael sorveu um pouco da bebida antes de responder.

– Normais. Como sempre.

Donald franziu o cenho.

– Assim tão fodidas, huh. – O inglês levantou-se e dirigiu-se a um armário. – De quantas precisas?

– Uma.

– Só?

– Sou só um.

– E eles, quantos são? – A voz de Donald era agora mais amistosa enquanto continuava de costas a rebuscar algo num armário.

– Nunca sabemos, Donald.

– Pois não. É uma merda.

O inglês acercou-se com um embrulho e uma caixa e pousou-os junto de Rafael.

– Escolhe.

O italiano começou por desembrulhar o tecido aveludado que tapava uma Glock Compact 19 de 9 mm. Experimentou-a. Tirou e tornou a colocar o carregador e apontou. A seguir abriu a caixa que continha uma Beretta 92FS de calibre igual. Nem sequer a experimentou. Guardou-a no bolso do casaco juntamente com dois carregadores. Donald fitava-o curioso.

– *Made in Italy* – explicou Rafael levantando-se. – Algum jesuíta pediu a tua ajuda?

– Esses cabrões não precisam de mim. Eles têm os seus próprios meios. Além disso têm o Nicolas.

– Quem é o Nicolas?

Donald levantou-se e acompanhou Rafael para fora da sacristia.

– O Nicolas é o homem que executa o trabalho. A linha da frente jesuíta. É ele quem lhes resolve os problemas.

– E onde posso encontrá-lo? – Rafael estava visivelmente interessado nesta informação.

– Não faço ideia. Não se lhe conhece a origem. Mas algum jesuíta saberá. Ele é um deles. Fala com o Robin.

Os dois homens chegaram à porta que dava para a rua.

Donald estendeu a mão num cumprimento.

– Não te vou desejar boa sorte porque és um filho da puta duro como cornos.

Rafael sorriu.

– Mantém a cabeça baixa durante uns dias – aconselhou. – As coisas vão começar a ferver.

39

– Cartas em cima da mesa, Sam – ordenou Barry. Não estava para brincadeiras. – Não quero ouvir um não sabemos.

A reunião decorria na sala com o mesmo nome onde se faziam os *briefings* das operações a decorrer ou em delineamento. Aris sentava-se à direita de Barry, Sam à esquerda, Staughton, Davis e Travis seguiam-se. A secretária de mogno não era muito grande daí que se acotovelassem em busca de espaço. Ninguém estava sentado na cabeceira oposta.

– O italiano e o taxista? – quis saber Barry.

– Estão a ser interrogados *as we speak* – informou Aris.

– Comecemos então – ordenou o director.

Sam levantou-se e puxou a saia mais para baixo. Parecia nervosa, tensa, um pouco afogueada, tendo em conta a vermelhidão das bochechas.

– Tudo começou há 50 anos com um acordo entre o Papa João XXIII e Ben Isaac.

– Ben Isaac – repetiu Barry pensativo. Tentava preencher o nome com mais informação. Dar-lhe um rosto. – O banqueiro israelita?

– Esse mesmo – confirmou Sam. – Em 1947 foi ele um dos precursores da descoberta dos célebres Manuscritos Apócrifos.

– Quais? – inquiriu Aris.

Sam encolheu os ombros enfadada.

– Os do Mar Morto, de Qumran.

Aris levantou o polegar a indicar que estava a perceber e a acompanhar.

– Segundo parece havia documentos muito importantes nessas descobertas – prosseguiu Sam. O afogueamento ia-se desvanecendo à medida que se habituava aos olhos masculinos que olhavam para si com atenção. – Alguns deles nunca foram tornados públicos pois estavam a coberto de um acordo entre o Vaticano e o israelita. Esse acordo chamava-se *Statu Quo*.

– Interessante – disse Barry. – OK. Começamos a ter uma luz sobre a razão da presença de Rafael em Paris.

– E em Londres – acrescentou Sam.

Barry olhou para ela com um tom inquisitório.

– Ben Isaac mora em Londres há mais de cinquenta anos – explicou Sam com um ar confiante. – Mas há mais... Muito mais.

– Coloquem o Ben Isaac sob vigilância o quanto antes.

– Já foi feito – avisou Sam.

– Então não nos faças esperar, Sam – disse Barry com um sorriso. – Continua, por favor.

E Sam continuou. Ben Isaac e o acordo com João XXIII, com João Paulo II, os três cavalheiros, os cinco cavalheiros, Magda, Myriam, o pequeno Ben Isaac e... Jesus, o Cristo.

Todos os participantes emudeceram. Ninguém disse nada, tão-pouco saberiam o que dizer. Assimilavam a informação em silêncio.

– Eh lá – acabou por dizer Barry. – Isto é forte.

– Por que é que morreram essas quatro pessoas? – lançou Aris.

Havia tanto para saber. Dúvidas, questões, mal-entendidos, toda a razão da raiva humana, das guerras e das torturas. Jesus Cristo? Não era todos os dias que um caso destes aparecia. Se pensassem melhor, nunca aparecera nada igual na história da Agência, muito curta em comparação com a do Nazareno.

– Não foram quatro. Foram seis – disse uma voz que acabara de entrar na sala.

– Thompson. Bem-vindo – saudou Barry. – Senta-te, por favor.

Thompson puxou para trás a cadeira que estava na cabeceira oposta à de Barry e sentou-se.

– Seis mortos? Que novas nos trazes? – inquiriu Barry.

Thompson, um agente de campo, atirou um molho de papéis para cima da mesa que se espalharam por quase toda a superfície do tampo. Continha textos, transcrições e fotos.

– Ernesto Aragones, padre espanhol, assassinado com um tiro na nuca no domingo, na Igreja do Santo Sepulcro, em Israel.

Os intervenientes começaram a consultar os papéis.

– E esta manhã assassinaram um padre dentro dos muros do Vaticano.

– O quê? – Barry estava escandalizado. – Que raio se está a passar? Quem era?

– O curador da sala das relíquias. Não me perguntes o que isso significa.

– Mas o que liga toda esta gente? – perguntou Aris novamente.

– Yaman Zafer, o Sigfried Hammal, o Aragones e o padre de hoje, de nome Ursino, faziam parte de algo a que chamavam Cinco Cavalheiros – respondeu Thompson.

– E os outros?

– Os outros eram jesuítas. Segundo o que consegui espremer ao italiano. O acólito matou o padre para ele não dar com a língua nos dentes e depois suicidou-se.

Barry abanou a cabeça.

– Estamos a lidar com quem, malta?

– Nem eles sabem pelo que percebi – alvitrou Thompson.

– OK – disse Barry pensativo. – Já temos algo com que trabalhar. Esse Ben Isaac. Pode ser o alvo do Rafael.

– Só pode – comentou Aris.

– Precisamos de saber o que está abrangido por esse acordo. O que tem Jesus a ver com tudo isto – continuou Barry com a mente a funcionar a toda a velocidade a delinear uma primeira estratégia.

– Posso tentar espremer mais um pouco, mas não creio que o italiano saiba muito mais – sugeriu Thompson sempre muito pragmático.

– Sam, trataste do voo para Roma?

– Claro, vais no das quatro da tarde. Sai de Gatwick e chega a tempo do jantar.

Barry agradeceu. Como director da companhia para a plataforma europeia tinha ao seu dispor algumas regalias motorizadas. Um Learjet 85, dois helicópteros Bell, vários automóveis. Contudo, optava sempre pela aviação comercial nestas deslocações europeias, a não ser que a agenda não o permitisse. Não desbaratar o dinheiro dos contribuintes era o seu lema, muito antes da presidência Obama, que também o adoptou.

– Há aqui uma coisa que me incomoda – balbuciou Barry.

Todos o olharam à espera que completasse.

– Falaste em Cinco Cavalheiros, certo? – a pergunta era para Sam.

– Sim.

– Quatro já morreram. Há aqui um padrão. Alguém anda a matar os tais cavalheiros.

Deixou que a lógica do seu raciocínio se concluísse por si.

– Falta um – disse Aris. – Será o Ben Isaac?

– Temos de montar um perímetro de protecção nesse caso – apontou Barry.

– Não. O Ben Isaac está muito bem protegido. Não precisa da nossa protecção. Tem um bom sistema de segurança, alguns ex-agentes da Mossad e outros que ainda o são – explicou Sam. – Ele não é o quinto cavalheiro.

– Quem é então? E por que lhe chamam cavalheiros? – perguntou Barry.

– Porque foi um pacto de silêncio entre cavalheiros – foi a vez de Thompson explicar.

– A questão é esta – advertiu Barry, levantando-se – assassinaram quatro dos cinco, portanto há alguém em perigo. Sabemos quem é o quinto cavalheiro, minha gente?

– Huh... Sabemos – disse Sam timidamente e não disse mais nada.

– Então desembucha, Sam. Essa pessoa está em perigo de vida.

– Huh... O quinto cavalheiro é o Joseph Ratzinger... O próprio Papa.

40

Havia uma máxima que Ben Isaac usava na vida e, especialmente, nos negócios e que o levou longe: tudo tinha um preço. Um objecto, uma jóia, uma casa, uma empresa, um homem, tudo se comprava e tudo se vendia. Era somente necessário capital e nesse departamento Ben Isaac tinha-o com fartura. Porém, nesta última noite o banqueiro israelita aprendera uma lição poderosa que deitara por terra tão proveitosa máxima que lhe proporcionara tantos benefícios nos negócios. Havia pessoas que nenhum dinheiro conseguia comprar, nem que se esvaziassem todos os cofres do Globo. Ben Isaac apenas lidara com uma pessoa dessas em toda a sua vida e não se dera bem, portanto, sentia-se perdido e desorientado e só conseguia pensar no seu filho homónimo agrilhoado a uma cadeira, maltratado, ensanguentado, flagelado. Só a ideia dava-lhe calafrios tenebrosos que faziam o coração doer e uma descarga de pânico percorria-lhe todas as veias do corpo. Lembrou-se de Magda e de como não estava quando ela morreu. Algum negócio, uma escavação algures, algo mais importante a que devia dar atenção. Era sempre um motivo de força maior, improtelável, que requeria a sua atenção *in loco*, fosse onde fosse.

Myriam sozinha, em Londres, tanto tempo, tantas vezes, a ver a chuva cair, o frio gelar, o sol tímido aparecer, de quando em quando, sem lhe trazer o marido. Um dia, dois, uma semana, duas. Um telefonema de Telavive, outro de Amã, um negócio inesperado e frutífero em Turim, uma reunião em Berna, um encontro com a equipa de escavação sabia-se lá de quê e onde, um outro com os mesmos numa universidade nos Estados Unidos para aprofundar conhecimentos sobre material encontrado, nada de especial, voltaria a Londres logo que possível, decerto muito em breve, um beijo.

Nunca faltou dinheiro a Myriam, nem um *penny* para comprar fosse o que fosse. Ben sempre se certificou disso. Não raras vezes Myriam pensava que para ele isso era mais sagrado que o próprio laço que Deus uniu entre eles. Deu por si a desejar, nos dias maus, que Ben não fosse tão eficiente, tão escrupuloso nesse aspecto, que falhasse, que fosse menos bem-sucedido, e, nos dias péssimos, que falisse.

Magda faleceu num dia memorável para Ben Isaac, 8 de Novembro de 1960. As mãos tremiam-lhe quando pegou no auscultador e discou o número de casa, a milhares de quilómetros a dizer que regressaria nesse mesmo dia. Finalmente em paz com um acordo de cavalheiros no bolso que Myriam nem suspeitava ou suspeitaria.

Myriam não atendeu esse telefonema nem as insistências seguintes. Ben foi encontrá-la numa cama do hospital de St. Barts a dormir como um anjo devido a forte sedação imposta pelo médico de serviço. Assim ficou durante alguns dias e algumas noites, sem acordar, a respirar tranquilamente com um rosto pálido, alvo como um cadáver. O médico de serviço nada explicou a Ben Isaac, durante esse tempo, escudando-se na autoridade hierárquica. Não lhe cabia a ele dizer o que quer que fosse sobre a paciente, pois o médico dela assim o instruíra.

O jovem e prestigiado banqueiro, habituado a fazer e desfazer, a dizer e desdizer a subalternos e chefes de Estado que clamavam pelo dinheiro que ele tinha e outros não, esperou junto à cabeceira da cama até que o médico indicado se dignasse a aparecer junto dele para lhe dar uma satisfação.

– A Myriam tentou suicidar-se. – Foi a frase de saudação do tal médico que envergava uma bata totalmente desapertada que revelava um fato de cerimónia. – Estou de passagem. Vou-me casar – explicou.

Ben Isaac não conseguiu dizer nada, nem esboçar um gesto ou um trejeito. Olhava para o médico mudo e quedo, subjugado, desgastado, com uma barba de três dias.

– Não comia há dias e encheu o estômago de barbitúricos. Arrependeu-se e chamou uma ambulância. Enquanto esperava pelos paramédicos provavelmente estaria ansiosa e desatenta e tropeçou na escada e caiu. Quando aqui chegou só gritava... pela Magda.

As lágrimas caíam pelo rosto do jovem Ben, multimilionário, cuja esposa era infeliz ao ponto de se matar e ao próprio descendente que trazia no ventre.

– Lamento muito mas não conseguimos salvar a Magda.

– Magda?

– Sim. A Myriam estava segura que ia ter uma filha. Um palpite, um desejo. Chame-lhe o que quiser… Não se enganou – explicou o médico.

Ben tapou o rosto com as mãos e tremia sufocadamente. A dor explodia dentro do peito e castigava-o com vergões de mágoa e desgosto.

– Quando é que deixam de sedá-la? – conseguiu perguntar o banqueiro num desalinho rançoso de quem não via uma cama havia dias.

– A Myriam já não está sedada – informou o médico.

– Mas continua a dormir!

O médico suspirou e debruçou-se sobre Ben Isaac.

– A Myriam acordará quando entender… Quando se sentir pronta. Ajude-a. Ela vai precisar.

O médico levantou-se e murmurou um *Felicidades* antes de deixar o casal no frio quarto do hospital rumo à igreja, à cerimónia que selaria um compromisso sagrado, mas nem por isso infalível ou não fosse o casamento uma invenção dos homens.

Myriam levou sete dias a sentir-se pronta para acordar e, quando o fez, foi como se ele não estivesse ali. Não pronunciou uma palavra, não respondeu aos elogios dele, nem às perguntas, nem às justificações, nem às súplicas, nem às promessas, nem ao amor, nem ao confrangimento, nem ao protesto, nem ao desgosto, nem à mágoa, nem à conformação. Ben Isaac não tornou a ouvir a voz de Myriam nos nove anos que se seguiram. As ausências que cessaram nos primeiros tempos retomaram o seu lugar, mas já não afectavam Myriam, que tratava do jardim, das amigas, do clube literário, das exposições, das tertúlias do chá, das peças de teatro, da cultura que Londres oferecia sistematicamente, fielmente, sem nunca falhar. Não partilhava nada disso com Ben, nem as amigas, nem os maridos das amigas, era como se vivesse duas vidas e fosse duas mulheres, a esposa de Ben quando ele estava em casa e a esposa de Ben quando este estava ausente.

Num almoço de sábado em que degustavam um prato qualquer, Myriam disse ao marido:

– Gostava de conhecer Israel, Ben. – E foi como se tivesse falado ontem, havia segundos, desde sempre, sem nenhum interregno, sem um hiato de quase uma década em que Ben não ouvira uma sílaba, nem uma interjeição, nem um queixume, nem sequer um soluço.

Ben Isaac levou-a a Israel, a Chipre, a Itália, ao Brasil, à Argentina. Conversaram todos os dias os assuntos dos casais normais que tinham muito dinheiro e os dos que tinham pouco, sorriram, gargalharam, voltaram a amar, a beijar, a sentir o resfolegar dos corpos, o suor um do outro, tudo o que um casal sentia ou devia, tudo menos Magda. Nunca mais falaram sobre ela. Era certo que os dilacerava diariamente, cada um à sua maneira, mas não se queixavam ou sequer exibiam um resquício de vontade em falar sobre ela. Era assunto selado, lacrado, interditado.

Ben Isaac vivia uma amargura silenciada, atada com as fortes cordas da culpa, resignado com o passar dos dias, atolando-se em trabalho, ocupando as horas, atendendo a Myriam. Não tornou a fazer escavações. Magda servira de aviso, fora uma punição do Altíssimo, uma porta fechada que não se podia voltar a abrir.

Tudo isso passou pela cabeça de Ben Isaac enquanto lia a mensagem que recebera no telemóvel. *Se quer voltar a ver o seu filho com vida livre--se da jornalista.* Sarah e Myriam continuavam a olhar para os documentos milenares, descurando os acordos papais que não lhes despertava qualquer interesse, apesar de serem os únicos documentos cuja língua conseguiam compreender. Os outros exerciam um fascínio hipnótico. Ben Isaac sentira-o várias vezes. Os caracteres elaborados, artísticos, estilizados, mas sem aspirações emproadas, sem armas ou brasões papais que ainda não os havia naquela época.

Não podia perder o Ben Júnior. Não podia perder outro filho. Onde estava a justiça divina? Ainda estaria a ser punido por meter o nariz onde não devia? Não. Pagara um preço elevadíssimo. Magda, Myriam, um silêncio sepulcral de nove anos.

Como era possível saberem da jornalista? As fugas não vinham do seu lado de certeza absoluta. Lembrou o cardeal William e quando este lhe apresentou Sarah. A fuga vinha do Vaticano, das mais altas instâncias e isso era gravíssimo. Tinha de colocar Myriam a salvo e colocar um ponto final na situação.

– Myriam – chamou Ben. – Um momento, por favor.

Myriam recuou até junto do marido que lhe mostrou o visor do telemóvel. Ela leu a mensagem e levou a mão à boca em choque. Sarah assistiu a tudo.

– Não, Ben. Não podemos – titubeou Myriam insegura, as pernas bambas. – Não é certo.

– Temos de o fazer, Myr. A vida do Ben Júnior está em jogo – advertiu Ben, colocando ambas as mãos sobre os ombros de Myriam. – Temos de o fazer.

Ambos olharam para Sarah com apreensão. Ela compreendera que algo se estava a passar e tinha a ver consigo.

– Que se passa? – perguntou timidamente.

Desde que entrara no cofre que o coração latejava nervoso. Sabia o que necessitava de fazer. William fora bem claro no palazzo Madama. Um sacrifício que faria toda a diferença para um bilião de fiéis. Nesses moldes até se sentia insignificante.

Myriam deixou-se cair no chão aos soluços.

– Não, Ben.

– Lamento, Sarah – disse Ben, acercando-se lentamente. – Não me deixam alternativa.

Sarah recuou até embater nos mostruários. Era agora ou nunca. Por um lado o ar ameaçador de Ben era uma ajuda. Ben clicou um número do telemóvel e disse algo em hebraico. Chamava os seguranças.

Sarah levou a mão ao bolso do casaco e retirou o pequeno revólver de seis balas que William lhe dera ironicamente. *Estamos em guerra, Sarah* – relembrou as palavras do cardeal. Apontou-o a Ben.

– Nem mais um passo.

Ben fitou-a surpreendido. *Como era possív... O cardeal William. Quem iria suspeitar de um cardeal?*

Myriam levantou a cabeça e avaliou a cena.

– Dê-me os documentos – ordenou a jornalista com a voz mais forte que conseguiu.

– Pouse a arma, Sarah. Você não vai conseguir sair daqui viva. Além disso não é uma assassina – ameaçou Ben. – Você não tem o que é preciso para matar.

– Myriam levante-se e venha para junto de mim. – Mais uma ordem.

Myriam levantou-se a custo e acercou-se de Sarah com desconfiança. Assim que ficou ao alcance da jornalista esta puxou-a para junto de si, virou-a de costas e encostou o revólver à têmpora direita de Myriam que fechou os olhos.

– Está mais convencido? – perguntou Sarah. Odiava-se imenso a si própria nesta altura. – Agora dê-me os documentos para eu e a Myriam irmos dar uma volta.

– Quer mesmo continuar com este embuste? – perguntou Ben Isaac muito calmo.

Sarah, por seu lado, tremia com a arma encostada à cabeça de Myriam. Tentava não pressionar muito para não a magoar. Até Myriam estava mais calma do que ela.

– Não faça nada de que se possa arrepender – pediu Ben em voz baixa.

– Dê-me os documentos – insistiu a jornalista.

– Isso não vai acontecer, Sarah. Sabe disso muito bem. É a vida do meu filho que está em jogo.

Sarah estava a perder as opções. Jamais premiria o gatilho. O *bluff* ia acabar por ser revelado.

– Baixe a arma, Sarah. Os meus homens estão a chegar. São profissionais e...

– Boa noite – ouviu-se uma voz masculina num inglês perfeito.

– Hadrian – chamou Ben Isaac sem olhar para o segurança. – Fazes o favor de tirar a arma à senhora que já me está a enervar?

– Lamento, mas o Hadrian não pôde vir – retorquiu a voz.

Ben Isaac olhou para o homem perplexo. O que se estava ali a passar? Quem era aquele? Seria o raptor?

– Quem é o senhor?

– Pode tratar-me por Garvis. Sou inspector da Metropolitan Police e estou aqui apenas para assistir.

– A... Assistir ao quê? – perguntou Ben.

As mulheres também não estavam a perceber nada. Sarah mantinha a arma gentilmente colada à têmpora de Myriam.

Dois homens entraram no cofre. Ninguém os reconheceu.

– Baixe a arma, senhora. Já estou cheio de mortos – proferiu o da frente num inglês sofrível.

– Quem é o senhor? Como se atreve a invadir a minha propriedade? – Ben Isaac estava indignado e nervoso.

– Quem sou eu? – O homem estava escandalizado. – Quem sou eu? – repetiu. Depois olhou para o segundo homem. – Quem sou eu, Jean Paul?

– Inspector Gavache da Police Nationale – anunciou Jean Paul com uma voz firme de arauto.

– E pode chamar a isto uma entrada à francesa – acrescentou o inspector, levando à boca uma cigarrilha.

41

Tudo o que existe é perfeito e sagrado pois foi criado por Deus, na Sua imensa Glória, para usufruto dos homens que Nele crêem. Ámen.

Ele cria nisso cegamente, daí que não precisasse de nada mais do que aquilo que possuía. Encontrou-a a fazer o almoço à hora certa, dourada grelhada com legumes salteados e um pequeno toque original, dois camarões-tigre, também grelhados a ladear o peixe principal.

Perguntou-lhe pelo versículo do dia que ela quase cantarolou com todo o respeito e explicou o seu significado tal e qual como ele o fizera quando deixara os versículos da semana em cima da mesa-de-cabeceira do quarto. *Foi o SENHOR que fez isto e é coisa maravilhosa aos nossos olhos.* Todos deviam ser obrigados a ler a Bíblia mas essa leitura nunca devia ser feita solitariamente ou independentemente. Havia necessidade de o fazer com a ajuda de um padre ou de um teólogo para perceber o que está imperceptível e não tirar da Sagrada Escritura ideias desentendidas com o entendimento que os sagrados autores pretendiam dar. A leitura livre da Palavra do Senhor era um mal que a Igreja sempre combateu, não tão severamente como devia, na sua opinião, permitindo opiniões díspares e erróneas sobre aquilo que na realidade Deus proclamava. Além disso, se fosse desejo Dele que todos acedessem ao Texto Sagrado sem impedimentos e dificuldades tê-lo-ia dito sem rodeios num qualquer versículo do Antigo ou Novo Testamento e tal não estava escrito em lado nenhum.

Degustou a dourada, os legumes e os camarões com frugalidade, acompanhou-os com um copo de Frascati branco de 98, com uma ligeira entonação adocicada que escorregava bem. Ela bebeu água ou não fosse o sangue de Cristo exclusivo dos homens, negado e renegado às mulheres cuja obrigação era subordinar-se ao homem e fazer como a ele lhe aprouver como ensinou o grande São Paulo, pai da Igreja a par de Pedro.

Depois do almoço ela levantou os utensílios da mesa e levou-os para a cozinha a fim de os lavar como era seu ofício. Ele não tardou a ir ter com ela e abraçou-a por trás enquanto ela passava os pratos por água com detergente. Acercou-se do ouvido dela e disse-lhe... Ordenou-lhe que fosse para o quarto. Ela pousou os pratos, fechou a torneira, limpou as mãos e saiu.

A seringa tornou a expelir o líquido sonarento pelas veias dela que perdeu os sentidos dois minutos depois. Ele colocou-se em cima do corpo inanimado e usufruiu do prazer carnal. Não levou muito tempo, dois ou três minutos, a esvair-se num clímax passageiro que logo o fez sentir repulsa por si mesmo e por ela. Tomou um banho, esfregou-se muito bem, para lavar as máculas do corpo, as fraquezas da carne. Sentia asco. Quando terminou ela ainda dormia e dormiria. Era hora de voltar ao trabalho.

Um terço da ordem já estava cumprido. Faltavam dois nomes. Rafael Santini e o outro. Estava habituado a preparar bem a sua parte. Não lhe interessava saber quem eram, o que faziam, se Deus os chamava era porque chegara a hora deles e ninguém podia fugir à sua hora. O bilhete dizia que chegara a hora de Rafael, portanto, trataria desse primeiro. Um nome de cada vez sempre foi a sua forma de trabalhar.

Decidiu pegar no telemóvel. Abriu-o, tirou-lhe a bateria e o cartão da operadora e colocou outro completamente preto. Tornou a inserir a bateria e ligou o aparelho. Assim que este ficou operacional pediu-lhe um código que ele introduziu com presteza: MONITASECRETA.

A chamada efectuou-se automaticamente sem que ele tivesse feito nada. Segundos depois o visor do telemóvel mostrava uma palavra: *Ligado*.

Ele escreveu *Deus Vocat*.

Alguns instantes e apareceu uma palavra: *Nomini*.

Ele escreveu *Rafael Santini*.

A resposta não tardou: *Esta noite. Via dei Soldati*.

Desligou. Abriu a Bíblia numa página aleatória e apontou um versículo ao acaso. Leu-o e sorriu.

42

O frio arregalava os ossos do corpo com inclemência fazendo ranger as articulações. Fechou o casaco, levantou a gola para agasalhar o pescoço e continuou a caminhar. Uma dor no braço quando a temperatura baixava fazia-o lembrar-se de uma escaramuça antiga com alguém que esquecera mas o braço não – haviam sido tantas que lhes perdera a conta.

Dobrou a esquina e entrou em Mount St. e prosseguiu em direcção ao seu destino. Havia muitas pessoas na rua àquela hora, onze da manhã, e trânsito também. O *glamour* que Mayfair exibia a todas as horas do dia não surtia qualquer efeito nele. Não deitou um olhar para uma montra que fosse, nada conseguia apelar à sua atenção. Era um homem com um objectivo e esse estava mesmo à sua frente, a Igreja da Immaculate Conception.

Depois da pequena igreja, debaixo do viaduto do *simpático* padre Donald, outra esperava Rafael, muito maior, monumental em comparação com aquela que mais se assemelhava a uma capela. Contemplou a fachada em estilo gótico de Scoles, mas não se deteve nela durante muito tempo.

Entrou para o templo sagrado. As igrejas jesuítas eram, habitualmente, escuras, mas esta não. Nave simples, suportada por colunas de pedra e um clerestório com dezasseis vitrais. Capelas laterais luxuosas, à esquerda e à direita, decoradas e trabalhadas, relíquias de inúmeros santos, o Mistério. Esta não era excepção, mas a Rafael pouco interessava o conteúdo sacro ou arquitectónico do dito templo. Analisou as saídas, verificou os presentes, uma mulher ajoelhada lá mais à frente, um senhor com uma Bíblia encostada ao coração, algumas filas atrás, um casal de japoneses que tirava fotografias ao altar de latão da autoria de Pugin. Rafael avançou pelo centro da nave, cauteloso, atento a todos os movimentos e ruídos. Um falcão atrás da presa, calado, mortal.

Avistou os confessionários ao fundo, um de cada lado. O do lado esquerdo estava vazio, uma luzinha laranja assinalava hora de confissão no direito. Era uma estrutura de madeira, totalmente fechada, protegendo assim vigário e pecador do assalto do mundo das tentações. Acercou--se do móvel purificador. Estava uma pessoa a pedir clemência pelos seus pecados. Era um homem que sibilava as suas fraquezas enquanto o padre escutava. Falava em inglês, percebeu-se por um *because* e outro *therefore*, que para Rafael foi suficiente. Os seus pecados chegavam-lhe, não necessitava ouvir os dos outros. Mais ninguém aguardava a expiação, Rafael seria o próximo. Tornou a olhar ao redor do imenso espaço. Os mesmos penitentes agonizavam pedidos de luz, uma graça, um perdão, os japoneses haviam-se ido embora para outras fotografias.

O pecador deve ter recebido a purgação e saiu do seu lugar de penitente, absolvido, leve, limpo, imaculado, pronto para enfrentar novamente a realidade e cometer os mesmos pecados e outros novos.

Rafael deixou-o sair e entrou. Ajoelhou-se no genuflexório que se encostava à parede e olhou pela rede de madeira que ocultava confessor e pecador.

– Bom dia, senhor padre – cumprimentou.

– Bom dia, meu filho. Então o que te traz por cá? – perguntou o padre com uma voz melodiosa e complacente.

– Perdoe-me, pois sou um pecador – disse Rafael num tom inquieto. Quem o visse não auscultaria qualquer apoquentação.

– Conta-me a origem do teu pecado, meu filho. O que te apoquenta? – quis saber o cura com um ar de enfadamento. Estava mais do que habituado a aflições daquelas, uma palavra dele e acalmaria tudo. Era esse o poder da confissão.

– Tenho uma arma apontada à cabeça de um padre – disse o pecador com frieza.

– Como disse? – Não queria ter percebido o que percebeu.

– Tenho uma arma apontada à cabeça de um padre – repetiu Rafael. – E se ele não responder às minhas perguntas, terei de o matar.

43

Hans Schmidt entrou nos apartamentos papais escoltado por Daniel e mais dois guardas suíços à paisana que nunca se apresentaram. Dois outros em uniforme estavam em sentido nas portas que davam acesso à privacidade papal. Fizeram continência ao graduado que por eles passou e retribuiu o gesto aos seus homens.

– Apanharam o homicida? – perguntou Schmidt a arfar devido ao passo acelerado que o grupo imprimia.

– Não podemos revelar pormenores da investigação – comunicou o comandante da segurança pontifícia.

– Compreendo.

O resto do percurso foi feito em silêncio, se se exceptuar o som dos sapatos e das botas a calcar o soalho com firmeza. Schmidt não entrava ali havia alguns anos. Fizera-o pela primeira vez na década de 80, nos tempos do saudoso Papa João Paulo, Lolek como este pediu que o tratasse num alemão irrepreensível. A primeira vez, como em tudo, era sempre uma experiência avassaladora. Conhecer o Sumo Pontífice para um padre era algo de transcendente, era praticamente como conhecer Deus em pessoa. E Lolek era a personificação Dele. Com o passar do tempo e das visitas habituou-se ao sumptuoso espaço, aos nichos com as estátuas de Pio IX, Bento XIV e Pio XII, Leão XIII mais à frente numa pose papal, todos com a tiara na cabeça, o símbolo do poder sempiterno e secular. Schmidt identificou a porta que guardava o gabinete do Papa a cerca de vinte metros, duas sentinelas com lanças, imóveis como duas paredes, prontos para dar a vida pelo Pontífice Máximo a qualquer momento, assim Deus o quisesse, na sua eterna Glória.

Dois nichos vazios aguardavam que a História os preenchesse com novas personagens, do passado ou do presente, por algum patrono mais ligado às artes e menos à política.

As sentinelas fizeram a continência ao superior e abriram as portas para deixá-los entrar. Schmidt examinou o gabinete. Estava diferente do que se lembrava. Mais austero, menos alegre. No tempo de Lolek era uma desorganização completa. Papéis em tudo o que era sítio, até em cima das cadeiras. Este parecia arranjado e decorado para aparecer no próximo número de uma revista de decoração. Até o sol se acanhava a iluminá-lo com os seus raios. Era daquela janela que Ratzinger se dirigia ao mundo todos os domingos, mas o sumo pontífice não estava no gabinete, somente Tarcisio que olhava por uma brecha das cortinas brancas para a praça lá em baixo onde pululava uma multidão de turistas e fiéis, difícil contabilizar uns e outros, totalmente ignorantes do sangue derramado dentro dos muros do sacro Estado.

– Eminência – chamou Daniel pois Tarcisio não dera pela presença deles.

O secretário virou-se e foi como se tivesse sido chamado à terra.

– Ah! Já chegaste. – Estendeu ambas as mãos para Schmidt como um clamor por ajuda. – Meu bom amigo.

Schmidt tocou as mãos de Tarcisio com as suas.

– São tempos difíceis mas vão passar, Tarcisio, isso é certo.

O piemontês olhou para os guarda suíços.

– Deixe-nos, coronel.

Daniel e os seus homens retiraram-se sem nunca virarem as costas.

– O Papa Bento? – quis saber o austríaco.

– Está num lugar seguro. Não podemos estar os dois no mesmo local. Protocolo de segurança. Estamos sob ameaça, Hans. – Calou-se durante uns instantes. – Desde Albino Luciani que ninguém morria desta forma neste solo – desabafou.

– Quem foi a vítima?

O piemontês hesitou antes de verbalizar o nome que outrora fora um homem da Igreja e, naquele momento, não passava de uma história, era como se dizê-lo se tornasse na verdade que ele não queria enfrentar.

– O Ursino – acabou por dizer, fechando os olhos para conter o sofrimento.

Schmidt amparou-o até ao assento papal onde Tarcisio se sentou agastado.

– E o homicida?

Tarcisio fez um gesto negativo com a cabeça.

– Nada ainda.

– Ainda esta noite falamos com ele – relembrou Schmidt.

– Como se lida com uma morte tão trágica como esta? – questionou Tarcisio. Era um homem a cair num poço de dúvidas.

– Como com todas as outras, meu amigo – assegurou Schmidt com uma voz forte. – A morte faz parte da vida. Celebra os bons momentos e não encares o processo como uma perda mas como um privilégio. Fizeste parte da vida de Ursino, iluminaram o caminho um ao outro.

– Mas nunca mais o faremos – insurgiu-se o piemontês.

– Mas fizeram-no. Não lamentes o que não voltará a ser. O futuro não nos pertence. O importante é que o foi e quando o foi que tenha sido bom. A vida está sempre a mudar. Nada é para sempre. Estás mais que na idade de saber isso.

– Isso é fácil de dizer – argumentou o secretário.

Schmidt continuava sereno e conciliante. Não dizia aquelas coisas por dizer.

– Compreendo, Tarcisio. Mas lembra-te do seguinte, o luto é um acto egoísta. Chorar por alguém que partiu é uma ofensa ao que esse ser viveu e ao que vivemos com ele.

Os dois homens deixaram aquela conversa estranha e original, pelo menos para Tarcisio. Era confuso e não pretendia explorar aquela filosofia nestes tempos incertos. A Igreja sempre prevalecera pelos métodos antigos e assim seria.

– Por que me mandaste chamar? – acabou por querer saber o *Austrian Eis*.

– Porque... Porque não sei em quem posso confiar – confessou Tarcisio. – Alguém matou um padre dentro dos nossos muros. Um padre importante, como sabes. Ando às cegas, meu amigo. Preciso de luz.

– Tens de ser frio, Tarcisio.

O secretário mirou-o rendido. A situação exigia medidas urgentes. Havia mais de um século que a Igreja não era atacada de uma forma tão incisiva por um inimigo tão implacável e, pior de tudo, invisível. Quem estaria por detrás de toda aquela conjuração diabólica? Que demónio desejava o fim da Igreja? Era muito mais difícil defrontar o desconhecido e o imponderável do que um inimigo identificado, por muito mau e sórdido que fosse. Um rosto, um currículo era sempre possível estudar para preparar uma estratégia de contra-ataque, tomar uma posição no tabuleiro de jogo, era melhor que nada.

– Vivemos tempos difíceis e desgovernados.

– Temos de assentar as ideias e analisar tudo friamente – explicou Schmidt. – Começar por aquilo que sabemos. Sabemos que mataram quatro dos Cinco Cavalheiros.

– Devíamos ter colocado o Ursino sob segurança mal soubemos que se passava algo com os outros – lamentou Tarcisio.

– Não, não, não. Nada do que penses agora alterará esse resultado. O Ursino está fora do baralho. Assassinaram quatro cavalheiros. Falta o quinto e Ben Isaac. Achas bem colocá-los sob segurança?

– O quinto sempre esteve seguro – suspirou. – Penso eu. Já não tenho certezas. O Ben Isaac que trate de si mesmo.

– OK. Que mais sabemos?

Tarcisio colocou as mãos sobre o rosto. Este exercício era fatigante.

– Não sabemos mais nada – disse Tarcisio.

Nesse momento as portas abriram-se deixando passar o cardeal William.

– Sabemos que o assassino é jesuíta – informou com um sorriso.

– O quê? – perguntaram os dois homens que já estavam no gabinete.

– Acabei de obter a confirmação. O assassino é jesuíta. Mas há mais... A Companhia deve estar ao corrente da situação.

A placidez de Schmidt foi substituída pela perplexidade.

– A Companhia de Jesus?

– Nem mais – confirmou William.

– Mas a que propósito? – quis saber Tarcisio.

– Não me parece possível – refutou Schmidt.

– Está a ser averiguado neste preciso momento – informou William. – Tu vais reunir com o superior-geral da Companhia esta tarde, correcto?

Tarcisio arrepiou-se ao lembrar a reunião agendada.

– Sim.

– Vais ter de apertar com ele. E não reúnas à porta fechada.

Schmidt sorriu.

– Por favor, Eminência. Acha que o superior-geral atentaria contra o secretário de estado do Vaticano? – Não lhe parecia possível.

William não replicou.

– Estamos mesmo a considerar que o nosso inimigo são os jesuítas? – perguntou Schmidt.

Tarcisio e William trocaram um olhar conivente durante alguns instantes.

– É possível – acabou por dizer William.

Schmidt continuava céptico.

– E agora? – questionou o piemontês.

– Agora... esperamos que a mulher cumpra o seu papel – disse William olhando para a praça em baixo. *E o homem.*

– A Igreja nas mãos de uma mulher. Irónico – observou Tarcisio.

– Não é a primeira vez – lembrou William.

44

A sala de jantar da casa grande de Ben Isaac parecia um quartel-general pronto para comandar as tropas para a guerra. Computadores, aparelhos de comunicação, gravadores, uma roda-viva de técnicos e agentes da Metropolitan Police que entravam e saíam num corrupio complexo que só eles entendiam. Ben Isaac e Myriam estavam sentados num sofá grande de pele transtornados. Que seria do Ben Júnior agora? O raptor aparentava saber tudo o que se estava a passar. Isto significava o fim do seu filho, tudo o que desde o início pretendera evitar.

– Disseram-lhe que aguardasse instruções em casa – recordou Gavache num inglês entaramelado. – E não pretendia informar as forças da lei? – Estava indignado e fez um gesto reprovador com a cabeça.

– É a vida do meu filho que está em causa – advogou Ben Isaac. – Ele pode já estar morto por causa deste circo todo.

– Não digas isso, Ben. Não tornes a dizer uma coisa dessas – vociferou Myriam. – Deixa os senhores fazerem o seu trabalho. – Faltou dizer que era por fazer as coisas sempre à sua maneira que chegaram àquela situação, mas quedou-se pelo pensamento. Atirar culpas não resolveria nada.

Garvis juntou-se ao grupo afoito, era o responsável por toda a operação.

– Dr. Ben, está tudo preparado. Importa-se de me acompanhar para lhe explicar todo o processo assim que eles lhe liguem? – pediu com bonomia. Estava ali para ajudar e sabia o que este pai e esta mãe estavam a passar mais do que gostaria.

– Se ligarem – resmungou Ben levantando-se.

– Vão ligar, Dr. – garantiu Gavache. – O senhor tem algo que eles querem muito. Já provaram do que são capazes para o obter. Não são pessoas de desistir – acrescentou o inspector francês com uma entoação muito segura e tranquila.

Ben Isaac acompanhou Garvis ao coração das máquinas e dos fios que, assim Deus o quisesse, descobririam o esconderijo dos raptores. Gavache estava sentado numa poltrona a fumar a sua cigarrilha contra as recomendações de Ben Isaac. Myriam olhava para ele intimidada.

– O senhor pensa mesmo aquilo que disse? – perguntou. Precisava de saber se fora um dizer por dizer.

Gavache acenou positivamente.

– Mais um dos meus defeitos. Só digo aquilo que penso. – Soltou um bafo de fumo para o ar. – E para pensar preciso de fumar.

– Entendo – condescendeu Myriam mais à vontade com aquele personagem francês.

– Onde está aquela jovem graciosa, Jean Paul? – quis saber Gavache.

– Entrou para a *toilette* há quinze minutos – informou Jean Paul que apareceu por detrás do chefe.

– Será que precisa de ajuda?

– Não, inspector – intrometeu-se Myriam. – Ela não se tem sentido bem. Anda enjoada ultimamente.

– Ouviste, Jean Paul? – inquiriu Gavache.

– Ouvi, inspector.

– Mais um para nos dar trabalho.

– Mas nós precisamos de trabalho, inspector – contrariou Jean Paul.

– Já temos que chegue para esta vida e para a próxima.

Myriam achava curioso aquele diálogo desconexo entre um e outro, confuso e, no entanto, compreendia o que queriam dizer.

– Informa o Garvis que temos de tratar bem a jovem. Nada de interrogatórios ou ameaças. Já basta de psicopatas neste mundo, não faz falta nascer mais nenhum por nossa causa.

– OK, inspector – acatou Jean Paul, ausentando-se para cumprir o mandado.

– O senhor tem bom coração – elogiou Myriam pela sensibilidade que Gavache revelou.

– Não tenho não, minha senhora. Tenho as artérias quase todas obs-truídas. Qualquer dia mudo de casa, para uma de 2 por 1 – gracejou sem evidenciar graça alguma. – Já faltou mais.

Entretanto Sarah saiu da *toilette* e juntou-se-lhes. Estava lívida, can-sada, sentou-se junto de Myriam.

– Seja bem aparecida – cumprimentou Gavache.

– Desculpem a demora – tartamudeou Sarah com a voz ainda sumida. Estava fraca.

– Nem demos pela sua falta. Sente-se bem? – quis saber o inspector.

– Melhor – disse Sarah que recuperara alguma cor.

– Podemos chamar-lhe um médico – sugeriu Myriam.

– Não – recusou imediatamente. – Obrigada, Myriam. Prometo que será a minha primeira tarefa quando tudo isto terminar.

Garvis e Ben Isaac regressaram das explicações técnicas. O israelita continuava agastado. Sentia urgência no contacto, mas, ao mesmo tempo, temia-o. Como pai precisava dele, como idoso só queria ir dor-mir e acordar do pesadelo na manhã seguinte e que nada daquilo fosse verdade.

Ben Isaac sentou-se junto da esposa e Garvis usou outra poltrona.

– E agora? – perguntou Myriam.

– Agora esperamos – proferiu o inspector inglês.

O constrangimento tomou conta do grupo, excepto de Gavache que continuava a saborear o aroma do tabaco. Os outros entreolhavam-se na esperança que algo acontecesse.

– Em vez de estarmos a olhar uns para os outros como cinco idiotas, por que não nos conta a sua história? – sugeriu Gavache.

– Qual história? – perguntou Ben.

– A minha é que não será. A minha vida é um enfado. De casa para o trabalho, do trabalho para casa. Um tédio. Agora a sua, Dr. Ben, vou gos-tar de ouvir. Afinal de contas, todo este circo é por sua causa.

Ben ficou afogueado com tantos olhos fixos em si. Como banqueiro estava habituado a ser o centro das atenções, mas, habitualmente, tinha a faca e o queijo na mão. O produto que durante tantos anos se mostrou infalível para corromper a alma humana era inútil naquele cenário trá-gico. Perdera de vez o controlo da situação, se é que alguma vez o tivera. Havia uma frase da mãe que lhe latejava na mente como um sinal de sabedoria, *O homem planeia, Deus sorri*. De facto, quando menos se esperava a vida mostrava facilmente a fragilidade do controlo humano e tudo se desmoronava como um castelo de cartas, como se nada do que se construiu tivesse alguma vez existido.

Todos esperavam que ele dissesse alguma coisa, à excepção dos técnicos e outros agentes que se mantinham ocupados a mexer em aparelhos de última tecnologia, a ultimar o que quer que fosse para que nada falhasse quando chegasse a hora, nada interessados no que Ben Isaac tivesse para dizer até ordem em contrário.

– Pode começar pelo Loyola – indicou Gavache para surpresa dos presentes, incluindo Ben Isaac.

– Loyola? – inquiriu o israelita.

– Não é o causador indirecto de tudo isto?

– Não. – Ben soltou um sorriso cínico como se os presentes não estivessem preparados para uma verdade maior que só ele conhecia. – Loyola foi apenas mais um interveniente numa história com mais de dois mil anos. Tudo começou com Jesus de Nazaré.

Garvis mexeu-se na poltrona incomodado.

– Ó diabo – reclamou Gavache. – Talvez seja melhor acompanhar isso com algo quente. Tem café?

– Claro – acedeu Ben. – Myriam, podes fazer o favor de ir pedir à cozinha? Café, chá, leite, algo para comer.

Myriam levantou-se. Sarah ia segui-la mas Myriam nem a deixou levantar-se.

– Deixe-se estar, querida. Venho já.

– Comecemos então por Jesus de Nazaré – insistiu Gavache. – Estamos todos ansiosos por ouvi-lo, falo por mim.

Ben tentara estudar todas as opções mas logo se apercebeu que não havia nenhuma. Iria contar toda a verdade e esperar que Deus fosse misericordioso consigo, qualidade com que ainda não o agraciara.

– O Jesus histórico nada tem a ver com aquele a quem o mundo cristão presta culto. Na verdade, a história de Jesus tem sofrido uma enorme confabulação. Jesus nasceu...

O toque do seu telemóvel interrompera a dissertação. As instruções vinham a caminho.

45

O que é a vida senão um prato de sopa quente cuja única certeza é que se não se comer nos primeiros minutos em que sai da panela acabará por ficar morna, fria, insípida e, por fim, tornar-se-á num caldo estragado intragável? E é, precisamente, quando se torna numa mistela que não se pode comer que se anseia, novamente, pela panela borbulhante, pela tigela fumegante como se, a partir daquele momento, a sopa ganhasse um sentido totalmente novo. Francesco estava a passar por um desses anseios. A sopa esfriara e almejava por algo que lhe acalentasse o corpo e o espírito, uma esperança, um sorriso.

JC era um homem intrigante. Talvez se o tivesse conhecido noutra situação a sua opinião fosse outra... Ou talvez não.

Do alto do hotel Rei David contemplava-se toda a Cidade Velha de Jerusalém que fervilhava de vida neste início de tarde. Estava frio lá fora, cerca de oito graus. O hotel marcava a fronteira entre a cidade antiga e a moderna, no exterior da muralha.

Apesar de não se sentir, verdadeiramente, cativo, Francesco tinha a noção que não podia simplesmente bater com a porta e ir embora. Estava num país estrangeiro sem ideia de como ali chegara, sem documentos, sem identificação, sem dinheiro. Não conseguia deixar de pensar em Sarah. Não falava com ela há mais de quinze horas. Estaria bem? Onde? Por outro lado, quando o receio tomava conta dele atirava a responsabilidade por tudo o que se estava a passar para a imagem mental sorridente que tinha de Sarah. Tinha um sorriso tão bonito. Às vezes parecia-lhe amargurado e retraído, mas sempre lindo.

Ao meio-dia serviram o almoço na suite. As *salatim* consistiam num *tabuleh*, um *kibbe* e uma salada de pimentos e beringelas. O prato principal era costeletas de carneiro grelhadas com legumes. Todos os pratos tinham bom aspecto, mas Francesco não tinha fome.

– Coma. Não sabe quando será a próxima refeição – recomendou JC que bebia água com gás e levava à boca um pedaço de carne.

O jornalista não quis dizer que o estômago revolvia, que provavelmente vomitaria tudo o que comesse por causa dos nervos. A imagem de Sarah a vomitar sobreveio. Estaria melhor? Obrigou-se a não pensar nisso. Lidaria apenas com aquilo que podia e, neste momento, era JC e o que ele esperava de si. Era óbvio que o velho sabia que ele estava nervoso, que não conseguiria comer, somente beber porque lhe secava a boca de tal maneira que estava sempre a humedecê-la e, por consequência, a ir ao quarto de banho.

– Acalme-se homem – ordenou JC. – Dos fracos não reza a História.

– Nunca sentiu medo? – ganhou coragem para perguntar.

– Sempre matei tudo aquilo que me metia medo – disse o velho, metendo mais um pedaço de carne à boca como se apenas tivesse mencionado o calor que fazia ou se chovia lá fora. – Não há razão para ter medo. O seu papel nesta história nem chega a secundário, talvez seja mais um figurante com direito a uma deixa – ilustrou com um sorriso.

A pergunta vital atazanava-lhe o juízo. Sabia reconhecer, depois de alguns anos de carreira bem-sucedidos, a questão crucial, aquela que faria a diferença. Fê-la muitas vezes em conferências de imprensa, entrevistas de fundo ou na rua, à porta de um qualquer edifício governamental, acotovelado por todos os lados pelos colegas de profissão à procura do melhor lugar, do melhor ângulo. Mas essa pergunta nunca tinha nada a ver consigo, era sempre sobre um caso, uma personalidade, a devassa de uma vida que não era a dele. Esta pergunta era diferente. A mais importante que alguma vez fizera.

– O que me vai acontecer quando a minha participação neste *processo* terminar?

JC nem olhou para ele quando deu a resposta. Continuava a comer com avidez como se não o fizesse há muito tempo.

– Mete-se num avião e vai para casa. Isto nunca aconteceu.

– E como posso confiar? – Tinha receio de estar a abusar da sorte, mas precisava de alguma garantia.

– Não pode. As palavras dos homens valem pouco. As coisas estão sempre a mudar. O que se combina hoje pode não dar jeito amanhã. É a natureza humana – disse o velho com a boca cheia.

Francesco estava cada vez mais aflito. Havia coisas que mais valia não saber.

– Além disso, o Francesco é o companheiro de alguém importante em todo este processo. A sua cabeça está sempre a prémio... Se não se portar bem – ameaçou.

O homem do fato Armani entrou na suite para trazer mais emoção à cena. Tudo fazia arrepiar Francesco. Era surreal. O velho praticamente o ameaçara de morte se não tratasse bem de Sarah.

– Como estão as coisas? – perguntou JC ao assistente manco.

– Dispersas.

O velho parou de comer e olhou para ele.

– Então chegou a hora de juntarmos tudo – limpou a boca com um guardanapo.

JC esticou o braço a pedir ao assistente que o levantasse. O manco amparou-o até à posição vertical e deu-lhe a bengala.

– Vamos? – proferiu JC sem particularizar ninguém.

– Vamos aonde? – perguntou Francesco, levantando-se desajeitadamente.

JC encaminhou-se para a porta da suite amparado pelo manco, de um lado, e pela bengala, do outro, deixando Francesco para trás.

– Vamos dar um passeio. Está na hora de você cumprir o seu papel.

46

– O que é que vieram fazer a Londres?

– E vocês, o que é que vieram fazer?

– Quem faz perguntas aqui sou eu.

– Sabe perfeitamente que não tem nenhuma razão válida para me manter aqui. Mais cedo ou mais tarde receberá um telefonema irado do Vaticano a pedir-lhe que me liberte e não terá outro remédio.

David Barry sabia que Jacopo tinha razão. Eram dois Estados a abusar da confiança de um terceiro que não fazia ideia do que se estava a passar dentro das suas próprias fronteiras. Estava sempre a acontecer mesmo dentro das fronteiras dos dois Estados que, neste caso, eram os usurpadores, na falta de palavra mais leve.

Os dois homens estavam sozinhos na sala de interrogatório. Jacopo suava devido à alta temperatura do ar condicionado. Já não tinha casaco e desapertara metade da camisa. Não fora torturado, pelo menos não na verdadeira acepção da palavra, ninguém lhe tocara com um dedo ou ameaçara a sua integridade física, a não ser o calor da sala.

David Barry sentou-se na cadeira oposta e apoiou os braços na mesa quadrada. A luz branca espalhava-se uniformemente pela pequena sala espelhada em todos os lados, até na porta.

– Jacopo Sebastiani, ou me diz o que eu quero saber ou quando o Papa ligar vou dizer que não faço ideia de quem é que ele está a falar e que não temos nada a ver com o seu desaparecimento e quando você voltar a aparecer estará a boiar no Tamisa em decomposição.

Jacopo engoliu em seco perante a ameaça; a ideia dele na água suja e gelada do rio fazia-o arrepiar-se até às pontas dos cabelos mesmo com o calor que estava.

– Não percebo o vosso interesse neste assunto. Não há americanos envolvidos – argumentou Jacopo ciente de que não adiantaria nada.

– Tudo o que interessa aos nossos aliados interessa-nos.

– Que bonito. Vocês são uns grandes abelhudos, essa é que é a verdade.

– Vamos andar nisto o dia todo? – Barry estava a perder a paciência.

– Não. Você tem de estar em Roma às oito da noite – gracejou Jacopo. Barry deu um murro na secretária.

– Se quer brincar eu também sei brincar. Brincando comigo, brinca com o fogo.

– Não foi isso que ele disse – contestou Jacopo.

– Ele quem?

– O Rafael.

– O que é que ele está a fazer em Londres?

– Nem ele sabe.

– Estou a perder a paciência, senhor Jacopo. – Barry decidiu serenar a voz para acalmar o ambiente. Tinha mais a ganhar se o italiano colaborasse. – O Rafael pode estar a correr perigo. Nós podemos ajudá-lo se nos esclarecer o motivo da sua viagem.

– O Rafael conhece os ossos do seu ofício. Hoje estamos vivos, amanhã sabe-o Deus. Não se preocupe com ele.

– Qual é a sua função no Vaticano?

– Sou historiador especializado em Religião Comparada.

– O que é isso?

– Analiso as semelhanças e diferenças entre religiões.

– E é preciso um curso para aprender isso? – Foi a vez de Barry ser sarcástico. – E por que acompanhou Rafael a Paris?

– E o que o leva a dizer que fui eu que acompanhei Rafael?

– Não foi?

– Eu estou aqui, ele não.

Um suspiro de mau humor tornou a acometer Barry. Era como se estivesse a andar sem sair do sítio. Assim não ia a lado nenhum.

Uma batida na porta chamou a atenção do director. A cabeça de Aris apareceu assim que esta se entreabriu.

– Tens um minuto, David?

Barry lançou um olhar irritado a Jacopo e levantou-se.

– Já venho.

A porta da sala de interrogatórios fechou-se deixando Jacopo sozinho perante dezenas de imagens de si próprio reflectidas nas paredes espelhadas. O suor a escorrer-lhe pela testa e a manchar a camisa debaixo dos braços, um ar fatigado. Ansiava por Roma, por regressar ao conforto do lar, pela lareira da sala, pelo grito estridente de Norma a chamá-lo para o almoço ou para o jantar. Tudo era melhor que aquilo. O seu corpo latino não se adaptava aos ares do Norte.

– Podem desligar a porra do ar condicionado? – resmungou para ninguém ou quem quer que o estivesse a espiar.

Depois lembrou-se que o mais certo era alguém estar a vê-lo por detrás de algum daqueles espelhos e, por isso, sorriu. Que se lixassem. Estava tudo a correr como previsto. O plano estava quase concluído.

Barry tornou a entrar na sala esbaforido. Pousou as mãos sobre a secretária e ergueu a cabeça para Jacopo.

– O que é que se está aqui a passar?

– É o ar condicionado que está muito quente – gozou Jacopo.

– Vais falar a bem ou a mal, cabrão – injuriou Barry. – Vou-te perguntar pela última vez, a bem, o que vieram fazer a Londres. Qual é o plano de Rafael?

Jacopo esboçou um sorriso cínico.

– É incrível. Tanta tecnologia e não vos serve de nada. – Enfrentou o olhar do norte-americano. – Pergunte-lhe esta noite. Ele não guardará segredo.

– Não gosto de ser apanhado na curva.

– Eu sei qual é o seu problema – afirmou Jacopo. – Está um grande circo montado na casa de Ben Isaac e vocês não têm olhos nem ouvidos. Estão cegos e não sabem o que se passa – esclareceu com algum sarcasmo. Apesar de saturado de ali estar, aquele detalhe divertia-o.

– Está a dizer-me que isto é tudo obra vossa?

– Claro que é tudo obra nossa. Para onde vocês se dirigem já nós de lá vimos com o vinho e o queijo.

– O Rafael está lá, então.

– Que fixação, homem. Ainda não percebeu que o Rafael é apenas um peão? Executa ordens. Mais nada.

– E o circo faz parte das ordens dele? – perguntou Barry aproveitando a deixa.

Jacopo suspirou.

– Rafael não faz ideia do que se está a passar na casa de Ben Isaac. Tudo isto é muito maior que ele.

47

Pode e deve desconfiar-se de tudo aquilo que se subentende. Não seria por um penitente dizer que tinha uma arma apontada à cabeça do confessor que se devia acreditar nisso. Havia necessidade de uma prova empírica que a rede de madeira que os separava ocultava. O confessor abriu a portinhola de rede e viu a ponta da arma apontada à sua cabeça, seguiu a mão até ao corpo e identificou o homem que a empunhava. O subentendido estava, desta forma, comprovado.

– Rafael?

– Robin.

– Que estás aqui a fazer? Pousa isso – tentou não alterar demasiado a voz. As cabinas do confessionário não tinham isolamento acústico.

Rafael não acatou o pedido. Mantinha a Beretta em riste, segura apenas por uma das mãos, a patilha de segurança ainda trancada.

– O que é que se passa? – perguntou Robin.

– Diz-me tu. Coloca as mãozinhas onde eu as possa ver. – Não estava a brincar.

Robin aparentava alguma confusão, mas o italiano não acreditou nisso nem por um segundo. Precisava de respostas e era ali que as teria.

– Por favor, Rafael. Somos homens de Deus. Pousa isso, por amor de Deus – pediu Robin, visivelmente incomodado.

– Homens de Deus não matam inocentes. Explica-me quem é o jesuíta que anda a matar pessoas que nos ajudaram no passado e por que razão. – A voz de Rafael emanava alguma raiva.

– O que tenho eu a ver com isso?

– Tu deves saber o que se passa na tua Companhia. Onde posso encontrar o Nicolas?

Robin não respondeu.

– Quem é Ben Isaac? – insistiu Rafael.

Robin não respondeu. Rafael retirou a segurança da arma. O inglês manteve-se pensativo durante alguns momentos. Estudava as opções, depois abriu a porta do confessionário e levantou-se.

– Eu absolvo-te. Em nome do Pai, do Filho e do Espírito Santo. – Executou o gesto em cruz à medida que proferia cada palavra. – Segue--me e guarda isso. Respeita a minha igreja – disse em surdina e saiu.

Rafael aguardou uns segundos, enfiou a arma no bolso de fora do casaco e saiu da sua cabina, mais leve, livre de pecados se tivesse lá ido por essa causa, se acreditasse que uma entidade superior, Deus, podia perdoar-lhe os pecados em vez de ele próprio. Seguiu no encalço de Robin que se dirigia para a sacristia. Olhou para todas as direcções à procura de acólitos, padres, pessoal auxiliar, não queria ser surpreendido pelas laterais, nem por trás e, muito menos, pela frente. Era irónico que não se sentisse seguro na casa do Senhor e se nem ali se podia dar a esse luxo já não havia esperança no mundo.

Saíram da igreja por um nicho lateral que dava para um corredor creme. Passaram uma porta com uma placa a dizer sacristia e por mais duas, a secretaria e uma sem identificação. Ao fundo, Robin abriu a última porta, a placa referia-se ao seu próprio nome, Padre Robin Roth. Esperou por Rafael e deixou-o ser o primeiro a entrar como mandava a boa educação, depois entrou ele e fechou a porta à chave.

– Queres beber alguma coisa?

– Estou bem, obrigado.

– Senta-te – convidou, apontando para um dos dois cadeirões estofa-dos que decoravam o gabinete. Uma secretária ao fundo exibia um ecrã de computador desligado e dois armários com prateleiras do chão ao tecto enchiam uma das paredes. Uma cruz simples dominava a outra parede, sem Cristo, tinha-se de O subentender, apenas uma gravação na barra horizontal com as três letras que eram a alma da Companhia, IHS.

Rafael mantinha a mão na arma, dentro do bolso do casaco apertado, como se tivesse frio.

– Ninguém te vai fazer mal aqui dentro – asseverou Robin.

– Desbobina, Robin. Não tenho o dia todo.

Robin sentou-se e suspirou. Não era um assunto que lhe apetecesse abordar.

– Estiveste com o Günter?

– Até ao fim.

– Uma chatice.

Rafael não corroborou. Ficar calado dizia tudo. Claro que era uma chatice, mais uma imagem para esquecer, um amigo para apagar da memória, um passado, uma vida. Lidaria com isso mais tarde, um dia, quando tudo estivesse confundido numa amálgama de sonhos, pensamentos, coisas que foram e outras que não, uma névoa que o tempo tinha sempre a habilidade de criar para atenuar as dores e as alegrias, o bom e o mau.

– Já ouviste falar da *Monita Secreta*? – perguntou Robin, cruzando a perna para se colocar numa posição confortável.

– Claro. A sua autoria foi atribuída a Claudio Acquavica, um dos primeiros superiores-gerais da Companhia de Jesus, no século XVII. Mas segundo me lembro era tudo uma falsificação de um polaco qualquer que fora expulso da Companhia, se não estou em erro.

– E sabes para que servia? – perguntou Robin num tom professoral.

– Para te ser franco nunca li. Segundo as más-línguas eram instruções e métodos para a Companhia ganhar relevo e influência nas comunidades onde se inseria e junto de outras instituições de poder. Estou certo?

– Certíssimo.

Robin levantou-se do cadeirão e dirigiu-se à secretária. Pegou numa chave que trazia no bolso e abriu uma gaveta. Rafael fincou as mãos na arma dentro do bolso exterior do casaco. Robin tirou de lá um livro envelhecido, cuja encadernação se estava a desfazer, já vira melhores dias. Voltou para o cadeirão e entregou o livro ao italiano.

– O que é isto?

– Lê.

Rafael apalpou o livro, rodou-o nas mãos, mirou a capa, a contracapa, a lombada, tentou identificar-lhe algum odor, o exterior não fornecia qualquer pista, nenhuma gravação, apenas o couro castanho, gasto, tomado pelo tempo. Abriu-o. As três primeiras folhas estavam em branco, amarelas, puídas, quase que se colavam umas às outras. Na quarta percebeu tudo. Estampado em letras garrafais, MONITA SECRETA, e um subtítulo em letras menores, *Métodos y Advertencias*. O nome do autor estava logo por baixo, um pouco apagado, Ignazio di Loyola e o ano 1551.

– Interessante – murmurou Rafael. Passou à página seguinte onde o texto começava, em espanhol. – A *Monita* é uma obra do Loyola?

– Exactamente. Ele sempre soube muito bem o que queria para a Companhia e deixou-o por escrito. Isso que tens na mão é a razão do nosso sucesso e da nossa longevidade – explicou Robin.

A *Monita Secreta* era uma obra polémica que muitos afirmavam de viva voz nem sequer existir ou ser um embuste. A dúvida quanto à sua autoria esteve, desde sempre, instalada. Atribuíra-se a Acquaviva, superior-geral da Companhia de Jesus entre 1581 e 1615, sempre sem grandes certezas, mas nunca sequer se ousara mencionar alguma vez que Loyola fora o autor do texto. Este facto era uma novidade.

– Qual a necessidade disto? – quis saber Rafael. – Para quê tanta intransigência? São uma ordem religiosa como muitas outras...

– Não digas baboseiras – criticou Robin. – Não somos uma ordem religiosa, sabes disso muito bem.

– Então são o quê?

Robin não respondeu logo. Estava a escolher as palavras.

– São o quê, Robin? – insistiu Rafael.

– Somos a linha da frente da Igreja Católica Apostólica Romana.

– Por favor, Robin. Poupa-me a esses disparates.

– Desde 1523.

– Agora têm mais 10 anos? – escarneceu Rafael. – A fundação em Paris não ocorreu em 1534, lá em Saint-Denis?

– Não sabes da missa a metade, Rafael. Há dois minutos nem sabias que Santo Inácio foi o autor da *Monita* – admoestou Robin.

Rafael tinha de condescender nessa matéria. Fora ali para obter respostas e Robin estava a dá-las, não havia razões para atacá-lo com soberba e arrogância. Deixou-o falar à vontade.

– Deves ter conhecimento da viagem de Santo Inácio a Jerusalém, em 1523. – Não esperou pela confirmação do italiano e prosseguiu. A História contava que Santo Inácio tivera visões e várias experiências espirituais em Manresa. Decidiu ir para Jerusalém devotar-se a ajudar as almas. Ele e alguns seguidores tinham ido a Roma pedir autorização ao Papa, o impopular holandês Adriano VI, à altura do acontecimento. – Esta é a versão oficial. Mas Loyola nunca esteve interessado em ir para Jerusalém. Não significava nada para ele. Tinha um projecto, uma visão e se para concretizá-lo necessitasse fazer um favor a alguém que o podia ajudar fá-lo-ia.

– Então quem o enviou a Jerusalém?

– O cardeal de Florença, Giulio de Medici – revelou.

– Foi o Clemente VII que lhe pediu para ele ir a Jerusalém? – quis certificar-se Rafael. Não era hora para mal-entendidos.

– Claro que foi.

– E o que é que o Papa queria que ele fosse lá fazer?

– Atenção, que Giulio de Medici ainda não era Papa em Setembro. Só se tornou em Novembro e Loyola ajudou a esse cenário. Mas a pergunta correcta é: o que é que o cardeal de Florença queria que ele fosse lá buscar? – corrigiu Robin cofiando a barba.

Rafael ficou à espera da resposta. Que raio seria? Robin retardou de propósito.

– Estou a ficar com sede de tanto falar.

– Não vais fazer uma pausa agora, pois não? – resmungou o italiano.

Robin deu uma ligeira risada. Estava a gozá-lo.

– O que é que ele foi buscar?

– Papéis – respondeu o inglês observando o efeito da palavra.

– Papéis? – estranhou Rafael.

– Pergaminhos – especificou.

Rafael já fora enviado algumas vezes atrás de pergaminhos e papiros que a Igreja considerava importantes por qualquer razão. Jordânia, Síria, Israel, Iraque, Arábia Saudita, ou mesmo em países ocidentais. Por vezes como mero estafeta, outras como ladrão ou comprador, dependendo dos casos e de quem os detinha. Havia um mercado negro de manuscritos, esse Rafael conhecia-o. Era mais do que provável que existisse há séculos ou há milénios, daí que Loyola a caminho de Jerusalém para recuperar pergaminhos para a Igreja, há quinhentos anos, não fosse uma ideia de todo descabida.

– Loyola foi a Jerusalém e regressou pouco tempo depois – reflectiu Rafael.

– Foi rapidíssimo. Ida e volta – acrescentou Robin. – Se fosse hoje ia e vinha no mesmo dia. Tendo em conta as condições de viagem do século XVI andou depressa. Ele esteve apenas 20 dias em Jerusalém.

Rafael anuiu com a cabeça.

– E que pergaminhos eram esses?

– Pergaminhos que falavam de ossos – disse o inglês num tom enigmático.

Pergaminhos que falavam de ossos – repetiu Rafael mentalmente. Nada de estranho. Muitas das sepulturas mais visitadas pelos turistas do mundo moderno deviam-se exactamente a informações sobre a sua localização que se encontravam, justamente, em textos antigos. Era costume deixar registado em vários suportes a identificação do ente que partira deste mundo.

– Sabes tão bem como eu que os rituais fúnebres judaicos, na Jerusalém do século I, eram bastante diferentes dos nossos – prosseguiu Robin, desviando o assunto da matéria principal.

– Faço uma ideia, mas não sou versado nesses assuntos.

– Entendo. És mais versado em mandá-los para a cova e não tanto em enterrá-los – disse Robin com algum menosprezo.

Rafael nada disse. Quem dizia a verdade não merecia castigo.

– Em linhas gerais, os judeus não enterravam os seus tão depressa como nós ou nem os enterravam de todo. Colocavam-nos em túmulos talhados na rocha. Podiam ter uma ou várias câmaras, melhor ou pior trabalhadas, dependia do dono e do dinheiro dele. Eram construídos para toda a família, excepto para as mulheres que casassem com elementos de outras famílias. Lavavam o corpo com água, sempre de cima para baixo, para as impurezas dos pés não contaminarem outras partes do corpo. A seguir espalhavam óleos e perfumes. O corpo era envolvido numa mortalha de linho, o *sadin*. Por vezes usavam roupas ou lençóis ou tecidos caros importados, mas *nós* sabemos que no caso de Jesus foi envolvido numa mortalha de linho nova. Todo este procedimento foi executado por José de Arimateia e Nicodemos, sabemo-lo pelas Sagradas Escrituras. Os braços eram estendidos ao longo do corpo e os pés amarrados antes de o envolverem na mortalha. Havia uma clara separação entre o corpo e a cabeça. A cabeça nunca era coberta pelo *sadin* que tapava o corpo. Chamava-se ao que tapava a cabeça *sudarion*.

– Sudário – repetiu Rafael.

– Desta forma se o *morto* – fez umas aspas com os dedos – ressuscitasse não morreria asfixiado. Existem inúmeros relatos de familiares que encontraram os seus entes queridos sentados à espera deles no interior do túmulo. Um deles é o do Anaías. Foi encontrado sentado no túmulo à espera dos familiares e depois disso viveu por mais 25 anos.

– Já ouvi falar.

– Foi baseado nesse costume que, na Antiguidade, os bizantinos começaram a instalar sinetas nas campas que estavam ligadas por um fio ao caixão e que podia ser accionado pelo morto se este acordasse.

Claro que Rafael estava ao corrente desse costume. Era ainda possível testemunhá-lo em alguns cemitérios europeus em campas muito antigas. Com os avanços da medicina esses costumes perderam-se, mas, especialmente nos países latinos onde se enterravam os mortos demasiado depressa, não era raro encontrar-se o interior das tampas esgaravatadas pelas unhas do *falecido* que acabara por acordar tempo depois.

– O costume judaico consistia em manter os corpos em nichos escavados nas paredes, uns lóculos a que chamavam *kokhim*. A não ser que a morte ocorresse por mutilação ou execução, os familiares queriam sempre ter certeza se o ente querido estaria mesmo morto ou numa espécie de torpor, entre o *sheol* e o mundo desperto. As pessoas tinham pavor a serem enterradas vivas. Por isso visitavam-nos durante os três dias seguintes ou mais, não só para se certificarem de que o ente falecera mesmo, mas também porque fazia parte do cerimonial. Prostravam-se perante o cadáver em respeito, usavam loções e poções para que a passagem para o *sheol* fosse feita correctamente. Daí que as visitas posteriores ao túmulo de Cristo não fossem anormais, mas antes um costume perfeitamente enraizado na população judaica. O corpo mantinha-se nesse *kokhim* durante um ano ou mais. Devido às condições geológicas e climatéricas muito próprias de Jerusalém ao fim de um ano o corpo já estaria totalmente decomposto e aí iniciava-se outro ritual. A trasladação dos ossos do *kokhim* para os ossários. Normalmente, eram arcas em pedra, também mais ou menos decoradas, normalmente com o nome ou nomes dos falecidos que estivessem no interior. Eram depois colocados noutro local, noutra câmara ou num espaço destinado ao efeito, conforme estivesse disposto o túmulo. Não havia dois túmulos iguais. Também havia bancadas escavadas, os *ossilegium*, onde repousavam os ossos de gerações anteriores. De qualquer forma, como te disse era comum na época que nesse ritual de três dias o morto acordasse. Há até quem defenda que... – Robin hesitou. Até para ele próprio era um abuso proferir tal tese.

– Que foi o que aconteceu a Lázaro – completou Rafael.

Robin olhou-o com o desdém.

– Também partilhas dessa teoria?

– Nem partilho nem deixo de partilhar. É-me indiferente se Jesus o ressuscitou ou se ele não tinha morrido. Eu sou o braço e as pernas. Não sou a cabeça nem o coração da Igreja – explicou friamente. Tanto se lhe fazia.

– És o braço e as pernas porque a Igreja actual não tem cabeça. A Companhia sempre foi a linha da frente e a trave-mestra da Igreja Católica.

– *Perinde ac cadaver*, Robin. O juramento é vosso – citou Rafael com um sorriso sarcástico. Abriu o livro e folheou-o. – Aposto que deve estar aqui algures.

– Pousa isso – praguejou Robin que se levantou e lhe arrancou a *Monita Secreta* das mãos. – Não me venhas com demagogias.

– Obedecer ao Papa como um cadáver. Culpa o Loyola. A ideia foi vossa. Se agora não vos serve... – continuou a provocar Rafael.

– Sabes perfeitamente por que não nos serve – apontou Robin com algum azedume. – O próprio Ratzinger decidiu com que linha se queria coser. Não nos culpes por causa disso.

– Só estou a dizer que se obedecem ao Papa cegamente, como se propuseram desde o início, devem fazê-lo em todas as horas e não somente quando vos convém.

– Vai-te lixar, Santini – insultou o inglês inflamado. – Não sabes do que estás a falar.

Rafael conteve-se. Não queria que Robin perdesse de vez a paciência. Ainda havia coisas para explicar.

– Talvez tenhas razão. Sobre esse assunto estarás muito melhor informado do que eu – concordou na tentativa de serenar os ânimos.

– A Companhia sempre teve em consideração o superior interesse da Igreja. Historicamente podes comprová-lo – argumentou Robin ainda um pouco irritado. – Partimos em missão para os quatro cantos do mundo, convertemos mais fiéis do que qualquer outra ordem religiosa, novas pessoas para as fileiras da Igreja, fomos onde nunca nenhum cristão havia ido e ainda hoje lá estamos instalados. Pregámos a Palavra do Senhor na língua que os fiéis entendiam, virados para eles e não de costas. Renovámos a confissão, a indulgência plenária, demos o poder da omnipresença à Igreja. Se, posteriormente, os líderes dessa Igreja fraquejaram e decidiram traí-la, nós deveríamos continuar a servir cegamente? – Calou-se durante alguns instantes para deixar as palavras ganharem forma na mente de Rafael. – *Ad maiorem Dei gloriam* é o que proclamamos na Companhia e não *Ad maiorem Papam gloriam*.

Não vale a pena insistir – pensou Rafael ajeitando-se na cadeira. Não ia continuar uma discussão surda. Era óbvio para si que a Companhia devia respeito ao Papa, quem quer que ele fosse, e uma vez que dependiam directamente dele ainda lhe deviam mais respeito. Existia um fosso grande entre a Santa Sé e a Companhia de Jesus. O Papa branco e o Papa negro. Qual deteria maior poder? Não cabia a si responder. O seu dever era defender Ratzinger e fá-lo-ia até ao fim.

– Mencionaste pergaminhos que falavam de ossos. – Foi a vez do italiano retornar o assunto ao trilho que verdadeiramente interessava.

– Sim.

– Troca isso por miúdos.

Robin suspirou. Esta era a parte mais delicada. Já transmitira demasiada informação a Rafael, mais do que aquela que devia, alguma que, porventura, podia manchar o bom nome da Companhia, o bom nome de Santo Inácio, mas nada comparado com o que aí vinha. De qualquer maneira fora Rafael quem o procurara, seria o italiano a sofrer as consequências.

– Desde que Jesus morreu que sempre se questionou... – procurava a expressão correcta – o que lhe tinha acontecido.

– Ressuscitou ao terceiro dia – objectou Rafael.

– Essa é a história da carochinha que se conta na catequese.

– Não há outra nem faz falta – argumentou o italiano. Não se devia complicar o que era fácil.

– Era bom que assim fosse, Santini, e, de facto, assim foi durante muitos anos, mas as coisas mudaram de figura com a Inquisição.

– A culpa é sempre da Inquisição – reclamou.

– A Inquisição como sabes criou anticorpos. Os judeus, que já não morriam de amores pelos católicos, ganharam-nos um ódio tal que ainda hoje perdura em estado latente.

E Robin continuou o relato de como os judeus que fugiram iniciaram verdadeiras expedições à Terra Santa, por vezes a coberto de cristãos-novos ou mesmo muçulmanos. O dinheiro sempre comprou tudo e eles sempre o tiveram. Os vestígios começaram a aparecer. Nada de especial ao princípio, depois pergaminhos em Jerusalém, em Qumran, na Síria, no Próximo Oriente. *Miqwa'ot*, túmulos, ossadas. A Igreja tentou estar sempre em cima do acontecimento, pagava a salteadores e ladrões de túmulos para interceptar o que quer que estivessem a escavar, mas essa corja do *Hanukkah* – palavras de Robin – sempre se defendeu muito bem. No tempo de Leão X, em 1517, ouviu-se falar, pela primeira vez, na descoberta de um pergaminho que apontava para a localização do túmulo que albergara Cristo, e esse texto mencionava um outro pergaminho de que nunca se ouvira falar até então... o Evangelho de Jesus.

– O quê? – perguntou Rafael atónito. Ouvira bem? Levantou-se e desapertou o casaco. Precisava de ar. – Que pergaminho é que menciona esse Evangelho?

– O Evangelho de Maria Madalena.

– Mas esse não apareceu apenas no século XIX?

– *Reapareceu* novamente no século XIX é a forma mais correcta de o dizer. Loyola nunca os conseguiu trazer para Roma.

– Livra! É demasiada informação para assimilar de uma só vez – queixou-se o italiano.

– Achas? – perguntou Robin sentado no cadeirão com a perna cruzada e o livro de Loyola no seu colo. – Isto não é nada. O pior ainda está para vir.

48

– Manuscritos? Que manuscritos são esses? – perguntou Schmidt olhando pela janela.

Uma tromba-d'água abatia-se sobre Roma acobertada por um vento forte. Em baixo, na praça santa, alguns heróis tentavam resistir segurando o chapéu-de-chuva, outros corriam para debaixo da colunata à procura de abrigo. Nuvens negras cerravam fileiras sobre a Cidade Eterna como se estivessem a preparar o dilúvio universal. Do lado direito, a basílica aguentava, com a solidez de uma rocha, os desrespeitos do clima e os pedidos dos homens que lhe reconheciam a santidade. Os turistas e os fiéis pareciam insectos a fugir da água e alojavam-se debaixo do seu tecto imenso. Era uma hora da tarde em Roma, a mesma que no Vaticano, e mais parecia noite e hora de jantar.

– Hoje não vamos ter outro tempo – observou William sem manifestar agrado ou desagrado.

– Se for um assunto confidencial compreendo – desculpou-se Schmidt. Não queria, de maneira alguma, colocar Tarcisio numa posição difícil. Já bastava o que estava a acontecer.

William lançou um olhar constrangido ao secretário. Obviamente não ia compartilhar um segredo papal com um simples padre que, ainda por cima, podia deixar de o ser em breve.

– É confidencial – confirmou o piemontês meio incomodado. Preferia revelar tudo e deixar que a mente mais lógica e racional do *Austrian*

Eis analisasse o caso e tirasse as conclusões, mas não o poderia fazer em frente a William.

Ironia do destino ou argúcia divina, chame-se o que se entender chamar, Trevor, o assistente do secretário de estado, bateu levemente à porta e entrou com um telefone sem fios na mão.

– Eminência, desculpe interromper – disse a medo.

– Que se passa, Trevor?

– Uma chamada para o cardeal William.

– Quem é? – interpelou o prefeito acercando-se do assistente.

– David Barry, de Londres, Eminência.

William pegou no aparelho, ainda que o correcto seja dizer que o arrebatou das mãos de Trevor.

– Se não se importam vou atender lá fora, senhores.

– Faz o que tens a fazer, William – proferiu Tarcisio.

William saiu com Trevor no encalço e os dois homens que ficaram continuavam a olhar para o temporal que desabava na praça.

– Se continuar assim o Tibre vai galgar as margens – alertou Schmidt.

– Esperemos que pare. Vou pedi-lo nas minhas orações – suspirou Tarcisio que virou as costas à janela e se foi sentar no grande sofá de pele. Já não tinha idade para enfrentar a Sodoma e Gomorra que contaminara a sociedade. O mundo estava a cair em descrédito e, como tudo nos dias de hoje, a uma velocidade alucinante. Encontrar jovens capazes de se devotarem a algo que não fosse uma consola de jogos ou um *ipod* era como encontrar uma agulha num palheiro. O consumismo era a nova religião e ganhava adeptos mais facilmente que qualquer outra a cada dia que passava.

Um raio iluminou o dia escuro durante poucos instantes e segundos depois o trovão retumbou vorazmente como um terramoto.

– Credo! – assustou-se Tarcisio. – Senta-te junto de mim – pediu a Schmidt. – Vou contar-te a história dos manuscritos.

Schmidt aproximou-se do amigo mas levantou uma mão.

– Tarcisio não quero que me contes coisas que não podes, ou não deves, contar – rogou com firmeza. – A amizade não se sobrepõe ao dever.

Tarcisio sorriu. Um conselho daqueles só podia mesmo ser proferido por Schmidt, sempre preocupado com o bem-estar dos outros antes do seu. Um ser angélico como poucos, homens como o amigo austríaco estavam em vias de extinção.

– Senta-te, meu amigo – tornou a suspirar consternado. – O problema é que não confio no William.

– Como assim? – perguntou Schmidt curioso, sentando-se ao lado do amigo italiano.

– Não sei se ele é de confiança.

– É um cardeal da Igreja Católica Apostólica Romana, um príncipe da Igreja, como tu. Prefeito da Congregação para a Doutrina da Fé. De que mais provas necessitas? – argumentou Schmidt.

– Conheço o currículo dele, Hans. O problema não está no currículo, nem sequer no empenho que dedica à Igreja – atalhou o piemontês escolhendo bem as palavras. – Não sei de que lado está, nem qual o objectivo dele.

– Não será impressão tua? – inquiriu Schmidt com uma voz condescendente. – Os métodos dele têm trazido frutos. O tal Rafael tem conseguido informação, a mulher está com Ben Isaac. Cepticismo à parte, já nos deu um suspeito e que suspeito. A gloriosa Companhia de Jesus.

Tarcisio escutava os argumentos de Schmidt com atenção. Uma análise fria, baseada apenas em factos, relegando para segundo plano as opiniões e emoções. Assim era o austríaco. Por isso precisava dele.

– Talvez seja somente uma impressão – assentiu Tarcisio.

– Será. Ele está do nosso lado – afiançou o amigo.

– Esqueçamos isto – decidiu o secretário. Depois mudou de assunto. – Os pergaminhos de que te falo foram mencionados pela primeira vez no tempo de Leão X, mais precisamente em 1517.

Um prelado que ele nomeara cardeal, Egidio Canisio, tinha como professor de Hebreu um homem de grande prestígio e com muitas ligações a Jerusalém, chamado Elias Levita. Foi ele quem lhe falou num documento que mencionava o local onde repousavam as ossadas de Cristo.

– Isso seria o descalabro – comentou Schmidt.

– E Leão X sabia muito bem disso. Apesar de excêntrico e *bon vivant*, era arguto, homem de negócios antes de o ser da Igreja.

– Bem sei. Foi quem teve a genial ideia de vender indulgências – escarneceu Schmidt.

– Nem me lembres. Ofereceu a concessão das indulgências, para todo o território alemão, a um dominicano, o Johan Tetzel. Foi por causa disso que o Lutero... foi o que foi e fez o que fez.

– Mas isso são contas de outro rosário – disse o austríaco relembrando o assunto que ali estava a ser debatido.

– Pois, adiante. Leão X manteve tudo em segredo e colocou o seu primo a supervisionar, pessoalmente, o assunto. Giulio percebeu que para controlar a situação necessitava obter os pergaminhos e abafar as testemunhas e descobrira o homem certo para o fazer.

– Quem? – quis saber o austríaco.

– Santo Inácio – respondeu Tarcisio de sopetão.

Jesuítas – pensou Schmidt.

Tarcisio reparou na ligação em que o amigo pensou. Afinal a menção de Rafael não era tão descabida como isso.

– Loyola cumpriu a missão – afirmou Schmidt em jeito de deixa para o amigo prosseguir.

– A Companhia de Jesus foi a recompensa. Loyola trouxe os pergaminhos e muito mais do que isso – disse Tarcisio com um ar pensativo.

– Os Ossos de Cristo – acrescentou Schmidt.

O piemontês anuiu pesadamente como se verbalizá-lo fosse demasiado espinhoso.

– Onde estão esses documentos? – indagou Schmidt.

– Os jesuítas são os seus fiéis depositários. Confiam-nos ao Papa somente na noite da eleição.

– E os ossos?

– Também estão em poder deles – proferiu Tarcisio abatido.

Schmidt levantou-se e dirigiu-se novamente à janela. A mente acutilante analisava toda a informação com desapego. Factos históricos, personalidades consagradas, prestígio, lendas, mitos, nada disso importava. Somente informação avaliada com algum menosprezo. Os sentimentos eram inimigos da decisão ponderada. Deambulou de uma janela para a outra, da secretária para o sofá, entre poltronas, cruzando os dados que Tarcisio lhe fornecera mais os que assimilara ao longo da noite anterior.

– Ora bem, se o Loyola recuperou os pergaminhos e as ossadas e ficou fiel depositário delas, daí se depreende o poder dos jesuítas e o facto de dependerem directamente do Papa, entre muitas outras coisas. Resta somente uma pergunta, isto partindo do princípio que os jesuítas estão mesmo envolvidos nisto – proferiu Schmidt a andar de um lado para o outro de braços cruzados e uma mão a segurar o queixo.

Tarcisio aguardava expectante a formulação de tão solitária pergunta.

– Que peça é que lhes falta? – concluiu Schmidt.

Tarcisio esboçou uma expressão de quem não compreendera.

– Leão X foi o primeiro a lidar com o problema, colocou o primo, futuro Clemente VII, a supervisionar. Este, por sua vez, recuperou os documentos que podiam trazer problemas, mais as supostas ossadas. Problema resolvido. O que é que lhes falta? – resumiu o austríaco. – O que é que pode ser mais importante que os... *Ossos de Cristo*? – Disse esta última parte em surdina.

– O Evangelho de Jesus – informou Tarcisio.

Schmidt fitou o amigo incrédulo.

– O que é que disseste?

– Isso mesmo que ouviste. É disso que eles andam à procura. – Foi a vez de Tarcisio se levantar e unir os pontos para perceber o desenho. – Como bem disseste, eles têm tudo, excepto essa peça do *puzzle*. Eliminam todos os intervenientes que lidaram, directa ou indirectamente, com a relíquia e tornam-se fiéis depositários como aconteceu com Loyola. – Era isso. Só podia ser. Simples, silencioso e cruel.

– Com uma diferença – interpôs Schmidt. – Desta vez sem consentimento papal.

– A dissidência jesuíta não é recente. Remonta ao início do papado de Lolek. Também tiveram algumas querelas com outros pontífices que acabaram por se resolver, a bem ou a mal. Mas a interferência maior foi, sem dúvida, de Wojtyla, aquando da resignação do Pedro Arrupe. Nunca nenhum Papa tinha nomeado um delegado pontifício para presidir à Congregação Geral que iria eleger o novo superior-geral. Os jesuítas ficaram muito ressentidos e ofendidos com esse acto. Consideraram uma insurreição do Papa – explicou Tarcisio.

– Mas o Paolo Dezza, o delegado que o Lolek escolheu, era jesuíta – advogou Schmidt para demonstrar que estava a perceber onde ele queria chegar.

– Mas não foi nomeado pelo superior-geral.

– Porque o Pedro Arrupe não estava em condições de o fazer – proferiu Schmidt, manifestando uma certa indignação. – O AVC deixou-o com paralisação parcial e afectou-lhe a fala.

– Vai-lhes explicar isso – argumentou Tarcisio. – Para muitos jesuítas foi um ultraje – prosseguiu o secretário.

Shmidt franziu o sobrolho e mudou de assunto.

– Então eles andam atrás desse Evangelho. Nunca tinha ouvido falar dele. Presumo que esteja na posse de Ben Isaac.

Tarcisio anuiu.

– Esse Evangelho é muito intrigante.

Segundo o relato do piemontês, o Evangelho fora mencionado, pela primeira vez, no Evangelho apócrifo de Maria Madalena, o mesmo que apontava, correctamente, a localização do túmulo de Cristo. Quem melhor do que Madalena para saber onde ele ficava? E quem melhor do que Madalena para guardar um Evangelho da autoria do seu próprio companheiro?

– Então Loyola não recuperou o Evangelho? – quis saber Schmidt.

– Não o conseguiu encontrar. E o de Madalena não estava completo, como sabes.

Foi Pio IX quem tornou a mexer no assunto no século XIX. Leu o segredo e organizou um grupo de homens de confiança para tratar do assunto. Encontraram mais três pergaminhos que mencionavam o Evangelho de Jesus e, mais grave, quando e onde é que ele fora escrito e por quem... Mas nada de Evangelho.

O suor cobria a testa de Tarcisio que logo pegou num lenço para a limpar.

– Todas as tentativas posteriores para encontrar o Evangelho revelaram-se infrutíferas. A única certeza era a de que existia de facto... até Ben Isaac – declarou Tarcisio.

– Até Ben Isaac – rematou Schmidt que olhava para o amigo. – Há aqui uma coisa que me causa estranheza. A Companhia e a Igreja estão do mesmo lado. Para quê tudo isto? Não bastava dialogar e chegar a um acordo? Eles queriam o Evangelho. Por que não negociar com o Ben Isaac? Para quê tanto sofrimento?

Tarcisio sorriu e levantou-se também, não sem algum esforço que o fez arquejar.

– A Companhia e a Igreja não estão do mesmo lado já há algum tempo.

Tornou a contemplar a praça que se espraiava lá em baixo, vazia, atacada pelo vento do Norte e pelas bátegas incessantes da chuva.

– Mas já conversaram sobre o assunto? – perguntou o austríaco.

– Muitas vezes – respondeu Tarcisio com pena. – Hoje tornarei a reunir-me com o Adolfo.

– Mostra-lhe que sabes o que se está passar. Encosta-o à parede – sugeriu Schmidt.

– Não adianta, Hans. Parece que estou a falar com o presidente do conselho de administração de uma grande empresa. Há muitos interesses em jogo. Eles estão cientes de que não podem atacar-nos directamente. – Suspirou e pegou novamente no lenço para limpar o suor da testa. – E nós também não.

William regressou ao gabinete papal. Vinha afogueado, notoriamente cansado.

– A CIA anda em cima de nós – acabou por dizer.

– Só nos faltava mais essa – resmungou Tarcisio.

– O que é que eles têm a ver com isto? – perguntou Schmidt.

– O que é que eles têm a ver com o que quer que seja? – protestou Tarcisio que depois olhou para William. – Desculpa, William, mas os teus compatriotas estão sempre a meter-se em situações que não lhes dizem respeito.

William podia ter dito *Olha quem fala* mas preferiu manter-se calado. Além disso, Tarcisio tinha alguma razão.

– O que é que eles querem? – inquiriu o secretário.

– Saber do Rafael e de Ben Isaac e companhia limitada. Sabem alguma coisa, mas ainda não muito bem o quê. Andam à nora. E têm o Jacopo. Eu dei-lhes algumas migalhas em troca da libertação dele.

– Não precisavas de dar nada. O Jacopo conquista a liberdade dando--lhes cabo da paciência. Vão chatear-nos?

– Não creio.

– Notícias do Rafael?

– Logo janta com o director da CIA no Memmo. Agora está na toca do lobo em Mayfair, na Immaculate Conception.

Tarcisio rumorejou.

– Esperemos que saia de lá sem ser mordido.

49

David Barry era um homem bem mais informado depois de ter falado com o cardeal William por telefone. O historiador não cedera quase nada, mas acedera a dizer que se queria saber mais deveria contactar o seu superior que, por acaso, era um compatriota seu. David Barry usou essa mesma cartada falando de Long Beach, do RMS Queen Mary, o paquete transatlântico que, actualmente, funcionava como hotel e museu, permanente ancorado naquela cidade da Califórnia, um ex-líbris. Falou também de Houston, dos Theater e Museum Districts, impagáveis, imprescindíveis, ciente de que um cardeal devia sempre fidelidade ao Papa e não ao país natal ou à terra natal, infelizmente. Eram os caminhos dos homens, da fé, dos ofícios. Todos vendiam o seu trabalho e lealdade. Mas o segundo telefonema foi muito mais esclarecedor.

– Chamaste-me? – perguntou Aris da porta do gabinete do director.

– Sim. Entra e fecha a porta.

Aris cumpriu o pedido ou ordem, pois Barry era o seu superior hierárquico, e sentou-se sem esperar convite.

– Falei com a Santa Sé – informou Barry.

– OK. Captaste a minha atenção.

– Foi a única coisa que consegui arrancar do sacana do historiador: o nome do superior dele, cardeal William, que por acaso é de Long Beach – resmungou Barry.

– Long Beach? Como é que alguém de Long Beach é cardeal? – perguntou Aris em pulgas.

– A conversa foi cordial. Eles têm quase tudo controlado – continuou Barry, ignorando a ironia de Aris.

– E acreditaste nisso?

– Claro que não. Atirei-lhe algumas esmolas para ele perceber que estamos por dentro, mas sem dar a ideia que estamos apenas à entrada.

– E que a porta ainda está fechada – acrescentou Aris no gozo. – Com chave.

– Pois. Mas ele entreabriu-a. Um grupo terrorista islâmico raptou o filho de Ben Isaac.

– Bate certo. Quem reivindicou o rapto?

– O Islamic Jihad Movement.

– Que grandes filhos da puta.

– Andam atrás das grandes fortunas, estudam-nas, analisam-nas, captam as fraquezas e depois dão o golpe. Neste caso, o filho de Ben Isaac – explicou Barry com os dedos de ambas as mãos entrelaçados em cima da secretária.

Aris ponderou sobre o tema durante alguns momentos e logo encontrou falhas.

– Isso não explica os acontecimentos em Paris nem a presença do Rafael.

– Foi o que eu pensei – concordou Barry.

– Ao que o cardeal William respondeu? – deu a deixa Aris.

– Que Ben Isaac é um devoto católico e um grande benemérito da Igreja. Para além disso tem *parcerias* no Banco do Vaticano e no do Santo Spirito.

– Um banqueiro com interesses em bancos. Conta-me uma novidade – ironizou Aris. – Em suma, o gajo dá dinheiro à Igreja, daí o interesse dos padrecos em safá-lo. Mas isso não explica as mortes. E o tal acordo, o *Statu Quo*?

– O acordo era outra das fraquezas do israelita. Um acordo de cavalheiros financeiro. Usavam as escavações como forma de Ben Isaac poder injectar dinheiro na Igreja legalmente, através de mecenato. Eliminaram quase todos os envolvidos para demonstrar que não estavam a brincar e que matariam o filho dele num abrir e fechar de olhos.

Deixaram as explicações de William assentar para descobrir-lhe as falhas.

– Achas que é de acreditar? – acabou por perguntar Aris, levando as mãos abertas à nuca para se espreguiçar.

– Não. Este cardeal saiu-me um grande mentiroso. Os ingleses e os franceses tomaram conta das operações de resgate. Aguardemos. Logo em Roma saberemos tudo. Pede à Sam que anule a viagem e peça a devolução do dinheiro. Vamos no nosso avião. E ela que investigue as *parcerias* – fez aspas com as mãos – do Ben Isaac com o Banco do Vaticano e o tal Banco do Santo Spirito.

– OK. – Aris levantou-se prontamente e dirigiu-se à porta, depois virou-se para Barry. – Quer dizer que o Rafael também anda às aranhas?

– Pelos vistos. – Barry pegou na sua arma e retirou o carregador para verificar as balas, em seguida tornou a colocá-lo no lugar.

– Vais sair?

– Vamos – informou, levantando-se e pegando no casaco do cabide. – Trata disso e vai ter comigo à garagem. Chegou a nossa vez de baralhar o jogo.

50

A voz ecoava pelas colunas de som num inglês perfeito. Todos a escutavam num mutismo suspenso, havia quem nem sequer ousasse respirar. A mão de Garvis mantinha-se no ar a pedir contenção de gestos e palavras. Ben Isaac estava de pé, junto à mesa grande da sala, repleta de parafernália electrónica. Alguns técnicos estavam sentados com auscultadores nas orelhas a escutar o que se dizia de um e de outro lado. Outros registavam a chamada num *software* especial que ilustrava as vozes com gráficos de cores berrantes que saltavam à vista no ecrã do computador.

Sarah abraçava Myriam que permanecia sentada no sofá, aflita e se arrepiava a cada sílaba da voz neutra que saía das colunas. Era aquele homem que fazia mal ao seu filho. Frio, calculista, pérfido, implacável.

– Tenha calma, Myriam – sussurrou Sarah ao ouvido dela. – Vai tudo correr bem. Está quase a acabar – asseverou.

Myriam bem queria crer naquelas palavras doces, mas sabia que não passavam de analgésicos para a alma.

– Escute com atenção, pois só o direi uma vez – comunicou a voz masculina pelos altifalantes. – Uma vez que ignorou as nossas instruções de se desfazer da jornalista vamos dar-lhe uma *última* oportunidade. – O ênfase na palavra última não passou despercebido a ninguém. – Será ela a fazer a entrega dos pergaminhos. Se a Sarah Monteiro não estiver daqui a duas horas na Gare du Nord com os pergaminhos em seu poder, o seu filho morrerá. Não voltaremos a falar. *Ciao*, Ben Isaac.

E a ligação desligou-se abruptamente. O homem fora bem claro. Não havia lugar a dúvidas. Todos os olhares se centraram em Sarah que corou com o nervosismo. Desde que deixara Francesco no quarto do Grand Hotel Palatino que tudo fugia ao seu controlo. A conversa com William, no palazzo Madama, as instruções, a ida ao encontro de Ben Isaac, o voo, os enjoos, tudo decorria numa vontade muito própria que ela desconhecia totalmente. Era a vida a mostrar-lhe, novamente, que qualquer sensação de controlo era pura ilusão. Sarah não necessitava de mais demonstrações. Já o sabia há muito, desde Firenzi, desde JC, desde Rafael, desde Simon Templar e John Fox. Ben Isaac, Myriam, o filho deles, o inspector francês, o inglês, toda a parafernália de equipamento para detectar o indetectável, o telefonema, Francesco, outra vez, Rafael, sempre... Nada daquilo a impressionava. Ninguém controlava nada, talvez Deus, se existisse, controlasse todos.

Myriam abraçou Sarah com muita força.

– Traga-me o meu filho, Sarah – suplicou desesperada. – Não deixe que eles lhe façam mal. Não deixe.

Garvis baixou a mão e o frenesim disparou numa ordem caótica que somente os envolvidos compreendiam.

– Temos localização? – perguntou o inspector inglês.

– Roma – disse um dos técnicos.

– Jerusalém – disse outro.

– Londres.

– Dusseldorf.

– Oslo.

– Quer-me parecer que não temos localização, pois não, Jean Paul? – intrometeu-se Gavache.

– Estamos perdidos, senhor inspector.

– O que é que se passa? O telefonema durou mais de um minuto? – perguntou Garvis incomodado.

– Um minuto e cinquenta e seis segundos – acrescentou Jean Paul para dar alguma precisão à informação.

– Não conseguimos localizar a proveniência da chamada – afirmou um dos técnicos. – Só posso concluir que eles sabem que estamos a monitorizá-los.

– Parece-me muito bem concluído – concordou Gavache, tragando uma baforada de cigarrilha. – Ou então serão eles que estão a monitorizar-nos.

Ben Isaac estava agastado e arrastou uma cadeira para se sentar.

– E agora? E agora o que vai ser do meu filho?

– Agora? E agora, Jean Paul? – perguntou Gavache a fitar Ben Isaac.

– Fazemos o que eles dizem – retrucou a voz de Jean Paul que não estava visível no meio de tanta gente.

Gavache desviou o olhar do israelita para a inglesa que abraçava a mulher. Garvis acercou-se dela.

– Está disposta a fazer o que os raptores exigiram, Sarah? – perguntou o inspector inglês.

Sarah não respondeu logo. Sentiu os braços de Myriam apertarem-na cada vez com mais força. Era como se, para além da vida do filho, o Ben Júnior, também a sua dependesse da resposta de Sarah. A tez da jornalista enrubesceu. Não havia outra resposta a dar.

– Podem contar comigo – acabou por dizer timidamente. Não se sentia uma heroína, antes pelo contrário.

O abraço de Myriam estreitou-se ainda mais, se tal era possível.

– Obrigada, Sarah. Você é um anjo.

– Não estava a falar por falar, Myriam – ciciou Sarah ao ouvido da sofrida mulher, como um calmante. – Vai mesmo ficar tudo bem.

– Muito bem – aplaudiu Gavache.

– Preciso da sua ajuda – avisou Garvis para o inspector francês. – Temos pouco tempo e a parte crucial desenrolar-se-á no seu país.

– *Bien sur*. Descanse, Garvis. Vou comunicar a situação ao ministro do interior e preparar a equipa – proferiu Gavache com muita calma. – De si apenas necessito que a coloque em Paris dentro do prazo especificado pelos raptores.

– Vou providenciar um avião imediatamente – informou Garvis tirando o telemóvel de uma bolsa presa ao cinto.

– Jean Paul – chamou Gavache.

Este apareceu ao seu lado quase antes do inspector terminar de proferir o seu nome.

– Vais acompanhar a Sarah do primeiro ao último minuto. Dá-lhe toda a protecção que ela necessitar. Não esqueças a sua condição. Proporciona-lhe todo o conforto possível. Entendido? – perguntou em francês.

– Perfeitamente, senhor inspector.

– Guarda-a com a vida se for preciso. Irei ter contigo mais tarde.

Aproximou-se de Ben Isaac que tapava o rosto com as mãos como se carregasse o peso do mundo, do seu mundo, pelo menos, e colocou-lhe uma mão sobre o ombro.

– Estamos a cumprir a nossa parte. Chegou a hora de cumprir a sua.

O israelita destapou o rosto e fitou o francês com uma expressão arrogante.

– Diga-me, inspector. O que entende por cumprir a sua parte?

– Olhe à sua volta – ergueu uma mão e rodeou-a pela sala. – Uma equipa internacional de homens empenhados em resolver o *seu* problema. Ninguém aqui conhece o seu filho, mas farão os possíveis por recuperá-lo são como um peixe num aquário. Como se fosse filho deles. Poderão, o diabo seja surdo, perder a vida ao fazê-lo. Uma mulher que podia muito bem virar-lhe as costas vai entregar o corpo ao manifesto sem lhe pedir nada em troca, só por solidariedade. Estamos a cumprir a nossa parte, Ben Isaac.

O banqueiro manteve-se sentado a olhar o vazio. A mente analisava todas as opções, enfim mirou Sarah com desdém.

– Porquê?

Sarah não compreendeu a pergunta. O cansaço, as náuseas. O senso estava a ficar lento.

– Por que se arrisca por nós? Afinal de contas, conhece-nos há poucas horas. Tentei matá-la – reformulou.

Sarah baixou o olhar. Dever, solidariedade, ética, amor ao próximo. Razões não faltavam. Ben Isaac podia escolher a que quisesse.

– Os raptores não me deixaram outra opção – escolheu responder com um meio sorriso. Estava nervosa.

– Não quero entregar os pergaminhos – acabou por confessar o banqueiro.

Garvis que entretanto se afastara regressou ao grupo.

– O avião está a ser preparado neste preciso momento. Estará pronto para descolar de Gatwick daqui a 20 minutos. Temos de nos apressar.

– Estamos dependentes do doutor Ben Isaac – retorquiu Gavache. – Parece que não quer colaborar, não é assim, Jean Paul?

– Correcto, senhor inspector. Não quer pagar o resgate.

– Alguma coisa teremos de lhes dar – explicou Garvis. – Colocaremos um detector nos pergaminhos. Estarão sempre localizáveis – afiançou.

– Já viu com que gente estamos a lidar, inspector Garvis? Estão sempre um passo à frente.

Garvis acercou-se de Gavache com um ar cúmplice.

– Vamos ter de improvisar. Usamos um engodo qualquer.

– Se fosse um agente a fazer a entrega atirava-me de cabeça, Garvis. Mas estamos a lidar com profissionais e será um civil inexperiente quem irá oferecer o peito às balas. – Virou-se para Sarah que o estava a ouvir apreensiva. – Em sentido figurado, é claro. Não me parece bem que leve engodo em vez dos originais.

– Tem de haver outra solução – proferiu Ben Isaac.

Myriam largou o abraço de Sarah e dirigiu-se ao marido. As lágrimas corriam pelo rosto abaixo em catadupa. A bofetada que deu no marido doeu em toda a gente e também nela tal foi a força que imprimiu.

– Isto é tudo por tua culpa, Ben Isaac. – Lançou um olhar dorido e, ao mesmo tempo, frio. – Queres matar o meu filho? É isso que queres? Queres enviar uma inocente para a morte com papéis falsos? Não foi este o homem com quem casei. – E virou-lhe as costas abandonando a sala.

A sala ficou em suspenso com a cena marital que se tinha desfiado à frente dos olhos de todos. Era sempre constrangedor assistir à intimidade dos casais. Entre marido e mulher…

Garvis olhou para o relógio de pulso e franziu o cenho.

– Não temos muito tempo.

– Como vai ser, doutor Ben Isaac? – pressionou Gavache, levando a cigarrilha à boca.

O israelita pegou numa caneta e escrevinhou algo num papel e deu-o ao francês com uma expressão resignada.

– O código do cofre.

Gavache deu-o a Jean Paul que saiu apressado em direcção ao subterrâneo.

– Menina Sarah – chamou Garvis –, vamos aguardar pelos pergaminhos no carro. Temos de nos apressar. O tempo urge.

Sarah foi escoltada por dois agentes para o carro. Garvis vestiu o casaco e viu Gavache sentar-se ao lado de Ben Isaac.

– Não vem? – perguntou o agente inglês.

– O Jean Paul vai escoltar a mulher. Irei mais tarde.

– Assim que eu a coloque no avião o problema passa a ser seu.

– Não se preocupe, está tudo controlado. Obrigado, Garvis. – Depois fitou o derrotado Ben Isaac. – Agora quero ouvir a maravilhosa história que nos ia contar antes de o telefonema nos interromper. Fale-me então de Jesus Cristo.

3.ª Parte

ECCE HOMO

Expressão usada por Pôncio Pilatos no dia do julgamento de Jesus Cristo, segundo a Vulgata.

Eu não sou o filho de Deus, mas sei o caminho para Ele.

Do Evangelho de Jesus

51

Quando as conversas ficam a meio há que terminá-las a fim de se rematar o assunto e nada mais ficar por dizer. Quando Robin pediu para se ausentar, pois a bexiga cheia assim o exigia, Rafael não se sentiu muito confortável e o jesuíta apercebeu-se.

– É ali à esquerda aquietou, apontando para a porta do meio do corredor. – Consegues ver daí. Fica descansado. Ninguém vai fazer nada... A não ser que eu dê ordens nesse sentido.

Robin entrou na segunda porta à esquerda e não demorou, como prometera. Dois minutos depois ouvia-se a água a correr do autoclismo e em seguida a do lavatório lavava as mãos do padre. Saiu para o corredor ainda com elas molhadas, as pingas a caírem no chão. No gabinete, limpou-as à toalha que estava pendurada por detrás da porta.

– A febre dos germes ainda não te passou? – zombou Rafael.

– Goza, goza. Não fazes ideia dos bicharocos que nos rodeiam. Se não tomarmos cuidado vão dar cabo de nós – alertou com convicção.

– Tirem uma senha e ponham-se na fila.

– Sabes que foi um jesuíta quem descobriu que seres minúsculos, invisíveis ao olho humano, eram os responsáveis por doenças como a peste negra e outras maleitas? – perguntou, envergando um tom professoral.

– Athanasius Kircher – disse na pose de aluno rebelde que não tinha nada para aprender. – O mestre das cem artes. Foi uma das primeiras pessoas a observarem os micróbios através de um microscópio no século XVII. Alemão de nascimento, é considerado por alguns escolásticos como o último renascentista. Autor de inúmeros tratados não só sobre medicina, mas também sobre geologia, magnetismo, até sobre música. Um verdadeiro Da Vinci esse jesuíta.

Robin fitou-o com um desdém jocoso antes de se sentar.

– Ora, onde é que íamos?

– Sabes muito bem onde íamos. Despacha lá isso.

Robin cruzou a perna e humedeceu os lábios.

– O que é que sabes de Jesus?

– Que nasceu em Belém e foi crucificado aos 33 anos...

– OK. Já vi que não sabes nada – repreendeu Robin.

– Sei a versão que nos ensinam na catequese e no seminário – alegou o italiano.

– Ainda ensinam isso no seminário? Não admira que a Companhia esteja muito à frente. Não deixa de ser curioso que vos ensinem a pensar mais que o comum dos mortais, invistam anos e anos na vossa educação moral, filosófica, religiosa e teológica de tal maneira que, muitas vezes, não conseguem enxergar o óbvio.

– E vocês conseguem? – desafiou Rafael, farto daquele ar ufano de quem sabe mais que os outros.

– Como é que os judeus se tratavam no século I?

– Não faço ideia. – A pergunta era demasiado genérica para sequer se dar ao trabalho de tentar responder.

– Pelo nome próprio, seguido do do pai ou do da terra natal. Yeshua Ben Yosef, Jesus filho de José ou Yeshua Ha'Notzri, Jesus de Nazaré. Nunca ouvi ninguém chamar-Lhe Jesus de Belém.

Rafael nunca havia pensado nisso, e, embora não o tivesse verbalizado, não iria dar esse gosto a Robin. Preferiu minimizar o facto.

– OK. Era Jesus de Nazaré e não Jesus de Belém. Lá se vai o negócio da Igreja da Natividade – brincou novamente.

– Se a Igreja está errada, ou melhor, fornece informação desacertada acerca do nascimento de Cristo, não te parece que faça o mesmo em relação a muitos outros acontecimentos da vida Dele?

De facto – pensou Rafael. Ele era a prova viva de que a Igreja se defendia escondendo, eliminando, contornando todos os obstáculos. Não era a pessoa certa a quem apelar sobre o bom senso da Santa Sé. Ele, melhor que ninguém, sabia que não existia.

– Olha para mim, Robin. Sou um gajo disposto a rebentar-te os miolos. Achas que acredito na santidade da Igreja?

– Por que o fazes então? – quis saber o jesuíta.

Essa era a pergunta que ele evitava fazer-se a si mesmo, mas cada vez mais amiúde lhe assaltava a mente. Por que raio é que o fazia? Porque outros o fizeram antes dele? Porque a vida o levou para ali? Porque sim? Porque, apesar de todos os erros e injustiças, ainda era a Igreja a trave-
-mestra que evitava que o mundo caísse num caos sem rumo. Nesta última ainda cria e talvez fosse essa a única razão. Aquilo que o fazia levantar-se de manhã sem saber se o voltaria a fazer no dia seguinte, inconsciente sequer se iria dormir nessa noite, se sobreviveria, por onde andaria, qual seria o próximo passo, em que direcção o conduziria. Todos os dias, horas, minutos, segundos eram uma incógnita do destino. Só podia dar graças a Deus pelo tempo que Ele lhe dera. Tudo o resto era o que era durante o tempo que fosse.

– Faço-o por gosto – limitou-se a dizer.

– Faças por gosto ou não, fazê-lo pelas razões erradas – advertiu Robin.

– Presumo que tu o faças pelas certas.

– Podes crer que não ando aqui enganado – admoestou o outro, arreliado.

– Então desengana-me de uma vez. Por que é que dizem que nasceu em Belém quando, afinal, nasceu em Nazaré? Comecemos por aí – pediu Rafael já farto daquela disputa de razões.

Robin também parecia ter vontade de rematar o assunto de vez, de modo que iniciou uma explicação sucinta sem pedir opiniões, mas sempre num tom professoral de quem sempre foi sabedor da verdade e não de uma versão ilusória criada para crentes crédulos.

Jesus, o Cristo, não nasceu nem em Belém, nem em Nazaré. Presume-
-se que Maria o tenha dado à luz algures nos arredores de Jerusalém, no ano 5 antes de Ele próprio, segundo o calendário gregoriano e juliano. O porquê destas contas estranhas tem a ver com a elaboração dos ditos calendários. O último, imposto por decreto da bula *Inter Gravissimas*, de Gregório XIII, levou mais de três séculos a ser implementado por todo o

mundo, depois da sua entrada em vigor a 15 de Outubro de 1582, uma sexta-feira. Facto curioso que o dia anterior, quinta-feira, tenha sido 4 de Outubro e tenham cortado 11 dias ao ano. Acertos e desacertos do tempo que tornaram possível, apenas sob um prisma teórico, evidentemente, que Jesus tenha nascido cinco anos antes de Ele mesmo, ou seja no año 5 a. C. Herodes, o Grande, reinara até ao ano 4 a. C. e uma vez que o herdeiro de David teve de fugir das insânias desse lunático, segundo palavras de Robin, então teve, obviamente, que nascer antes da morte do rei.

– Esquece tudo o que sabes ou que pensas que sabes sobre Jesus – relembrou Robin.

O pai dele não era, nem nunca foi, carpinteiro. José tinha sangue real, descendia de Jacob, de Salomão, de David, de Abrãao, de Isaac, de Abias, de Manassés. José provinha de linhagem nobre e, por consequência, também o seu filho, Jesus.

– Segundo Mateus – interrompeu Rafael. – Lucas vai mais longe e declara-o como descendente de Adão e de Deus.

– Quem conta um conto... – alvitrou Robin que retornou ao seu raciocínio. – Por que é que era necessário que Jesus nascesse em Belém e não em Jerusalém ou em Nazaré, se preferires incorrer no erro? – perguntou Robin retoricamente. – Porque assim foi anunciado pelo profeta Miqueias: *E tu, Belém, terra de Judá, de modo nenhum és a menor entre as principais cidades da Judeia; porque de ti vai sair o Príncipe que há-de apascentar o meu povo de Israel.*

Rafael reconheceu as palavras de Mateus.

– Mas há mais. Comecemos pelo princípio, pelo nascimento de Jesus que foi concebido – desenhou umas aspas fictícias no ar com os dedos – *pelo poder do Espírito Santo.* E porquê? Para se cumprir o que o Senhor tinha dito através do profeta Isaías: *Eis que a virgem conceberá e dará à luz um filho; e hão-de chamar-Lhe Emanuel que quer dizer Deus connosco.* É certo que Mateus tinha uma propensão para inventar estas coisas ou então lia muito mal e tinha memória fraca porque, como muito bem sabes, Isaías nunca disse tal coisa.

– *A jovem está grávida e vai dar à luz um filho* – citou Rafael.

Robin assentiu com um gesto de cabeça.

– Depois Herodes chamou secretamente os magos para que estes partissem para *Belém* – tornou a fazer aspas quando disse Belém –, para

280

saber do paradeiro do tal menino que, entretanto, fugira para o Egipto, pois o Senhor aparecera em sonhos a José e ordenara-lhe que este partisse para lá e por lá ficasse até novas ordens – levantou-se e envergou uma pose teatral – como anunciara pela boca do profeta Oseias: *Do Egipto chamei o meu filho.*

No seguimento, o enganado Herodes mandou matar todos os meninos de Belém até à idade de 2 anos, cumprindo a profecia de Jeremias: *Ouviu-se uma voz em Ramá, uma lamentação e um grande pranto: É Raquel que chora os seus filhos e não quer ser consolada, porque já não existem.*

Herodes morreu e o anjo do Senhor tornou a vagar nos sonhos de José e a ordenar-lhe que regressasse a Israel. Como Arquelau, o filho de Herodes, o Grande, era o tretarca da Judeia, José preferiu assentar arraiais na Galileia, mais precisamente em Nazaré, onde o tretarca era o irmão de Arquelau, Herodes Antipas, cumprindo mais uma profecia: *Ele será chamado o Nazareno.*

Aqui Robin parou e suspirou. Estava cansado de tanto falar e tinha a boca seca. Tornou a sentar-se pesadamente.

– Desconhece-se que profecia terá sido esta a que Mateus alude. No Antigo Testamento não há qualquer menção a nenhum nazareno nem a nenhuma Nazaré. Presume-se que tenha confundido o nome ou não o tenha conseguido interpretar correctamente. Provavelmente, não seria Nazaré mas Nazireu, como João Baptista, alguém consagrado a Deus por voto próprio ou dos pais.

– Onde pretendes chegar com tudo isto? – interrompeu Rafael saturado daquilo.

– Não consegues enxergar um palmo à frente dos olhos, pois não? – rabujou o inglês. – Sois mesmo idiotas.

O italiano nem se dignou a responder. Não estava a ver nada.

– Achas que Jesus e os seus familiares não leram a Bíblia? – perguntou Robin de rompante. – Qualquer que fosse o nome que os judeus lhe davam?

– Liam a Bíblia judaica – respondeu, lembrando as explicações de Jacopo a Gavache na Igreja de São Paulo – São Luís, na noite anterior.

– Exactamente, ou seja, sabiam todos os passos que tinham de dar para apresentar o herdeiro de David, o messias, ao mundo. E os evangelistas limitaram-se a acentuar esse facto.

Nenhum carpinteiro, na Israel do século I, possuiria os bens necessários para empreender uma viagem a Jerusalém, todos os anos, para a celebração da Páscoa judaica. E não era necessário, segundo o relato apaixonado de Robin, consultar textos apócrifos ou não incluídos na Bíblia, para saber que a família de Jesus ia todos os anos à celebração da Páscoa judaica como era costume para *quem* podia fazê-lo. Algumas destas viagens estavam descritas nas Sagradas Escrituras.

Jesus continuou a fazê-las em adulto com os seus seguidores.

– Foi inclusive na Páscoa que ele morreu, se escolhermos acreditar nisso.

– Só falta dizeres que isso também não é verdade – resmungou Rafael incomodado.

Robin levantou-se de súbito. Não era coisa que se pudesse dizer sentado. Estava, visivelmente, consternado.

– Ainda não sabemos.

– E quem é que sabe? – perguntou Rafael com impaciência.

Robin olhou para baixo, para o irritante padre italiano que denotava uma certa rebeldia infantil.

– Não fazes ideia do que se está a passar, pois não?

Rafael negou com a cabeça com um ar de quem não sabia, nem estava interessado em saber. Era, simplesmente, obrigação profissional.

– Lembras-te dos manuscritos que mencionavam ossos? – atirou o inglês.

– Claro.

– Estamos a falar dos ossos de Cristo.

– O quê? Repete lá isso? – perguntou, atónito.

Ouvira bem?

– Estamos a falar dos ossos de Cristo – repetiu o inglês.

Foi a vez de Rafael se levantar. Que raio de conversa era aquela? Os ossos de Cristo? Só podia ser brincadeira. Deu por si a tremer internamente, devido aos nervos. Loyola fora buscar essas ossadas a Jerusalém?

– Estás a brincar, Robin?

– Quem me dera – deu um sorriso seco. – Há quase 500 anos que a Companhia de Jesus guarda essas relíquias com a vida, sob constantes ameaças, dentro e fora da Igreja.

Rafael bufou. Não se estava a sentir bem. Aquilo ia contra tudo o que lhe fora ensinado. O Evangelho de Maria Madalena mencionava a localização dos restos mortais de Jesus. Isso era o descrédito total. Tudo o que aprendera, por que lutara, fora baseado numa mentira? Um rubor intenso percorria-lhe o corpo, ao que se seguiu um arrepio frio. Nem parecia seu baquear num momento destes, mas até lhe custava respirar. Depois havia o tal Evangelho de Jesus. Que confusão.

– Agora diz-me, meu amigo, como esperas salvar a Igreja se eles nem sequer te contam a verdade? – atirou Robin como se estivesse a rodar uma faca que, entretanto, já havia perfurado o ventre de Rafael.

O italiano sentou-se novamente. Deu por si a suar. Abriu o fecho do casaco e inspirou fundo algumas vezes. Recuperara o controlo.

– Fizeram testes aos ossos? – quis saber Rafael.

– Obviamente. A ciência aponta que os ossos pertenceram a alguém que viveu no século I a. C. ou I d. C.. Foram encontrados num túmulo esculpido na rocha, na Igreja do Santo Sepulcro que hoje está inacessível. Estavam numa urna sem decoração que continha somente uma gravação, Yeshua Ben Yosef.

Rafael fechou os olhos. Não queria ouvir aquilo. Cada palavra que saía da boca de Robin era como um punhal apontado ao peito.

– Claro que Yeshua e Yosef eram nomes comuns na Jerusalém do século I – prosseguiu Robin. – Como Maria e Madalena e Marta e Pedro e Tiago e André.

– Estás a dar a desculpas dos historiadores a soldo da Igreja quando se quer que refutem uma ideia – acusou Rafael.

– Mas é verdade. Aquela recente descoberta que foi badalada em todos os média internacionais que envolveu o canal Discovery e o James Cameron, o túmulo de Talpiot, veio acentuar ainda mais a ideia de que eram nomes comuns.

Qual era a probabilidade de haver dois túmulos com nomes iguais em locais diferentes da cidade? Tinha um Jesus, um José, uma que não se sabia muito bem se seria Maria, Madalena ou Maria e Madalena na mesma urna, ou podia não ser nem uma nem outra, mas antes Marta, outro nome comum que também podia significar Maria ou ser mesmo Marta. As dúvidas eram mais que muitas e as respostas mais que escassas. A única diferença era que de um túmulo ninguém ouvira falar, enquanto do de Talpiot...

– Estás a querer dizer que os ossos que Loyola trouxe de Jerusalém podem não ser Dele? – perguntou Rafael. Preferia a dúvida, o mistério, do que uma certeza irrefutável.

– Apesar de ter sido encontrado no local exacto que o Evangelho de Maria Madalena indicava, é isso mesmo que estou a dizer. Naquela altura os segredos valiam imenso. Os judeus eram peritos em esconder as coisas, apontar para outros lugares completamente errados. Ainda hoje são assim. A Igreja do Santo Sepulcro pode marcar o lugar onde ele foi sepultado… ou não – disse com alguma repugnância. – E não esqueças que temos a questão do Ben Isaac que guarda o Evangelho de Jesus, supostamente escrito pelo próprio no ano 45 d. C. em Roma.

Rafael bufou. Eram coisas a mais.

– É isso que Ben Isaac guarda há mais de meio século. Fez um acordo com a Igreja, o *Statu Quo*, quase uma invocação ao acordo, com o mesmo nome, que vigora na Igreja do Santo Sepulcro, ainda nos dias de hoje. Diz-se que ele pagou muito bem para a Santa Sé o deixar ficar com o documento – inspirou fundo. Estava cansado.

Aquando da renovação em 1985, Peter, o superior-geral da Companhia, exigiu a Wojtyla que não assinasse uma prorrogação, mas o polaco não deu ouvidos. Quis desfazer-se da batata quente rapidamente e assim foi. Robin concordava com o superior-geral da época. Foi um erro. Provavelmente em troca de mais alguns milhões.

– E agora não quiseram correr o risco do Papa Ratzinger fazer o mesmo – concluiu Rafael.

– Não podíamos, Santini – bradou Robin. – Uma das razões por que estás a ouvir esta história pela primeira vez a nós o deves. Não é mérito do Vaticano, mas nosso – disse, batendo com a mão no peito. – No que depender de nós nada disto se saberá.

– Ben Isaac e a Igreja também têm feito um bom trabalho.

– Até quando? – rezingou Robin. – Isto é a demonstração de que o Papa não confia em nós, Rafael.

O italiano suspirou. Os padres da Companhia tinham a cabeça dura e não valia a pena tentar argumentar.

– E achas que vale a pena matar pessoas por causa disto?

– Será que não entendes a gravidade do que acabei de te contar? – contestou Robin com um ar grave.

– Vocês nem sabem se são mesmo os ossos Dele. Em relação ao Evangelho qualquer um o podia ter escrito também. Sabes perfeitamente que a autoria dos evangelhos, apócrifos ou canónicos, nunca foi estabelecida com rigor. Atribuíram a Moisés a autoria do Pentateuco onde narra a sua própria morte, caramba. Anda tudo cego. Ninguém sabe nada.

Robin batia com o pé no chão num ritmo frenético.

– Por muito grave que possa ser não vale quatro mortes, Robin.

– Não me meto nas decisões estratégicas – justificou-se o inglês, lavando as mãos.

– Estamos no mesmo barco. Nada disto vale o rapto do filho de Ben Isaac. Espero, sinceramente, que não seja a vítima número cinco.

Robin olhou para ele admirado.

– Nós não raptámos o filho de Ben Isaac.

– Robin, não me lixes com essa – praguejou Rafael. – Mataram quatro dos cavalheiros e raptaram o filho do israelita. Não vale a pena esconder. Não depois de tudo o que contaste. – Estava visivelmente irritado.

– Rafael, dou-te a minha palavra que não temos nada a ver com o rapto do filho dele. Pelo menos que eu tenha conhecimento e, normalmente, tenho.

Rafael levantou-se. Continuava com calor e o coração a bater muito depressa. Olhou para o relógio e viu que marcava o meio-dia e meia.

– Acho que por hoje é tudo.

– É sempre um prazer servir um enviado do Sumo Pontífice, mesmo que nos aponte uma arma à cabeça – zombou Robin.

– Como é que isto vai acabar? – perguntou Rafael.

– Queres saber o que descobri nestes anos todos de experiência? – O inglês fez uma pausa para deixar Rafael curioso. – No fim dá sempre tudo certo.

Rafael encaminhou-se para a porta.

– Esperemos que sim.

– Mas para ti a previsão é fácil – proferiu Robin que se acercara da secretária e pegara no auscultador do telefone. – Depois de tudo o que te contei não estás à espera de sair daqui com vida, pois não? – Alguém atendeu do outro lado da linha. – Temos uma fuga. Código vermelho.

52

Não era decerto uma visão agradável e, se pudessem, nenhum dos três homens estaria ali para a testemunhar. Porém, não seria humano ou sequer piedoso deixar que Ursino abandonasse tão sacras instalações sem um momento de oração e expiação pelos serviços que tão empenhadamente prestou ao Santo Padre, aos quatro a quem serviu, sempre levando em linha de consideração o superior interesse da Santa Madre Igreja. Abnegado, compenetrado, submisso ao dogma e aos ensinamentos de Nosso Senhor.

Os paramédicos haviam colocado o cadáver em cima de uma maca. Um lençol branco cobria-o até ao peito, deixando a cabeça a descoberto. O rosto estava negro ao lado da ferida onde penetrara o pedaço de osso e causava grande impressão aos três homens de Deus que o observavam em silêncio. A boca e o queixo estavam brancos como cal. Ainda assim, Ursino aparentava placidez, paz, a quietação que só os mortos emanam, sabedores de uma verdade maior, a missão cumprida do lado de cá, problemas resolvidos ou deixados para outros tratarem deles... Que melhor razão para estarem em paz? Acabavam-se as inquietações, as discussões a solidão, a perda. Morrer até podia ser bom.

– Eminência – chamou o médico que acabara de fechar a mala de primeiros socorros que de nada serviram a Ursino. Limpara um pouco a ferida para que o padre defunto ficasse um pouco mais apresentável ao secretário de estado.

Tarcisio não o ouviu. Permanecia absorto na sua oração.

– Eminência – tornou a chamar.

– Sim, Lorenzo?

– Deseja que avise os familiares? – perguntou o médico com um ar submisso. Quem o visse talvez pensasse que estaria a falar para um gigante, ainda que fossem da mesma altura.

– Não, obrigado. O padre Ursino já não tinha familiares vivos – informou o secretário numa voz sumida, sofrida.

Nessa altura apercebeu-se da poça de sangue, do sangue de Ursino, que se esvaíra do olho dele para o chão, junto à secretária, o local do crime. Evitou o vómito ao imaginar a sórdida cena que se desenrolara naquele local. Um sacrilégio. William e Schmidt continuavam a velar o corpo murmurando súplicas, pedidos a Deus Pai Todo-Poderoso para que acolhesse aquele irmão nos seus braços misericordiosos.

– Mande limpar aquele sangue, o mais rápido possível, por favor – ordenou Tarcisio, apontando para a poça vermelho-escuro.

– Com certeza – acatou o médico. Desviou o olhar para um dos paramédicos. – Tomaso, limpa aquele sangue.

– Não me parece bem, Eminência – interrompeu Daniel, o comandante da Guarda Suíça. – São indícios.

Tomaso aguardou que se decidissem, debruçado sobre o indício pronto para o fazer desaparecer. A anuência do secretário de estado indicou que avançasse, acto que não agradou a Daniel que engoliu em seco e não disse mais nada.

Lorenzo pigarreou antes de falar. O assunto perturbava-o.

– E quanto ao corpo, Eminência?

– Será enterrado no cemitério teutónico.

Lorenzo achou estranho, assim como William. Schmidt colocou uma mão sobre o ombro do amigo. Sabia o quão difícil aquilo estava a ser para ele.

– Lamento ter de perguntar mas a lei manda que se faça autópsia...

– A lei não manda nada, Lorenzo – interrompeu Tarcisio irritado. – Está a confundir a lei italiana com a Vaticana. A lei italiana exige, a Vaticana recomenda. Não será feita autópsia. É essa a vontade do Santo Padre.

– Será cumprida, Eminência. – Lorenzo pigarreou novamente. Faltava ainda mais uma pergunta e a ética não o deixava formulá-la... Mas mandava a consciência e o cânone que a fizesse. – Motivo do óbito?

Tarcisio reflectiu durante alguns momentos. Da sua resposta dependia a forma como a História olharia para aquela morte. Seria o primeiro homicídio de um padre a ocorrer dentro dos altos muros da colina do Vaticano, desde o século XIX, se tal ficasse reconhecido oficialmente. Não tinha outra opção.

– Acidente vascular cerebral – avançou William. – A causa da morte foi acidente vascular cerebral.

Lorenzo fitou o secretário à procura de confirmação. Só ele a podia dar. Um gesto positivo com a cabeça selou a causa da morte de Ursino, atingido com uma fíbula no olho direito, facto que seria suprimido de todos os registos que a sua morte produzisse. Nenhum homicídio ocorrera dentro dos altos muros do Vaticano, essa seria a verdade que prevaleceria.

Lorenzo saiu da sala das relíquias, deixando os líderes da Igreja a contemplar o cadáver, Tomaso a limpar o sangue e Daniel com dois guardas a guardar os prelados.

– Está em paz – afirmou Schmidt.

– Sim. Seguramente a olhar por nós ao lado do Altíssimo – acrescentou William.

Tarcisio nada disse. Não sabia que palavras usar, que frases se apropriariam ao momento. A vida humana era sagrada. O desrespeito que alguns tinham por ela, capazes de ceifar a dos outros como se se tratasse de uma galinha ou de uma vaca, vidas essas que Deus colocou ao nosso dispor para que nos alimentasse. Retirar a maior dádiva de Deus era como renunciar a Ele.

Enquanto Tomaso continuava a limpar, os seus colegas acercaram-se da maca.

– Podemos levar o corpo, Eminência? – perguntou um deles, taciturno.

Tarcisio fez um sinal da cruz com a mão recta apontada a Ursino e fez questão de o tapar com o lençol. Só depois autorizou que levassem o corpo. Assim que a maca de Ursino saiu da sala o ambiente ficou mais leve e respirável. Longe da vista...

– E agora? – perguntou Schmidt.

– Irei tratar dos procedimentos do funeral – comunicou o piemontês.
– Mas antes disso... A reunião com o Adolfo.

– Precisas de mim? – quis saber William, prestável.

– Talvez mais tarde.

– Eu irei aproveitar para descansar um pouco – disse Schmidt. – O corpo está a ressentir-se.

– Claro, meu bom amigo. Bem mereces. Vou pedir ao Trevor que fale com as Filhas da Caridade de São Vicente de Paulo para que te preparem um quarto no *Domus Sanctae Marthae* – ofertou.

– Não há necessidade.

– Faço questão. Não aceito uma recusa, mesmo que complacente – afirmou Tarcisio e estava o assunto encerrado. – Trevor, acompanha o padre Schmidt e prepara-lhe um aposento. É nosso convidado – ordenou.

Trevor prontificou-se de imediato.

– Esta noite será informado da nova data da audição da congregação para ouvir a sentença relativamente ao seu caso – informou William solenemente.

– Agora não é hora para isso, William – admoestou Tarcisio que depois se virou para Trevor. – Acompanha o padre Schmidt e certifica-te que tem tudo o que necessita.

Trevor e Schmidt saíram da sala das relíquias. Daniel ordenou a um dos guardas que os acompanhasse.

– Comandante – chamou Tarcisio.

– Eminência. – Daniel estava à sua frente pronto para receber as ordens.

– Mande selar esta sala. Até que seja nomeado novo curador ninguém deverá entrar neste espaço.

– Assim será, Eminência.

– A investigação está concluída?

– Conforme dei conhecimento a Vossa Eminência.

– Vamos então. Não devemos fazer as pessoas esperar – disse o secretário, olhando uma última vez para a sala que guardava as relíquias sagradas da Igreja. Outro seria escolhido para continuar o trabalho de Ursino e cuidaria deste tesouro incomensurável com o respeito e devoção que o cargo merecia. Tomaso terminara a limpeza e desaparecera, assim como o sangue que manchava o chão. Agora só faltava apagar a memória. Depois olhou para William.

– Estou às tuas ordens.

Os dois homens saíram da sala, escoltados por Daniel e um outro guarda. William olhou para Tarcisio com um sorriso aberto que contagiou o piemontês.

– Estava mesmo a precisar de uma boa notícia – proferiu o secretário.

53

O ruído era ensurdecedor. Viaturas de formas diferentes circulavam pela placa num caos ordenado que lembrava uma grande cidade em hora de ponta. O jacto esperava por Sarah no parqueamento, pronto para partir.

Seguiam numa carrinha negra de vidros fumados conduzida por um dos agentes de Garvis que seguia no banco de trás ao lado de Sarah e Jean Paul.

A jornalista segurava um simples invólucro cilíndrico de couro que fervilhava nas mãos dela. Dentro continha o pergaminho mais importante da cristandade e Sarah tinha um medo terrível de o perder, daí que os dedos fizessem muita pressão no canudo. Os nervos faziam com que lhe faltasse o ar. Sentia-se incomodada e desconfortável. O enjoo ameaçava voltar. Nunca deveria ter aceitado fazer aquele trabalho. Quem é que ela se julgava? A Madre Teresa de Calcutá que deveria estar sempre disponível para resolver as encrencas em que a Igreja se metia ou de casais simpáticos como os Isaac? Como ansiava por uma vida normal, sem acesso a segredos milenares ou mais recentes, sem que se expusesse à crueldade humana que impera por toda a Terra, especialmente nas altas esferas. Dizia-se que Deus criara o Homem à sua imagem, mas ela sabia que era mentira e, pior, conhecia a terrível verdade que contrariava essa afirmação. A culpa era do Homem. Fora ele que criara Deus à sua imagem. Cruel, intolerante, mimado, castigador, cobiçoso, teimoso. Como é que biliões de pessoas podiam crer numa entidade omnipotente, omnipresente, detentora da moral, com tantos defeitos e tão mau feitio?

– Mais uma vez agradeço a sua disponibilidade, Sarah – agradeceu Garvis na sua voz de barítono que assentava que nem uma luva no seu sotaque de West Country.

Sarah não se apercebera da voz dele antes. Não deixava de ser curioso como a concentração em determinado assunto ofuscava tudo o resto. Sarah não daria uma boa detective. Às vezes o óbvio escapava-lhe, ainda que, como jornalista, um certo faro fosse essencial, mas não vital.

– Qual será o procedimento agora? – quis saber a inglesa, afogueada.

– Sente-se bem, Sarah? – perguntou Jean Paul, preocupado.

– Sim. Está tudo bem. Fraqueza apenas – deu como desculpa. Não queria dizer que estava nervosa, ainda que tal pudesse ser óbvio.

– Poderá alimentar-se a bordo. Não faça cerimónia, Sarah – instruiu Garvis. – Não a deixe fazer cerimónia, Jean Paul.

A carrinha seguia um objecto terrestre não identificado, uma espécie de tractor baixo, comprido com um garfo na frente. Identificou outros veículos idênticos na placa em plena labuta. A sua função era recuar as aeronaves do seu parqueamento ou da porta de embarque e colocá-las no *taxiway*, prontos para seguirem até à pista principal. Os aviões não tinham marcha-atrás.

Pararam numa espécie de cruzamento, ainda que nada o identificasse como tal, ou assim pensava Sarah, uma leiga nestas matérias. Para lá desse cruzamento reparou num grupo de quatro aviões privados parqueados. Um deles levá-la-ia ao destino e depois... O desconhecido. Só naquele momento sentiu que poderia não sobreviver e um arrepio percorreu-lhe a espinha.

– Não vem connosco, inspector Garvis? – perguntou para disfarçar o desconforto.

– Não, Sarah. Esteja descansada. Está em muito boas mãos. A equipa do inspector Gavache é cinco estrelas. Além disso, muitas pessoas só atrapalham.

Ela não perguntou mais nada. Eles saberiam melhor do que ela os protocolos internacionais a ser usados nestes casos.

Finalmente ultrapassado o suposto cruzamento, que era cruzado por dezenas de veículos de todos os tamanhos e feitios, a carrinha percorreu mais duzentos e cinquenta metros até ao Cessna que os aguardava. Garvis foi o primeiro a abrir a porta e segurou-a para deixar Sarah e Jean Paul sair. O estrépito ensurdecedor invadia todos os desvãos.

– Tudo pronto? – gritou para um funcionário equipado com um fato fluorescente e impermeável e uns protectores de ouvido nas orelhas.

– Tudo, *Sir* – respondeu com respeito, uns decibéis acima para se fazer ouvir e com o polegar virado para cima para que não houvesse dúvidas.

Depois Garvis apertou a mão a um homem engravatado.

– Garvis, Metropolitan Police – apresentou-se. – É a si que tenho de agradecer pelo avião?

– Não a mim mas ao povo americano – proferiu o outro mantendo um aperto de mão firme e cortês. – David Barry, FBI – mentiu.

– Sarah, mais uma vez, obrigado por tudo o que está a fazer – tornou a agradecer Garvis gritando para a jornalista. – E não se preocupe. Eles defendê-la-ão com a vida, se necessário.

Sarah percebeu o essencial dos gritos que lhe eram dirigidos. O ruído era imenso. Um avião acabava de descolar numa pista próxima elevando-se aos céus e espalhando um urro imenso nas imediações. A jornalista acenou com a cabeça num cumprimento cordial, mas Garvis preferiu levar os lábios quentes às costas da mão enregelada dela. Um cavalheiro. Em seguida, um aperto de mão firme ao francês.

– Boa viagem.

– *Merci.*

Sarah agarrou bem o canudo e seguiu com Jean Paul para a escada da aeronave.

– Ah, Sarah? – chamou Garvis segundos antes de outro avião descolar ali perto.

Sarah olhou para ele da porta.

– Dê-lhe cumprimentos meus – pediu Garvis.

– A quem? – quis saber a inglesa.

– Você sabe a quem – limitou-se a dizer Garvis, entrando para o banco da frente da carrinha, esboçando um sorriso ténue. Depois viu-a partir e misturar-se no emaranhado de veículos que circulavam na placa. Jean Paul escoltou-a para o interior do avião quando o seu telemóvel começou a tocar. O norte-americano foi o último a entrar.

Uma hospedeira bonita e um comissário aprumado cumprimentaram os passageiros.

Jean Paul trocou algumas palavras em francês das quais Sarah apenas compreendeu metade, não o suficiente para dar nexo à conversa.

– Era o inspector Gavache. Vinha a caminho do aeroporto, mas terá de fazer um pequeno desvio. Teremos de esperar alguns minutos.

– Tudo bem. Temos tempo – comunicou Barry.

Para Sarah era indiferente. Não mandava nada ali. A função dela era apenas uma, entregar os documentos e esperar pelo melhor. Que raio de ideia armar-se em Santa Sarah. Idiota.

Jean Paul conduziu-a à cabina e ao seu lugar. As cadeiras eram muito confortáveis, mas Sarah já estava habituada àquelas mordomias que o dinheiro, privado ou público, podia comprar.

– Boa tarde – cumprimentou um senhor de idade que Sarah pensava ser um agente francês e que estava sentado numa das cadeiras com um jornal entreaberto. – A jovem deve ser Sarah Monteiro – disse, pegando na mão dela e beijando-a. – Encantado. – Tirou-lhe o canudo com os pergaminhos sem cerimónias. – Deixe-me livrá-la desse peso.

Se as circunstâncias fossem outras iria gostar de tanto galanteio, mas, infelizmente, não eram.

– E o senhor é? – perguntou Sarah desconfiada.

– Jacopo Sebastiani – disse, baixando a cabeça servilmente. – Ao seu serviço.

54

Transtorno, inquietação, descontrolo, desilusão, aflição. Foi neste estado que Gavache deixou Ben Isaac na casa grande de uma das zonas mais ricas de Londres, depois de este lhe ter dado a conhecer uma história completamente diferente da vida de Jesus, o Cristo. E se era correcto dizer-se que Gavache era descrente desde que se conhecia como gente, mentiria a si mesmo se dissesse que o relato deixara-o indiferente. Algum do transtorno, da desilusão e do desassossego haviam saído da casa grande de Ben Isaac com Gavache e acompanhavam-no dentro da viatura que a polícia inglesa pusera à sua disposição, juntamente com o motorista.

O israelita iniciou a narração sem atropelos nem confusões, exceptuando as duas interrupções que se deveram a telefonemas que o francês recebeu e pelas quais pediu desculpa.

Segundo o Evangelho de Jesus, proferido de memória pela boca trémula de Ben Isaac, Yeshua nasceu um ano antes da morte de Herodes, o Grande, durante o mês judaico de *Tishrei*, do ano 3757, no primeiro dia do *Sukkot*, em Bethanya, uma pequena aldeia, três quilómetros a leste de Jerusalém, no sopé sudeste do Monte das Oliveiras.

– Não está à espera que eu faça ideia do que está a falar, pois não? – interrompeu Gavache.

O israelita franziu o sobrolho desanimado.

– 14 de Setembro do ano 5 a. C. Era um sábado. Primeiro dia da Festa dos Tabernáculos.

Gavache não estava à espera de uma data tão precisa. Obrigou-se a cerrar a boca para não mostrar incredulidade.

Jesus foi educado desde tenra idade para executar um importante papel. Era descendente de Abrãao, de David, de Salomão que mandou erigir o grande Templo de Deus, de Adão, Filho de Deus. Esperava-se dele, nada mais, nada menos, que restaurasse os gloriosos tempos anteriores ao Exílio, que fosse a Glória de Israel. Mas a Jerusalém que Jesus viu não era a mesma relatada no Antigo Testamento. Essa caíra sob o jugo babilónio que arrasou a cidade e destruiu o Templo judeu e fez perder para sempre a Arca da Aliança, no século VI a. C. A Jerusalém do tempo de Jesus fora reconstruída do zero por governantes judeus da dinastia Hasmoneia, no século II a. C., e o Templo foi reconstruído por Herodes, o Grande, uns anos antes do seu nascimento.

Herodes não o queria morto por ser lunático mas porque Jesus era um nobre judaico, proscrito, como toda a família, cuja linhagem nunca fora posta em causa e era necessário eliminar.

– A palavra Messias para os judeus não queria dizer o escolhido ou o enviado de Deus. Messias significava simplesmente herdeiro da Casa de David. José também o era e Jacob antes dele – prosseguiu Ben Isaac.

– Mas porquê Jesus? Lembrou-se dele? OK, agora vou chatear os nobres da Casa de David. Vamos começar pelo mais novo – apontou Gavache que não compreendia esse ponto.

– Claro que não foi nada disso.

Não era forçoso ser muito inteligente para detectar a resposta na Bíblia. Nem sequer havia necessidade de consultar uma fonte externa. Os relatos colocam a família de Jesus em Belém, depois no Egipto, Nazaré, Jerusalém, Cesareia, Cafarnaum, Jericó, Betabara, Enom, Betsaida, um pouco por todo o vale do Jordão e pelo mar da Galileia, entre muitos outros lugares. A família de Jesus, a família real, andava em fuga permanente. Num lugar o pai era carpinteiro, noutro pedreiro, artesão, sempre ligado a profissões manuais para as quais os enviados de Herodes nunca prestariam atenção. José nunca se instalava num local durante muito tempo. Era claro que esta informação não era dada abertamente no Livro

Sagrado, pois desde sempre fora pretensão dos seus autores acentuar a importância vital do nascimento virginal, do concebimento sem pecado. Um homem maior que todos os homens que fazia milagres como se fosse o próprio Filho de Deus. Desde o início da elaboração dos textos que a intenção foi apontar Jesus como o Filho do Homem. O Messias. Tudo o resto era história.

– *A meio da noite, sem aviso, o pai acordava-nos. Era tempo de partir novamente* – citou Ben Isaac.

– Isso está na Bíblia? – inquiriu Gavache.

O banqueiro negou com a cabeça. Não precisou de dizer a proveniência da citação. O francês compreendera. Era uma visão completamente diferente da que conhecia.

A vida de Jesus continuou como a dos saltimbancos até à idade adulta. Tornou-se um rabino renomado e respeitado devido à sua ponderação até... João Baptista. Gavache franziu os olhos neste ponto do relato reforçando a atenção.

João Baptista era judeu, filho do sacerdote Zacarias e de Isabel. Nasceu nos arredores de Jerusalém, em En Karem, seis meses antes de Jesus, e foi iniciado na educação nazarita aos 14 anos, em Engedi, que hoje é conhecida como Qumran.

– Educação nazarita? – questionou Gavache.

– Sim. Era a consagração de uma pessoa a Deus. Implicava alguns sacrifícios físicos, nunca cortavam o cabelo, não bebiam vinho nem nada que proviesse da uva, não podiam tocar em cadáveres, nem comer carne. Tinham de manter um estado de purificação a toda a prova – explicou Ben com uma paciência de Job. – Jesus também era Nazareu.

– Jesus, o Nazareu em vez de Jesus de Nazaré? – deduziu Gavache absorvido pelo relato. – Um messias consagrado a Deus?

– Está a ver como tudo se interliga? – aventou Ben.

Jesus ficou fascinado com João Baptista pela sua abnegação mas, especialmente, pela sua personalidade. Viu um pregador itinerante que fomentava os baptismos no lugar do extremista radical e fanático, controverso e provocador. Como todos os judeus da época, João tinha uma predilecção especial pela purificação através da água. Ainda nos dias de hoje os arqueólogos estão constantemente a descobrir piscinas de banhos rituais, os chamados *miqwaòt* judeus. Praticamente todas as casas judaicas os tinham e qualquer viajante judeu que entrasse numa delas teria de ser purificado. Mergulhavam na piscina que devia ser abastecida com água de nascente, mas antes de entrar tinham de lavar as mãos e os pés, especialmente os membros inferiores, fonte de todas as impurezas. Depois do mergulho eram ungidos com loções e óleos purificadores nos pés e na cabeça. A mulher que ungiu Jesus na casa de Simão, o leproso, em Bethanya, dois dias antes da crucificação, segundo os Evangelhos canónicos, mais não estava a fazer do que a executar um ritual judaico enraizado havia muito tempo.

– OK, tomavam muito banho. E que tem isso a ver? – atalhou Gavache.

– Os banhos eram rituais judaicos. João Baptista cumpria o mesmo ritual, nas águas do Rio Jordão, mas aos gentios – explicou o israelita.

– E baptizou Jesus – acrescentou o francês.

– Mas isso não teve o enorme alarido que os apóstolos e seguidores Dele fizeram crer. A maioria não compreendeu o que aconteceu. Nem João entendeu.

Jesus era um homem flexível, aberto, inteligente, um rabino, um mestre, um curador de almas, um pastor que admirava imenso os métodos de João Baptista. Foi uma enorme influência. Na realidade, João marcou uma ruptura com o passado. Depois dele, Jesus intensificou os rituais, as pregações, apresentando variações que não agradaram à raiz central da crença. Jesus criou um novo ramo, uma espécie de seita. Quando João foi decapitado por Herodes Antipas, Jesus era o sucessor natural.

– João nunca realizou nenhum milagre – declarou Ben e depois respirou fundo como um lamento. – Jesus também não. O Jesus que punha os cegos a ver e os paralíticos a andar e ressuscitava os mortos só existiu na Bíblia.

– E onde entra Belém e Nazaré no meio disso tudo? – perguntou Gavache, desiludido.

– Uma necessidade dos redactores do Novo Testamento de sublinharem que Jesus era mesmo o Salvador, o Ungido, o Filho de Deus, Emanuel, e que não havia dúvidas sobre isso. Os profetas do Antigo Testamento haviam apontado o caminho e descrito os passos que ele seguiria. Nasceria em Belém, fugiria para o Egipto, regressaria e seria chamado de o Nazareno, daí a referência a Nazaré. Mas, como bem apontou, não passou de uma confusão com Nazareu. – Esboçou um sorriso débil. – A única vez que ele pôs o pé em Nazaré, já na idade adulta, foi muito mal recebido. A população queria mesmo matá-lo. Acha que isso seria possível se ele pertencesse a tão boas famílias oriundas da região?

– Que história tão mal contada. – Gavache referia-se à generalidade e não ao relato particular de Ben que fazia muito sentido. – E como é que o Pôncio Pilatos lavou as mãos de isso tudo e ordenou que os judeus escolhessem?

– Isso é outro grande disparate – contestou Ben. – Sabe qual era a força dominante no chamado mundo civilizado desde o ano 27 a. C. e durante os 400 anos seguintes?

– Presumo que esteja a falar dos romanos.

– E presume bem. E sabe o que aconteceu entre esses séculos?

Gavache encolheu os ombros. Era perito em histórias de vida, não da Humanidade.

– Expansão romana até à sua extensão máxima, que ocorreu no ano 117 a. C. e que perdurou durante alguns séculos e, no que toca ao Império Romano do Oriente, mais um milénio. – Ia enumerando com os dedos. – Nascimento e morte de Jesus e de Paulo de Tarso, autor das Epístolas Paulinas. Nesse período assistiu-se também à escrita dos evangelhos canónicos e apócrifos do Novo Testamento e nascimento e afirmação de uma religião – explicou Ben. – A cristã.

– Ou seja? – perguntou Gavache.

– Ou seja, por que é que o quartel-general da Igreja é em Roma quando tudo se passou em Jerusalém? Porque tudo aconteceu durante a influência romana. Não há originais dos textos sagrados, só transcrições de que se desconhece o autor e as motivações. A religião cristã é uma manta de retalhos, montada sobre graves deturpações históricas. Porque é que acha que a Santa Sé está sempre tão atenta às descobertas arqueológicas? Sempre pronta para refutar ou controlar qualquer novo dado ou achado? Porque vive com o coração nas mãos. Porque sabe que tudo o que construiu se baseia numa mentira. O Novo Testamento é uma obra puramente política, elaborada para controlar o povo. Creio que o objectivo também era tentar controlar os judeus só que não conseguiram.

– E por que acha que não conseguiram?

– Porque eles sabiam a verdade. – Neste ponto Ben Isaac levantou-se da cadeira e começou a andar de um lado para o outro. O assunto enervava-o.

– Pôncio Pilatos não era o homem cortês e bondoso que a Bíblia pinta. Nem sequer era inteligente. Era um sanguinário com instintos de malvadez, intriguista e perverso. Jamais lavou as mãos ou deu a escolher aos judeus o destino de Jesus. Lavar as mãos era um ritual de purificação judaico e não romano, o *netilat yadaim*. Além disso, Barrabás era um zelota, uma facção fanática e violenta do judaísmo, diferente dos Nazareus, que variavam nos métodos mas não eram rebeldes. Barrabás matara soldados romanos, um crime gravíssimo, e, nos dias de hoje, seria considerado um terrorista. Os Zelotas protagonizaram inúmeras rebeliões, sempre debeladas pelos romanos e na última hora suicidavam-se em massa, homens, mulheres e crianças. Pilatos jamais libertaria um assassino de romanos. Nem se pode encarar isso como improvável, foi mesmo impossível de alguma vez ter acontecido.

– Mas isso não quer dizer que não tenha lavado as mãos – insistiu Gavache num tom inquisitorial.

– Como é que a Bíblia diz que Jesus morreu? – questionou Ben Isaac.

– Crucificado.

– Exactamente – afirmou Ben Isaac como se instasse uma verdade óbvia que Gavache não estava a ver. – Se dúvidas houvesse a crucificação era prova suficiente de que Pilatos nunca lavou as mãos e foi ele quem o condenou e não outros.

Gavache continuava num marasmo de incompreensão. Ben percebeu isso.

– A crucificação era uma sentença romana e não judaica – explicou. – Se ele tivesse sido condenado pelo Sinédrio, o Conselho Judaico, a pena seria a lapidação, morte por apedrejamento.

– Venha o diabo e escolha – proferiu Gavache com ironia.

– Mas ele não foi sentenciado com a pena judaica, pois não? – inquiriu Ben, ignorando a observação de Gavache. – Aliás, a participação judaica em todo o processo da morte de Cristo foi empolada negativamente.

– Só falta dizer que eles não tiveram nada a ver com a morte Dele – interpôs o francês.

– É isso mesmo que vou dizer – realçou Ben. – Não só não tiveram nada a ver com a morte de Jesus como o tentaram ajudar – acrescentou. – Quando os soldados romanos e a Polícia do Templo detiveram Jesus, no Jardim de Getsémani, no Monte das Oliveiras, não o levaram à presença de Pilatos. A primeira paragem ocorreu na casa do sogro de Caifás, o sumo sacerdote do Sinédrio, Anás, durante a noite. Essa casa ficava na cidade alta, em frente ao Pretório, o palácio do governador. Não foi no Templo, na Câmara da Pedra Lavada, o lugar onde o Sinédrio reunia, o que significava um encontro informal e não uma audição. Também porque o Sinédrio nunca reunia de noite. Um dos membros era José de Arimateia, aquele que ajudou Jesus durante o percurso para a cruz e que ofereceu o seu túmulo para albergar o corpo Dele.

Era o início da Páscoa judaica, a celebração da libertação israelita da sujeição aos Egípcios. O Sinédrio nunca condenaria ninguém à morte durante esse período. Era proibido – prosseguiu Ben Isaac. – Mas há mais indícios na própria Bíblia que indicam que os judeus não maltrataram Jesus em momento algum.

O profeta narrara que o Messias entraria em Jerusalém montado no dorso de um jumento e a multidão haveria de chamá-lo de Filho de David. Jesus fê-lo nos seus últimos dias de vida, mas não foi o acontecimento tão grandioso que a Sagrada Escritura descreve. Os romanos reforçavam todas as portas da cidade, durante a Páscoa, e se o evento tivesse tido a relevância que a Bíblia lhe deu, Jesus jamais entraria na cidade sem ser detido. Um nobre a reclamar ser o rei dos judeus era crime capital. Outro relato foi quando ele expulsou os vendilhões do templo, derrubando as mesas dos cambistas e as cadeiras dos vendedores de pombas. Obviamente, fora um acontecimento insignificante e empolado pelos apóstolos e pela narração dos evangelistas. Qualquer altercação maior dentro do templo teria chamado a atenção da Polícia do Templo e não há qualquer referência a que isso tenha acontecido. Jesus não poderia ter feito um escândalo de grandes dimensões. Tal teria chamado a atenção das autoridades judaicas e romanas e faria com que ele fosse expulso do templo e da cidade.

– Ou morto – sugeriu Gavache.

Ben fez um gesto negativo com a cabeça.

– No máximo seria preso e aguardaria julgamento. Como lhe disse, durante as celebrações da Páscoa não havia execuções.

– Mas não foi isso que aconteceu. Executaram-no – contrapôs o inspector.

Ben Isaac não refutou a afirmação de Gavache. Em vez disso calou o que ia dizer como se fosse dar informação em demasia. Tarde de mais. O francês apercebera-se. Era um falcão velho. Nada lhe escapava. Tinha um *desembuche* estampado no rosto.

– É possível que não o tenham executado – acabou por dizer, prostrando-se novamente da cadeira, derrotado. – É possível que os evangelistas e Paulo tenham extrapolado alguns acontecimentos e exagerado outros, inculpando os semitas e especulando o que desconheciam. Afinal de contas apenas São João Evangelista e São Mateus conheceram Jesus. Ninguém mais presenciou absolutamente nada do ocorrido. Todos os outros relatos foram baseados em *diz que disse* e em *ouvir dizer*. E há ainda o problema de os evangelhos relatarem conversas que ocorreram em privado sem a presença de nenhuma testemunha. Como é que eles podiam saber o que foi dito?

Gavache sentou-se nunca cadeira ao lado do Israelita.

– Mas isso não quer dizer que Jesus não tenha sido crucificado.

Ben suspirou.

– Sabe que documentos é que aquela mulher levou daqui? – perguntou pesaroso.

Gavache não sabia.

– Uma nota que coloca Cristo em Roma no ano 45 d. C. e um Evangelho escrito por Ele por volta do mesmo ano – disse.

Gavache ouviu mas não emitiu opinião. Habituara-se a que a História fosse um chorrilho de mentiras. Na sua profissão apanhava muitas almas caridosas, defensoras da moral e dos bons costumes, alguns em lugares de destaque na sociedade, na política, no ramo privado, apanhados com o pé em ramo verde ou mesmo com a boca na botija, em flagrante delito, para usar o palavreado do ofício, a praticar aquilo mesmo que criticavam e até perseguiam publicamente. No fim todos mentiam, por uma razão ou por outra, às vezes sem qualquer motivo aparente, simplesmente porque sim, porque era fácil complicar a vida, talvez até fosse uma necessidade humana. A Igreja não tinha por que ser diferente nesta matéria e não era.

– O senhor que leu esse Evangelho acredita no que está lá escrito? – quis saber o inspector.

– Não sei. Incorre nos mesmos erros dos outros. Contradições, incoerências, coincidências. É um testemunho na primeira pessoa até aos últimos dias antes da crucificação, com algumas informações interessantes, misteriosas, se quiser, e outras novas. Dá uma dimensão do homem real, diferente dos outros. Parecia estar em busca de um estado de iluminação permanente. Talvez a consagração a Deus, desde o berço, tivesse permitido essa ligação. Ele diz *Eu não sou o filho de Deus, mas sei o caminho para Ele*. Situa o em Jerusalém por alturas da crucificação como os demais evangelhos e depois... termina abruptamente.

– Pelo menos não narra a sua própria morte como o Moisés – brincou Gavache.

Ben não reagiu.

– Diga-me, doutor Isaac, como se estivesse a explicar a um fedelho de 8 anos, burro como uma porta, o que é que isto tudo significa?

O israelita respirou fundo. Estava cansado e farto.

– Quer dizer que ele pode ter sido simplesmente um homem que os percalços da História acabaram por endeusar.

– Compreendo – disse Gavache pensativo, o indicador nos lábios a estimular o pensamento lúcido. – O que acha?

– Desculpe?

– Acha que ele é o filho de Deus ou um produto de uma história mal contada?

Ben não escondeu o choque à pergunta de Gavache. Que atrevimento. Como podia sequer ousar formular um quesito tão pessoal, tão profundo, que ele próprio levara anos e anos a fazer-se, sem sucesso?

– Deixei-o transtornado, Ben Isaac? – questionou Gavache sem desarmar ou esboçar qualquer expressão de piedade. Esperava uma resposta. – Vá lá. O senhor, melhor que ninguém, deve saber a verdade. Guardou um segredo durante mais de cinquenta anos.

– O que é que lhe importa aquilo em que eu acredito? – vociferou o israelita com maus modos. – Isso vai trazer o meu filho de volta?

– Isso está nas mãos de Deus e do filho Dele – atirou Gavache com escárnio.

As lágrimas escorreram dos olhos de Ben Isaac e desceram pelo rosto.

– O que quer que lhe diga? – continuou aos berros. – Que prefiro acreditar que ele era um homem igual a mim e a si e a todos os outros? Que todos os dias imploro para que ele não fosse o filho de Deus? Que preciso que aquele documento seja verdadeiro para acreditar que a minha filha morreu porque a vida é assim e não porque Ele ma tirou? É isso que quer ouvir? Que posso perder outro filho e para manter a sanidade quero acreditar que não tem nada a ver com intervenção divina?

Gavache olhou para um ponto para além de Ben, mais ao fundo, nas escadas. O israelita dirigiu a vista para o mesmo local e viu Myriam. Engoliu em seco e não conseguiu ter nenhuma reacção, tão-pouco um passo na direcção dela quando esta fechou os punhos, lhe virou as costas e tornou a subir para o andar superior, indignada.

Myr. Foi a única coisa que conseguiu dizer, a si próprio, sem verbalizar.

Por fim as pernas cederam ao seu controlo a apressou-se em direcção ao andar superior. O telemóvel em cima da mesa começou a tocar e fê-lo estacar. Era o dele. Seriam os raptores novamente? Recuou lentamente. Não queria receber mais más notícias. Pensou no Ben Júnior e fechou os olhos que logo ficaram marejados de lágrimas.

Gavache, sem cerimónia, pegou no aparelho e atendeu. Proferiu algumas frases em francês e depois em inglês, em seguida estendeu o telemóvel para Ben Isaac.

– É para si. O seu filho.

– Como? – Teria ouvido bem?

– O seu filho. Foi libertado e quer falar consigo.

Ben Isaac estava incrédulo. Ouviram-se os passos de Myriam correrem pelas escadas abaixo.

– Ben? É o Ben? – perguntou afoita e afogueada ao mesmo tempo.

Gavache anuiu ainda com o aparelho na mão estendido para o Ben pai.

– Mas a mulher ainda não teve tempo de chegar a Paris – argumentou o israelita pegando no aparelho.

O inspector Gavache afastou-se em direcção à porta de saída.

– Desejo-lhe as maiores felicidades, Ben Isaac – despediu-se.

Myriam arrancou o telemóvel das mãos do marido e começou a falar. Era mesmo o filho. Um chorrilho de lágrimas carregadas de alívio soltou-se dos olhos. O pesadelo acabara, ainda que só ficasse mesmo descansada quando o visse em carne e osso, são e salvo.

– O que é que se está aqui a passar, inspector? – O israelita não estava a perceber nada. – Onde está a Sarah e os documentos?

Gavache olhou para trás e deu uma passa na cigarrilha antes de responder.

– O seu filho está salvo. Quanto ao resto, não faço ideia do que esteja a falar.

– *Sir, sir* – chamou o motorista do carro quando guinou à esquerda e parou em segunda fila.

– *Oui?* – disse o outro, libertando-se do que se passara na casa do israelita.

– É aqui, *sir* – informou.

Gavache olhou para o exterior, para o outro lado da rua.

– É aqui?

– Correcto, *sir*.

Gavache abriu a porta e pôs um pé de fora.

– Como se chama? – perguntou para o motorista.

– John Paul, *sir*.

– John Paul, se a coisa ficar violenta chama reforços.

– E como saberei, *sir*?

– Saberás, John Paul. Confia em mim. – E saiu.

55

– Essa atitude só demonstra que não me conheces – disse Rafael com a arma na mão, enquanto trancava a porta do escritório de Robin com as costas de uma cadeira.

Robin sorriu com escarnecimento.

– Que vais fazer? Usar-me como refém?

O italiano relembrou Maurice e a frieza com que matou Günter, o desespero com que depois se matou.

– Não, Robin. Vocês são como os terroristas muçulmanos – acusou. – Capazes de morrer e matar pela causa, mesmo que não saibam qual é.

– E não é o que tu fazes também? – arguiu Robin, irritado.

– Não, Robin. Não me compares às vossas loucuras. Eu não mato inocentes indefesos.

– Vai-te foder, Santini – insultou o inglês.

– Eventualmente, é sempre assim que acabam as conversas.

A maçaneta da porta começou a mexer-se. Alguém tentava abri-la pelo lado de fora.

– Ele está aqui – gritou Robin. – Matem-no. Sabe de mais.

Rafael deu-lhe um safanão no rosto, com as costas da mão que segurava a arma, que fez o inglês levar as mãos ao local do hematoma, aflito. Quando olhou para as palmas da mão viu sangue. Rebentara-lhe os lábios. Um esgar de fúria impotente desenhou-se-lhe na expressão.

– Agora deixa-te estar aí quietinho se não te quiseres magoar mais – ameaçou Rafael.

Continuavam a tentar forçar a maçaneta até que de repente parou de mexer. Rafael sabia qual seria o próximo passo, por isso antecipou-se disparando para a porta a meia altura. Ouviu-se um peso seco cair ao chão do outro lado da porta fechada.

– Filho da puta – praguejou Robin.

– Não somos todos? – proferiu o italiano mais para si do que para Robin. Deu um passo em frente. – Foi um prazer, Robin. Vemo-nos por aí, se Deus quiser.

O inglês ainda o insultou com novos palavrões, mas Rafael já não ouviu nenhum. A prioridade era sair dali vivo. Precisava dos sentidos alerta. Deu mais dois tiros à porta, a meia altura, por via das dúvidas, e aguardou uns segundos. Não ouviu nada. Abriu a porta com cuidado. Um jovem de batina preta estava caído no chão do corredor, olhos abertos, sem vida. Uma Glock caída a alguns centímetros. Debruçou-se sobre o corpo e colocou os dedos no pescoço para ver se havia pulsação. Nada. Fechou-lhe os olhos e suspirou. Mais uma vida perdida por razão nenhuma. Pegou na Glock e guardou-a atrás das costas.

Levantou-se de arma em riste e trancou a porta, atrás de si, deixando Robin cativo e prosseguiu, pé ante pé, silencioso, letal. As outras portas permaneciam fechadas, tentou abri-las, mas estavam trancadas, excepto a da casa de banho que estava vazia – menos um problema. Respirou fundo e mentalizou-se para o que aí vinha. A verdadeira festa ia ser na igreja. O templo de Deus ia ser varrido a chumbo pelos homens que estavam ao serviço Dele. Seria melhor que não.

Espreitou pela porta que dava acesso ao altar. Só a mesa no centro o podia escudar contra qualquer ameaça. Rolou sobre si mesmo o mais rapidamente possível até ficar atrás da mesa e deixou-se ficar por uns instantes. Não podia permanecer ali eternamente, por isso chegou-se a uma das esquinas para espreitar a nave.

Um acólito por detrás do confessionário, outro numa coluna mais ao fundo. Não via mais nenhum, mas com tantos esconderijos não ia ser fácil. Arriscou mais um pouco para tentar visualizar algum crente que tivesse aparecido para rezar na hora e local errados. Uma mulher no segundo banco, ajoelhada, cabeça baixa sobre as mãos a pedir clemência, uma menina ao lado, sentada no banco a brincar com uma consola portátil. Deve ter rezado por ela muitas noites antes de dormir até Deus Nosso Senhor aceder ao pedido e ter feito aquela mãe que rezava desesperada gastar algumas libras para comprar a felicidade da cachopa. Algumas filas atrás via-se um pedinte com roupas andrajosas e odor pestilento, embora Rafael não o conseguisse cheirar.

– Santini – ouviu-se uma voz gritar algures na nave.

– Robin – retrucou Rafael. – Que dom esse de sair de escritórios trancados.

Os fiéis entreolharam-se. Que raio de desrespeito. Gritar daquela maneira num lugar de silêncio e devoção.

– Shhhhh – pediu a senhora lá à frente.

– Sai daí, Santini. Quero ver-te – ordenou Robin, deslocando-se para o centro da nave.

– *Ná*. Deixa estar. Sei quando não sou bem-vindo – atirou Rafael sem pingo de vergonha. – Esses rapazes não me querem bem.

– Shhhhhhhhhhhhhh – tornou a fazer a senhora. Aquilo era demais. Não era apenas falta de respeito pelo lugar sacro, mas de civismo também.

– Não sejas teimoso – protestou Robin que chegou à primeira fila de bancos, perto do altar, no transepto. Fez um gesto complacente à senhora acompanhado de um sorriso fingido. Depois tirou uma Glock do casaco, carregou-a e encostou-a à cabeça da mãe da menina que não queria acreditar. – Vais querer que esta menina tão bonita fique órfã?

A miúda levantou os olhos da consola e observou a cena. As lágrimas começaram a correr instantaneamente. Aquilo não era um jogo mas traumatizava seguramente.

Rafael levantou-se por detrás da mesa do altar, as mãos no ar e deu um pontapé na Beretta para que esta se afastasse de si. O acólito que estava por detrás do confessionário apontou-lhe uma arma, enquanto exibia um esgar de raiva.

– Eu sabia que acabavas por condescender – proferiu Robin.

– És um excelente negociador – enalteceu com menosprezo.

– Achavas que vinhas à *minha* igreja e fazias o que querias? – prosseguiu. – És tão inocente. Tira a outra arma, se faz favor.

Rafael tirou a Glock que tinha prendido por dentro das calças, pousou-a no chão e deu-lhe um pontapé para longe.

– Deixa-as ir embora – pediu.

A miúda e a mãe estavam aterrorizadas. Um padre a apontar uma arma à cabeça de uma delas? Dois acólitos também armados? Que cena hedionda. O pedinte que estava ao fundo desaparecera. A vida, mesmo de um sem-abrigo, não tinha preço.

– Cala-te – ordenou Robin, visivelmente irritado. – Já vou tratar de ti, meu filho da puta. – Fitou a senhora e afastou a arma da cabeça dela. – Saiam depressa. Esqueçam o que viram aqui ou não me esquecerei de vocês.

Devem ter levado menos de cinco segundos a percorrer a nave e sair para o exterior, completamente atarantadas.

– És um valente, Robin – gozou o italiano.

– Enfia um balázio na cabeça desse gajo – berrou Robin para o acólito que controlava Rafael.

O jovem, sem sequer pensar, tirou a patilha de segurança e, quando ia premir o gatilho, foi projectado contra o confessionário partindo uma das portas e caindo lá dentro. Um tiro na cabeça arrumara com uma vida inteira pela frente.

Num reflexo Robin disparou para trás da coluna donde proviera o disparo. Nenhum dos presentes estava a contar com aquilo.

– Só um sacana como tu me podia arrastar até este buraco de paneleiros – ouviu-se resmungar. O pedinte andrajoso caminhou lentamente para o centro da nave.

– Bons olhos te vejam, Donald – cumprimentou Rafael com sinceridade.

– Vai-te foder, Santini. Tu és tão paneleiro como eles – insultou Donald com a sua afectuosidade habitual. Depois deixou cair a arma e sentou-se no chão com dores. O tiro ao acaso de Robin acertara-lhe no abdómen.

Rafael sorriu entristecido. Sempre o mesmo, no tempo certo. Noutra época, não muito longínqua, Donald fazia o mesmo que Rafael. A pontaria permanecia impecável.

– O que é que tu queres, velho rançoso? – insultou Robin para o velho andrajoso.

– Caras de cu não falam – disse Donald.

O jovem que restava olhou para Robin, desorientado, como que a pedir instruções.

– Mata-o – disse, sem pinga de sensibilidade.

– Eu pensava muito bem antes de o fazerem – alertou Donald. Apontou para o acólito morto. – Ali o vosso amigo já está no inferno a arder no espeto.

– Vai morrer longe, Donald – proferiu Robin com desdém. Apontou a sua arma à cabeça de Donald.

– Pára com isso, Robin – avançou Rafael, deixando o altar e dirigindo--se a ele. – Ninguém mais precisa de morrer. – Bateu no peito. – Isto é por minha causa. Faz o que tens a fazer, cabrão. Aponta para mim e acaba com isto de uma vez. – Avançava com passos rápidos e decididos. – Dispara e deixa-o ir embora. Ele não sabe o que eu sei.

Robin contemplava Rafael a aproximar-se cada vez mais.

– Pára, Santini. Aí está bom.

Rafael cumpriu a ordem.

– Faz o que tens a fazer. Dispara. Acaba com isto de uma vez.

Robin observava a cena como se pairasse sobre ela.

Rafael continuava a fitar Robin com um olhar penetrante.

– Dispara.

O inglês sorriu com desdém.

– Seja feita a tua vontade.

E seguiu-se um disparo oco e seco.

– Ámen.

Devia ver-se a cabeça de Rafael explodir ou desfazer-se, mas em vez disso foi Robin quem cuspiu golfadas de sangue pela boca, antes de cair no chão frio do templo sagrado que tantos pecados presenciara nos últimos minutos.

– Parece que hoje é o dia dos padres morrerem nas igrejas – proferiu Gavache, arma na mão, um disparo feito. Ámen. – Polícia. Larga a arma – ordenou para o acólito que a atirou de imediato ao chão como se fervesse. – Deite-se no chão. Mãos atrás das costas.

Gavache olhou para o corpo do acólito no confessionário e fez um gesto negativo com a cabeça.

– Este mundo está perdido.

– Está tudo bem, inspector? – Era John Paul que entrara na igreja para ver o que se passava, arma em riste, joelho sobre o acólito para algemá-lo.

– Olha para isto, John Paul. Achas que está tudo bem?

– Está na minha hora – disse Donald para Rafael, tentando agarrar-se ao banco para se levantar. – Dá cumprimentos meus ao William e diz--lhe que se vá foder. Só me arranja encrencas. Nunca é para me dar nada.

Rafael correu para ele e amparou-o.

– Deixa-te estar, Don. – Olhou para Gavache. – Pode chamar uma ambulância?

O francês debruçou-se sobre Robin para sentir a pulsação.

– Chama uma ambulância para este também – pediu a John Paul.

– E você como soube que eu estava aqui? – perguntou Rafael para Gavache.

– Os reforços vêm a caminho – informou John Paul.

– OK. Eles que limpem esta merda. – Ergueu-se e caminhou para a saída. – Venha, Rafael.

O italiano lançou um último olhar à igreja. Na sua mente misturava--se uma enorme confusão. Havia muito para explicar. Debruçou-se sobre Donald.

– Obrigado, Don – agradeceu.

– Isto não correu muito bem – desculpou-se o outro.

– Podia ter sido pior.

Gavache intrometeu-se entre os dois.

– Deixem a conversa para mais tarde – fitou Rafael. – Vamos. Está na hora.

– A ambulância está a caminho. Virei ver-te mais tarde – disse a Donald.

– E quem te disse que te vou querer ver? Põe-te a mexer. Desaparece da minha vista.

Rafael sorriu e avançou no encalço de Gavache.

– Vamos aonde?

– Temos um avião à nossa espera.

– Por que é que tenho a noção que estou a leste de tudo?

– Sei lá, talvez porque está a leste de tudo.

56

Em todo o Globo terrestre só havia um gabinete que se equiparava, em tamanho e sumptuosidade, ao de Tarcisio e distava pouco do seu – ficava nos apartamentos pontifícios. Nem a sala oval, na Casa Branca, residência oficial do Presidente dos Estados Unidos da América, podia ombrear com tanto fausto.

Tarcisio ocupava o seu lugar no cadeirão que lembrava um trono, por detrás da sólida e centenária secretária.

Adolfo sentava-se do outro lado, numa cadeira mais pequena e menos luxuosa, mas confortável em igual medida. A diferença de tamanho não era, de todo, inocente, servia para mostrar a quem quer que se sentasse onde Adolfo se sentava a superioridade, em estatuto e poder, de quem estava à sua frente, se dúvidas houvesse. O secretário de estado era o homem mais poderoso do mundo, depois do Papa, ou antes em certos casos. Responsável por um império de valor incalculável, influente em todo o mundo civilizado e em partes menos civilizadas de acordo com os padrões definidos pelos da dita civilização. Uma coisa era certa e sabida, todo o poder que detinha era exercido sem armas e sem exército e isso era um mérito intransponível num mundo em que a única forma de impor a lei se devia ao medo imposto por quem estava melhor armado belicamente. Tarcicio não se cansava de afirmar que o Papa Pacelli, durante a Segunda Guerra Mundial, tinha ordenado que toda a sua guarda andasse desarmada para não serem responsáveis por qualquer tiro acidental que provocasse um incidente internacional com os alemães. E testemunhava a História que o poderoso Hitler, capaz dos massacres mais execráveis, senhor do mundo, ou assim pretendia ser, apesar de todo o aparato bélico, nem um só soldado alemão, um só que fosse, teve coragem de mandar pisar ou ultrapassar a desprotegida e frágil fronteira do Vaticano, na Praça de São Pedro. Não levaria meia hora a capturar o Sumo Pontífice e tomar conta do Estado vaticano mas, como dizia Pio XII, *os meus exércitos não são deste mundo.* E Hitler nunca teve coragem de pôr em causa esta afirmação.

Adolfo exibia um sorriso cínico. Ajeitou os óculos e aguardou que Tarcisio desse início à reunião como era costume. A chuva continuava a cair lá fora numa torrente constante, o céu enegrecido por nuvens carregadas de água, um vento que zunia nas janelas num sopro demoníaco. Adolfo e o sorriso cínico.

– Pergunto-me se tens alguma coisa para me dizer antes de darmos início à reunião – começou Tarcisio com um ar grave, senhor dos superiores interesses da Igreja.

Adolfo manteve a pose altiva de quem está perante alguém que não merecia os galões que tinha.

– Assim à primeira vista não estou a ver.

O piemontês tirou os óculos e começou a limpar as lentes com um lenço de veludo.

– Deixa-te de tretas. Nós sabemos tudo.

– Tudo o quê, Eminência? – Não fez qualquer expressão de admiração.

– Ernesto Aragones, Yaman Zafer, Sigfried Hamal, Ursino. Quem é o próximo? Joseph Ratzinger? – Estava visivelmente irritado.

– Deverei conhecer esses nomes, Eminência? – questionou Adolfo. O mesmo sorriso estampado nos lábios.

– Se quiseres continuar a fingir, estás à vontade, Adolfo. Só te informo do seguinte, sabemos tudo.

Deu por concluída a limpeza das lentes dos óculos e levou-os novamente ao sítio.

Ninguém disse mais nada durante alguns momentos. Segundos, minutos, um silêncio constrangedor.

– Sempre fomos o braço direito da Igreja – acabou por dizer o superior-geral com azedume. – Nunca questionaram os nossos métodos.

– Pois, mas quando interferem com matérias da Igreja e matam inocentes e servidores dedicados, até dentro das nossas paredes, temos de começar a questionar, não te parece? – contrapôs Tarcisio.

– Não quando se trata de traidores – alteou a voz e abandonou a pose altiva. Começava a revelar-se o verdadeiro Adolfo por baixo do cinismo.

– Vou ter de ordenar que pares imediatamente o que estás a fazer, seja em nome de quem for – proferiu Tarcisio que recebeu uma gargalhada rouca como resposta.

– Nós somos os guardiães da Igreja – atacou Adolfo no meio do riso.
– Não nos dás ordens.

Tarcisio levantou-se de rompante e pousou as mãos na secretária.

– Não me desafies, Adolfo. Guardiães de quê? De uns ossos que podem ser de um qualquer e de uns documentos que, no que nos diz respeito, podem ser relíquias falsificadas que o Loyola arranjou algures – insinuou.

– Não te admito – advertiu Adolfo. – Tudo foi analisado cientificamente. Está tudo provado.

– Ai sim? Então tens até amanhã para me apresentares esses resultados.

– Já te disse que não me dás ordens – repetiu Adolfo.

– Queres saber o que eu penso? – Tarcisio não esperou pela resposta. – Acho que foi tudo uma fraude. Não acredito que Loyola tenha trazido os ossos de Cristo.

– Mas acreditas no Evangelho de Jesus – arguiu o outro.

– Porque existe, de facto, comprovadamente genuíno. Datado cientificamente e posso mostrar-te os resultados. Se é o Evangelho de Jesus ou não, nunca saberemos. Para mim ele morreu na cruz e tudo o resto é ficção.

– De qualquer forma, não há nada que possas fazer. Este intento não pode ser travado. Esta noite o Evangelho estará em nosso poder – informou Adolfo, novamente com cinismo.

– Estás enganado.

– Podes estar numa cadeira maior mas isso não te alarga as vistas. Esta noite os documentos estarão na posse da Companhia de Jesus e depois trarei ao teu conhecimento as nossas exigências – disse o outro com sarcasmo e menosprezo.

– Porquê depois e não agora? – perguntou o secretário.

– Não me fiz entender? – Adolfo estava irritado.

– Pelo contrário. Entendi-te. Mas vamos fazer as coisas de outro modo.

Carregou num botão do telefone que estava em cima da secretária e em menos tempo do que levava a dizer Deus as portas do gabinete abriram-se de rompante, deixando entrar o cardeal William que vinha a falar ao telefone e dois guardas suíços uniformizados que ficaram em sentido.

– Que significa isto? – perguntou Adolfo admirado.

– Sim, sim – respondeu William para o interlocutor com quem falava. – Um momento, vou passar.

O prefeito carregou num botão e estendeu o aparelho a Tarcisio.

– Já está em alta voz? – perguntou o secretário.

William anuiu.

– Boa tarde – cumprimentou Tarcisio.

– Boa tarde, Eminência. – Era a voz de Jacopo.

– Diz-me que novidades tens para mim?

– Correu tudo como planeado. A Igreja está na posse dos documentos de Ben Isaac.

– Importas-te de repetir? Tenho aqui uma pessoa que não ouviu bem – pediu o piemontês, mirando um Adolfo incrédulo nos olhos.

– A Igreja está na posse dos documentos de Ben Isaac – repetiu Jacopo.

– Obrigado, falamos mais tarde. – Despediu-se e desligou o telemóvel, sempre sem deixar de olhar para o superior-geral da Companhia de Jesus.

Apetecia-lhe dar uma enorme gargalhada na cara de Adolfo, mas o momento exigia solenidade. Pela primeira vez, em muito tempo, Tarcisio sentia-se bem.

– Estás a ficar lento, Adolfo. Depois levarei ao teu conhecimento as minhas exigências. Agora sai da minha frente.

57

A temperatura subira durante a tarde tornando-a amena e soalheira. O bulício duraria até que o sol se pusesse e a noite conquistasse o firmamento na sua plenitude. Jerusalém era uma cidade que fervilhava permanentemente com actividades laborais, culturais, artísticas, científicas, intelectuais, a capital do eclectismo, com um povo que se adaptava rapidamente ao mundo moderno e ao que este tinha para oferecer.

A Cidade Santa sabia preparar-se para o futuro, recebia milhões de turistas todos os anos, sedentos de vontade de calcorrear os mesmos locais que Jesus pisou, independentemente das camadas de História que acabaram por apagar os vestígios da sua passagem terrena. Era o lugar mais importante para duas das religiões do livro e o segundo mais importante para os seguidores de um outro livro de não menor importância. No fundo, eram os livros que davam sentido a tudo isto. Sem eles o mundo seria diferente.

O carro estava estacionado a meio de uma rua residencial. Francesco e JC partilhavam o banco traseiro. Não havia sinal do manco de fato Armani. O jornalista tinha medo do velho. Havia qualquer coisa nele, um poder invisível, uma destreza sensorial, sentia-se ridículo em pensar, mas nunca conhecera ninguém que emanasse tanta omnipresença como JC.

– E agora, o que vai acontecer? – perguntou receoso.

JC tirou algo do bolso interior do casaco, era um bilhete de avião, o passaporte e *shekels* e estendeu-os a Francesco.

– A sua participação terminou – afirmou com veemência. – Escusado será dizer que isto nunca aconteceu.

Francesco ficou perplexo. Que raio de plano sem nexo seria aquele?

– Foi só isto? Ligar para alguém a instruir para entregar uns documentos a Sarah e para ela levá-los para a Gare du Nord? Não podiam ter sido vocês a fazê-lo? – Tentava perceber a todo o custo. – Por que razão me foi buscar a Roma? Fez-me percorrer tantos quilómetros para isto?

JC fitou Francesco com um sorriso sardónico e levantou a mão com dois dedos esticados.

– Duas razões. A primeira foi para Sarah perceber que estava tudo a correr como planeado. Ao ouvir a sua voz entendeu que estava tudo controlado. E há a segunda razão. – Mas não a disse.

Francesco aguardou pelo esclarecimento mas teve de o pedir.

– E qual é?

JC olhou para a rua calma no meio do frenesim próprio de Jesuralém.

– Quais são as suas intenções para com Sarah?

– Como? – Que pergunta era aquela?

JC não repetiu. Francesco ouvira muito bem.

– O senhor é pai dela? – perguntou Francesco, um pouco irritado com a invasão de privacidade. Apesar de não conhecer pessoalmente o senhor Raul Brandão Monteiro, militar aposentado do exército português, sabia que era ele o pai de Sarah.

JC não reagiu, esperava mesmo uma resposta.

– A Sarah é uma mulher espantosa, discreta, profissional, muito responsável e até ontem pensava que podíamos ter um futuro a dois, mas hoje, sinceramente, não sei – confessou. Não valia a pena enganar o velho, era perda de tempo, além disso tinha receio que ele farejasse mentira.

JC reflectiu uns momentos nas palavras do jornalista compatriota. Não muito tempo, era um homem pragmático.

– Queria que vislumbrasse a ponta do véu do que é a vida da Sarah. Nem sempre é jantares em embaixadas ou em ministérios, noitadas na redacção, idas ao Odeon de Leicester Square ou ao Empire, assistir a uma peça ao Adelphi, jantares no Indigo ou em casa a fazer amor a noite inteira.

Francesco sentiu-se totalmente despido perante JC, nu como veio ao mundo, depois da descrição de certos passos que julgava pertencerem ao foro íntimo.

– Uma parte da vida dela não tem horário nem destino – prosseguiu o velho –, não espere que ela lhe dê satisfações de todos os seus passos porque não dará, nem que chegue todos os dias a casa depois do expediente porque haverá dias em que não o fará, nem que atenda todos os seus telefonemas, pois em algum deles deparar-se-á com o telemóvel desligado.

– Por que é que me está a contar tudo isto? – quis saber Francesco com o coração sobressaltado.

– Para saber com o que conta. Eu sei dos enjoos dela.

O velho sabe mesmo tudo – cogitou Francesco.

– Se está a pensar em dar o passo seguinte convém que saiba estas coisas. Casar com Sarah implica levar-me no pacote, por isso, estamos a ter esta conversa.

– Está a tentar dissuadir-me de ter uma relação com ela?

– De todo. – Sorriu e tossiu. – Estou simplesmente a mostrar-lhe o jogo como ele é. Eu sei que não é comum fazê-lo nas relações amorosas. Só muito mais tarde se vê realmente os trastes com quem se casa. Por isso considere um bónus. Assim pode tomar uma decisão concreta sobre o seu futuro. Arrisca, ou não, sabendo tudo o que isso implica.

Era demasiada informação para Francesco digerir de uma vez só e não estava, realmente, no local indicado para o fazer.

Avistaram o manco a sair de uma casa, do outro lado da rua, e a dirigir-se ao carro. Trazia um jovem com ele.

– Iremos levá-lo ao aeroporto. Não esqueça que não viu nada e não sabe de nada, só assim garantirá que eu me esqueça de si – ameaçou JC.

O manco enfiou o jovem pela porta traseira, juntando-o aos que já lá estavam. Tinha umas nódoas negras no rosto e restos de sangue seco no nariz e na boca. O resto estava tapado pela roupa.

– Quem são vocês? – perguntou a medo.

– Somos enviados do seu pai. Não se preocupe. Está tudo bem – tranquilizou JC.

– E o meu pai onde está? – inquiriu inquieto a olhar para todos os lados.

JC pegou num telemóvel e ligou um número. Pouco depois alguém atendeu e falou em francês.

– Como correram as coisas?

Tudo bem. A mulher tem os documentos e já está a caminho do avião – responderam do outro lado.

– Perfeito. Podes passar ao pai do Ben Júnior? O filho quer muito falar com ele. Bom trabalho, Gavache – arrematou e estendeu o aparelho ao jovem. – Fale com os seus pais. Eles estão muito preocupados.

Enquanto o Ben Júnior acalmava as apoquentações paternais, JC baixou o vidro da porta. O manco baixou-se para ficar ao nível dele.

– O nosso trabalho está concluído – declarou o velho em surdina.

– E quanto ao Jerome e ao Ezri? – quis saber o manco sem olhar para o JC, também num tom de voz baixo.

– Agradece-lhes por terem tomado conta do puto e diz-lhes para falarem bem de mim quando encontrarem o Criador.

O manco tirou a arma do coldre, verificou o carregador e tornou a guardá-la.

– Será feito. Venho já.

O Ben Júnior despediu-se do pai e entregou o telemóvel ao velho.

– Muito obrigado. Foi terrível. Não tenho palavras para lhe agradecer. – O rapaz atirava agradecimentos em catadupa tão depressa que quase lhe faltava o ar.

O velho sorriu satisfeito.

– Daqui a nada vais para casa.

– Como é que o senhor se chama?

– Podes tratar-me por JC.

58

O *Domus Sanctae Marthae* era um edifício de cinco andares mandado erigir por João Paulo II, nos anos 90, para dar algum conforto a quem visitava a Santa Sé, a trabalho ou devoção. Cardeal, bispo ou padre, algum emissário de outro país, quem quer que viesse por bem e caísse nas boas graças da Santíssima Madre Igreja. No entanto, era mais conhecido por ter albergado o Colégio dos Cardeais durante o conclave de 2005. Fora construído no mesmo local onde ficava o Hospício de Santa Marta, que Leão XIII mandou construir durante uma epidemia de cólera e serviu de abrigo a refugiados judeus, entre outros dignitários com relações cortadas com o Governo italiano durante a Segunda Guerra Mundial.

Não era, seguramente, um hotel de cinco estrelas, mas providenciava todo o conforto necessário para quem não exigia mais que uma boa noite de sono.

Hans Schmidt descansou um pouco, não tanto quanto o seu corpo gostaria, pois já não tinha idade para passar noites em branco e partes do dia seguinte sem repouso nem alimentação em condições. Lembrara-se que não fizera uma refeição decente desde que chegara na noite anterior. Tomou alguns cafés, bebeu água, comeu metade de uma sanduíche, mas não se alimentou como mandavam os cânones da nutrição.

Abriu os olhos. O quarto estava escuro mas a tarde ainda ia a meio. Acendeu a luz do candeeiro pousado sobre a mesa-de-cabeceira e olhou para o relógio – eram quatro e um quarto. Dormira apenas meia hora. Dar-se-ia mais quinze minutos de descanso antes de ir ver Tarcisio e os últimos desenvolvimentos do caso.

Apagou a luz do candeeiro e tornou a fechar os olhos. Desligou a mente, não se permitiu pensar uma coisa que fosse. Na hora do descanso não se devia pensar. Aliás, qualquer forma de pensamento que não tivesse efeitos práticos era uma desculpa para não se fazer o que devia ser feito quando a realidade o ordenasse. As pessoas reviviam em demasia cenas do passado que depois embelezavam da forma que gostavam que tivessem acontecido, e antecipavam constantemente cenários que ainda estavam para vir. A maioria dos seres humanos vivia na expectativa e na ilusão, Hans não vivia em nenhum destes estados. Ambas as atitudes estavam erradas, na filosofia de Schmidt. O sucesso media-se na escala da expectativa que se tinha. Anulando-a, nunca nada podia correr mal.

Tomando como exemplo os quinze minutos que oferecera a si próprio como descanso e o telemóvel que começou a tocar estridentemente nos seus aposentos, interrompendo o usufruto de tal oferenda, uma expectativa demasiado elevada em relação à necessidade desse tempo de descanso deixariam Schmidt irritado, no entanto, foi com um sorriso que atendeu o telefone.

– Boa tarde. – Ainda que pela escuridão parecesse noite.

Fosse qual fosse o assunto, quem quer que tivesse ligado não deu espaço a Schmidt para responder nada, nem a uma interjeição teve direito ou uma admiração. O certo era que o rubor do rosto indicava que o assunto em causa o incomodava de alguma forma. Expectativas e ilusões que se dominavam com mestria na teoria, mas não tanto na vida real, aquela que passava todos os dias no canal vital da consciência.

– OK. Vou ver o que posso fazer.

Acto contínuo, depois de desligar o telemóvel, atónito, alguém bateu à porta com pancadas tímidas.

– Quem é? – perguntou com uma voz firme.

– Trevor – ouviu-se do outro lado.

O austríaco levantou-se da cama e foi abrir a porta. Dormira vestido, por isso não precisava perder tempo a arranjar-se.

– Boa tarde, reverendo padre.

– Boa tarde, Trevor. Entra, por favor. Estava, justamente, a levantar-me para ir à secretaria – explicou.

O assistente do secretário entrou, envergando uma certa timidez que lhe era própria.

Schmidt sentou-se na beira da cama para se calçar.

– Sua Eminência pediu que fosse vê-lo. Há novidades – informou Trevor.

– Ah sim? E que novidades são essas? – perguntou, apertando os atacadores pretos dos sapatos.

– Os pergaminhos estão na posse da Igreja – proferiu sem saber muito bem se o deveria revelar, mas incitado pela visível amizade que unia o austríaco e o piemontês.

– Sim, já fui informado.

Trevor fitou-o admirado.

– Permite-me que lhe pergunte por quem?

– Pelo cardeal William. Ligou-me a avisar que a congregação está reunida para decidir do meu futuro – esclareceu o *Austrian Eis*.

– Entendo – proferiu Trevor um tanto confuso com a explicação. O cardeal William estava com o secretário quando este lhe pediu que viesse buscar o padre austríaco. Não havia nenhuma reunião da congregação.

Das duas uma, ou William mentira a Schmidt ou...

Não teve tempo para congeminar explicações plausíveis ou credíveis. O cinto apertou-se no seu pescoço com uma intensidade sufocante. Nem sabe como aconteceu. Não conseguia respirar. Tentou debater-se, mas Schmidt agarrava-o com muita força, atrás de si, pressionando cada vez mais. A luta pela vida em circunstâncias desiguais não durou muito tempo, nem dois minutos, e a vida de Trevor esvaía-se para o Além desconhecido.

O *Austrian Eis* tirou o cinto do pescoço do cadáver, afogueado do esforço, e enfiou-o nas presilhas das suas calças.

Enfim, pegou no telefone e carregou em três números, sentou-se na beira da cama e observou o corpo de Trevor morto com uma expressão séria. Quando começou a chamar assumiu um ar aflito.

– Tarcisio, por favor, acode-me, por amor de Deus. Anda depressa. O assassino. O assassino ainda está no Vaticano.

59

Quando uma rotina é quebrada alterando a predisposição natural dos acontecimentos que, por norma, se regem por uma cronologia bem delineada, é a forma de Deus expressar a sua divina Criação e mostrar a crentes e hereges que tudo o que existe obedece, apenas e só, à Sua vontade. Assim acreditava ele, enquanto rodeava a Via degli Astalli pela segunda vez à procura de olhos traiçoeiros. Ninguém o seguia.

Recebera a mensagem no seu telemóvel, no número pessoal e não no outro cartão, o negro, por onde, esporadicamente, comunicava quando era necessário, regra geral para saber informações, localizações que não conseguia encontrar por *motu* próprio ou algum pedido que requeresse autorização especial. Desta vez, contra todos os regulamentos, requisitaram a sua presença na morada para onde se dirigia, saltando todas as normas de segurança, o que denotava urgência. Apesar da mensagem se fazer acompanhar da senha de validação que apenas o seu mentor usava, em nome de Deus, todo o cuidado era pouco e ele era um homem precavido.

Olhou para o relógio e decidiu dar uma terceira volta ao redor do recinto para não haver dúvidas. Dez minutos depois estava novamente na Piazza del Gesú. Deu uma vista de olhos pelos transeuntes que eram poucos àquela hora, talvez por ter chovido muito ao início da tarde. Alguns turistas admiravam a fachada barroca da Igreja del Gesú, da autoria de Giacomo della Porta, e tiravam fotografias, outros passavam apressados sem se darem conta do que ali havia. Quando é a vida a controlar, dificilmente alguém se apercebe do que o rodeia. O trânsito era imenso, não fosse a praça um local central da Cidade Eterna, com acesso ao coração romano, e ponto de passagem para outras inúmeras paragens.

À primeira vista todas as portas estavam fechadas, mas ele sabia que não. Não para ele.

Aproximou-se da entrada mais à esquerda, abriu para fora a porta de vidro e empurrou para dentro a outra de madeira pintada de verde. As dobradiças rangeram anunciando a sua presença.

O interior era grandioso. Dez capelas laterais afectas aos mais variados motes, desde a Paixão ao Sagrado Coração, e um motivo de regozijo maior para todos os jesuítas, era aqui que repousavam os restos mortais de Santo Inácio, o timoneiro da Companhia, para a eternidade.

Ao fundo, junto ao altar principal, um homem vestido de negro estava ajoelhado, as mãos juntas, a cabeça baixa. De costas não dava para ver quem era.

– Aproxima-te – ouviu dizer lá na frente. Fora o homem de negro.

Avançou devagar calculando todas as saídas e nichos onde se pudesse refugiar em caso de ataque. Todos os seus sentidos estavam alerta.

– Anda, meu filho. Não temas – disse o outro. – *Ad maiorem Dei Gloriam*. Nós não atentamos contra os nossos. *Perinde ac cadacer. Deus Vocat.* Tens sido o servo mais fiel – proferiu agastado.

Ele caminhou mais depressa. Lembrou o versículo que lhe surgira no caminho e sorriu. *Não os temais, porque o Senhor, vosso Deus, é o que peleja por vós.* Era bem-vindo. Sabia-o. Sentia-o.

Quando chegou ao transepto parou, a uma distância respeitosa daquele que orava ao Altíssimo.

– Aproxima-te – ordenou o outro. – Ajoelha-te ao meu lado.

Ele acatou reticente. A melhor caracterização do seu estado seria atemorizado. Atrapalhado, ajoelhou-se a dois tempos, benzeu-se, juntou as mãos e fechou os olhos. Não se dignava sequer a olhar o outro homem com a visão periférica, as hastes de uns óculos fora tudo o que vira.

– O inimigo passou-nos a perna – disse o homem de negro.

O quê? Por esta revelação não esperava ele. Tinha de dizer alguma coisa ou pareceria um idiota.

– Como é que isso aconteceu, senhor?

– Faltam-me homens como tu, filho. Empenhados, competentes, crentes. Vivemos tempos difíceis.

– Conte comigo, senhor. O meu propósito é servir a Deus e só a Ele. – Aquilo saiu-lhe da boca sem que conseguisse controlar.

– És o meu melhor servo, filho – repetiu como um lamento. – Faltam dois nomes da tua lista.

Ele confirmou com um gesto de cabeça, ainda que soubesse que não era uma pergunta.

– Vais ter oportunidade de cumprir a vontade de Deus esta noite. Dar-te-ei todas as informações necessárias. A Via dei Soldati fica sem efeito.

– Fá-lo-ei com dedicação, senhor – asseverou ele.

– Eu sei, Nicolas. Eu sei – proferiu o outro, chamando-o pelo nome numa clara demonstração de confiança. Tirou um papel do bolso e entregou-o ao servo. – Tens aí toda a informação que necessitas.

Nicolas pegou no papel e guardou-o. Não seria de bom-tom lê-lo naquele momento.

– A tua ajuda foi inestimável – elogiou. – Qual era a parte do código do Ursino?

– *KS* – disse.

– Portanto, temos o *RO* do espanhol, *HT* do turco, o *IS* do alemão e o *KS* do Ursino. Qual será o do Ratzinger?

Nicolas parecia um miúdo tímido que achava que sabia a resposta, mas não tinha a certeza e essa dúvida era suficiente para temer arriscar.

– Desembucha, homem – ordenou o outro a quem não escapava nada.

– Se me permite sugerir, senhor, penso que o Ratzinger, ou Wojtyla não tinham. Parece-me que o código será *KHRISTOS*.

O outro reflectiu durante uns momentos e depois levou uma mão à cabeça.

– Claro. O óbvio cega-nos, Nicolas.

– E agora, senhor?

– Agora segue as instruções que te dei. O nosso inimigo já não é Ben Isaac. Fomos enganados mas ainda vamos a tempo de emendar o erro – proclamou o outro com veemência. – Os dados foram relançados.

– Com certeza, senhor – disse Nicolas, levantando-se. Havia trabalho a fazer.

– Espera. Ajoelha-te ao pé de mim. Vamos rezar um Pai Nosso juntos. Ele nos dará força para concluirmos esta cruzada.

Nicolas ajoelhou-se prontamente, juntou as mãos, baixou a cabeça e, fechando os olhos, repetiu a oração que o homem proferia com determinação.

60

Por muitas voltas que o mundo dê ao redor do Sol e sobre si próprio, acaba sempre por palmilhar os mesmos lugares como um servo fiel de uma ordem desconhecida e, embora o caminho seja sempre o mesmo, dia após dia, noite após noite, ano após ano, a esfera azul está sempre diferente.

A vida imita esta rotação e translação dando voltas sobre si mesma e ao redor dos outros, trilhando os mesmos lugares mas numa evolução permanente, mutável, móvel, ignóbil.

Sarah viu-o e corou instantaneamente assim que este entrou na cabina do avião, atrás de Gavache. Vira-o havia pouco mais de seis meses nesta mesma cidade e, apesar de ela não ser a mesma, foi como se o tivesse visto ontem ou há poucos dias no mesmo trilho da vida.

Odiou-se por ter corado, mas Gavache certificou-se de atrair para si todas as atenções, felizmente.

– Senhor comandante, ponha-nos a andar daqui para fora. Primeira paragem Paris, depois sigam para onde quiserem que para mim é-me indiferente – pronunciou enquanto despia o sobretudo e deixando-se cair pesadamente na cadeira.

– Vamos por Paris? – protestou Jacopo. – Que lindo serviço.

– Quantas vidas é que salvamos por dia, Jean Paul? – perguntou Gavache a olhar pela janela para o exterior.

– Uma, senhor inspector – respondeu prontamente Jean Paul que estava sentado ao lado de Sarah.

Gavache olhou para trás para Jacopo e franziu o cenho.

– O meu trabalho está feito por hoje.

Rafael e Sarah trocaram olhares por breves segundos, depois o padre sentou-se ao lado de Gavache.

A hospedeira saiu do *cockpit* e dirigiu-se à cabina de passageiros com um telefone sem fios que segurava com as duas mãos.

– O comandante Frank Terry já pediu ordem de descolagem. Partiremos dentro de vinte e cinco minutos. Faremos uma escala breve em Paris e depois seguiremos para o nosso destino final, em Roma. Estima-se que a viagem dure cerca de quatro horas. Desejo uma excelente viagem a todos e estou ao dispor para qualquer solicitação.

Em seguida dirigiu-se a Sarah nas filas de trás a quem entregou o aparelho.

– Tem uma chamada para si, menina.

Sarah levou o telefone ao ouvido e o enrubescimento duplicou ao ouvir o *Boa tarde, minha querida.* Era JC.

– Espero que o dia não esteja a ser enfadonho. – Sempre cínico. Aí estava um ser imutável.

– Pelo contrário – respondeu com sarcasmo. – A parte em que sugeriu a Ben Isaac que se livrasse de mim foi um verdadeiro toque de Midas.

– Não leve a mal, Sarah, mas não resisti – confessou. – E foi eficaz como viu. – Mudou de assunto. – Acabei de deixar o seu namorado no aeroporto. Esta noite retornará ao hotel onde estão hospedados. Deve orgulhar-se dele. Cumpriu o seu papel na perfeição.

– Eu ouvi. – Sarah recriminou-se mentalmente por nunca mais se ter lembrado de Francesco. – Como é que ele está?

– Dei-lhe um tratamento cinco estrelas, Sarah.

Imagino que sim – pensou ela. Mas também sabia que Francesco não o deve ter apreciado. Teria muito que explicar.

– Quer que transmita algum recado ao cardeal William? – perguntou ela.

– Não, obrigado. Fá-lo-ei pessoalmente. Mas agradeça por mim ao inspector Gavache. Tratarei que a filha entre na Sorbonne, mas não lhe diga isso, estou apenas a vangloriar-me. Vou ter de pedir-lhe um outro favor, Sarah. Nada de muito trabalhoso.

Sarah fechou os olhos. Relembrou William no palazzo Madama com aquelas mesmas palavras.

– O JC disse-nos que a Sarah é a pessoa certa para executar o trabalho e não quer outra. Ele raptou o filho de um banqueiro israelita famoso. Nós vamos colocá-la em contacto com ele para recuperar os pergaminhos de que lhe falei.

– E como farei isso? – perguntou Sarah incrédula no meio da sala de exposições que mostrava os rostos de Cristo.

– Basta seguir as instruções que ele enviará durante o decurso do processo. – E deu-lhe um telemóvel. – Não imagina o quão grata a Igreja lhe está por tudo o que vai fazer.

E tudo correra bem. Enviou-lhe uma mensagem a dizer que pedira a Ben Isaac que a eliminasse e aí ela ficou apreensiva, mas depois disse-lhe que Gavache e Garvis estavam a caminho. Enfim, as coisas correram à maneira de JC.

Agora pedia-lhe que fizesse mais coisas. Este homem não descansava.

– Diga – deu por si a dizer. Não adiantava esquivar-se.

– Debaixo do assento encontrará um embrulho. Basta seguir as instruções. Dê também cumprimentos ao nosso padre preferido. Não deve estar nada satisfeito por ter sido mantido à margem este tempo todo. Até à próxima, Sarah. – E despediu-se com uma gargalhada antes de desligar.

Sarah pousou o telefone no braço da cadeira e colocou a mão sob o assento. Lá estava, um saco plástico branco. Olhou-o, era da Marks & Spencer's, retirou o conteúdo e o espanto inicial deu lugar ao riso contido. Num *post-it* colado à embalagem estava escrito à mão *Siga as instruções no verso*. Este JC era impagável. Era impressionante como estava sempre bem informado. Leu o texto no verso e lembrou-se que descolariam em vinte e cinco minutos. Dava tempo. Tornou a enfiar o teste de gravidez dentro do saco, levantou-se e dirigiu-se ao WC. Fosse o que Deus quisesse se é que ele tinha alguma coisa a ver com isto.

Nas cadeiras da frente sentavam-se Jacopo, num lugar de janela sem ninguém ao seu lado, do outro lado do corredor, Gavache, também num lugar de janela, e Rafael no de coxia. Ao passar por eles Sarah inclinou-se para o inspector francês, exalando todo o seu aroma sobre Rafael.

– O JC está imensamente grato. – Recuou para fitar o padre. – E manda-te cumprimentos.

– O que é que o JC tem a ver com isto? – inquiriu exaltado.

– Afinal ele fala – limitou-se a dizer Sarah, deixando os homens e dirigindo-se ao WC.

– Já está suficientemente descansado para me contar o que raio se está aqui a passar? – perguntou Rafael a Gavache, visivelmente irritado.

– O corno é sempre o último a saber – gozou Jacopo do seu lugar com um sorriso genuíno.

– De ti vou tratar mais tarde – ameaçou o padre italiano.

– *Well, well, well.* – Ouviu-se a voz de Barry dizer. Saíra de um compartimento nas traseiras do avião e falava para Rafael que ficou surpreendido mas não quis demonstrar. – Quem é vivo sempre aparece. – Acercou-se do italiano.

– Por cá? – saudou Rafael. Não estava a entender nada e não queria que o norte-americano percebesse. – Pensei que íamos jantar esta noite. Não aguentaste? As saudades são assim tantas?

Barry exibiu um sorriso sádico de vitória.

– Aquela do táxi foi muito boa. – Estendeu a mão para cumprimentá-lo. Rafael estendeu a sua mão e deram um aperto firme.

– Foi uma das minhas melhores actuações – gozou. – Também estás ao serviço do JC, já vi.

– Sempre ao serviço do povo americano – corrigiu. – O JC deixou-nos fora desta. Mas ofereceu-nos esta pequena participação como prémio por termos sido tão diligentes na busca pela verdade – revelou.

– É, ele tem esse dom especial de conseguir que lhe façam coisas sem ter de pedir.

– E eu pensei cá para mim: porque não dar uma mãozinha? O que será que a Igreja quer recuperar com tanto afinco que teve de pedir a uma lenda, a um mito como JC, para o executar?

– Percebo-te – disse Rafael em tom irónico. – É preciso estar muito desesperado para pedir ao assassino do Papa para fazer uma coisa destas.

– Alegado assassino – corrigiu Barry.

– Assassino de quem? – Era Aris quem se juntara ao grupo e perguntara com curiosidade.

– Apresento-te Aris, meu operacional – indicou Barry. – Este é o famoso Jack Payne – fitou Gavache. – E o senhor é?

– O não menos famoso inspector Gavache, da Police Française.

– Um enorme prazer – proferiu Barry cumprimentando-o.

Aris saudou os dois homens também, examinando Rafael para além do que a boa educação aconselhava.

– Assassino de quem? – perguntou novamente.

– O Rafael estava a falar do JC, alegado assassino do Papa João Paulo I.

– Isto está a ficar cada vez mais interessante – avaliou Aris.

– Então resolveste dar uma boleia ao pessoal – concluiu Rafael.

– Exactamente. Em nome dos bons velhos tempos.

Por momentos sentiu-se o constrangimento. Rafael, devido à sua dupla situação enquanto Jack Payne, colaborava com a CIA em nome da P2, a loja maçónica controlada por JC. Na verdade, era uma tripla situação, pois Rafael, no fim de contas, não servia lealmente nem a CIA nem JC, mas a Santa Sé. Ainda hoje era malvisto pela Agência, mas merecera o respeito do velho. Raros eram aqueles que conseguiam enganá-lo e sobreviver.

– Imagino que ele esteja algures em Jerusalém – alvitrou Rafael para quebrar o gelo que entretanto se formou.

– Sabes como ele é. Hoje aqui, amanhã ali. E eu achei que documentos tão importantes não deviam andar em voos comerciais. A Santa Sé também agradece.

Imagino que sim – pensou Rafael para si mesmo. Sabia que nada do que Barry dizia era inteiramente verdade. O que ele queria era estar nas boas graças de JC, um aliado poderoso que convinha manter e a Santa Sé ficaria a dever-lhe um favor, quer quisesse quer não. Mas, acima de tudo, queria o que todas as agências secretas pretendiam: informação. E quem a tinha prevalecia.

O comissário veio interromper tão amena prosa.

– Peço desculpa, mas vamos partir e tenho de pedir para os senhores se sentarem.

– Com certeza – obedeceu Barry. – Até já, Payne.

Rafael olhou para Gavache com cara de poucos amigos.

– Compreendo a sua irritação, senhor padre – proferiu Gavache. – Mas entenda que, por vezes, para levar o barco a bom porto é necessário navegar no meio da névoa.

– Não consigo perceber como é que chego a este avião e encontro este sacana – apontou para Jacopo –, a Sarah... – Depois parou como se, finalmente, tivesse alcançado. Claro, só podia ser isso. Depois começou a fazer gestos negativos com a cabeça. Não conseguia acreditar. Fora um imberbe ingénuo. Deixara-se usar como uma marioneta. Estava a perder qualidades.

– Não se recrimine, senhor padre – condescendeu Gavache, pegando em vários biscoitos de uma taça que a hospedeira estava a oferecer. – Não tinha como saber. Quando não queremos que alguém se foque em determinada matéria, simplesmente...

– Eu sei como funciona – interrompeu Rafael. E isso ainda o deixava mais irritado. – Nunca precisou de mim para nada, pois não? O Jacopo foi lançar o isco à faculdade... E caí como um maçarico logo à primeira – lamentou-se.

– Que achas, Jean Paul? Nunca precisei do senhor padre? – perguntou para o banco de trás.

– O padre Rafael é que descobriu a pista jesuíta, inspector – respondeu o assistente do assento atrás.

Gavache olhou para o padre com uma expressão *Está a ver como foi importante?*

– Mas você está a trabalhar para o JC – arguiu o padre.

– O único trabalho que fiz para o JC foi certificar-me de que a Sarah saía da casa de Ben Isaac com os documentos e em segurança.

– E por que me chamou a Paris e fez aquele teatro todo comigo sobre as razões de eu lá estar ou não? – pressionou.

– Por que chamei o senhor padre a Paris, Jean Paul?

– Tecnicamente, também foi o JC que pediu, inspector.

– OK. Então fiz dois favores ao JC – respondeu sem qualquer vergonha na cara. – O que significa que ele o tem em grande conta – inspirou fundo. – Mas a verdade é que tenho dois crimes relacionados em mãos e a sua contribuição para a resolução foi decisiva. Compreendo que queira uma explicação mais elaborada mas não serei eu a dá-la, senhor padre – concluiu Gavache.

Rafael recriminava-se. Como podia ter sido tão idiota? O JC novamente a puxar os cordelinhos desta trama toda, mas desta vez era diferente. Estava envolvido com o Vaticano. Olhou para Jacopo com olhos férreos. Apetecia-lhe torcer aquele pescoço.

– Não olhes para mim – soltou o historiador incomodado. – Pouco mais sabia que o inspector – desculpou-se.

Os reactores da aeronave foram ligados e emitiram um estrondo crescente. Iriam deslocar-se para a pista e, finalmente, descolar.

Rafael continuava pensativo. Teria de fazer algo que lhe iria custar imenso, falar com Sarah. Olhou para o assento dela, mas ainda não tinha regressado. Começou a ouvir um ruído irritante ao seu lado. Gavache estava encostado ao vidro e ressonava com mais potência que os reactores.

Enquanto Rafael se debatia com o ressono sibilante de Gavache, Sarah aguardava dentro do WC pelo resultado. As instruções diziam 10 minutos para passar do traço azul para o positivo vermelho caso a gravidez se confirmasse. Não ocorreria qualquer alteração se não estivesse de esperanças. Pousou o teste no lavatório e evitou olhar para ele. Cada minuto parecia-lhe cinco, uma tortura. Ora fechava os olhos, ora desviava o olhar, não fosse o teste tão abalizado e lhe desse a resposta antes do tempo. Deu por si a pedir que o traço azul se mantivesse. Talvez estivesse a ser egoísta, mas não queria ser mãe, não nesta altura tão imprevisível da sua vida em que não saberia onde estaria no dia seguinte, nem onde dormiria naquela noite. Talvez nos braços aconchegantes de Francesco na *suite* do Grand Hotel Palatino... Mas seria mesmo isso que ela queria? Caramba, o Rafael impregnara-a de um turbilhão de dúvidas. Aquele homem exercia uma enorme influência nela sem levantar um dedo, só pelo simples facto de estar ali fora, sentado numa das cadeiras do avião ou mesmo que estivesse em qualquer outro lugar. Bastava existir, não importava as voltas que o mundo desse. Estava cansada, saturada, esfomeada, enjoada. Precisava de um abraço forte. Pensou no pai e na mãe, na herdade de Beja, em Portugal. Quem lhe dera estar lá naquele momento. Precisava de um abraço paterno. O avião abanava como se estivesse a rolar sobre uma estrada cheia de buracos. Em breve far-se-ia à pista e os reactores acelerariam até à potência máxima para elevar-se aos ares.

Dez minutos passaram e não se atreveu a olhar para o veredicto. Não conseguia. Não queria enfrentar a dura realidade. Receava uma cruz vermelha, o positivo, a bênção divina da procriação. Não queria ser mal agradecida, mas... Duas pancadas suaves na porta.

– Menina Sarah, estamos na fila de descolagem. Somos os quintos. – Era a voz melodiosa da hospedeira. – Daqui a cinco minutos descolaremos.

– Já saio. Obrigada.

A realidade pressionava-a. Levantou-se e abriu a porta.

– Desculpe – chamou.

A hospedeira aproximou-se da porta.

– Posso ajudar?

Ela fez-lhe um gesto para que entrasse. A hospedeira estranhou mas fez o que ela disse. Nestes voos não se questionavam os passageiros. Às fortunas que pagavam as vontades deles eram ordens.

– Está a ver aquilo no lavatório? – perguntou Sarah com a voz embargada.

– Sim?

– Diga-me o que vê, por favor.

– Como?

– Diga-me o que vê.

A hospedeira aproximou-se do lavatório e percebeu do que se tratava. Verificou e fitou Sarah com um meio sorriso incomodado. As lágrimas corriam pelo rosto da jornalista.

– Parabéns – felicitou a hospedeira, mas não se percebeu se era uma congratulação ou uma pergunta.

61

A vida é um *puzzle* com muitas peças. Ninguém nunca se atreveu a contá-las, podem ter a forma de devaneios, aquisições, criaturas das mais variadas castas, estatutos e feitios. Há duas infalibilidades neste imenso *puzzle*, a primeira é a de que remanescerá eternamente inacabado e a segunda a de que cada peça encaixa sempre em algumas ao seu redor. Mas aquilo que pode parecer um encaixe perfeito nem sempre o é. Existem deformidades que, à partida, podem não ser manifestadas a olho nu e só o tempo as revelará. Depois existem as peças que se vão perdendo, umas sem se dar pela falta, outras que não fazem diferença neste emaranhado titânico e outras ainda cuja presença sempre tão desmaiada, esmaecida, ou mesmo invisível, se revela preponderante e indelével na ausência. Era isto que Tarcisio sentia, enquanto viajava no banco traseiro do luxuoso Mercedes, um desaparecimento insuprível como se tivesse perdido um ente familiar. Trevor fora um assistente empenhado, idóneo, consciente, a quem o piemontês não correspondeu com um terço da atenção que o jovem escocês lhe devotava. Um homem tão pio como o secretário de estado não se devia permitir sentir remorsos, nem algo que se lhe assemelhasse. Todas as suas atitudes seguiriam, pressupunha-se, um sentido do correcto, do casto, plenas de amor, bonomia e compaixão. Todavia, não conseguia deixar de se sentir sobremaneira culpado por ter visto o malogrado Trevor como um serviçal, um lacaio, um zé-ninguém que tratou sempre com um pé atrás, sem uma palavra complacente de estímulo ou reconhecimento. Tarcisio sentia agora que devia ter-se mostrado como um modelo paternal que Trevor não tinha ou estava longe, nem isso sabia, se é que conhecia algum pormenor da vida do rapaz a não ser a pátria. Nunca o fez. Sempre embrenhado nos seus problemas que eram os da Igreja. Jamais o chamou para uma conversa ao final do dia para saber das suas aspirações em relação ao futuro, como estava a sua família, se... precisava de alguma coisa. Trevor nunca falhou ao trabalho, jamais se escusou com uma doença ou faltou ao respeito de alguma maneira a alguém. A Igreja e a Secretaria de Estado eram a prioridade absoluta da sua curta vida, só tinha olhos e ouvidos para as vontades e ordens de Tarcisio. Perecera em circunstâncias funestas, sem uma mão amiga que lhe valesse. Remorsos. Era isso que o secretário sentia, ainda que o posto não lho permitisse.

Os olhos não camuflavam a dor e a culpa. Tarcisio carpira e não fosse a presença do cardeal William e do padre Schmidt com quem seguia viagem no Mercedes abriria o portão do pranto para desafogar um pouco do fardo que suportava.

Os pontífices costumavam andar corcovados poucos meses depois de encetarem o pontificado, reputava-se que acarretavam o peso das ofensas do mundo ao bom Deus. Tarcisio não era Papa, ainda, só Ele saberia se algum dia o seria, mas andava corcovado pelo peso das suas faltas, afinal de contas, Papa ou secretário de estado eram homens antes de serem outra coisa qualquer.

O secretário não teve coragem para ver o corpo do pobre Trevor estendido no corredor do *Domus Sanctae Marthae*. Era uma visão que não queria guardar. William poupou-o a esse padecimento e prestou-se a ir no seu lugar. Trevor não era o seu assistente. Via-o amiúde e sempre o considerou um bom rapaz, mas não sentia nenhum afecto especial a não ser o choque natural de ver uma vida na flor da idade esvaecer daquela maneira.

– Isto não me parece prudente – desaprovou William com alguma veemência, ajeitando-se no banco do carro. – Vai contra todas as normas de segurança.

– Já o disseste – assinalou Tarcisio impaciente, a voz ainda chorosa. – Ficou registado.

O secretário relembrou a reprovação veemente de Daniel, o comandante da guarda suíça, quando conheceu as suas intenções, ainda no seu gabinete, na Santa Sé.

– Há protocolos de segurança a cumprir – alegou com vigor. – Com todo o respeito, um secretário de estado não pode sair do Vaticano como um cidadão normal ou sequer como um cardeal normal. Vossa Eminência sabe que não é um cardeal como os outros, sem querer ofender. – Este último reparo era para William que concordava com ele e não se ofendeu.

– Não será a primeira vez – advogou o piemontês.

– É a primeira vez nestas circunstâncias. Dois homicídios num só dia. Estamos sob ataque, Vossa Eminência concorda neste ponto. O secretário de estado é o mais importante príncipe da Igreja.

– Não venha ensinar a missa ao vigário, Daniel – rezingou Tarcisio.

– Vossa Eminência perdoe-me. Não posso deixá-lo sair sem segurança.

– O Daniel tem razão, Tarcisio – insistiu William.

– Eu sou o cardeal-secretário de estado da Santa Sé – bradou ruborizado. Estava irado. – Sua Santidade é o rosto da Igreja, mas sou eu quem dá o peito às balas. O que aconteceu aqui hoje e nos últimos dias não poderá voltar a acontecer. A Companhia de Jesus quer negociar, parece-me que segundo os últimos desenvolvimentos está em posição de o fazer. – A voz embargou-se-lhe. – Não quero pertencer a uma Igreja que não defende os seus.

Daniel inspirou depois de ter escutado as razões do secretário. Que situação.

– Muito bem, Eminência. Preparo-lhe uma viatura de matrícula italiana para não levantar suspeitas. Levará um homem meu como motorista e nós iremos atrás.

– Ofereço-me para acompanhar Vossa Eminência e protegê-lo na medida que me for possível – voluntariou-se o padre Hans Schmidt.

Tarcisio colocou uma mão grata sobre o ombro do austríaco.

– Agradeço-te, meu amigo. Mas hoje passaste por muito e quero que vás descansar. Eu resolvo isto.

– Não conseguirei descansar enquanto não voltares. Se me permitires irei contigo.

Tarcisio nada disse durante alguns momentos. Acercou-se da janela e olhou para o Sol que fugia para além dos prédios.

– Seja – deliberou por fim.

– Eu também irei – resolveu William.

Daniel colocou uma Beretta à frente do rosto de Schmidt.

– Sabe usar uma destas?

Schmidt corou e sorriu nervosamente.

– Claro que não.

– Eu explico-lhe rapidamente.

O Mercedes saiu vinte minutos depois com um motorista e acompanhante, dois jovens guardas suíços, como todos, mas não por isso menos competentes, e dois Volvos atrás deles.

– Foi o Adolfo que chamou? – quis saber William.

– Não. Foi o Aloysius.

– O que esperas obter disto?

– Não faço ideia, Will. Não faço a menor ideia.

– Mas...

– Ele ameaçou matar mais pessoas, Will – confessou de rompante Tarcisio. – Disse que matariam o... – vacilou. – Sua Santidade, se fosse preciso. Depois do que aconteceu ao Trevor, não creio que esteja em posição de negociar – acrescentou derrotado.

– Sacanas – invectivou o prefeito.

– Não contamos com o jogo deles, Will. Só olhamos para o nosso – proferiu o secretário agastado.

A vida não é somente um *puzzle* com muitas peças, mas também um tabuleiro de xadrez. Apesar de ser importante ter uma estratégia inicial é fundamental estar sempre atento ao jogo do adversário e fazer os ajustamentos necessários ao longo do caminho, ou a sobrevivência estará em risco.

– E não há nada que se possa fazer? – indagou Schmidt.

Os dois cardeais bosquejaram um meneio negativo.

– A pessoa que nos ajudou nesta trágica operação cumpriu com o especificado. O nosso interesse era, apenas e só, os pergaminhos. Estão em nosso poder – explicou Tarcisio.

William não aprovava que o piemontês revelasse tantos pormenores a um desconhecido. Podiam ser amigos mas isso não lhe dava esse direito.

– E a quem confiaram essa tarefa, posso saber? – insistiu sem manifestar qualquer pejo ou receio de se estar a meter onde não era chamado.

Tarcisio olhou para as ruas de Roma que passavam lá fora antes de responder.

– Ao assassino do Papa.

62

Todas as pessoas imitam moldes delimitados, como um catálogo, mas cuja selecção é, habitualmente, inconsciente. O seu pai, fraco e frouxo, escolhera o do alcoólico que maltratava os três filhos e a mãe e abusava deles. Ser trolha não era desculpa para aparecer aos tombos em casa, todas as noites, a tresandar a álcool e a esbravejar vitupérios contra a prole e a procriadora feiticeira com quem desposara; que o esconjurara para toda a vida com um matrimónio e três filhos e o sujeitara a ser o que não queria, chefe de família... Ou, pelo menos, era isto que ele barafustava nessas longas sessões com o cinto numa mão e a cerveja na outra.

A mãe nunca se insurgia a favor deles. Acabava sempre por adormecer na mesa, imune aos berreiros deles e aos urros dele. Quando o pai se fartava do cinto e do resto pegava nela e carregava-a às costas para o quarto, batia a porta com força e poucos instantes depois ouvia-se o chiar da cama e o dele.

Durante anos odiou-a pela sua fraqueza, falta de estima por eles, por adormecer em quase todos os jantares, por ter de afastar-lhe o prato para os cabelos loiros estragados não caírem em cima da comida, por deixá-los à mercê do cinto do pai e de outras coisas mais. De vez em quando via-lhe o rosto inchado, um olho pisado, um trejeito de sofrimento ou um coxear mais pronunciado naquela que, outrora, deveria ter sido uma mulher muito formosa.

As melhores horas do dia passava-as na escola quando o pai não o obrigava a ir com ele trabalhar. Aprendeu a ler precariamente, juntando as sílabas com dificuldade e tartamudeando as palavras como um deficiente com problemas de fala ou gago.

Um dia, quando tinha 12 anos, encontrou um livro numa gaveta da mesa-de-cabeceira do quarto dos pais, o único que havia em casa, o livro, não o quarto, e começou a lê-lo todas as noites. Ouvira falar dele na missa que frequentavam, religiosamente, todos os domingos de manhã. O pai barbeava-se, a mãe vestia-lhes a melhor roupa, o único par de calças e camisa que não estavam rotos, e lá iam, mais umas centenas de pais e filhos, ouvir um homem falar de Jesus e de Deus. Era, provavelmente, o único temor do pai, que esquecia rapidamente, nessa mesma noite, quando regressasse da rua novamente vinolento.

Ao princípio leu-o com muita dificuldade e depois ganhou-lhe o jeito. Foi a história mais bonita que alguma vez ouviu falar. Não fazia ideia o que significava o título, *A Bíblia*, tão-pouco havia qualquer reportação a ele no seu interior, mas o conjunto de histórias nele narrado era avassalador. Acabou por se habituar a lê-lo todos os dias, vezes e vezes sem conta, imaginando os mundos descritos, a história de Abraão, de Isaac e Rebeca, Moisés e a libertação do povo da escravidão egípcia, a travessia do Mar Vermelho, a queda de Jericó, Sansão, a rejeição de Saul, David e Golias, David e Jonatas, a rebelião de Absalão, a sabedoria de Salomão, o nascimento de Jesus, a infância, o baptismo, a tentação, a transformação da água em vinho, a aquietação da tempestade, refugiando--se nas parábolas de Jesus, naquele miúdo especial com pais que gostavam dele, por vezes, no culminar de mais uma noite violenta. A Bíblia era o seu mundo de sonho, José e Maria os pais que cobiçava, os apóstolos que o abraçavam os únicos amigos que tinha.

Certa noite descobriu. O pai colocava um fluido incolor e inodoro na bebida da mãe. Guardava-o na casa de banho, num armário onde se misturavam dezenas de medicamentos, alguns com anos e fora da validade. A mãe adormeceu na mesa durante o jantar, o pai bateu-lhes com o cinto. Lembrou-se da Bíblia, das histórias, Dele, enquanto apanhava. O pai desapertou as calças para o resto, mas ele lembrou-se da Bíblia e gritou:

– Deus castiga. Deus castiga. – Fechou os olhos transpirados e chorosos. Tremia com os nervos em franja e rezou. *Ajuda-me Jesus, ajuda-me Pai, ajuda-me Mãe.* O pai da Terra que lhe dava com o cinto parou.

– O que é que disseste? – perguntou com o cinto nas alturas pronto a cair sobre ele, mas ele não o tornou a dizer.

O pai pousou o cinto e não disse mais nada. Desandou para a mesa de jantar e pegou na mãe, levou-a para o quarto e bateu com a porta. Instantes depois a cama começou a chiar.

O pai nunca mais lhe tocou, ainda que as noites não tenham variado muito lá em casa. A mãe apareceu com um braço ao peito e um lábio inchado mas para ele foi como se tivesse conquistado um novo estatuto, o de espectador mudo e intocável, ainda que ver lhe custasse ainda mais, daí que se retirasse para o quarto para se refugiar no seu livro. Mas os berros dele e os gemidos assustados dos irmãos mais novos entravam-lhe pelos ouvidos sem que ele pudesse fazer alguma coisa. – *Faz com que pare, Jesus. Faz com que pare* – suplicava, implorava. Abriu o livro numa página ao acaso e leu a primeira frase. Os berros haviam amansado e a cama no quarto dos pais começou a chiar.

No dia seguinte foi o pai quem adormeceu em cima da mesa e não voltou a acordar. Caiu em cima do prato da sopa com tanta violência que até o partiu. A mãe achou estranho quando sentiu a mão do filho em cima da sua.

– Não nos vai fazer mais mal, mãe.

Ela levantou-se, aflita e tentou despertar o marido, sem qualquer efeito.

– O que é que fizeste, Nicolas? – perguntou ela desvairada.

– O que é que fizeste? Que vai ser de nós? – Não conseguia encarar o filho, olhos lacrimejantes.

Numa tarde, poucos dias depois do funeral do pai, dois homens de bata branca vieram arrancá-lo do quarto quando ele estava a ler uma passagem do Apocalipse de São João. Debateu-se contra os insurgentes, mas não conseguiu livrar-se e foi arrastado para uma carrinha branca, agarrado ao seu livro com unhas e dentes.

O jovem Nicolas não tornou a ver os irmãos.

Foi acolhido num colégio, obrigado a seguir um horário rígido de aulas e estudos sobre diversas matérias, a maioria das quais nunca havia ouvido falar. Aprendeu latim, espanhol, inglês, francês e hebreu, mas a sua disciplina favorita era estudos bíblicos sobre o seu livro preferido. Claro que leu outros livros, afundou-se noutras histórias, *Odisseia, Rei Édipo, Satiricon, Vidas Paralelas, Decameron,* mas nenhum o comovia ou apaixonava como a Bíblia. Talvez por ter sido a sua tábua de salvação até à morte do... homem que dizia ser seu pai mas agia como um bárbaro. O seu pai era o padre Aloysius que o orientou até à idade adulta, que lhe deu o primeiro papel com instruções.

– É esta a vontade de Deus – revelou Aloysius. – Cumpre-a.

E Nicolas cumpriu com rigor e vinha cumprindo até ao dia de hoje, até esta esquina da Via Merulana com a Via Labicana.

A noite fechara-se sobre Roma, mas o movimento permanecia frenético, carros, motas, autocarros, carrinhas, peões, buzinas, gritos, insultos. A Roma impaciente do final de tarde. Olhou para o relógio que marcava as seis e meia. Estava na hora.

Observou o telemóvel e esperou pelo toque que não levou muito tempo, uns meros seis minutos. Depois avançou para o meio da rua quando avistou o Mercedes, tirou a arma e...

63

Dois Volvos seguiam o Mercedes a pouca distância. Daniel, o comandante da guarda, ocupava o lugar de passageiro da frente do primeiro carro, chefiando uma equipa de oito homens da guarda pontifícia, distribuídos pelas duas viaturas e incluindo os dois efectivos que seguiam no veículo do secretário.

O destino era a Basílica de Santa Maria Maggiore e o detector GPS instalado no Mercedes indicava que seguia o trajecto previamente delineado.

– Isto é um erro – desabafou Daniel para si mesmo. – Um erro grave.

Não levavam os habituais batedores dos Carabinieri a abrir caminho, pois esta não era uma visita oficial. Não tiveram outra opção se não enfiarem-se no terrível trânsito romano do fim da tarde, já noite cerrada, neste Outono agreste que se estabelecera na península desde o início do mês de Novembro, como um exército de chuva e vento e frio que não dava tréguas.

– *Standby*, Adrian – chamou pelo rádio para o condutor do Mercedes. – Virar à direita para a Via Merulana – ordenou.

– *Capito*. Virar à direita para a Via Merulana – retribuiu o rádio.

Setenta metros depois, na Piazza da San Giovanni in Laterano, o Mercedes cortou à direita, conforme especificara Daniel. O Mercedes rodava dentro dos limites legais de velocidade, cerca de cem metros à frente do

Volvo de Daniel. Entre eles ia um autocarro, o 714, e duas carrinhas. Daniel continuava atento ao aparelho que ditava a posição do Mercedes, com uma margem de erro de, mais ou menos, três metros, nada de especial numa rua tão grande.

O autocarro parou, cerca de trinta metros após o início da rua, e provocou uma pequena fila. O sinalizador do Mercedes indicava que este prosseguira a marcha no ecrã que Daniel observava concentrado.

– *Attenzione*, Adrian. Suspende a marcha e aguarda. Estamos retidos atrás do autocarro – ordenou Daniel.

O sinalizador indicou que o Mercedes parou como solicitado, alguns duzentos metros à frente do local onde eles estavam, na intercepção com a Via Labicana. Daniel não conseguia vê-los e isso causava-lhe algum transtorno, apesar de saber que o secretário estava bem protegido. Soltou um suspiro de frustração. O cardeal devia ter-lhe dado ouvidos.

– Isto não anda? – reclamou o comandante.

Indicou ao condutor que ultrapassasse as carrinhas e o autocarro, mas assim que o Volvo arrancou a carrinha que estava à frente fez o mesmo e parou ao lado da outra carrinha tapando a rua toda.

– Que merda é esta? – perguntou Daniel, mais para si que para os homens que o acompanhavam.

O condutor buzinou mas não houve reacção. Daniel indicou aos homens de trás que fossem ver o que se passava. Saíram apressadamente para cumprir o mandado mas nem chegaram a falar com ninguém. Os condutores das carrinhas limitaram-se a abandoná-las ali, batendo com as portas e correndo em direcções opostas.

O sinalizador do Mercedes indicava que este retomara a marcha.

– Que raio? – Isto não era normal. – Mete pelo passeio – vociferou Daniel. – Mete pelo passeio, já.

O condutor guinou para a esquerda e subiu o passeio entre duas árvores. Os transeuntes viram-se obrigados a desviar-se e um homem ainda foi atingido de raspão pelo farolim, estatelando-se no chão.

– Avança. Avança – bradava Daniel com urgência.

O sinalizador indicava que o Mercedes continuava em movimento. Virara à esquerda na Via Labicana e avançava a grande velocidade em direcção ao Coliseu.

– *Attenzione* – chamou via rádio. – Não foi dada ordem de marcha, Adrian – admoestou o agente do Mercedes. – *Attenzione*, Adrian. Anuncie a sua posição.

Não houve resposta.

Os agentes que haviam saído do primeiro Volvo entraram para o segundo, pois Daniel não quisera perder tempo.

Atento ao mostrador reparou que o Mercedes prosseguia em direcção à Piazza del Colosseo.

– Acelera – gritou quando entravam na Via Labicana a chiar por todos os lados.

Não havia regras de trânsito naquele momento. A vida do cardeal--secretário de estado estava em perigo.

– *Attenzione* – repetiu para o rádio. – Adrian, reporta a tua posição, imediatamente.

Continuava a não haver reacção.

– Raios – invectivou. – Acelera. Acelera – berrou ao mesmo tempo que batia no tabliê.

A rua era larga e o Volvo já ia demasiado depressa. Algumas viaturas tiveram de colar-se o mais possível à berma ou mesmo subir ao passeio para evitar serem atingidos. O agente conduzia com perícia, recebera treino de condução evasiva, defensiva e de perseguição, estava mais do que preparado para uma situação daquelas... Em teoria.

O sinalizador indicava que o Mercedes virara à direita para subir a Via Nicola Salvi. Daniel tinha de tomar uma decisão. Precisava cortar--lhes o caminho.

– Flavian – chamou para o rádio. Era o condutor do outro Volvo. – Continua em frente, sobe a Nicola Salvi.

– *Capito* – respondeu o rádio.

– Faz inversão – disse para o seu condutor.

– *O quê?* – perguntou o condutor.

– Faz inversão, já. – Ao mesmo tempo que o disse colocou a mão no volante e rodou-o para a esquerda. As buzinas e as travagens bruscas não tardaram a fazer ouvir-se.

O Volvo acelerou novamente até ao cruzamento com a Via Merulana e virou à esquerda em direcção à Piazza de Santa Maria Maggiore. Era uma condução suicida a uma velocidade superior a cento e trinta quilómetros por hora com trânsito em ambos os sentidos e buzinas ofegantes.

O GPS anunciara que o Mercedes seguira pela Via degli Annibaldi e depois virara à direita na Cavour. Era bom sinal.

– Directos a Cavour – ordenou e pegou no rádio. – Directos a Cavour, Flavian.

– *Capito* – transmitiu o rádio.

A duzentos metros da Basílica de Santa Maria Maggiore viraram à esquerda bruscamente e entraram na Via Giovanni Lanza que desceram a todo o gás, sem se importarem com o autocarro que vinha de Termini e que teve de fazer uma travagem brusca para os deixar passar.

– *Stronzo* – gritou o motorista do autocarro, entre outros insultos que não importa especificar.

O sinalizador indicava que o Mercedes parara a cerca de duzentos metros da posição deles, mais três, menos três, no entroncamento entre a Via Giovanni Lanza, em que seguiam, e a Via Cavour e conseguiram avistá-lo, mal estacionado, uma roda em cima do passeio e as portas todas escancaradas.

Daniel, pressentindo o pior, sentiu um aperto de transtorno no peito e o suor a inundar-lhe a testa. Os pneus assobiaram quando os Volvos travaram a fundo ao lado do Mercedes, um que vinha de cima e outro de baixo. Antes de sair do carro conseguiu ver que não estava ninguém no interior do Mercedes. Merda! Nunca devia ter permitido aquilo. Merda! Merda! Merda!

Não havia sinal do secretário, nem do cardeal William, do padre Schmidt ou dos dois agentes. Como comandante não podia mostrar frouxidão ou desespero, mas era mesmo isso que sentia no seu íntimo, um desnorteamento total e, embora todo ele fosse frio como uma rocha, por dentro sentia um imenso cataclismo destruidor.

– Que raio aconteceu aqui?

64

Tarcisio não conseguia acreditar no que os seus olhos haviam visto. Preferia que um punhal lhe sangrasse o coração até expurgá-lo da vida que Deus lhe dera. Ninguém devia ser forçado a passar por tamanha perfídia que fazia um crente descrer em si mesmo e na esperança que lhe era inerente.

Um homem apareceu no meio da rua de arma em riste apontada a eles. A primeira acção do condutor foi acelerar o carro, pois era blindado, uma arma apontada não constituía qualquer ameaça, mas depois aconteceu algo, à primeira vista, impossível. Schmidt e o guarda que estava ao lado do condutor encostaram uma arma à cabeça dele.

– Pare o carro, imediatamente – ordenou o austríaco.

– O... O que estás a fazer, Hans? – perguntou Tarcisio receoso.

– Cala-te – disse o outro com frieza. O olhar era glacial, cavernoso, como o piemontês nunca vira e que o fez arrepiar-se.

William assistia àquilo estupefacto, sem conceber ainda o que se estava a passar.

– Baixe a arma, Hugo – ordenou Tarcisio para o agente que apontava a arma ao colega.

Schmidt deu-lhe um safanão no rosto.

– Já te disse que só falas quando fores solicitado.

No rádio ouviu-se a voz de Daniel: *Attenzione, Adrian. Suspende a marcha e aguarda. Estamos retidos atrás do autocarro.*

Schmidt pressionou ainda mais a nuca do condutor com o cano da arma.

– Estás a ver? Até o teu chefe te está a pedir para parar. Não queres que o secretário veja os teus miolos espalhados pelo pára-brisas, pois não?

O condutor não cedeu. Estava treinado para morrer pelo Papa ou em nome dele. Assim fosse essa a vontade de Deus.

– Pára o carro, filho – ordenou o secretário. – Não vale a pena arriscares-te por mim.

Adrian obedeceu ao mandado do cardeal e travou o carro. Estava possesso por ver um colega apontar-lhe uma arma à cabeça, mas tentou conter-se. Ninguém conhecia, verdadeiramente, alguém.

– Lindo menino – proferiu o *Austrian Eis* com menosprezo.

O homem que estava no exterior do carro aproximou-se, pelo lado do condutor, abriu a porta e descarregou o fluido de uma seringa no pescoço dele. O condutor levou cerca de cinco segundos a perder os sentidos e depois foi enfiado na mala do Mercedes e substituído pelo novo membro.

– Bons olhos te vejam, Nicolas – cumprimentou Schmidt.

– Boa tarde, professor Aloysius – saudou Nicolas, reiniciando a marcha.

Aloysius? Ele chama-se Aloysius? Este é que o desencaminhara para negociar em nome de Adolfo? – perguntou Tarcisio a si mesmo. Era, de facto, um completo desconhecido este Schmidt que desviou a arma para os dois prelados com um sorriso dissimulado.

– Eles estão em todo o lado – titubeou Tarcisio para William que continuava sem palavras e sem reacção a assistir ao que se desenrolava à sua frente.

Schmidt tinha um sorriso cínico estampado no rosto.

– Achavam mesmo que podiam enganar a Companhia?

– Como é que pudeste fazer uma coisa destas? – perguntou Tarcisio consternado. Lembrou-se de Ursino e... Trevor. Meu Deus, como fora tão cego. – Foste tu que mataste o Ursino e o Trevor? – A voz embargada denotava malogro.

– Sou culpado em relação ao Trevor. O Ursino tinha uma apetência por homens mais novos, assim como o Nicolas. – O austríaco estava a desfrutar. – Não é, Jonas? – brincou com o condutor.

– Como pudeste? Depois de tudo o que defendes – interveio Tarcisio.

– Explicações, explicações. Não vamos falar do passado. Não serve para nada, não pode ser modificado. É chover no molhado. Sabes que sou um homem do presente e o presente são os pergaminhos que a tua gente tem... E que nós queremos.

– E acham que é a raptar o secretário de estado e o prefeito da Congregação para a Doutrina da Fé que os conseguirão? – interrompeu William que conseguira recuperar o autodomínio.

– Achamos.

Nesse momento ouviu-se novamente a voz de Daniel. *Attenzione. Não foi dada ordem de marcha, Adrian. Attenzione, Adrian. Anuncie a sua posição.*

– Desliga isso – ordenou Schmidt, também conhecido como Aloysius.

– Nem que raptassem Sua Santidade o conseguiriam – argumentou William enervado.

– Tenho dúvidas quanto a isso.

O Mercedes guinchou e travou, de tal forma que Tarcisio e William quase que eram projectados para a frente.

– Chegámos – avisou Nicolas.

Tarcisio tentou perceber onde estavam, mas a rua parecia-lhe igual a tantas outras.

Abriram as portas do carro e empurraram os prelados idosos para o interior de uma carrinha de caixa fechada que parara ao lado deles.

– Vá – ordenou Schmidt. – Lá para dentro.

Seguiram o caminho deles, sem pressas. Seiscentos metros depois viram um dos Volvos da Santa Sé irromper do Largo Brancaccio para descer a Via Giovanni Lanza, quase abalroado por um autocarro que vinha de Termini, e seguir a toda a velocidade em direcção ao Mercedes.

Nicolas e Schmidt sorriram.

– Há gente limitada – ironizou o austríaco.

– Onde vamos? Para onde nos levam? – perguntou Tarcisio desconfortavelmente sentado no chão da parte de trás da carrinha.

Schmidt exibiu o mesmo sorriso cínico com que os brindara desde o início daquela viagem.

– Vamos dar um passeio, meninos. Portem-se bem. – Desviou o olhar para Nicolas e assumiu um ar austero. – Está na hora de pedir o resgate.

65

O avião iniciou a descida para o aeroporto de Fiumicino enquanto sobrevoava Livorno. A viagem pautara-se por alguma turbulência, especialmente quando começaram a sobrevoar a península. A escala em Orly fora muito rápida. Gavache despedira-se ao seu jeito, com um "*Au revoir*, mas espero que não" aos homens e um sorriso a Sarah, a quem fez questão de dar um aperto de mão dócil, afagar os cabelos, como se estivesse a acariciar a filha, e obrigou-a a comprometer-se com uma futura visita à Cidade das Luzes. Depois saiu com o idóneo Jean Paul na sua retaguarda.

Vinte minutos depois descolavam novamente rumo a Fiumicino. Sarah e Rafael, que no caminho para Paris iam acompanhados de Jean Paul e Gavache, respectivamente, estavam agora sozinhos, cada um metido na sua vida, nos seus pensamentos. O padre fez menção de dirigir-se a Sarah. Seria uma boa oportunidade para perceber tudo o que se passou, mas desde aquela conversa unilateral no *Walker's Wine and Ale Bar* a relação esfriara, ainda que não se pudesse chamar relação ao que eles tinham. Relação era o que se chamava àquilo que a unia a Francesco, o jornalista italiano. Sim, ele sabia do jornalista italiano. Procurava manter-se sempre informado do que se passava na vida dela, chegou a fazer vigilância. Gostava de pensar que ela sabia que ele a espiava, ainda que o fizesse de forma profissional e, na verdade, Sarah não tivesse como sabê-lo. Depois surgiu Francesco na vida dela e Rafael sentiu que não devia imiscuir-se daquela forma na esfera privada da jornalista, ainda que ela não desconfiasse. Investigou o cadastro dele, não se perdoaria se não o fizesse, e depois de validar tão imaculado papel, sem sequer uma multa de estacionamento, determinou para si próprio que Sarah estava em muito boa companhia. Até que Jacopo irrompeu na sala de aula da Gregoriana para informá-lo da morte de Zafer...

Devia ir ter com ela. Devia? Devia. Devia? Expirou fundo. Estava nervoso. Nenhuma mulher o devia deixar assim. Ele tinha uma relação com Deus... Não com Deus, com a Igreja, devia-lhe fidelidade e lealdade. Mas tinha de falar com Sarah. Tinha? Tinha. Pelo menos um pedido de desculpas pelo seu silêncio no...

– Posso? – ouviu perguntar. Mas ela sentou-se antes de ele dizer que sim.

– Claro – balbuciou ele quando Sarah já estava sentada e com o cinto apertado.

Ela olhou pela janela para o manto escuro da noite e suspirou. Não se via nada.

Durante alguns momentos, que nenhum saberia precisar ao certo, apenas se ouviu o som dos motores a empurrar o avião em direcção à província de Lázio. Ao fim de algum tempo o ruído tornou-se parte do cenário e deixou de incomodar.

Rafael reparou nos olhos inchados e vermelhos. Estivera a chorar.

– Está tudo bem, Sarah?

– Sim. Está tudo – retrucou de imediato. Uma resposta maquinal e não autêntica. – E contigo?

– Como está a ver – disse com um meio-sorriso. – Ainda não percebi o que se passou.

– Não é normal em ti – observou ela. – Desde que te conheço que andas sempre à frente e nunca atrás.

Rafael não disse nada. Era verdade e sentia-se constrangido com a situação. Como poderia protegê-la se ela sabia mais do que ele?

– Ou tens algum trunfo na manga? – provocou ela.

Rafael arregaçou as mangas para mostrar que não tinha nada a esconder.

– O JC novamente, huh? – perguntou ele.

– Sempre o JC – respondeu Sarah evasivamente. *A juntar-nos, a separar-nos* – pensou sem verbalizar, ainda que tivesse vontade de o dizer alto e em bom som.

– Foi a Santa Sé que lhe pediu que recuperasse os pergaminhos? – quis saber Rafael, envergonhado.

– Foi. Sinto-me estranha por te estar a dizer estas coisas.

E eu por perguntar – cogitou o padre.

Nunca se sentira tão desarmado junto dela, tão normal... tão homem.

– O cardeal William foi buscar-me ao hotel ontem à noite – prosseguiu. Ontem à noite? Tinha a sensação que fora há muito mais tempo, há semanas. O cansaço começava a apoderar-se dela finalmente. Era bom, depois de todas aquelas horas a fio, sempre alerta, desconfiada, intranquila dos seus actos e dos dos outros. – Explicou-me o plano do JC quando este já estava em acção. O rapto do filho do Ben Isaac para reaver os pergaminhos.

Para o assassino do Papa não importava a morte dos cavalheiros. De certa forma, para a Igreja também não. Urgia apenas recuperar os pergaminhos.

– Já descobriram quem está por detrás dos homicídios? – perguntou Sarah.

Rafael anuiu com um gesto de cabeça. Pelo menos algo que Sarah não sabia.

– A Companhia de Jesus.

Sarah estranhou.

– Jesuítas? Não era suposto fazerem um voto de castidade e pobreza? Como é que podem andar a matar pessoas assim gratuitamente?

– É uma história muito complicada – confidenciou Rafael.

– Tem sido tudo complicado. Transportamos pergaminhos escritos por Jesus Cristo mais de dez anos após a crucificação – declarou Sarah, fazendo valer o seu ponto de vista de que nada podia ser mais complicado do que isso.

– Alegadamente – ressalvou Rafael.

– Tudo é alegadamente quando se trata da Santa Sé e de Jesus. Até com o JC. Quando o trato por assassino ele também diz isso. – Ficou à espera que Rafael continuasse.

– Tudo indica que a Companhia, ao contrário do que se pensava, é uma organização religiosa fanática, que não olha a meios para eliminar possíveis ameaças à Igreja, há mais de 400 anos.

– Meu Deus!

– São fiéis depositários de alguns segredos preponderantes da Igreja Católica e com um poder incomensurável – acrescentou o italiano.

– Como a P2?

– Maior que a P2. O que movia a P2 era dinheiro. O que move a Companhia é a religião e estão praticamente em todo o lado. É como comparar o Chile com os Estados Unidos. Não há comparação. Meter o JC ao barulho, no fim de contas, parece-me uma decisão acertada – concluiu Rafael.

Sarah parecia alvoroçada. Não se podia considerar uma perita em assuntos da Companhia de Jesus mas nutria alguma admiração devido ao trabalho deles na ajuda aos mais desfavorecidos e no incentivo que davam à educação. A Pontifícia Universidade Gregoriana era a herdeira do Colégio Romano, uma organização de prestígio criada pelos jesuítas em 1551 e apoiada por Gregório XIII em 1584 a quem homenagearam adoptando o seu nome. Para não falar de inúmeros outros colégios e universidades por eles fundados e geridos. Reconhecia um certo corporativismo na defesa dos interesses da Companhia, mas custava-lhe crer na vertente fanática e quase, ou completamente, terrorista.

– A Companhia e a Igreja não estão do mesmo lado da trincheira? – Era outra questão que Sarah não conseguia compreender e gostaria de ver respondida.

– Estiveram – retorquiu Rafael. – Durante três séculos. A partir do século XX a coisa mudou de figura – aclarou.

A Companhia figurou-se, desde o início, como a equipa de marketing do Vaticano. Era uma forma fácil de pôr as coisas e de um leigo entender rapidamente. Empreenderam várias medidas que a própria Santa Sé adoptou. Uma delas foi a confissão.

– A sério? – Sarah achou curioso. Havia tanta coisa que as pessoas simplesmente pensavam que existia porque sim, nunca se dando ao trabalho de concluir que tudo era obra do Homem.

Rafael anuiu com um gesto. Ainda hoje, salvo raras excepções, era um padre jesuíta quem confessava o Papa a cada sete dias.

– Impressionante – deixou sair Sarah em jeito de desabafo. A história só mostrava mesmo um lado, o do vencedor.

– E onde é que o Gavache entra no meio disto tudo? – inquiriu Rafael, retornando ao assunto que o aborrecia, mas a que não queria escapar.

– Presumo que JC deve ter juntado o útil ao agradável. Os crimes estavam relacionados, ele é um dos melhores inspectores da polícia francesa e, provavelmente, uma ligação que o velho tem em França. – Fechou os olhos arrependida. Não devia ter tratado JC assim à frente de Rafael.

Ele sorriu. O silêncio espraiou-se novamente, menos constrangedor. As boas conversas tinham momentos de pausa propícia que lhes pertenciam e deviam ser respeitados.

Os motores abrandaram e a aeronave começou a descer. A hospedeira veio informá-los disso mesmo e somente Sarah e Rafael estavam acordados.

Ficaram calados mais do que a conta, intimidados um pelo outro. As partes técnicas já estavam esgotadas. Restava a pessoal.

– Queria pedir-te desculpa pela minha reacção em Londres, naquela vez – assumiu Sarah.

Ele não disse nada.

– Não era o meu direito fazer-te aquelas perguntas – prosseguiu ela. A iluminação esbranquiçada da cabina disfarçava o rubor que sentia na face.

Ele voltou a ficar calado. Devia dizer qualquer coisa. Não podia permanecer encabulado como no *Walker's Wine and Ale Bar*.

Fala. Diz qualquer coisa – exclamou para si mesmo.

O avião virou à direita para fazer a aproximação final à pista.

– Queria felicitá-la... – começou ele.

Sarah ficou alerta. Será que ele sabia do seu estado?

– Obrigada – apressou-se a responder a inglesa.

– É italiano, segundo soube – acrescentou o padre.

– Sim. Jornalista de Ascoli – proferiu com algum alívio.

– Correrá pelo melhor, com certeza – afirmou Rafael meio encabulado.

Ela não conseguiu deixar de sentir raiva de Rafael, de Francesco e do seu estado. Tentou controlar-se. Não queria insultá-lo, agarrá-lo à força e gritar-lhe *Estou aqui e posso dar-te coisas que o teu Deus jamais te dará*. Absurdo. Era melhor terminar logo com aquilo.

– Tem de correr. Estou grávida – ouviu-se a si mesma dizer assim que o avião pousou as rodas de trás na pista. Fechou os olhos. Dizê-lo em voz alta era tornar tudo real, conformar-se, aceitar.

Não disseram mais nada.

O avião rolou até ao lugar de parqueamento, no meio da placa do aeroporto de Fiumicino, cujo nome oficial era Leonardo Da Vinci.

David Barry aproximou-se de Rafael.

– Chegamos à tua cidade.

– E agora? Vais certificar-te que a entrega é feita? – perguntou o padre levantando-se.

– Não. Tenho uns assuntos para acertar com o cardeal William e depois zarpo novamente para Londres.

Rafael sabia que Barry queria apenas inteirar-se que William não o esquecia. Assim funcionava o mundo secreto. Um favor havia sempre de ser cobrado.

Uma carrinha com quatro pessoas aguardava por eles no parqueamento. Rafael foi o primeiro a descer, Jacopo o segundo, segurando bem o cilindro de couro.

O ruído dos motores dos aviões e da parafernália de veículos que circulavam pela placa enlouqueciam os ouvidos.

Rafael deixou Sarah entrar primeiro e seguiu-a.

– Boa noite, Daniel – cumprimentou assim que se sentou ao lado de Sarah nos bancos de trás.

O rosto carregado do comandante da guarda não enganava ninguém.

– O que se passa? – perguntou o padre de rompante. Não valia a pena estar com rodeios.

Daniel parecia aturdido e desorientado.

– Desembucha, homem – berrou para ele.

Barry, Aris e Jacopo instalaram-se também e enxergavam um homem vencido.

– Raptaram o secretário de estado e o prefeito da Congregação para a Doutrina da Fé – gaguejou Daniel, cabisbaixo.

Todos devem ter pensado *O Quê?*, mas nenhum o fez em voz alta. Por aquela ninguém contava, nem Daniel.

– Como é que isso aconteceu? – perguntou Barry intrigado.

– Isso agora não interessa – atalhou Rafael com firmeza. – Querem os pergaminhos, certo?

Daniel assentiu.

– Quanto tempo?

Daniel parecia hipnotizado, revivendo todos os passos desde que haviam saído do Vaticano, na busca de uma solução para a sua inabilidade e inoperância.

– Quanto tempo? – pressionou Rafael num tom mais grave.

– Até às dez da noite temos de deixar os pergaminhos na Curia Generalizia, na Via dei Penitenzieri.

– Ou quê? Matam o secretário de estado e o prefeito? – insurgiu-se Jacopo revoltado. – Acham que terão tomates para o fazer?

– Matam os três – redarguiu Daniel numa voz sumida.

– Três? Quem é o terceiro?

– O Papa – avançou Daniel. – Neste momento Sua Santidade está protegida, mas um dos nossos efectivos era infiltrado, por isso não sei quem está limpo e quem não está.

– Depois limpamos a casa – proferiu Rafael decidido. Olhou para o relógio. Passava cinco minutos das oito. Tinham menos de duas horas. – Uma coisa de cada vez.

– Avançamos para a Via dei Penitenzieri? – perguntou Daniel.

– Tanto trabalho para ir entregá-los de bandeja? – rezingou Jacopo.

– Não. Não vamos entregar nada – alertou Rafael. Desviou o olhar para Barry. – Posso contar com a tua colaboração?

O norte-americano encolheu os ombros.

– Esses cabrões raptaram alguém com quem tenho mesmo de falar. Deixa-me fazer uns telefonemas para a estação de Roma.

– Qual é o destino então? – perguntou Daniel. As certezas de Rafael estavam a contagiá-los.

O padre tirou a Beretta e verificou o carregador.

– Vamos buscar o secretário e o prefeito. Faço uma ideia para onde eles os levaram.

66

Rafael não revelou em nenhum momento o destino final da viagem. Neste estado de desconfiança mais valia agir por conta própria sem delegar. Foi dando indicações ao condutor sempre que necessário, *vira à esquerda, à direita, em frente, entra aqui.*

Entraram na Via della Gatta e pediu que estacionassem na Piazza del Collegio Romano. Rafael, Daniel e dois dos seus homens saíram, assim como Barry e Aris. Ficou apenas Jacopo, Sarah e o condutor. Instruiu-o para que andasse às voltas pela cidade, longe dali, até novas ordens.

– Ele é de confiança? – perguntou Rafael a Daniel acerca do condutor da carrinha.

O comandante suspirou.

– Nunca me falhou – respondeu com frustração. – Mas o Hugo também não.

Rafael olhou nos olhos do condutor. Quem via caras não via corações. Qualquer avaliação era subjectiva.

– Sai da carrinha – ordenou.

– Como? – perguntou o agente perplexo.

– Sai da carrinha. – Fitou Jacopo. – Leva a Sarah a dar uma volta.

– Estás a brincar? – questionou o historiador chateado, fincando as mãos no canudo que guardava os documentos mais importantes da Cristandade.

– Mostra-lhe os teus dotes de condutor. Faz-lhe uma visita guiada – sorriu.

Barry, que estava ao telefone, bateu no ombro do padre.

– Quinze minutos.

– OK – assentiu Rafael. – Esperemos que não faça falta.

Olhou para o relógio, eram nove e quinze da noite.

– Arranca, Jacopo. Põe-te a andar daqui para fora – ordenou Rafael, batendo com a porta e dando uma pancada no carro. Lançou um último olhar a Sarah. Não a queria ver metida no meio de doidos.

Jacopo saiu dali ainda a resmungar da vida, destes padres que mandavam em tudo, do raio do tempo, do cansaço e da fome que sentia.

– Dá as ordens – disse Barry, pronto para entrar em acção.

– Sigam-me.

Andaram mais de duzentos metros, ladeando pela direita o enorme edifício que, outrora, fora o Colégio Romano. Actualmente, mantinha os seus propósitos educativos, mas pertencia ao Governo italiano. No fim da rua estreita, viraram à esquerda e desembocaram numa praça minúscula, a Piazza di Santo Ignazio.

Rafael retera a informação que Günter lhe dera antes de morrer. De início não a considerou importante, mas depois da conversa com Robin relembrou-a. Na pequena praça, no coração de Roma, desembocavam cinco ruas estreitas e era rodeada por edifícios pequenos em todos os lados, excepto num. Nessa excepção erguia-se um monumental templo barroco, apontado aos céus quase até se perder de vista, a Igreja de Santo Inácio de Loyola.

Era uma construção impressionante e todo o espaço era pouco para conseguir contemplar a monumental fachada.

A igreja foi erigida em 1650 e funcionava como reitoria do Colégio que era contíguo. Quando o Colégio mudou para um edifício maior em 1584, a reitoria mudou-se também, mas continuava a ser um templo sagrado dedicado a Santo Inácio. Dali podiam muito bem partir as grandes decisões da Companhia.

– É aqui? – perguntou Daniel.

Rafael assentiu olhando uns centímetros acima do tímpano, para o símbolo maldito que dominava o centro da fachada, IHS. Era aqui.

As portas estavam fechadas. Um painel ladeava a porta principal anunciando um concerto para aquela noite. Tocar-se-ia Franz Liszt.

Letras escarlates sobrepunham-se ao anúncio carimbando a palavra *ANNULLATO*.

Dois homens, vestidos de negro, estavam ao lado do painel com um sorriso benevolente. Informavam alguns turistas que o concerto fora cancelado devido a um mal-estar do maestro e que a igreja estava fechada.

Rafael indicou a Daniel que mandasse os seus homens entrar no restaurante que ficava em frente, enquanto eles e os americanos se sentavam na esplanada, aquecida com potentes aquecedores a gás. Na maioria das mesas jantava-se. Um grupo de seis jovens espanhóis ria à gargalhada e conversava aos berros.

– Tu entras nas capelinhas todas – gozou Barry.

– Como vamos entrar lá dentro? – perguntou Aris.

– À força? – sugeriu Daniel antes de ir dar as ordens aos guardas. Queria muito resgatar os dois homens mais importantes da Igreja, depois do Papa. Em seguida juntou-se ao padre e aos americanos na esplanada.

A igreja parecia uma fortaleza inexpugnável, sólida e firme, instalada num quarteirão que, noutros tempos, fora inteiramente jesuíta.

Barry pegou na ementa para escolher uma bebida.

– Sentinelas? – perguntou a Rafael.

– Olha para o interior do casaco do do lado direito – limitou-se a dizer.

Barry e Aris observaram sem dar nas vistas. O casaco do sujeito não estava abotoado. Deu para ver um volume que devia ser um coldre.

A empregada de mesa acercou-se deles para registar o pedido. Cerveja para todos. Uma fatia de *pizza* para cada um. Bem-disposta e muito airosa, lançou um sorriso especial a Rafael e foi-se embora atender outros sequiosos e esfomeados turistas ignorando a chuva de piropos pirosos que o grupo de jovens ruidosos lhe lançou.

– Qual é o teu plano? – inquiriu Barry.

– Vamos improvisar – atirou o padre.

Barry concordou com a cabeça e comprimiu os lábios.

– E se os cardeais não estiverem lá dentro? – questionou Aris. Havia sempre essa possibilidade.

– Então por que têm homens armados à frente da igreja? – contrapôs Barry. – É uma igreja, por amor de Deus.

A jovem empregada de mesa chegou com as cervejas que pousou habilmente em cima da mesa. Lançou outro sorriso melado a Rafael.

– Podia arranjar-me um mapa da cidade, por favor? – perguntou o italiano, empregando algum charme que derreteu a moça.

– Com certeza.

– Amanhã vai celebrar missa, senhor padre? – perguntou Barry com um sorriso largo.

A jovem enrubesceu e piscou o olho a Rafael, que bebia um gole de cerveja. Apressou-se a ir buscar o mapa e satisfazer um dos desejos do cura.

– Estas mulheres – criticou Barry abanando a cabeça.

– O fruto proibido – proferiu Rafael pouco interessado na conversa. – Acho que darás um bom jesuíta – brincou.

– Já que o mencionas eu também acho.

A jovem trouxe o mapa, dobrado em dois, e entregou-o ao padre. Fez questão de roçar com a sua mão na dele. Os espanhóis chamaram-na para atender às vontades deles.

– Aposto que escreveu aí o número dela – provocou Barry.

Era bem provável, mas Rafael não o procurou quando abriu a folha que tinha imprimida o centro da cidade.

– Estás pronto? – perguntou o padre.

– Nasci pronto. E esta gente? – Falava dos turistas sentados na esplanada.

– Conto com o Daniel para criar uma distracção – disse Rafael.

– Aguardo um sinal – declarou Daniel pronto para agir.

– Não se esqueçam que estamos a lidar com fanáticos – recordou o padre. – Entro eu, o Barry e o Aris. Se precisar de si chamo-o.

– Entendido – acatou Daniel.

Arrastou a cadeira de madeira ao levantar-se. Barry e Aris imitaram--no. Deixou vinte euros para pagar a despesa e encaminhou-se com Barry a seu lado e Aris atrás deles em direcção à porta da igreja. Daniel chamou um dos seus homens via rádio.

– Os turistas perdidos? – quis saber Barry.

Rafael assentiu com o mapa aberto e tentando encontrar um local ao acaso.

– *Scusami* – disse para um dos sentinelas, colocando-se ao lado dele com o mapa. – *Fontana di Trevi, dove?* – Apontava para o papel.

O prestável sentinela olhou para o mapa com um ar jovial e procurou a ansiada fonte. Uma cotovelada no peito, seguida de um murro no nariz com as costas da mão fez com que o sentinela perdesse o equilíbrio e tivesse de ser amparado pelo padre. Acto contínuo Barry e Aris dominaram o outro com um pontapé no joelho e um soco na cabeça.

Ao mesmo tempo, na esplanada, Daniel, já de pé, pontapeou o guarda, que havia chamado e vinha ao seu encontro, com tanta força que este foi aterrar em cheio em cima da mesa dos espanhóis barulhentos. O comandante da guarda não esteve com meias-medidas e atirou-se para cima da mesa para continuar a atacar o subordinado, enquanto turistas e empregados observavam perplexos. Um dos clientes fez menção de ir separá-los, mas um jovem trajado com um fato igual ao dos altercadores que viera ver o que se passara impediu-o com uma mão no peito.

– Não se meta.

Rafael e os americanos abriram a porta da igreja e arrastaram os dois sentinelas inanimados para o vestíbulo. Primeira parte concluída.

Na esplanada, o homem que trajava fato igual aos outros meteu os dedos na boca e assobiou. Daniel, ainda engalfinhado com o subordinado, parou assim que ouviu o silvo. Levantou-se e ajudou o outro a levantar-se. Recompuseram-se o melhor possível e deram um aperto de mão.

– No fim pago-te um copo – disse Daniel em jeito de justificação.

Ninguém estava a perceber nada. Os espanhóis observavam em silêncio sem conseguir articular uma palavra. Uma coisa era certa, não era boa ideia armar zaragata com nenhum daqueles dois homens.

Dentro da igreja, os três homens estavam no vestíbulo, protegidos pelas portas interiores.

– E agora? – perguntou Aris em surdina com receio que a sua voz ecoasse pela estrutura.

– Eu vou entrar pela direita e seguirei pela nave colateral. Vocês farão o mesmo pelo lado esquerdo – proferiu. – Ir pelo centro é demasiado perigoso.

– OK – acatou Barry. – Vemo-nos lá à frente.

Rafael assentiu com a cabeça e meteu a mão na porta interior do lado direito.

– Rapazes – sussurrou. – Tentem não levar nenhum tiro. – E piscou o olho.

67

A neura acabou por passar a Jacopo à medida que deambulavam pela cidade. O trânsito esmorecera consideravelmente e os semáforos eram os únicos entraves à circulação.

Sarah revelou-se uma companhia agradável dadas as circunstâncias. Todas as esperanças num desfecho positivo estavam depositadas em Rafael. Jacopo não duvidava das capacidades dele, mas este inimigo era muito diferente dos que já haviam enfrentado.

Passaram pela Via de San Marco, sem destino, e viraram à direita na Via San Venanzio, contornaram a Piazza Venezia e novamente à direita na Via Cesare Battisti.

– Esse JC é deveras intrigante – observou Jacopo com os olhos desligados da estrada. Via-se que não conduzia habitualmente. – Conhece-o há muito tempo?

– Há cerca de quatro anos – respondeu ela, segurando o cilindro com os pergaminhos.

– É uma pessoa que não se deve ter como inimigo.

Sarah bem o sabia. Quando o conheceu era mesmo isso que ele era. Ainda hoje desconhecia como é que as coisas tinham dado uma volta tão grande. Evitava pensar nisso.

– Para a Igreja é uma parceria muito importante – declarou Jacopo. – E depois disto – apontou para o canudo com os pergaminhos – é um aliado.

Sarah sabia que aquele submundo secreto estava sempre a mudar. Todas as alianças eram ténues, nada era certo, nenhuma relação duradoura, as palavras não valiam nada. Honradez, ética e moral eram promessas ignoradas, apenas importava o poder e o dinheiro. Era essa a língua desses homens para quem Deus e Pátria e Lei e Vida não tinham qualquer significado. Sarah sabia bem de mais essas coisas para se comprometer ou sequer para crer.

– E o senhor conhece o padre Rafael há muito tempo? – Era a pergunta que lhe queimava a língua desde que iniciara aquele *tour* com Jacopo.

– Oh! Há tantos anos que nem me lembro – retorquiu com um ar nostálgico.

– Foi seu aluno? – A jornalista tentava obter a resposta de uma outra forma.

– Foi.

Interessante – cogitou Sarah. Não conseguia imaginar Rafael a estudar.

– Conheceu os pais dele?

– Não. A vida dele é um completo mistério e a Santa Sé faz questão de o preservar. Ninguém sabe de onde veio, quem é a sua família... Surgiu do nada.

O mistério adensava-se. Quem era Rafael na realidade? Talvez cobrasse um favor a JC e lhe perguntasse. *Oh, cala-te* – recriminou-se. Era uma mulher comprometida e grávida, não tinha nada a ver com a vida privada de Rafael nem com as suas origens.

Agarrou-se ao cilindro e aproveitou para mudar de assunto. Rafael mexia demasiado com ela.

– Acha que este pergaminho foi mesmo escrito por Jesus?

Jacopo não respondeu logo. Obviamente mantinha um conflito interior sobre esse assunto.

– Tudo é possível.

– Gostava tanto que as coisas que a Igreja nos ensina desde crianças não fossem mentiras – desejou Sarah com uma expressão fantasista. – Mas cada vez me parece mais impossível acreditar em alguma coisa que saia dali. – Apontou para a cúpula da Basílica de São Pedro que se via, ao fundo, daquele local.

– A quem o diz – lamentou Jacopo. – O que nasce torto tarde ou nunca se endireita.

– E, no entanto, já duram há mais de dois mil anos – observou Sarah.

Jacopo sorriu.

– Como você própria disse, torna-se difícil acreditar em tudo que sai dali. Pode e deve colocar em causa tudo, inclusive a herança que reclamam.

Sarah percebeu o que Jacopo quis dizer ou, pelo menos, achava que percebia.

– Está a dizer que o Papa Ratzinger não é o herdeiro de Pedro e, por conseguinte, de Jesus?

– Estou a dizer que *pode* não ser – rectificou o historiador. – Temos o direito de questionar tudo, Sarah. Repare, carrega um evangelho que deixa a Igreja numa situação difícil. Se de facto foi Jesus quem o escreveu, como se pode justificar tal coisa? Para não falar da impossibilidade histórica de ligar Pedro a Lino e por conseguinte aos Papas que se lhe seguiram.

– A sério? – Havia coisas que ainda deixavam Sarah perplexa. – Essa ligação é a razão de ser da Igreja.

– Pois é, Sarah. Mas foi fabricada. A Igreja dos conclaves é muito recente. O próprio termo Papa só começou a ser utilizado no século III, apesar de ser uma designação para todos os bispos católicos. No século VI passou a ser utilizado apenas para designar o bispo de Roma e só no século IX passou a ser um título oficial.

– E o que quer dizer Papa?

– Pensa-se que tem a ver com as primeiras sílabas das palavras *Pater* e *Pastor*, mas é apenas uma teoria.

– Mas como é que uma história que começa tão longe, em Israel, culmina aqui em Roma e torna-a no centro do mundo cristão? – quis saber Sarah. Aquela era uma pergunta pertinente.

– Basta raciocinar um pouco, Sarah. Roma era a capital do império que dominava Israel. Dois mais dois… na criação de uma nova religião para subjugar a população, Roma teria, obrigatoriamente, de ter um papel predominante.

– Meu Deus.

– A verdade, Sarah, é que entregámos o inexplicável a Deus desde o início dos tempos e continuamos a fazê-lo. Os homens no poder sabiam disso e usaram-no a seu favor.

– Mas o Jacopo trabalha para a Igreja que deturpa.

– Todos temos um preço, Sarah – advertiu o historiador. – Além disso, que melhor emprego para descobrir o que é verdade e mentira?

– E conseguiu descobrir?

– Só consegui mais dúvidas e mais perguntas – respondeu com um sorriso frustrado.

– Já viu o que está aqui dentro? – Abanou o cilindro.

Jacopo meneou a cabeça negativamente.

– Ainda não tive coragem.

Nesse instante o telemóvel de Sarah vibrou, anunciando a chegada de uma mensagem de texto. Sentiu um aperto de ansiedade no coração. Talvez fosse Francesco a dizer que chegara. Leu o texto mas não percebeu logo, apesar de ser bastante curto e claro.

– Novidades? – quis saber Jacopo.

– O passeio acabou. Temos de ir já para esta morada – Mostrou o visor do telemóvel ao historiador.

Ele leu a mensagem e engoliu em seco.

– Por que é que não fiquei em casa? – resmungou.

No visor estava escrito *Igreja de Santo Inácio de Loyola, 15 minutos.*

68

Rafael abriu a porta interior do lado direito com cuidado para não fazer barulho e entrou, pé ante pé, com passos silenciosos. Encostou a porta e caminhou rapidamente para a nave colateral. Observou a imensa nave central e não viu nem escutou qualquer movimento. A iluminação era escassa, o que favorecia ambas as partes.

Passou pela capela de São Cristóvão, seguiu para a de São José. Usava as colunas e os nichos como escudo. Olhou para o outro lado, a nave colateral esquerda, e viu Aris e Barry avançarem com muita cautela em frente à capela do Sagrado Coração de Jesus.

Prosseguiu e logo começou a ouvir vozes. Imperceptíveis, no início, desconexas, um burburinho e depois reconheceu palavras, frases inteiras, uma gargalhada desconhecida, a voz de Tarcisio a implorar que parassem com aquela loucura e a de William a ameaçar que se haviam de arrepender daquilo. Nova gargalhada masculina.

– Deus irá castigar-nos, prefeito? – perguntou a mesma voz que rira. – E, no entanto, foram os senhores que requisitaram os serviços do criminoso que matou um Sumo Pontífice. Sinceramente, não sei quem merecerá maior castigo.

Rafael acercou-se mais um pouco na tentativa de obter contacto visual. Deitou-se por detrás de uma coluna e espreitou. Tarcisio e

William estavam sentados em cadeiras, virados para o altar-mor do lado direito do transepto que era dedicado a Santo Aloisyus Gonzaga, um jesuíta que morrera na flor da idade, de peste bubónica. Os agressores eram quatro, um homem de batina, mais novo que os cardeais, e três homens mais novos, vestidos de fato. Não se podia confiar num homem de fato... nem de batina.

Para lá do altar a Santo Aloysius Gonzaga, ao lado do altar-mor conseguia-se ver o monumento funerário de Gregório XV e do cardeal Ludovico Ludovisi.

– O que é que o assassino de um Papa pode contra nós? – prosseguiu o padre.

Tarcisio e William suavam profusamente com os nervos.

– Vocês não irão conseguir, Hans. O Papa nunca irá ceder – arguiu o secretário.

– O Papa não tem escolha – ouviu-se uma voz que provinha do altar dizer.

Rafael não o conseguia ver do local onde estava mas reconheceu a voz do superior-geral, Adolfo, que caminhava na direcção do grupo com passos firmes e decididos, um líder de homens e de crentes.

– O Papa é o Pontífice Máximo, o Pastor dos Pastores. Não podes nada contra ele – berrou William farto daquela conversa arrogante e surda.

– Em teoria tens razão. Mas isso vai mudar esta noite – declarou o superior-geral com um sorriso escarninho.

Os três raptores calaram-se e baixaram a cabeça em respeito. Tarcisio sentiu um calafrio na espinha.

– Herege – vociferou William com desprezo como se Adolfo fosse um ser asqueroso.

– Infiel – retorquiu Adolfo no mesmo tom. – Quero que o vosso Papa assine um acordo connosco. Já que é algo a que estão tão acostumados – arremessou.

– Eu não posso negociar em nome dele e tendo em conta a forma como estão a tratar altos dignitários da Igreja, não me parece...

– Há uma coisa que eu aprendi, nesta vida, Tarcisio – interrompeu Adolfo. – Tudo o que tem de ser esquecido, para preservar um bem maior, sê-lo-á.

Tarcisio abriu os braços num gesto teatral.

– *Isto* não pode ser esquecido.

Adolfo esboçou um sorriso sarcástico.

– Isto não aconteceu, sabes muito bem. Jamais figurará num livro de História.

– O que é que tu queres? – perguntou o piemontês acossado.

– Que o Ratzinger assine um acordo em como nomeará um jesuíta para sucedê-lo quando Deus o chamar para junto de Dele, obviamente.

– Estás doido? – repreendeu William. – Sua Santidade nunca concordará com isso.

– É uma pena – lastimou Adolfo. – E, no entanto, nós guardamos os vossos maiores segredos lealmente – acrescentou com ironia.

– Poupa-me, Adolfo – insurgiu-se o secretário. – Vocês são os fiéis depositários de uma fraudulência. Ossos de Cristo, pergaminhos que devem ter sido escritos no século XVI.

– Como te atreves a repudiar o nosso trabalho que Santo Inácio...

– Se vais trazer o Santo Inácio à baila vou desmanchar-me a rir, Adolfo – provocou Tarcisio. – O que quer que ele tenha trazido de Jerusalém não foram os ossos de Cristo, mas de um zé-ninguém.

Tarcisio falava como se fosse detentor de uma verdade maior.

– Vocês têm-se em muito alta conta – insistiu o secretário. – Achas mesmo que se fossem os ossos de Cristo, a Santa Sé ia deixá-los nas vossas mãos? Vocês foram usados para levarem o nome do Senhor aonde o Papa ordenasse. Nada mais.

O rosto de Adolfo contraiu-se com a raiva. Consultou o relógio.

– Dez horas. O tempo acabou.

O som estridente de um telemóvel soou nesse exacto momento. Era o de Adolfo que atendeu e escutou sem pronunciar uma palavra. Desligou e sorriu.

– Parece que Sua Santidade condescendeu. Afinal, o secretário e o prefeito têm algum valor para ele.

Tarcisio e William olhavam para ele, perplexos. Rafael considerou tudo aquilo muito estranho.

– Não foi o que combinámos, mas os pergaminhos serão entregues aqui – informou o superior-geral.

– Como é que eles sabem que estamos aqui? – perguntou Schmidt, surpreendido.

– Que importa, Aloysius? – atalhou Adolfo. – O que importa é que os pergaminhos estarão em nosso poder. E se o Ratzinger cede nos pergaminhos, cederá no resto. – Tinha razões para sorrir. – Diz aos homens para deixarem entrar os enviados do Vaticano, Nicolas.

Nicolas levou o rádio junto à boca.

– Giovanni, *attenzione*.

Rafael levantou-se sem fazer barulho. Aquilo ia aquecer quando o Giovanni não respondesse.

– Giovanni, *attenzione* – insistiu Nicolas.

Nenhuma resposta.

– Vai ver o que se passa – ordenou Schmidt ou Aloysius, um e outro a mesma pessoa.

Nicolas tirou uma arma do interior do casaco e seguiu para a porta.

– Olhos bem abertos – disse para os outros dois da laia dele.

Rafael não teria outra oportunidade para agir. Seria aquele o momento, ainda que o telefonema que Adolfo recebera o confundisse um pouco. Tinha de ser rápido. Primeiro os agentes, depois o padre se fosse caso disso. Esperou que Nicolas se encaminhasse para a entrada pela nave central.

Um tiro. Dois tiros. Directos à cabeça para que não houvesse dúvidas. Schmidt não teve reacção, limitou-se a olhar para os corpos caídos dos agentes, incrédulo.

Tarcisio benzeu-se. William caiu da cadeira. Rafael apontou a arma a Schmidt e aproximou-se.

– Quieto. Deite-se no chão. – Fitou Adolfo. – Você também. Deite-se já.

Adolfo não obedeceu à ordem de Rafael e olhou-o com severidade.

– O senhor sabe quem eu sou?

– Não sabe nem quer saber – resmungou Barry, que se aproximava também. – Faz o que ele te disse, ó velhote, antes que Deus te chame para Lhe lavares os pés – proferiu num tom ofensivo.

Adolfo abaixou-se com dificuldade, um esgar de fúria a perpassar-lhe o rosto.

– Vê se estão armados – pediu Barry a Aris que apalpou Adolfo e Schmidt, retirando uma arma e um rádio a este último.

A adrenalina tomava conta de todos.

– Que história foi aquela do Papa ceder? – perguntou Barry.

– Não faço ideia – respondeu Rafael, desviando o olhar para os carde-ais que também desconheciam o que se estava a passar. – Vamos esperar para ver.

– Chame o seu homem – ordenou Barry a Adolfo.

O superior-geral, de cabeça encostada ao chão, assentiu com um gesto na direcção de Schmidt. Aris devolveu o rádio ao padre.

– Nicolas, qual é o teu *status*?

A resposta não tardou.

– Estou cá em baixo. Vou levar companhia. Há guardas suíços no exterior. Digam-lhes para não se meterem senão estouro com os miolos dela – ameaçou. – Não estou a brincar.

Para Rafael foi como se tivessem disparado sobre ele. O Nicolas tinha dito *ela*. O coração saltou-lhe à boca e sentiu-se agitado, ainda que, por fora, não o aparentasse. Estaria a falar de Sarah? E se sim, que raio estaria ela ali a fazer?

– Vou avançar – disse a voz de Nicolas que saiu pelo altifalante do rádio. – Não tenho medo de morrer nem de matar – frisou para percebe-rem que não brincava.

Rafael observou a entrada da nave e ficou desolado quando os viu entrar pela porta interior lateral. Sarah, Jacopo e o tal Nicolas atrás deles, uma arma em cada mão apontada às cabeças deles. Avançaram tão deva-gar que levaram uma eternidade a chegar junto deles.

Rafael só queria perceber como é que aquilo podia estar a acontecer. Se pudesse beliscava-se para acordar, mas sabia que não estava a dormir.

– O que é que eles estão aqui a fazer? – perguntou Barry.

– Não faço ideia – respondeu Rafael.

– E agora?

Rafael suspirou.

– Vamos ter muito cuidado.

– Vai ser uma pena desperdiçar uma mulher tão bonita – declarou o norte-americano.

– Não quero precipitações – advertiu Rafael. *Não quero que lhe acon-teça nada. Não pode acontecer nada de mal a Sarah.* Não se perdoaria nunca.

Finalmente, os três chegaram junto à capela de Santo Aloysius Gonzaga.

– Deixem o superior-geral e o padre Aloysius levantarem-se – ordenou Nicolas.

Rafael autorizou. Já havia Aloysius a mais naquela história. Aris e Barry colocaram-se estrategicamente atrás deles e apontaram-lhes as armas. Havia que manter o jogo contrabalançado.

Adolfo recuperou a postura e a sobrançaria parecia ter duplicado.

– Trazem os pergaminhos? – perguntou o jesuíta.

Jacopo agarrou-se ao cilindro de couro que Nicolas fez o favor de arrancar.

– Deve ser isto – informou.

– Vocês não têm hipótese – advertiu Rafael. – Está cheio de agentes lá fora.

– Cale-se – disse Nicolas. – Isto só acaba quando nós dissermos que acaba.

– Raios partam os fanáticos – desabafou Barry.

– Atira-me o cilindro – pediu Adolfo.

O outro obedeceu prontamente.

– E agora? Vamos ficar aqui a olhar uns para os outros? – perguntou Rafael.

A expressão aflita de Sarah partia-lhe o coração. Aquilo não estava nos seus planos. Quis evitá-lo a todo o custo.

– Vamos ter calma – pediu Tarcisio. – Mais ninguém precisa de sofrer.

– Eu já tenho o que quero – disse Adolfo segurando o cilindro.

Abriu-o e retirou, cuidadosamente, o conteúdo manuseando-o como se se tratasse de um bem valiosíssimo. Aferiu os documentos e o semblante solene deu lugar à ira.

– Isto é alguma brincadeira? – grunhiu, acenando com os papéis no ar sem qualquer preocupação de os preservar. – Estão a brincar comigo? Pensavam que me enganavam?

Ninguém o estava a perceber, mas os papéis não pareciam, de todo, uma raridade antiga.

– Foi o que me deram – arguiu Sarah.

– Acha que nasci ontem? – berrou Adolfo. – Aqui dentro estão apenas os acordos que a Santa Sé fez com Ben Isaac. Não brinquem comigo.

– Estava fora de si.

– Vamos manter a calma – pediu Rafael.

As coisas não podiam sair fora do controlo, já de si, precário.

Sarah não conseguia perceber. Jean Paul fora ao cofre. Ela vira-o ir ao cofre. Ele entregara-lhe o cilindro e ninguém o abriu desde aí. Como é que podia...

Nesse momento o telemóvel do superior-geral tornou a tocar. Ele atendeu. Alguém disse algo e ele desligou de imediato e guardou-o.

– Como é que vamos resolver isto? – perguntou Rafael.

Aquilo podia tornar-se num banho de sangue.

Outro telemóvel começou a tocar. Ao fim de algum tempo deu para perceber que era o hino dos Estados Unidos da América do aparelho de Barry.

– Barry – anunciou quando atendeu.

Escutou durante alguns segundo e depois tirou o telemóvel do ouvido e clicou numa tecla.

– OK. Está em alta voz.

– Boa noite, meus senhores – ouviu-se uma voz dizer.

Sarah conseguiu exibir um meio-sorriso, dadas as circunstâncias, ao reconhecer a voz de JC.

– Quem é o senhor? – perguntou Adolfo com maus modos.

– O Adolfo é um ordinário. Desligar o telefone sem ouvir o que tenho para dizer? – repreendeu.

Adolfo não parecia preocupado.

– Quem é você?

– A última pessoa que me desligou o telefone na cara já não está entre nós. Tenho um temperamento muito sensível à falta de educação.

– Desligue isso – disse Schmidt com sobrançaria.

– Oh! Oh! Oh! Que impaciência, reverendo padre Hans Matthaus Schmidt, ou prefere que o trate pelo seu nome jesuíta? Hein, Aloysius?

A voz estava a deixar Adolfo e Schmidt desconfortáveis.

– O meu nome não importa. Podem tratar-me por JC.

– O assassino do Papa Luciani – ciciou Schmidt para Adolfo.

– Os homens são o bicho mais previsível que existe – prosseguiu JC através do telemóvel de Barry. – Não se entendem, não partilham, não gostam de perder. Contra mim falo, pois também sou assim.

– Esta conversa vai dar a algum lado? – perguntou Adolfo.

– Decidi que nenhuma das partes ficará com os pergaminhos. Serei eu o fiel depositário.

– Não foi isso que combinámos – contrapôs William, visivelmente, desalentado.

– Combinámos que recuperaria os pergaminhos. Nunca disse que lhos daria.

– Estava implícito – aludiu William.

– Sou de compreensão lenta – ironizou JC.

Adolfo lançou um olhar de fúria a Tarcisio.

– Vês o que dá meteres-te com facínoras? O assassino do Papa, por amor de Deus. Onde tinhas a cabeça?

– Nesse ponto tenho de acrescentar *alegadamente* – emendou JC. – Para concluir, quero que baixem as armas e vão cada um à sua vida.

Nicolas riu-se, assim como Schmidt.

– Por favor, acha que o faremos só porque assim o diz?

– O senhor reverendo padre tem desculpa porque nunca ouviu falar de mim. Não tornarei a repetir para baixarem as armas – declarou.

O impasse e a tensão mantiveram-se durante alguns instantes. Nicolas com duas armas apontadas à cabeça de Sarah e Jacopo, Aris a controlar Schmidt e Adolfo, Rafael e Barry com as deles na mão, descaídas.

– Mata-os – ordenou Adolfo a Nicolas.

– Calma aí. – Rafael fez pontaria na direcção de Sarah para ver se conseguia atingir Nicolas, mas ele estava escudado pelos dois. Era um tiro difícil.

Sarah fechou os olhos em pânico.

– Ó meu Deus! – balbuciou Jacopo apavorado.

– Mata-os – repetiu Adolfo sem pinga de emoção.

Ouviram-se dois tiros, quase simultâneos, que ecoaram pela ampla estrutura da igreja. Nicolas foi projectado para a frente, largando as armas e empurrando Jacopo e Sarah com o corpo, devido ao impacto. Fora atingido nos dois ombros.

Adolfo olhou para todos os lados, mas não viu ninguém. Os homens da CIA e Rafael fizeram o mesmo. Nada. Ninguém.

Uma gargalhada ecoou no altifalante do telemóvel de Barry.

– Se me tornar a desobedecer o próximo será na sua cabeça, Adolfo – sentenciou JC.

O superior-geral estava lívido. Schmidt suava em bica. Rafael sorria por dentro. Sarah também estava branca como a cal, debruçada no chão frio da casa do Senhor. Jacopo fugiu, nave fora em direcção à saída.

As portas abriram-se de rompante para deixar entrar uma dezena de operacionais às ordens de Daniel que entrou em seguida. Jacopo passou por eles sem parar. Ninguém se importou com o manco de fato Armani que saiu logo depois do historiador.

– Ambas as partes defendem uma mentira – proferiu JC. – Estão todos muito longe da verdade. Se a soubessem, meus senhores... Se a soubessem. Poderão matar-se noutro dia. Não hoje e não com gente minha envolvida. Lembrem-se de uma coisa, meus senhores, eu vejo tudo e ouço tudo. – E desligou.

Adolfo saiu de rompante em direcção à sacristia, bufando impropérios imperceptíveis, impiedades goradas com Schmidt no seu encalço. Nicolas arrastou-se penosamente, cheio de dores, sangrando de ambos os ombros.

Rafael acercou-se de Sarah e abraçou-a.

– Está bem?

– Acho que sim – murmurou ela.

Daniel chegou junto deles.

– Como estão?

– Está resolvido para já – disse Rafael. – É preciso limpar isto – apontou para os corpos deitados no chão.

– Vou mandar tratar disso – assegurou, acercando-se de Tarcisio e William e providenciando um corpo de seguranças em redor deles. Depois prostrou-se perante o secretário e chorou. – Perdoe a minha falha, Eminência.

Tarcisio colocou uma mão na cabeça do comandante.

– Não tiveste culpa nenhuma. Não podias fazer nada, Daniel. Os desígnios do Senhor são insondáveis. Levanta-te, filho.

Barry estendeu a mão a Rafael e franziu o sobrolho.

– O velho é lixado.

O italiano apertou a mão do americano.

– Obrigado, Barry.

Barry consultou o relógio.

– Talvez ainda dê para ir jantar ao Memmo.

– OK – aceitou Rafael. – Deixa-me só ver se a... – Olhou na direcção de Sarah, mas ela não estava onde a deixara.

Procurou-a e viu-a a meio da nave a olhar para o *trompe-l'œil* que simulava uma cúpula inexistente, engenho e mestria da autoria de Andrea Pozzo. Correu em direcção a ela.

– Você facilita muito – gritou ela para o alto, encolerizada. – Facilita mesmo muito.

Rafael nunca a tinha visto assim, fora de si.

– Eu podia ter morrido, JC. Você brinca com a minha vida – continuou a berrar furiosa para ninguém.

Um ataque de tosse fê-la agachar-se. Levou a mão fechada à frente da boca para amparar a tosse. Rafael acorreu em auxílio.

– Sente-se bem, Sarah? – Estava preocupado.

Ela tossiu mais um pouco e depois acalmou.

– Sente-se melhor? – quis saber ele.

– Já passou, obrigada. Foi algo que me entrou para a garganta.

Mas Rafael continuava preocupado a olhar para a mão dela.

Sarah seguiu o olhar dele e percebeu. A mão estava cheia de sangue.

69

Foi como um renascimento.

Quando Myriam viu o filho descer as escadas do avião, em Heathrow, pouco depois da meia-noite, franzino, despenteado, com uma mochila às costas, foi como se o tivesse dado à luz pela segunda vez. As lágrimas pulsaram num ritmo frenético acentuadas pelo abraço do Ben Júnior que sorria e chorava também como um recém-nascido. O pai também o abraçou com força, sentia que reencontrara uma parte de si que julgava perdida para sempre. Todo o pesadelo passara com o sorriso do filho e a oportunidade de o poder tocar, abraçar, acariciar. Tudo estava bem naquela noite.

– Nunca mais podes sair sem autorização, meu menino – censurou Myriam ainda com a voz embargada do primeiro impacto.

– Preciso de férias, pai – disse o Ben Júnior com um sorriso.

– Claro, Ben. Trato dos negócios na tua ausência.

Entraram para o banco de trás do carro. Myriam fitou-os a ambos com cara de poucos amigos.

– Vais delegar, Ben Sénior. Vamos os três de férias, em família.

– Por favor, não venhas outra vez com a ideia do cruzeiro – refutou o Ben sénior.

– Não vamos fazer nenhum cruzeiro. Prometo.

– Para casa, Joseph – ordenou o marido ao motorista.

Ter o filho são e salvo valia qualquer preço, todo o dinheiro que possuía... Qualquer pergaminho.

Olharam para as ruas de Londres como se as estivessem a ver pela primeira vez. Não se importaram com as filas de trânsito nem por terem levado mais de uma hora a chegar a casa. A iluminação nocturna exercia uma atracção própria que confortava. Estavam juntos e isso era o mais importante. Eram uma família novamente ou talvez o estivessem a ser pela primeira vez.

Myriam apenas desejava que aquilo nunca terminasse. O marido, o filho, juntos, unidos, os Isaac.

– Vou chamar o doutor Forster para ver se está tudo bem contigo – avisou Myriam quando estavam quase a chegar a casa.

– Não é preciso, mãe. Estou bem.

– A tua mãe tem razão. Queremos ter a certeza – admoestou o pai. – Queres que chame um psicólogo? – Sentiu-se na obrigação de perguntar.

Myriam afagou o farto cabelo do filho. Talvez fosse necessário. O acontecimento podia deixar traumas.

– Para já não – recusou o jovem. – Vamos ver como as coisas correm e depois vê-se, pode ser? – sugeriu.

Não podia mentir a si mesmo. Não tinha sido pêra-doce. Fora torturado, viu assassinarem um inocente à sua frente e nada daquilo podia ser apagado como num computador.

– Parece-me sensato – concordou o pai. – Que te parece Myr?

A mãe colocou as duas mãos no rosto do filho e olhou-o directamente.

– Não guardes as coisas dentro de ti. Não faz bem a ninguém. Se precisares de ajuda estamos aqui.

O Ben Júnior não disse sim nem não. O carro estacionou à porta da casa grande, já no interior da propriedade dos Isaac.

– Vou tomar um grande banho e dormir – disse o jovem assim que saiu da viatura. Chegar a casa era uma sensação estupenda.

– Parece-me um excelente plano – concordou o pai num tom jovial.

– Ah! É verdade – lembrou-se o jovem, abrindo a mochila e retirando de lá um embrulho que deu ao pai.

– O que é isto? – perguntou o mais velho, curioso.

– O teu amigo enviou-te isso. Disse que o deves guardar no cofre e que não podia ficar em melhores mãos.

O pai não estava a perceber nada. De que amigo estaria o filho a falar?

– Nunca me tinhas falado nele – disse o filho.

– Em quem? – perguntou o pai, quebrando a letargia hipnótica que o acometera.

– No JC.

– Vamos querido – chamou Myriam, abraçando o filho. – Vou preparar-te um banho e vais descansar.

Conduziu o filho para dentro de casa. Quando chegaram à porta Myriam virou-se para Ben sénior.

– Vens?

– Dá-me só um minuto – respondeu o marido vendo a mulher e o filho entrar dentro do lar.

Caminhou na direcção do cofre com o embrulho na não. Devia conter uma encadernação grossa no interior.

Desceu os vinte degraus e caminhou em direcção à sólida porta. Sentia-se nervoso. Quem seria esse JC que o filho mencionara e de quem Sarah também falara?

Chegou junto à porta e digitou o código: KHRISTOS.

Autorização concedida.

Entrou para a câmara fria assim que a pesada porta se abriu. Não teve coragem de olhar para os mostruários. Sentia uma dor no peito, um desgosto por não poder observar novamente as palavras escritas nos pergaminhos.

Virou-se de frente para a porta e desembrulhou o pacote que o filho lhe dera. No interior encontrou uma encadernação protegida por um saco plástico com um fecho hermético. Tinha um *post-it* colado. Leu a mensagem que estava escrita em inglês.

Nada mudou, mas agora só nós dois sabemos e eu já esqueci.

Abriu o fecho hermético e tirou a encadernação com muito cuidado. Não estava a perceber nada. Nada mudou?

A capa não revelava nada, mas a primeira página dizia tudo.

A História de Jesus, o Nazareu.

Todo o texto estava escrito em hebraico.

As lágrimas brotaram dos seus olhos e desceram pelo rosto. A comoção perpassava-lhe o corpo inteiro com enlevos de ansiedade.

Folheou algumas das páginas amareladas pelo tempo da transcrição antiga. A história de Jesus segundo Mateus, João, Simão *Kepha*, Judas Tomé, Filipe, Bar Talmay, Miryam, estava ali tudo. Um testemunho daqueles tempos.

Tinha leitura para muito tempo. Iria guardá-lo num dos mostruários, uma vez que agora havia vagas. Acercou-se deles e contemplou-os, boquiaberto.

Ali estavam, imunes à imensidão do tempo, o Evangelho de Jesus e a nota do tabelião que o situava em Roma no ano 45 d. C. Como podia ser? Somente um dos mostruários estava vazio. Aquele que guardava os *Statu Quo* de 1960 e de 1985.

Releu o *post-it* que vinha colado no saco e sorriu ainda incrédulo. *Nada mudou, mas agora só nós dois sabemos e eu já esqueci.*

Quem seria aquele novo amigo anónimo, conhecido por uma sigla que podia não significar nada? Passou os olhos uma última vez pela nota do tabelião, pelo Evangelho de Jesus e guardou-o de novo com muito cuidado no mostruário vazio.

Recuou para a pesada porta e olhou para os três mostruários. Respirou fundo e virou-lhes as costas. O mundo recompunha-se sempre.

70

Deus exprimira-se e pela primeira vez ele não O compreendera. Desde que O encontrara dentro do Livro Sagrado que se tornara no servo mais fiel. Enviara-lhe Aloysius que o guiara pelos meandros da Palavra e do Mistério, ensinara-lhe o real significado de todas as passagens da Bíblia.

Esta noite Deus enviara-lhe uma mensagem que não conseguia decifrar. As dores nos ombros faziam Nicolas quase perder os sentidos.

Estava quase deitado no banco do carro que Aloysius conduzia.

– Devia levar-te ao hospital, Nicolas – admoestou o tutor preocupado.

– Não, professor. Trato disto em casa – disse o outro com uma voz dorida.

– Espero que saibas o que estás a fazer.

Aloysius, ou Schmidt, *Austrian Eis*, ficara desolado com o desenrolar dos acontecimentos. Tudo deitado por terra por um desconhecido, por um mito.

Não tinha dúvidas que se iniciara uma guerra com a Igreja e que se as coisas já não eram fáceis, a partir dali seriam muito menos.

Ela já estava na cama quando ele chegou. Foi acordada com pancadas vigorosas na porta. Apressou-se a abri-la e viu um desconhecido entrar atrás de Nicolas que estava ferido.

– Meu Deus! – balbuciou aflita.

Nicolas deitou-se no chão da sala, cheio de dores.

– Não precisa de ficar, Aloysius. Ela trata de mim. Fique descansado.

Aloysius fitou-a hesitante e depois a ele, deitado no chão.

– Se precisares de alguma coisa chama-me, ouviste?

– Certo – concordou Nicolas.

– Ouviste? – perguntou com maus modos para a mulher.

– Claro, senhor – respondeu ela numa voz sumida.

– Passo cá amanhã para saber dele – avisou antes de sair.

Nicolas contorcia-se no chão a suar, a gemer, arrepios frios percorriam-lhe o corpo.

– Vai buscar o *kit* de primeiros socorros – ordenou para a mulher.

Ela apressou-se a ir cumprir a ordem. Depois foi aquecer água e trouxe toalhas lavadas, uma faca para servir de bisturi se tal fosse necessário.

Pegou numa tesoura e começou a cortar o casaco junto às feridas para poder começar a operação. Nenhuma das balas havia saído.

– Vais ter de as tirar – disse ele. – Vai ao meu quarto, à primeira gaveta da cómoda e traz o estojo que lá está.

Ela cumpriu o mandado e segundos depois regressou com um pequeno estojo preto. Ajoelhou-se junto dele e abriu-o. Continha um conjunto de frascos, agulhas e uma seringa. Conhecia muito bem aquela seringa, sentira o fluido que ela enviara para dentro das suas veias inúmeras vezes, mais do que conseguia recordar.

– Coloca a agulha na seringa, espeta-a na tampa do frasco e extrai o líquido – explicou quase a desfalecer.

Ela fê-lo com alguma inabilidade. Depois repetiu o gesto que o viu fazer, vezes sem conta, premindo o êmbolo até saltarem algumas gotas da boca da agulha.

Acercou a seringa do braço dele mas ele travou a mão dela com um esforço enorme. Bufou de dor.

– Espera. Tira o livro que está no bolso do meu casaco.

Ela pousou a seringa no chão e procurou o livro que não foi difícil de encontrar. Estava no bolso de fora do casaco cortado. Era uma Bíblia de bolso.

– Abre-a ao acaso – mandou.

Ela obedeceu.

– Aponta para um versículo e lê-mo.

A voz saiu-lhe nervosa mas depois afirmou-se e ganhou vigor mais para o fim.

– *Eis que os olhos do Senhor estão sobre os que O temem, sobre os que esperam na Sua misericórdia.*

Reflectiu nas palavras que ela proferiu durante uns instantes e decidiu se.

– Estou pronto.

Ela espetou a agulha e despejou o conteúdo da seringa. Cento e vinte segundos era o tempo que levaria a fazer efeito.

Ele levantou a cabeça de rompante e assustou-a. Parecia estar a alucinar.

– Vai correr tudo bem, mãe? – perguntou ele. – Diz-me que vai correr tudo bem, mamã.

Ela afagou-lhe o cabelo.

– Shhh. Descansa. Vai correr tudo bem, filho. Vai passar.

Cento e vinte segundos passaram e Nicolas entrou num sono profundo. Já não havia dor nem desilusão nem dúvida. Tudo estava perfeito.

Ela abriu novamente a pequena Bíblia de bolso ao acaso. Leu a primeira fase para onde os seus olhos apontaram. *Eu, porém, esperarei no Senhor; esperarei no Deus da minha salvação; o meu Deus me ouvirá.*

Respirou fundo e pegou na faca que trouxera da cozinha. Olhou para o rosto sereno de Nicolas que respirava placidamente, aprisionado no sono químico. A primeira facada foi directa ao coração, a segunda, poucos centímetros ao lado. Perfurou o peito dele dezoito vezes com uma fúria crescente, salpicando o sangue de Nicolas por todos os lados. Quando acabou olhou novamente para o rosto sereno dele. Já não respirava.

Levou tempo a lavar-se do sangue de Nicolas que se impregnara nos poros do corpo. Um banho quente e revitalizador, cujo vapor formava uma névoa no tecto do quarto de banho. Vestiu um vestido azul-marinho e um casaco do mesmo tom e preparou uma mala pequena onde aconchegou a Bíblia de bolso de Nicolas. Ele já não precisaria dela. Levou a mala para a sala e foi ao quarto dele, à primeira gaveta da cómoda onde estava um outro estojo, maior que o que guardava a seringa. Estava cheio de notas de 50 euros. Esvaziou o estojo e foi à sala buscar a mala. Olhou para o corpo de Nicolas uma última vez. Parecia estar a dormir um sono eterno do qual não voltaria a acordar.

– Vemo-nos no Inferno, Nicolas – disse ela numa voz amarga antes de sair para a noite fria, escura e misteriosa.

71

O dia seguinte amanheceu soalheiro como sempre acontecia depois de uma tempestade.

Rafael passara a noite em branco ao lado de Sarah no Policlinico Gemelli, cortesia de sua Santidade o Papa Bento XVI que interviera pessoalmente para que a jornalista fosse tratada com todo o conforto.

Tarcisio convocara-o de manhã cedo para que fosse ter com ele à Basílica de São Paulo extramuros, na Via Ostiense, onde estaria a presidir a uma cerimónia que muito apelava ao coração do secretário, pois era de irmãos salesianos, como ele próprio. Os célebres Salesianos de Dom Bosco, o fundador que Tarcisio usava na sua assinatura pastoral e da secretaria.

Rafael apresentou-se na Basílica onde se exibiam os ossos do apóstolo São Paulo à hora designada, dez da manhã. Uma fila de irmãos e padres salesianos desfilava defronte do secretário de estado, que estava sentado num cadeirão junto ao altar. A cerimónia ainda durou mais quinze minutos com um coro a cantar a glória de Deus e depois muitas foram as solicitações. Não era todos os dias que se tinha o privilégio de privar tão de perto com uma personalidade tão importante e que pertencia à ordem. Rafael ficou de pé, junto ao túmulo do apóstolo que nunca conheceu Jesus mas que contribuiu decisivamente para a sua imortalidade, a observar as movimentações. A ampla nave com oitenta colunas estava repleta de turistas que fotografavam os retratos dos Papas que se perfilavam por todo o edifício, desde Pedro a Bento, o décimo sexto a usar o nome bendito.

A debandada deu-se aos poucos com os irmãos a irem usufruir de um singelo banquete que estava a ser servido no claustro. Tarcisio demorou-se um pouco mais a trocar umas palavras com o reitor-mor da Congregação Salesiana. Indicações, recomendações de alguém importante para a ordem e que estava numa posição de influência positiva.

O secretário retirou-se depois para a sacristia e um assistente que tomara o lugar de Trevor viera ter com Rafael junto ao baldaquino.

– Sua Eminência pode recebê-lo agora – informou.

Rafael seguiu-o até à sacristia onde Tarcisio o esperava.

– Bom dia, Rafael. Desculpe tê-lo feito esperar.

– Ora essa, Eminência.

– Sente-se, por favor – convidou, indicando uma cadeira junto a uma mesa grande de carvalho.

Rafael sentou-se e o secretário imitou-o numa outra cadeira ao lado do padre.

– Descansou? – quis saber o piemontês.

– Dormitei um pouco no hospital.

– Está tudo bem com Sarah?

– Veremos – limitou-se a dizer.

– Rezarei por ela nas minhas orações – proferiu Tarcisio.

Rafael sabia que ele o faria.

– Vossa Eminência nunca questionou? – perguntou Rafael um pouco intimidado com a pergunta que lhe saiu sem que ele a quisesse travar.

– O que quer dizer com isso?

– Nunca duvidou da sua fé?

Tarcisio suspirou.

– Um homem para crer tem de duvidar primeiro. A crença está depois da dúvida e não antes.

Rafael respirou fundo. Era uma afirmação profunda e verdadeira.

– Quem nunca duvidou não sabe realmente naquilo que acredita – acrescentou o secretário.

Rafael era um homem com dúvidas, mas estava perante um dos homens mais fortes do mundo e não sabia como expressá-las sem faltar ao respeito. Eram dúvidas conscientes nascidas devido aos acontecimentos do dia anterior.

– Ontem descobri coisas que... que...

– Colocaram em causa a sua fé – completou Tarcisio.

Rafael não confirmou nem desmentiu.

– Meu caro Rafael, compreendo a sua confusão, as suas dúvidas, mas deixe-me dizer-lhe que são infundadas.

– Tenho receio que tudo não tenha passado de um mal-entendido empolado pela História, por Paulo, cujos ossos podem ou não repousar no túmulo ali fora.

– Repousam seguramente, Rafael – assegurou Tarcisio.

– Então o que guarda a Companhia?

– Uma enorme mentira. Um Jesus que nunca existiu. Não esqueça uma coisa, Rafael, nós somos os herdeiros Dele, isto não nasceu do nada nem pode ser renegado.

Rafael queria muito acreditar nisso mas sentia um turbilhão de dúvidas e naquele momento não conseguia ter a clareza de pensamento para discernir a verdade da mentira, o plausível do inventado.

– Perdoe a minha ousadia, Eminência, mas por que é que é católico?

Tarcisio deu um sorriso condescendente.

– Por duas simples razões. Porque quero e porque posso.

Era uma afirmação de liberdade que, de facto, colocava a fé no patamar das escolhas simples. Ou se aceitava de livre e espontânea vontade ou rejeitava-se, pura e simplesmente.

– Chamei-o aqui porque Sua Santidade pediu-me para lhe dar isto. – Tarcisio estendeu-lhe um livro antigo com as páginas extremamente gastas.

Rafael abriu-o com cuidado. Era um escrito em latim com o título *Jesus, o Nazareu*. O padre desviou o olhar para Tarcisio admirado.

– Sua Santidade não deseja que o seu rebanho tenha dúvidas ou se sinta confundido. Estão aí as respostas a todas as questões – explicou. – Ah, e é um empréstimo. Sua Santidade gostaria que o devolvesse quando acabar.

– Certamente – disse Rafael com um sorriso. Aquele gesto fizera-o sentir-se muito mais leve.

Encontrou um papel que esvoaçou do interior do livro. Era uma fotocópia de um exame carbónico que declarava que o material analisado pertencia a um sujeito masculino do século XV.

– O que é isto?

– Os ossos que eles guardam.

Por isso Tarcisio falava sempre em fraude. Ele sabia.

– O que vai acontecer agora entre nós e a Companhia?

– Não me diga que não sabe? – estranhou Tarcisio, envergando um tom sardónico.

Rafael negou com a cabeça. O que haveria para saber?

– Aconteceu a coisa mais estranha – proferiu Tarcisio. – Adolfo foi acometido por uma intoxicação alimentar severa e está a ser tratado, neste momento, no hospital. Mas parece que ainda não chegou a hora dele – ironizou. – Mas para a próxima pode ser pior. A comida hoje em dia é um veneno, Rafael. Pode matar. Nunca se sabe. Pior sorte teve o padre Schmidt ou Aloysius, como prefira chamá-lo – prosseguiu pesaroso. – Caiu na linha do metro da estação de Lepanto, mesmo quando o comboio ia a passar. Uma tragédia. – O ar sentido era verdadeiro, ainda que a entoação continuasse sarcástica.

Rafael reflectiu naqueles últimos desenvolvimentos. Uma afirmação de força da Igreja que anularia a Companhia nos próximos tempos. Quem quer que tivesse sido o estratega, Tarcisio ou William ou o Sumo Pontífice, fora brilhante.

– A sua contribuição foi muito importante, Rafael. Não a esqueceremos.

– Mas não deixo de me sentir perdido. Podiam ter-me avisado do envolvimento do JC no meio disto tudo – argumentou.

– Foram as estratégias do Will e não me quis imiscuir nas suas decisões.

– Onde é que eles guardam os supostos ossos de Cristo? – quis saber Rafael em tom jocoso.

– Os ossos de alguém do século XV, quer o Rafael dizer – contrapôs o secretário. – Onde poderia ser senão na Igreja del Gésu?

– Poético.

– Temos outro problema, Rafael, já não relacionado com isto.

Temos sempre – cogitou o padre para si mesmo.

– É sobre a Anna e a Mandy – revelou.

Rafael atentou naqueles nomes que conhecia bem.

– O que se passa? Esse assunto ficou resolvido.

– Ficou, é verdade, mas a Anna anda a receber visitas de jornalistas e a boca dela nunca soube guardar segredos, como sabe.

Rafael sabia disso muito bem. Anna e Mandy eram a filha e neta de um Papa, respectivamente.

– É preciso resolver esse assunto – asseverou Tarcisio.

Era bom ver que a Igreja recuperara rapidamente a boa forma e disparava em todas as direcções para se proteger do mundo exterior. Tudo voltara à normalidade... Ou quase tudo.

– Não vou poder tratar disso nos próximos tempos, Eminência. Rogo que peça ao Jacopo e à Roberta para aguentarem as pontas durante a minha ausência. Logo que possa irei ter com a Anna e ver o que posso fazer por ela – informou.

Tarcisio levantou-se e colocou as mãos atrás das costas. Deambulou pela sacristia exibindo uma expressão altiva. Era o secretário de estado em todo o seu esplendor novamente.

– Acho que podemos esperar durante uns tempos – alvitrou o piemontês com um sorriso e estendendo a mão para o cumprimentar.

Rafael saiu novamente para o interior da enorme basílica e contemplou o altar. Passou o baldaquino na direcção da imensa nave e observou o túmulo de Paulo. Desceu as escadas de mármore em direcção à cripta, genuflectiu junto dele, juntou as mãos e benzeu-se.

– Nunca te pedi nada. Servi-Te sempre sem questionar. – Abriu os olhos e olhou directamente para a caixa que guardava os ossos do apóstolo. – Chegou a hora de te pedir humildemente que a protejas porque só Tu o podes fazer. Dá-me luz e ampara os meus passos. Tenho de fazê-lo mas sozinho não o conseguirei.

72

Para tudo havia uma primeira vez e era certo que Sarah não esperava encontrar-se deitada numa cama de hospital com um tubo a fornecer-lhe oxigénio pelo nariz e um cateter espetado nas costas da mão onde os médicos injectavam um sem-número de fluidos com nomes estranhos. O melhor fora que dormira de noite, apesar de tudo, provavelmente com a ajuda de um qualquer químico que lhe descansara os olhos convencendo-os a fechar e amansara o cérebro obrigando-o a repousar. Quando acordou de manhã a visão estava turva, mas identificou um vulto sentado numa cadeira encostada à parede. Parecia estar a dormir, na medida do possível, dadas as condições da posição.

– Passaste aqui a noite, Rafael? – perguntou com uma voz que lhe saiu esganiçada.

– Quem é o Rafael? – indagou o vulto que se endireitou na cadeira e se levantou, aproximando-se da cama.

Era Francesco. Conseguia ver-lhe as feições agora que estava mais perto. Tocou no rosto dele.

– Como estás? – perguntou ela.

– Não te preocupes comigo. Estás bem? O que se passa contigo? – estava preocupado.

– Ainda não sei. Fiz uma bateria de exames ontem à noite e depois apaguei.

Francesco pegou na mão dela e respirou fundo, um suspiro que se assemelhava a um lamento.

– Sarah, não sei se conseguirei.

Os olhos dele estavam marejados, uma lágrima intentou saltar dos olhos mas ele limpou-a com um dedo.

– Nunca pensei que a tua vida fosse isto. Nem nunca imaginei que isto existisse – tentou explicar. – Não tenho força. Não tenho força.

– Vamos ter um filho, Francesco – atirou ela ao peito dele sem contemplações. – Ele vai precisar de um pai.

Francesco olhou-a pasmado.

– A enfermeira disse-me que não estás grávida, Sarah.

Não? Mas o teste deu positivo. – A hospedeira felicitara-a e ela não evitara lançar um olhar para o veredicto que exibia uma cruz vermelha.

– Não? – duvidou. – Mas...

Francesco apertou ainda mais a mão dela.

– Dá-me tempo, Sarah. Por favor, dá-me tempo.

Foi a vez dos olhos dela se inundarem de lágrimas. Francesco era um bom homem e, no entanto, desejava com toda a força do seu ser que a enfermeira tivesse razão. Sentia-se egoísta e mesquinha. Ele não merecia uma mulher que não amasse um homem só.

Francesco deu-lhe um beijo na testa.

– Eu depois ligo, está bem?

Ela assentiu enxugando as lágrimas e viu-o partir impotente, sem um *Espera! Não vás! Não me deixes!* Nada. Deixou-o ir simplesmente. Lembra--se de ter chorado como uma criança, da enfermeira lhe ter perguntado o que se passava e ela ter mentido de que não se passava nada. Não chorava pela dor de o ver partir, mas pela desilusão que sentia de si própria e isso não podia ser contado à enfermeira.

Dormiu e acordou e tornou a dormir e a acordar, não sabia quantas horas haviam passado nem queria saber. Finalmente acordou sem sono com uma sensação de bem-estar. Alguém segurava a sua mão e afagava o seu cabelo. Seria a mãe ou o pai? Abriu os olhos e era ele.

– Rafael – murmurou. – O que estás aqui a fazer? – Recompôs-se e tentou tirar a mão mas ele não deixou.

– A Sarah não está grávida – informou. – Tem um coriocarcinoma.

Ela sentiu-se como se tivesse levado um murro no estômago.

– Um quê?

– Um cancro trofoblástico, nos ovários. Por isso o teste de gravidez deu positivo, teve enjoos e tossiu sangue. Talvez tenha sentido falta de ar também. São alguns dos sintomas. Mas o tratamento tem uma elevada taxa de sucesso. Já conversei com o médico. Ele vem explicar-lhe tudo daqui a pouco. – Era melhor dizer-lhe duma vez.

Não mencionou, nem o médico o faria, que estava no estádio 3 e com metástases. Ter cancro já era má notícia que chegasse.

Ela não sabia o que pensar. Não estava à espera daquele desfecho. Tinha um cancro e corria perigo de vida. Tudo se alterara em segundos. Num momento estava grávida, no outro às portas da morte. Que ironia fina a de Deus. Talvez fosse castigo por rejeitar um filho, mas um Deus castigador deixava de ser Deus. Pelo menos Aquele que ela cria que amava todos os seres, incondicionalmente. Maus, bons, criminosos, santos, um Pai e uma Mãe amavam sempre os seus filhos, acima de todas as coisas.

– A Sarah vai superar isto – afiançou Rafael.

Ela sorriu entristecida.

– Desta vez não me pode proteger.

O padre olhou-a seriamente e apertou-lhe ainda mais a mão, depois deu um sorriso tímido, lindo, ou pelo menos foi o que ela achou.

– Eu sei que tem uma parte de mim, algures dentro si. Só você sabe o que poderá ser e onde poderá estar. Use-a para se proteger. Use o que tem de mim dentro de si para se proteger. Eu nunca a deixei ficar mal, pois não?

As lágrimas corriam pelo rosto de Sarah. Ele usou a mão que afagava o cabelo para limpar uma a meio da bochecha dela. Ela fez que não com a cabeça. Ele nunca a deixara ficar mal.

– Esse Rafael que tem aí dentro também nunca a deixará ficar mal.

Ela fechou os olhos. Doía.

– Não sei se conseguirei sozinha – desabafou no meio do choro e das lágrimas.

Ele obrigou-a a olhar para ele.

– Eu não vou a lado nenhum, Sarah – assegurou. – Não vou a lado nenhum.

73

Foi por deliberação do Altíssimo, e não haja hesitações sobre isso, que o filho de Maria mudou o nome de baptismo. Ela havia de gostar de o ver coroado Imperador da Igreja Católica Apostólica Romana em que tanto cria, descendente directo, num sentido simbólico, da linhagem de Cristo, ou talvez os defuntos saibam mais que os humanos vivos, lá no Além para onde o pó vai.

Cinco anos se passaram desde aquela primeira noite, mas pareciam quinze ou mais. Os cabelos ficaram alvos, as costas arqueavam com o peso da Humanidade, dos crentes, dos descrentes, dos hereges, dos infiéis, todos eles a vergá-lo todos os dias um pouco mais.

A noite era o pior dos dias, quando ficava entregue a si próprio e aos seus pensamentos, lançado nas malhas da solidão como numa arena cheia de leões e gladiadores.

Estava sozinho no gabinete, a luz fraca convidava à reflexão e à meditação. Apetecia-lhe um uísque e talvez o bebesse.

Os últimos dias haviam sido terríveis. Cheio de divergências, assassinatos, desrespeitos para com Ele. Enquanto Papa era algo a que se habituava diariamente. A maioria desrespeitava-O ou, no máximo, apenas O aceitava em caso de aflição. Nunca ninguém precisava Dele ou sequer perdia um pouco de tempo a pensar Nele quando as coisas corriam de feição. Para quê? Deus só fazia falta para satisfazer pedidos que eram sempre os mais importantes, os mais atormentados, enquanto todos os outros eram insignificantes. O sucesso era sempre atribuído ao indivíduo, o fracasso aos outros ou à sociedade ou ao destino ou ao azar e aí, sim, Deus fazia falta para acudir.

Ninguém parecia querer ver que Deus estava sempre presente no bem e no mal, quando era celebrado ou convocado ou ignorado. Era a única certeza imutável.

Alguém bateu à porta e enfiou uma cabeça quando a entreabriu.

– Santidade.

– Ah! Ambrosiano. Já passaram sete dias? – perguntou numa voz firme e ressonante.

– Com efeito, Santidade – disse o outro, entrando. – Como se sente hoje?

– Perfeito, Ambrosiano. E você?

– Este tempo dá-me cabo dos ossos – resmungou o outro.

– Deus arranja sempre *maneira de nos agarrar* – alvitrou o Papa.

– Pronto para a confissão?

– Hoje não – decidiu Ratzinger, empurrando um envelope para a frente, em cima da secretária. – Gostaria que entregasse isso ao superior-geral.

– Com certeza – acatou o outro pegando no envelope e guardando-o com cuidado e manifestando algum desconforto. – Quando deseja que volte, Santidade?

– Logo se verá – respondeu o Papa evasivo. – É minha vontade que se cancele o disposto pelos meus antecessores Clemente VII e Pio IX.

– Que diz, Santidade? – Não tinha a certeza de o estar a compreender.

– Não se voltará a realizar o ritual da primeira noite. O meu sucessor não colocará os olhos no conteúdo do qual sois fiéis depositários. Ordeno que seja destruído imediatamente.

– E o segredo, Santidade? – questionou Ambrosiano. Estava, visivelmente, incomodado e receoso.

– Que segredo? Aí leva a cópia de uma missiva enviada por Loyola a Francisco Xavier. Nada do que guardam é real. Foi tudo um embuste.

O outro estava envergonhado.

– Jesus, o Nazareu foi crucificado e ressuscitou ao terceiro dia – proclamou Ratzinger. – O seu corpo nunca foi encontrado, nem nunca será porque Ele ascendeu aos céus, para junto do Pai, onde se senta à Sua direita. Assim reza a História. Assim aconteceu realmente.

O padre retirou-se recuando servilmente sem nunca virar as costas ao Sumo Pontífice até fechar a porta.

Ratzinger suspirou e levantou-se a custo. Observou a Praça de São Pedro por uma frincha da cortina. Alguns *flashes* registavam para a posteri-dade, do lado romano, a fachada da Basílica de São Pedro, do Palácio Apostólico e da praça que era, de facto, uma preciosidade.

O uísque ficaria para outro dia. Deu um suspiro que mais parecia um lamento e retirou-se para os seus aposentos.

Assim aconteceu realmente.

Agradecimentos

Todos os livros são muito mais que o seu autor.

Manifesto o meu profundo agradecimento ao Monsenhor Sansoni que me levou ao magnífico mundo de Jesus, o Nazareu. Ao Doutor David que me explicou a tradição judaica e as incoerências com a história. A Ben Isaac que procura a história como deve ser procurada e por me ter mostrado aquilo que nunca pensei ver (apesar de não ter compreendido a maior parte do que vi).

Um obrigado especial às minhas maravilhosas agentes Laura Dail, Maru de Montserrat, Eva Schubert e Jennifer Hoge, que têm sido muito mais do que agentes.

Uma saudação ao Robin McCallister, o meu tradutor, que desde o *Bala Santa* tem ajudado este escriba a tornar legível aos leitores de língua inglesa as suas histórias. Temos formado uma grande equipa, Robin, muito obrigado.

À superequipa da Putnam, Ivan Held, Chris Nelson, Stephanie Sorenson, Kate Stark, o meu respeito e admiração. Às minhas assessoras de imprensa Claire McGinnis e Summer Smith que têm feito um trabalho magnífico e a quem agradeço as inúmeras horas de dedicação a promover-me e, *last but not the least*, à minha editora Rachel Kahan, a quem faço uma vénia de profunda admiração e agradecimento por tudo o que me tem proporcionado.

Em Itália, uma dívida de gratidão para com Roberta Hidalgo, Raffaella Rosa, inestimáveis na ajuda que deram ao meu livro, e ao meu maravilhoso amigo Vincenzo Di Martino, director do Grand Hotel Palatino, o Rei-Sol dos directores de hotel, o meu mais sincero obrigado. Sinto-me privilegiado por ter a vossa amizade.

Em Portugal, não posso deixar de mencionar a galáctica equipa da Porto Editora, Cláudia Gomes, Orlando Almeida, um agradecimento sincero, a vossa contribuição foi preciosa e a confiança que depositaram em mim também. Um muito obrigado ao Rui Conceiro, ao Rui Costa e à Alexandra Carreira pelo empenho na minha promoção.

Também devo agradecimentos ao Carlos Almeida, ao João Paulo Sacadura e à Ana Cristina Marques por todo o apoio e incentivo e à Luísa Lourenço e ao Rui Sequeira por me aturarem a qualquer hora do dia e da noite com os meus devaneios de escritor em pleno processo de criação. A vossa amizade é inestimável. Uma homenagem póstuma aos meus amigos Anacleto Dias e Paulo Marques por me terem deixado desfrutar dos vossos ensinamentos... e à minha família.

Finalmente, a todos os meus leitores no mundo inteiro faço uma vénia de agradecimento. Foi um privilégio poder contar as aventuras da Sarah e do Rafael, quaisquer que sejam os nomes deles na vida real.